L'AFFAIRE
MARIE-MADELEINE

DU MÊME AUTEUR

Un personnage sans couronne, roman, Plon, 1955.
Les Princes, roman, Plon, 1957.
Le Chien de Francfort, roman, Plon, 1961.
L'Alimentation-suicide, Fayard, 1973.
La Fin de la vie privée, Calmann-Lévy, 1978.
Bouillon de culture, Robert Laffont, 1986.
(En collaboration avec Bruno Lussato)
Les Grandes Découvertes de la science, Bordas, 1987.
Les Grandes Inventions de l'humanité jusqu'en 1850, Bordas, 1988.
Requiem pour Superman, Robert Laffont, 1988.
L'Homme qui devint Dieu :
1. Le Récit, Robert Laffont, 1988.
2. Les Sources, Robert Laffont, 1989.
3. L'Incendiaire, Robert Laffont, 1991.
4. Jésus de Srinagar, Robert Laffont, 1995.
Les Grandes Inventions du monde moderne, Bordas, 1989.
La Messe de saint Picasso, Robert Laffont, 1989.
Matthias et le diable, roman, Robert Laffont, 1990.
Le Chant des poissons-lunes, roman, Robert Laffont, 1992.
Histoire générale du diable, Robert Laffont, 1993.
Ma vie amoureuse et criminelle avec Martin Heidegger, roman, Robert Laffont, 1994.
29 jours avant la fin du monde, roman, Robert Laffont, 1995.
Coup de gueule contre les gens qui se disent de droite et quelques autres qui se croient de gauche, Ramsay, 1995.
Tycho l'Admirable, roman, Julliard, 1996.
La Fortune d'Alexandrie, roman, Lattès, 1996.
Histoire générale de Dieu, Robert Laffont, 1997.
Moïse I. Le Prince sans couronne, Lattès, 1998.
Moïse II. Le Prophète fondateur, Lattès, 1998.
David, roi, Lattès, 1999.
Balzac, une conscience insurgée, Édition° 1, 1999.
Histoire générale de l'antisémitisme, Lattès, 1999.
Madame Socrate, Lattès, 2000.
25, rue Soliman Pacha, Lattès, 2001.
Les Cinq Livres secrets dans la Bible, Lattès, 2001.
Le Mauvais Esprit, Max Milo, 2001.
Mourir pour New York ?, Max Milo, 2002.

www.editions-jclattès.fr

1.

Les visiteurs

« Marie est là pour te voir. Marthe et Lazare sont avec elle », annonça un jeune homme, presque fluide dans sa robe de lin bis, revenant de l'extrémité du jardin où il cueillait des olives.

Trois silhouettes se hâtaient, en effet, au bas du sentier pentu, presque noires dans le soleil écrasant de Kochba.

Les oliviers frémirent dans la brise, comme pour saluer leur arrivée. Un murmure argenté.

L'homme à qui on les avait annoncés se redressa sur la banquette où il s'entretenait au soleil avec un personnage plus âgé. Il s'empara de son bâton proche et se leva avec raideur sur ses pieds bandés. Il fit trois enjambées vers les visiteurs.

Les visiteurs le reconnurent et pressèrent le pas. Ils couraient presque, maintenant. Le premier arrivé fut la première. Marie. Elle le regarda, haletante, bouleversée, proche des larmes. L'émotion brouillait son visage, pâle dans les plis de son manteau noir. Puis elle s'inclina et, saisissant la main de l'homme avec précaution, elle la baisa et la pressa contre sa joue.

Elle avait dû porter en elle un nuage, car il se résolut en larmes. La paume se creusa pour épouser la forme de la joue. Elle la pressa sur ses lèvres. Elle interrogea l'homme du regard et retrouva ce mélange paradoxal de distance et de tendresse qu'elle connaissait si bien.

« Tu n'aurais pas dû te lever, dit-elle. Va te rasseoir, je t'en prie. »

Il sourit. Il était toujours glabre, mais une barbe de trois jours se parsemait de poils blancs, contrastant avec la jeunesse irréductible de ses traits.

« Je ne serais pas ici si ce n'avait été toi », dit-il.

Mais il obtempéra quand même à l'invitation et refit en arrière les trois pas qu'il avait franchis pour les accueillir. Les deux autres visiteurs s'approchèrent et, à leur tour, prirent la main de l'homme, la baisèrent et la pressèrent sur leur visage. Il se rassit sur la banquette et ils s'accroupirent à ses pieds. Ils demeurèrent ainsi en silence. Le jeune homme qui les avait annoncés rentra dans la maison. L'homme plus âgé restait debout ; droit et mince en dépit de son âge, cinquante ans, peut-être plus ; sa figure ascétique s'encadrait d'une barbe encore sombre et soigneusement taillée. Il considéra d'un œil indécis les deux femmes, mais s'inclina avec un sourire et prononça des paroles de bienvenue.

« Je suis Dosithée, dit-il.

— La paix du Seigneur soit avec toi, Dosithée, répondit Lazare.

— Dosithée, dit l'homme, accompagnant ses mots de gestes précis de la main, ce sont Lazare et ses sœurs Marie et Marthe. »

Une lueur traversa le regard de Dosithée. Il n'avait jamais vu ces gens, mais il connaissait leurs noms et il hocha la tête d'un air entendu. Il détailla surtout le visage de Marie.

« Que les bénédictions du Très-Haut soient sur vous ! » dit-il avec chaleur.

Lazare se tourna vers l'homme et demanda :

« Comment vont tes blessures ? »

Ils regardèrent ses pieds. Que se passait-il avec cet homme ? Il dessillait toujours les yeux. Ils distinguèrent, sous les lanières des sandales, chaque fil des pansements serrés autour du pont de chaque pied, reconnurent chaque feuille du plantain bouilli dans l'huile, remède traditionnel, qui dépassait des bandelettes de lin. Chaque ongle de chaque orteil. Le moindre gravier scintillant alentour. Les pieds semblaient posés sur un tapis de pierreries.

C'étaient ces pieds que Marie avait jadis lavés de parfums et de larmes et essuyés de ses cheveux. Jadis, comme dans une autre vie. Elle avait alors tout pressenti.

« Les poignets se cicatrisent plus vite que les pieds, répondit l'homme. Mais là, les blessures de la peau se sont refermées. Celles des muscles sont plus lentes à se souder. Un os du pied droit, celui qui était dessus, a cependant été cassé. Je ne suis pas sûr que je marcherai bientôt de ce pied comme avant. Mais je finirai par marcher.

— C'est bien, en cinq semaines, observa Lazare. Et la plaie au flanc ?

— Elle s'est cicatrisée aussi. »

Le regard de l'homme devint nuageux.

« Vous êtes venus ensemble ? N'est-ce pas imprudent ? questionna-t-il.

— Nous avons pris des précautions. Marthe est partie en tête avec Joseph de Ramathaïm et ils nous ont attendus à Damas. Lazare et moi les avons suivis à trois jours de distance. Que devions-nous craindre ? demanda Marie.

— Les espions. Les espions du Sanhédrin. Peut-être de Pilate.

— Tout est calme en Galilée, dit Lazare.

— Joseph est à Damas ?

— Il n'attend qu'un signe pour venir te voir.

— Dis-lui de venir quand il voudra. Nicodème aussi. Et les autres ? Jean, Pierre, André ?...

— Pierre et André sont rentrés pour quelque temps à Capharnaüm, dit Marie. On les insultait beaucoup à Jérusalem. J'ignore où sont les autres. »

L'homme hocha la tête.

« Les insultes ne font que commencer, dit-il avec tristesse.

— Pierre et André ne croient pas que tu sois vivant, dit Lazare. Ils croient que nous leur racontons des histoires. »

L'homme sourit.

« Pour le moment, cela vaut mieux ainsi. »

Le jeune homme qui les avait annoncés revint portant un plateau chargé d'une gargoulette d'eau fraîche, d'une carafe de lait d'amande, de fromage blanc, de petits pains ronds, d'un bol d'olives et d'un autre de sel. Il le posa sur un tabouret et s'en fut. Dosithée s'assit.

« Servez-vous, dit-il, indiquant l'en-cas de la main, le voyage a dû être fatigant.

— Un peu plus d'une heure depuis Damas, répondit Lazare. Mieux vaudra repartir tôt, car le chemin est tortueux.

— Quelles nouvelles apportez-vous ? demanda Dosithée.

— En fait, nous sommes plutôt venus aux nouvelles. Nous avons quitté Béthanie deux jours après que Joseph et son fils sont venus chercher Jésus pour l'amener ici. Béthanie est trop près de Jérusalem. Et la Police du Temple commençait à rechercher tous les gens de notre groupe, les soupçonnant d'un complot... Nous nous sommes donc repliés sur Magdala, parce que nous y sommes plus en sécurité. »

Dosithée fronça les sourcils. Les visiteurs goûtèrent à l'en-cas. Marthe et Marie étanchèrent surtout leur soif. Ils regardaient tous Jésus, qui ne disait mot. Ils attendaient un signe, un commentaire, mais rien. Ils l'avaient souvent connu violent, rarement silencieux.

« ... Nous ne savons donc pas grand-chose de ce qui se passe à Jérusalem, reprit Lazare.

— Nous avons, nous, quelques informations, dit Dosithée. Le Temple, et nommément l'ancien grand-prêtre Annas et son gendre, Caïphe, qui lui a succédé à cette charge sont contrariés par la disparition du corps de Jésus et semblent envisager une enquête. L'enquête serait menée par un certain Saül, qui est un chef officieux de leur police. Le reste du clergé s'inquiète aussi, parce que, selon ses estimations, Jésus compte quelque cinq mille partisans rien qu'à Jérusalem et autant dans le reste de la Judée. Je ne parle évidemment pas de la Galilée. Et tous ces gens sont pleins de ressentiment contre le Temple. Le clergé s'inquiète aussi de l'agitation possible des Zélotes, qui pourraient exploiter ce ressentiment.

— Ce Saül est un Hérodien ! s'écria Lazare.

— Hérodien ou autre, reprit Dosithée, il est allé jusqu'à intimider Pierre, en allant le réveiller à six heures du matin, escorté par une douzaine de ses sbires pour le menacer.

— Le menacer de quoi ? cria Marie.

— De lapidation, s'il ne révélait pas les auteurs du complot et le lieu où se trouve Jésus.

— Pierre le sait-il ? demanda Marie.

— Je ne le crois pas. Il est persuadé que Jésus est mort sur la croix. Il a donc répondu qu'il ne savait rien, dit Dosithée. C'est pour échapper aux menées du Temple que lui et son frère André sont rentrés à Capharnaüm. Bref, il vous faut tous rester sur vos gardes. »

Les regards se tournèrent vers le convalescent.

Jésus.

Il les considéra d'un œil froid.

« Ce sont des péripéties, déclara-t-il sans émotion. Ce Saül va à coup sûr continuer à persécuter les miens. Et d'autres que je ne connais pas. Et après Saül, il y en aura d'autres. Un fait est sûr. Le cœur d'Israël que j'ai éveillé va vomir tous ces gens qui ne sont plus juifs que du bout des lèvres et qui sont trop contents de s'endormir à l'ombre des aigles romaines. Ne l'ai-je pas assez dit ? Cela finira dans un bain de sang. Jérusalem y sombrera. »

Un long silence suivit ces paroles.

« Que vas-tu faire ? demanda Lazare, pour briser le silence.

— Que puis-je faire ? Les avertissements ont été prodigués. Jérusalem est sourde. J'ai parlé, mais ceux qui devaient m'entendre m'ont condamné à mort. L'épaisseur des prêtres est plus impénétrable que la pierre. Ils auraient pu éteindre les flammes, ils s'en sont pris à ceux qui les prévenaient de l'incendie. »

La voix était ferme et presque dure. Dosithée se pencha vers les visiteurs :

« N'espérez pas qu'il reprenne son ministère ! Cette fois-ci, ils ne lui feraient pas de quartier. »

Ils secouèrent la tête. Non, cent fois non, ils ne l'avaient pas espéré. Ils étaient las de trembler pour Jésus ! Et de la véhémence de ses ennemis.

« Resteras-tu ici longtemps ? demanda Marie.

— Jusqu'à mon rétablissement. Ensuite, je verrai.

— Veux-tu que je revienne ? »

Il se pencha vers elle et posa sa main sur son épaule.

« Oui. Mais sois prudente. »

Elle avait les yeux humides.

« Soyez prudents, toi aussi Lazare, et toi, Marthe. Nos ennemis sont partout. Ils vont se multiplier. »

Les visiteurs se levèrent et Jésus se leva pour les accompagner. La campagne de Syrie scintilla d'or et d'argent. Paix et splendeur.

Ce n'était pourtant que la terre. Des fauves guettaient.

2.

Les mouches et les rumeurs

Les mouches. Le Procurateur de Judée fouetta l'air alentour avec son chasse-mouches, une crinière de cheval montée sur un manche d'ivoire incrusté d'or, mais en vain. Ces créatures infimes possédaient la ténacité de la haine qui se masque de légèreté. Elles étaient comme la rumeur qui lui avait tant nui, insaisissable mais venimeuse. Quinze ou vingt de ces insectes sortis des Gémonies bourdonnaient dans la pièce ; l'un d'eux se posa sur l'épaule nue et basanée du dignitaire et il la chassa d'une chiquenaude ; une autre se posa sur sa joue, avec l'intention évidente de parvenir à l'œil, et il tenta de la tuer d'une claque, mais en vain.

Il releva alors la tête, courroucé. Une tête compacte, crâne rasé, masque aux méplats abrupts organisés autour d'un nez busqué et fort, luisant, bouche mince et mobile, petits yeux bruns, vigilants malgré l'âge, quarante-sept ans. S'avisant de l'exaspération de son maître, son secrétaire, Cratyle, un jeune Crétois au visage de bouc, s'alarma. Il se leva, courbé, attendant les ordres.

« Ferme la fenêtre ! cria le Procurateur Ponce-Pilate. Non, on va étouffer ! »

Il donna, pour écrabouiller l'une de ces mouches,

grosse et remplie de pattes, un coup formidable du plat de la main sur la table devant laquelle il était assis. Un rouleau de parchemin tomba par terre. Le Crétois s'empressa de le ramasser pour le remettre en place. La créature avait bien été écrasée, mais elle avait laissé sur le rouleau une sanie sanglante, une traînée de fiente. Le visage empreint de dégoût, Ponce-Pilate lava délicatement l'horreur avec une des éponges qu'il trempait de temps à autre dans un bol d'eau pour se rafraîchir.

« Excellence, le bois de camphre...

— Peste du bois de camphre ! hurla le Procurateur. Il étouffe les humains avant les mouches ! »

Le mois était juin. Depuis cinquante jours, les chaleurs moites de l'Orient occupaient la Palestine ensemble avec les mouches, les cancrelats, les moustiques, les scorpions, les scolopendres, les punaises, les fièvres mystérieuses, les éruptions cutanées et la chiasse militaire. Le Procurateur claqua une autre mouche sur la table et, d'une chiquenaude, l'envoya bouler sur le sol dallé. Puis il s'adossa à son siège. Un représentant de l'Empire avait quand même autre chose à faire dans une province sénatoriale que de tuer des mouches. Il s'épongea le front et dit d'une voix rauque :

« Bon, le bois de camphre. »

Le Crétois courut vers la porte, houspilla des esclaves et déversa en grec un magma d'ordres et d'insultes lardées de menaces, puis s'éloigna dans les couloirs de la Procure, qui siégeait dans l'ancien palais hasmonéen.

Par la fenêtre ouverte, Ponce-Pilate apercevait, au-delà de la cour intérieure, le bâtiment du Sanhédrin. Comment les Juifs maîtrisaient-ils ce problème des mouches ? Il était vrai que la plupart d'entre eux portaient tant de vêtements sur eux, fût-ce par la pire des canicules, ils étaient tellement poilus que les mouches ne devaient guère trouver beaucoup plus que les bouts de leurs nez pour les importuner.

C'était en 33, comme on dirait plus tard.

Le Procurateur reprit le rouleau que la mouche avait sali. Le document avait été apporté deux jours auparavant par courrier ordinaire sur la trière militaire plus ou moins bimensuelle. Il déroula le papyrus jaunâtre, visiblement recyclé par le secrétaire du Sénat, parce que des traces du texte précédent, préalablement gratté à la pierre ponce, transparaissaient sous le nouveau texte. Il relut le passage qui l'avait exaspéré :

> *... Des rapports parvenus de notre province de Judée font état de rumeurs qui ont contrarié plusieurs membres éminents de notre assemblée. Selon ces rumeurs, un certain Iéschoua, crucifié en avril avec d'autres agitateurs zélotes, serait sorti du tombeau trois jours après y avoir été inhumé. Nous savons que de telles fables trouvent un terrain fertile parmi la plèbe des provinces d'Orient, mais il advient qu'ayant été ramenées à Rome par des voyageurs, elles trouvent aussi un terrain fertile parmi la plèbe de la métropole. Elles nous paraissent d'autant plus déplorables...*

Le secrétaire était revenu, le pas pressé, haletant d'importance. Du coin de l'œil, Pilate l'observa vider un sachet de toile plein de copeaux de camphre sur les braises de deux trépieds du bureau du Procurateur. Une fumée bleuâtre commença de dérouler ses volutes dans l'air. Pilate connaissait le prix du sachet : un denier. Un denier ! On transformait en fumée un denier d'argent pour chasser des mouches ! Il reprit sa lecture :

> *... Elles nous paraissent d'autant plus déplorables qu'elles s'accompagnent d'une interprétation ridicule. En effet, la prétendue résurrection* – Pilate tiqua sur le mot insolite *resurrectio – du malandrin crucifié prouverait sa nature divine. Ces rumeurs sont parvenues aux oreilles de l'empereur, qui s'inquiète de l'agitation déjà relevée par nos espions non seulement hors les murs, mais jusqu'à Ostie et dans les quartiers commerçants le long du Tibre, où les Juifs abondent...*

Les fumées du camphre envahirent la grande pièce. Pilate soupira et se résigna à respirer cette senteur trop lourde, comme tout ce qui touchait à l'Orient, d'ailleurs, parfums ou puanteurs, saveurs ou sensations. Alertées par les fumées ennemies, les mouches s'énervèrent furieusement, cela s'entendait. L'une d'elles s'abattit sur le bureau du Procurateur et se tortilla dans des convulsions spasmodiques et bruyantes. Il s'inclina avec curiosité et satisfaction mélangées pour observer l'agonie de cette créature décidément hideuse. Pour un peu, Pilate se fût laissé entraîner à croire aux superstitions des Juifs, celles qui racontaient qu'il existait dans le monde des esprits malins. Mais les Romains ne croyaient-ils pas, eux aussi, à l'existence des lémures, ces semi-créatures infernales qui se glissaient dans les maisons des vivants par esprit de vengeance ?

« Le camphre paraît plus efficace aujourd'hui, dit Pilate.

— J'y ai ajouté du chrysanthème, répliqua le Crétois, c'est radical. »

Pilate s'expliqua alors le filet d'odeur amère qu'il avait discerné dans les fumées.

« Elles sont plus nombreuses aujourd'hui à cause des ordures que les gens d'en face ont entassées dans la cour, continua le Crétois.

— Il faudra veiller immédiatement à ce que cela ne se reproduise plus, dit Pilate, reprenant la lecture du rouleau. Rappelle-moi de faire demander par la Questure que les ordures soient enlevées tous les jours à l'aube et emportées à la grande décharge hors les murs, où elles seront mises à brûler. »

Les gens d'en face. Le Sanhédrin. Fallait-il que l'espace fût compté dans cette ville pour qu'il en fût réduit, lui, le représentant de l'Empire, à partager l'ancien palais hasmonéen avec ces gens ! Il réduisait ses rapports avec eux autant que faire se pût. Une bande de barbus accrochés farouchement à leurs prérogatives, mais incapables de faire régner l'ordre dans leur peuple. Sans la présence impériale, Jérusalem eût été un cloaque et un coupe-gorge où les terroristes zélotes auraient suriné dès la nuit venue tous les Juifs qui ne leur plaisaient pas. Bon, tout ça n'était pas neuf. Pilate se plongea de nouveau dans la lecture du message sénatorial.

> *... L'on assiste déjà à des échauffourées entre les Juifs qui prêtent foi à ces rumeurs et clament qu'un dieu nouveau serait apparu, et ceux qui estiment que cette folie constitue une impiété caractérisée. Sur le souhait de notre bien-aimé empereur Tibère, le Sénat a donc décidé qu'une enquête soit menée pour mettre rapidement fin à ces fables. Ses inventeurs doivent être arrêtés et mis hors d'état de propager des inventions délétères. C'est la mission confiée par le présent mandat à notre Procurateur Ponce Pilate.*

Notre bien-aimé empereur Tibère ! Pilate haussa les épaules. Tibère était réfugié à Capri depuis bientôt sept ans, dans sa cour de fillettes et de jouvenceaux qui lui broutaient la tige. Il ne remettait quasiment plus les pieds à Rome depuis deux ans, c'est-à-dire depuis qu'il avait découvert la conspiration de Séjan, qui avait failli lui coûter le trône et la vie. Il avait fait mettre à mort Séjan et tous ses acolytes du Prétoire, semant la terreur parmi les sénateurs qui avaient plus ou moins fait confiance à Séjan. Pilate fit la moue : on était en droit de douter que l'empereur s'intéressât à des histoires de Juifs. C'était probablement l'un de ses sycophantes qui s'était attaché à cette rumeur de résurrection de Iéschou, pour un motif personnel ; et il avait chargé le Sénat de la tirer au clair.

Pilate s'adossa à son siège et tendit les jambes devant lui. Il connaissait, bien sûr, cette histoire de résurrection. Le tombeau où l'on avait enterré le dénommé Iéschou avait été retrouvé ouvert et vide. Ce même Iéschou qu'il avait dû se résigner à condamner à la crucifixion parce que les gens du Sanhédrin avaient menacé de déclencher des émeutes. Et l'on racontait – c'était son secrétaire crétois qui le lui avait rapporté – que Iéschou avait donc échappé à la mort à cause de ses pouvoirs divins. L'Orient fourmillait de pareils récits sur des personnages célestes ou semi-divins qui s'illustraient par des prodiges. Il en avait lui-même rencontré un, Simon, dit le Magicien, qui sévissait toujours en Samarie. On prétendait qu'il volait dans les airs. Pilate et son épouse Procula étaient donc allés voir. Un barbu, un de plus, qui guérissait des gens, malades d'on ne savait quoi, et tenait des discours opaques sur la Puissance. Quelle puissance ? Ni Pilate ni sa femme ne parlaient l'araméen, et ils s'étaient donc fait accompagner par un interprète, mais ils n'avaient quasiment rien compris des discours de Simon. Peut-être l'interprète était-il incapable, et peut-être aussi ce Simon tenait-il des propos volontairement ténébreux. La plèbe accorde d'autant plus de crédit aux charlatans qu'elle ne saisit pas ce qu'ils débitent, supposant que les personnages admis dans les sphères surnaturelles parlent un autre langage. Il y en avait un autre, Apollonius de Tyane, qui voyageait beaucoup en Méditerranée, en Grèce, en Italique, en Espagne, semant les prodiges lui aussi. Il avait ainsi ressuscité une femme de l'aristocratie romaine. Si, si, maints prétendus témoins le lui assuraient. Cratyle l'avait vu : « Il est beau maître, beau comme Apollon, dont il porte quasiment le nom. Sa barbe est blonde comme l'or, ses yeux bleus comme le saphir. Il dégage une sérénité divine... Rien qu'à le voir, on se porte mieux... »

Bon. Les mouches étaient mortes. Il fallait s'occuper de la mission confiée par le Sénat. Dans un cas pareil, le plus avisé était de convoquer les témoins. C'était d'eux que la rumeur était partie. Mais quels témoins ? Pilate ne connaissait personne de ces gens-là. Il ne connaissait que le principal personnage, Iéschou. Un homme intelligent, celui-là. On lui prêtait bien des prodiges, mais Procula se refusait énergiquement à le considérer comme un charlatan.

« Écoute, Pilate, il existe quand même des gens qui accomplissent des prodiges. »

Le chef de la Légion tenait ce Iéschou pour un Zélote, c'est-à-dire un ennemi de Rome. Mais lorsqu'il l'avait interrogé, Pilate n'avait décelé en Iéschou aucune agressivité à son égard, rien de cette arrogance haineuse des autres Zélotes qu'il avait interrogés avant de les faire crucifier. Celui-là n'aurait jamais dû être mis sur le bois. Mais enfin, Pilate avait fait ce qu'il avait pu.

Et voilà qu'on prétendait qu'il n'était pas mort.

Cette histoire l'emplissait d'appréhensions indéfinies. Dès qu'il s'occupait des histoires religieuses des Juifs, tout le monde accusait Pilate d'avoir la main lourde et les Juifs se lançaient dans des récriminations sans fin. Mais enfin, il fallait bien avoir le cœur net sur ces fables de résurrection, sans quoi quelques mauvais esprits, là-bas à Rome et peut-être même à Capri l'accuseraient de négligence.

Pilate ne connaissait en fin de compte qu'une seule personne familière de ces milieux. C'était un chef de bande qui travaillait pour le Sanhédrin.

« Cratyle, déclara-t-il. Fais convoquer Saül. »

3.

L'espion persécuteur

Saül se présenta à midi. À la fois malgracieux et familier, comme à l'accoutumée. Quand il était debout, sa grosse tête barrée de sourcils épais comme des moustaches arrivait à la hauteur de celle du Procurateur assis. Vingt-six ans, mais madré comme un pillard.

C'était le seul Romain de Jérusalem à travailler à la fois pour le Sanhédrin et pour la Procure. Aidé d'une bande de nervis qu'il payait de ses propres deniers, il faisait la chasse aux Zélotes, tâche qui lui valait d'être stipendié par la Procure et le Temple, la première pour des raisons politiques et militaires, le second, pour des raisons religieuses, les Zélotes disant pis que pendre des prêtres. La Police du lieu saint n'avait pas de droit d'intervention officiel hors de son enceinte, c'est-à-dire à l'extérieur de la Porte de la Chaîne à l'ouest et de la vallée du Cédron à l'est.

Pilate l'invita à s'asseoir. Courtoisie superflue, parce que Saül tirait déjà une chaise.

« Qu'est-ce que c'est que cette histoire de résurrection de Iéschou ? demanda-t-il tout à trac. Tu en as entendu parler ?

— Bien sûr, répondit Saül, avantageux. Enfin, "résurrection", façon de parler. Pour commencer, il n'est pas mort, tu le sais bien.

— Comment, je le sais bien ? » répéta Pilate, scandalisé.

Saül le dévisagea un moment de ses yeux charbonneux, puis il dit :

« Lorsque ces deux Juifs riches, Joseph d'Arimathie et Nicodème, sont venus te demander le corps de ce Iéschou ou Jésus, tu t'es étonné, n'est-ce pas, qu'il fût déjà mort ?

— En effet. J'ai envoyé un centurion le vérifier. On ne meurt pas au bout de huit heures en croix.

— Pas huit heures. Trois heures.

— Comment, trois heures ?... répliqua Pilate, de plus en plus décontenancé. Les crucifixions des trois condamnés ont eu lieu à la septième heure après minuit. Quand les deux Juifs sont venus...

— La mise en croix de Iéschou a eu lieu à la douzième heure et même un peu après », interrompit Saül.

Cratyle faisait les yeux ronds.

« Pourquoi ne m'en a-t-on rien dit ? tonna Pilate. Toi, par exemple, tu aurais pu m'en informer. »

Saül lui lança un autre regard charbonneux.

« Je croyais que tu le savais déjà », finit-il par dire, lentement.

Pilate ne put se défendre de la certitude qu'il y avait là un mystère de plus. La désinvolture de Saül était suspecte.

« Comment l'aurais-je su ? »

Saül haussa les épaules et croisa ses courtes jambes.

« Pourquoi n'a-t-il été mis en croix qu'à la douzième heure ?

— Le cortège a mis beaucoup de temps à arriver, je crois », répondit Saül d'une voix traînante, presque ironique.

Pilate le fixa d'un regard sévère, mais Saül ne paraissait pas se départir de son insolence.

« Bref, conclut Pilate, trois heures ou huit heures, il était mort. Le centurion l'a confirmé.

— Oui, le centurion l'a confirmé, répéta Saül en se retenant à peine de rire.

— Qu'est-ce que ça veut dire, tout ça ? s'écria Pilate, agacé.

— Le centurion que tu as envoyé, je le connais. C'est un Syrien de vingt ans. Il n'a jamais vu un cadavre de sa vie. Ce n'est pas un médecin. Il serait incapable de distinguer un homme endormi d'un mort. »

Un silence régna dans la pièce. Cratyle se leva pour jeter quelques copeaux dans les braseros, parce que des mouches fraîches venaient de se manifester.

« Tu veux donc dire que Iéschou était vivant quand il a été descendu de la croix ?

— C'est bien ce qu'il semble, répondit Saül, feignant la somnolence.

— Pourquoi ne m'en as-tu rien dit ? Tu es en faute !

— Le suis-je vraiment ? demanda Saül nonchalamment. Dans ce cas, beaucoup de gens le sont avec moi. »

Et il leva les yeux sur le Procurateur et maintint son regard, indéniablement chargé de défi.

« Explique-toi ! s'écria Pilate, se penchant vers son interlocuteur.

— Procula, dit simplement Saül. Entre autres. »

On entendit vraiment les mouches voler.

Pilate blêmit.

Procula. Oui. Elle n'avait d'ailleurs pas dissimulé la sympathie qu'elle portait à ce Iéschou. Mais si l'on apprenait à Rome que la propre épouse du Procurateur avait intrigué pour retarder la crucifixion d'un homme condamné par son mari, cela déclencherait un beau scandale.

« Quoi, Procula ? demanda Pilate, d'une voix qu'il s'efforçait de garder assurée.

— Elle et d'autres femmes ont payé pour que la mise en croix ait lieu à midi.

— Comment le sais-tu ?

— Tu me paies pour savoir, Pilate. Je sais. Je mérite l'argent que je gagne. Demande-le-lui. »

Pilate se radossa. Cratyle faisait la même tête que s'il avait été assis sur l'un des braseros.

« Quelles autres femmes ?

— Marie, une des femmes d'Hérode le Grand.

Joanna, la femme de Chouza, le chambellan d'Hérode Antipas. Marie et Marthe ben Ezra, de Magdala. D'autres encore.

— Combien de gens sont informés ? Le Sanhédrin ?

— Non, je n'en ai pas parlé au Sanhédrin. »

Pilate s'efforça de dissimuler son soulagement. Son répit fut de courte durée, car Saül reprit :

« Je ne trahis pas mes amis, moi. »

Cela signifiait qu'il était à la discrétion de ce Saül. Ça valait à peine mieux que d'être à la discrétion du Sanhédrin.

« Mais je pense qu'il y a beaucoup de gens au Sanhédrin qui se doutent de quelque chose. Seulement, ils tiendront leurs langues parce que deux au moins de leurs membres, Joseph d'Arimathie et Nicodème, ont trempé dans ce complot pour sauver la vie de Jésus.

— Eux aussi ? »

Saül parut réfléchir.

« Eux aussi, pour des raisons compliquées. Bref. Pour le Sanhédrin, l'essentiel est que Jésus ait été éliminé. »

Il prononçait « Jésus », à la grecque.

« Mort ou vivant, poursuivit Saül en se passant la main sur le crâne ras, ils estiment qu'il ne présente plus de danger pour eux. S'il reparaissait, il se ferait arrêter sur-le-champ et cette fois, son compte serait bon. »

Ça, se dit Pilate, c'était une tout autre affaire. On s'était peut-être débarrassé de la personne de ce Iéschou, mais pas de son influence. La preuve en était que, moins de deux mois après sa mort présumée, elle s'étendait jusqu'à Rome. Vraie ou fausse, la résurrection de Iéschou avait entraîné les mêmes conséquences. Il songea à une conversation qu'il avait eue avec Sénèque et à une citation d'Aristote que lui avait faite le philosophe : « Le peuple se moque de savoir. Ce qu'il veut, c'est croire. »

Bon, le peuple disposait désormais d'une nouvelle fable.

Pilate soupira.

« Et maintenant, on raconte jusqu'à Rome que Iéschou est ressuscité d'entre les morts et que c'est un personnage divin.

— Ah bon, à Rome aussi ? demanda Saül, l'œil mi-clos. C'est donc une bonne chose que je sois à présent chargé d'éliminer ses disciples. Ce sont eux qui répandent ces histoires séditieuses. »

Les informations que venait de lui livrer Saül suscitèrent en Pilate un sentiment comparable à celui d'un maître de maison qui s'avise, en déplaçant les meubles, qu'il y avait un nid de scorpions sous son lit. Il avait cru l'affaire de la crucifixion de Iéschou réglée une fois pour toutes, aussi déplaisante eût-elle été. Puis le message du Sénat était arrivé. Puis ces révélations. C'était bien la Palestine. À l'instar des mouches, les mystères et les intrigues bruissaient autour de vous à chaque pas, puis s'abattaient sur vous avec leur charge d'infections. Il se moquait bien du fait qu'il y eût une superstition orientale de plus et que les Juifs de Rome se crêpassent le chignon entre eux. Ce qui le contrariait le plus était qu'il ne maîtrisait pas les événements.

« Cette affaire est vraiment suspecte, reprit Pilate. Comment tous ces gens que tu as cités auraient-ils su que Iéschou ne resterait que trois heures en croix, au terme desquelles il aurait l'air d'un homme mort ? »

Saül soupira. Cratyle semblait pétrifié sur son siège.

« Avant la mise en croix, les femmes ont fait boire à Iéschou, comme tu dis, une bonne dose de vin de myrrhe. Elles y ont ajouté de la décoction de pavot. Elles ont également payé un des légionnaires pour qu'il lui en redonne dans une éponge piquée au bout d'une lance. Jésus l'a bu une seconde fois. Tu connais l'effet du vin de myrrhe ? C'est un soporifique. On sait très bien au bout de combien de temps il agit. Moins de trois heures après la mise en croix, le crucifié a penché la tête et il a sombré dans la torpeur. Ils le guettaient tous depuis la porte d'Ephraïm, et moi-même je les observais à distance. Ils étaient au moins trente si l'on inclut les suiveurs de Jésus. Dès qu'il a penché la tête, Joseph d'Arimathie et Nicodème sont accourus chez toi pour te demander le corps. Tu connais la suite. »

Pilate serra les mâchoires. Il ne portait aucune aversion à ce Iéschou, mais un complot avait donc entravé une décision de mise à mort du représentant de l'Empire dans une province sénatoriale. Le crime était assez grave pour justifier une peine de fouet à tous ces gens. Mais il aurait fallu fouetter sa propre épouse pour commencer, la mère du tétrarque Hérode pour continuer et deux membres du Sanhédrin pour finir. Impensable.

« Quel pays ! marmonna Pilate.

— Dès que tu as donné ton autorisation, poursuivit Saül, ils sont retournés au Golgotha avec une douzaine de leurs domestiques. Pour faire croire que Jésus était vraiment mort, ils ont été acheter un linceul et des aromates. En réalité, ils ont bandé les poignets et les pieds de Jésus avec du plantain et ils n'ont même pas lavé le corps avant de replier le linceul sur lui. C'est absolument contraire au rituel. Un enfant de cinq ans aurait compris que tout ça était bizarre. Puis ils sont repartis en hâte pour le sépulcre tout neuf que Joseph d'Arimathie avait acheté et ils ont mis le corps dedans, jusqu'à ce que l'effet de la myrrhe passe. La nuit est tombée trois heures plus tard, ils sont revenus et ils ont emporté le corps.

— Où ? s'écria Pilate.

— Ça, je ne le sais vraiment pas.

— Donc, il est bien vivant ?

— Je le suppose. C'est un gaillard. Ce ne sont pas les blessures de la crucifixion qui l'auront tué.

— Dis-moi, à part Joseph d'Arimathie et Nicodème, il n'y avait que des femmes dans ce complot ?

— Il y avait surtout des femmes. Surtout *une* femme.

— Une femme ? Qui ?

— Marie ben Ezra, cette femme de Magdala. Elle était décidée à l'impossible pour le sauver. Elle est riche. Je ne suis pas au courant de tout, mais je pense que c'est elle qui a enrôlé Marie l'épouse d'Hérode le Grand, Joanna et...

— Bon, coupa promptement Pilate. Où est-elle ?

— Je peux essayer de le savoir. Ou bien chez elle, à Magdala, avec son frère Lazare. Ou bien elle aura pris la clef des champs.

— La clef des champs ?

— Je veux dire qu'elle ne sera pas très loin de Jésus. C'est l'homme de sa vie. Elle ne l'aura pas sauvé pour le laisser disparaître, comme tu sembles l'imaginer.

— Mais quelle impudence à la fin ! s'écria Pilate, feignant de n'avoir pas entendu la dernière information de Saül. Tous ces gens ont défié à la fois le pouvoir impérial et le Sanhédrin !

— Écoute, observa Saül, ce Jésus avait beaucoup de partisans. N'oublie pas que, moins d'un mois avant que le Sanhédrin l'arrête, il allait être couronné roi. Il était évident qu'ils allaient essayer de le sauver à n'importe quel prix. »

Un claquement sec retentit dans la pièce et Saül sursauta et se retourna. C'était Cratyle qui venait de tuer une mouche du plat de la main.

« Tu as encore besoin de moi ? demanda Saül.

— Un dernier mot. Comment faire pour voir cette Marie de Magdala ?

— Que veux-tu faire ?

— L'interroger.

— Je vois mal Marie ben Ezra se rendant dans une demeure païenne, juste en face du Sanhédrin, pour se faire interroger. Elle a déjà assez mauvaise réputation comme ça. Non, il faudrait aller à Magdala, je pense. Si elle y est. Je te le ferai savoir dès que je le saurai moi-même. »

Il se leva et se drapa dans son manteau de laine légère, tellement légère qu'on eût dit du lin. Pilate connaissait cette laine-là ; elle coûtait une fortune. Même Procula avait hésité à en acheter. Mais Saül était un homme riche, on le savait. Il considéra le Procurateur un instant et prit congé.

Pilate et Cratyle demeurèrent seuls.

« Bon, fais monter quelque chose à manger » commanda Pilate.

Cratyle se mit en quête de son escarcelle. Sur le pas de la porte, il se retourna.

« Maître, Saül ne te dit pas tout. »

Pilate l'interrogea du regard.

« Il a déjà commencé à interroger les disciples, parce qu'il cherche aussi à retrouver ce léschou. »

L'expression de Pilate refléta l'exaspération.

« Je m'en doutais ! Mais comment le sais-tu, toi ?

— Maître, j'ai l'oreille qui traîne. Saül veut se distinguer aux yeux du Sanhédrin. Tu as attiré son attention sur cette femme, Marie, Marie ben Ezra. Je te parie, pardonne-moi, qu'il se mettra en route dès ce soir pour aller l'interroger le premier. »

L'Orient était pire que les communs des palais impériaux, songea Pilate. Il n'y avait même pas un cuisinier qu'on ne pût soupçonner de filer du poison dans une sauce, pas une nourrice qui ne cachât un poignard dans sa robe.

« Saül est le personnage le plus dangereux de Jérusalem », lâcha Cratyle.

Pilate dévisagea son secrétaire.

« Il est romain et, même si toi tu l'arrêtais, il exciperait de son privilège d'être jugé à Rome, par l'empereur en personne. Puis il enverrait à Rome des informations séditieuses sur toi. Et comme il est juif par sa mère, il se fait valoir comme juif auprès du Sanhédrin. Il se fait payer par Rome et Jérusalem et il les berne tous deux. Il est de l'engeance des Hérodiens. Méfie-toi de lui, maître. »

Puis il ferma la porte.

4.

Des explications et une raclée

Cratyle ne s'était pas trompé. Pilate l'ayant envoyé sitôt après son en-cas, un pigeon farci au blé avec des graines de cummin, convoquer Saül de nouveau, afin d'en avoir le cœur net, le jeune Crétois s'entendit répondre par une domestique, à la maison de Saül, que son maître était parti en voyage.

« Un voyage où ? demanda Cratyle, usant de son ton le plus menaçant, et sachant le prestige de l'apparence romaine.

— Je ne sais pas..., répondit la vieille d'une voix geignarde.

— Où ? répéta Cratyle, haussant le ton.

— En Galilée, je crois.

— Où en Galilée ? Femme réponds-moi, tu as intérêt !

— À Magdala. »

Bien sûr ! Cratyle tourna les talons et retourna dare-dare à la Procure informer Pilate.

« Comme je te l'avais dit ! s'écria-t-il à peine entré. Il est parti pour Magdala.

— Mais qu'est-ce qu'il veut, ce tordu, ce nabot ? s'écria Pilate.

— Il veut retrouver Iéschou avant tout le monde,

maître ! Comment ne l'as-tu pas compris ? Il se fera ainsi valoir aux yeux du Sanhédrin ! Il veut retrouver son rang de prince hérodien ! Il passera par-dessus ta propre tête, maître, et se fera valoir aux yeux de Tibère ! N'est-il pas citoyen romain ? Il se fera adjuger une province de Palestine ! Il veut que Caïphe soutienne son retour en grâce ! Le nabot rêve de gloire ! De quoi donc rêvent tous les nabots, si ce n'est d'être grands ? »

Pilate fut stupéfait par la verve de Cratyle. Il sourit.

« Donc, il va interroger cette Marie de Magdala ?

— Il va la torturer, oui ! »

Il y en eut un, qui fut d'humeur de tortionnaire, à peine réprimée, et ce fut Pilate quand il retrouva Procula juste après le coucher du soleil et les bains.

« Tu es intervenue dans la crucifixion de ce Juif nommé Iéschou ? » demanda-t-il d'emblée dès qu'elle apparut à la table du souper, l'expression amène.

Elle s'assit, le masque affligé.

Le soir, ce n'étaient pas les mouches, mais les phalènes qui peuplaient l'air de la Palestine. Elles dansaient des virevoltes capricieuses autour des torches, des lampes à huile et des chandelles. C'était vrai que les sentiments de la soirée étaient plus ténus que ceux de la journée, immédiats et pressants. Les mouches pour la journée, les phalènes pour le soir.

Procula s'assit.

« Il y a tellement de crucifixions, dit-elle avec lassitude. Une de plus ou de moins. De toute façon, ce n'était pas toi qui le faisais crucifier, c'étaient ces... ces gens. Ces gens d'en face. »

Elle exécrait les barbus du Sanhédrin. « Des ânes chenus », disait-elle. Il n'aurait su la contredire.

Pilate fut désarmé. Ça le contrariait de comprendre si bien sa femme. L'Orient était vraiment toxique, il délitait tout, même cette magnifique et protectrice incompréhension qui doit régner dans les couples. Si l'on se met à comprendre sa femme, où va-t-on ?

Il tourmenta dans le plat les filets de sole en saumure, en enroula un autour d'un morceau de pain et dégusta la chair piquante.

« Qui t'a persuadée d'intervenir pour faire retarder la mise en croix ? questionna-t-il.
— Une femme.
— Marie ben Ezra, de Magdala.
— Comment le sais-tu ?
— Je le sais, quoi.
— Tu l'as vue ?
— Non.
— Elle est belle. Elle l'aime. Et il méritait d'être aimé. Il n'a rien fait de mal. Il n'a tué personne. Il n'a rien fait contre Rome. Il a seulement contrarié ces gens d'en face. »

La propension aux sentiments extatiques et l'universelle complicité féminine, mêlées au bon sens, n'avaient, en effet, rien de répréhensible, si ce n'était d'inquiéter les vieux barbus d'en face. C'était vrai que Iéschou n'avait commis aucun crime, aucun crime selon la loi romaine en tout cas. Rien de plus assommant que ces histoires de Juifs. Et lui, tout Procurateur qu'il fût, il avait, sous la menace d'une émeute fomentée encore une fois par les barbus d'en face, dû consentir à la crucifixion. Autrement, il l'aurait relâché, cet homme.

« Si tu savais comme elle est belle, Ponce ! » s'exclama tout à coup Procula.

Il dévisagea sa femme avec curiosité. Se mettrait-elle à aimer les femmes, d'aventure ?

« Elle est magnifique ! »

Pilate avait vaguement préparé de grandes remontrances ; il se trouva réduit à une approbation tacite des menées clandestines de son épouse. Il l'avait su depuis le début, elle s'était entichée de ce Iéschou. Les Romaines, d'ailleurs, résistaient mal à l'attrait des illuminés orientaux. Rome même en fourmillait.

« Qu'est-ce qu'elle t'a demandé ?
— De l'aider à payer les centurions. »

Pilate hocha la tête.

« C'est elle qui a organisé ce complot ?
— Complot ? répéta Procula. Elle l'a fait crucifier un peu plus tard. Il n'y a pas de complot. Non, je crois

qu'il y avait d'autres femmes avec elle. En tout cas, la mère d'Hérode Antipas. »

Saül arriva à Magdala avec une suite de six personnes, et s'installa dans l'auberge de la ville. L'arrivée fut remarquée : tout l'équipage et lui en tête entra, en effet, en ville sur des chevaux. Des chevaux ! Et pourquoi pas des éléphants ! Ses bagages étaient à peine déposés qu'il partit avec deux gardes en quête de la maison de Marie, Marthe et Lazare, une superbe propriété sur le lac de Génésareth. Il interrogea la domesticité sur ce ton impérieux qui était efficace en Judée, mais moins, vraiment beaucoup moins en Galilée.

Les deux esclaves qui balayaient les feuilles mortes devant l'entrée lui répliquèrent, non sans désinvolture, que Lazare et ses sœurs étaient partis en villégiature à Jéricho. Ou ailleurs. Que ni les esclaves ni les domestiques n'étaient comptables des voyages de leurs maîtres. Il haussa la voix, ce qui attira le majordome de la maison, un vaste gaillard galiléen.

« Répondez-moi ! ordonna-t-il sur un ton de coq. Je suis mandé par le Sanhédrin ! »

Le majordome le considéra de haut en bas, ce qui prenait moins de temps que pour les autres, et ricana.

« Et alors ? rétorqua-t-il.

— Je te ferai arrêter ! glapit Saül.

— Essaie un peu, lui répondit le majordome, qui mesurait une fois et demie la taille de Saül.

— Tu me défies ?

— Mais taille-toi, fin de nuit ! »

Fin de nuit ! L'injure la plus basse ! Les enfants conçus en fin de nuit étaient plus petits et malformés, parce que la semence de l'homme n'était plus qu'un fond de jarre. Et, sur un ricanement, le majordome lui claqua la porte au nez.

Il y avait, en effet, à Magdala, des gens qui connaissaient bien Jérusalem, parce qu'ils allaient deux fois par an y vendre leurs filés de laine les plus précieux. Ils connaissaient aussi Saül, parce que les marchands finissent leurs dîners dans les tavernes et qu'une taverne est le lieu le plus efficace pour s'informer. Ils savaient donc le métier du nabot. Or, le métier de flic ne plaît guère plus aux riches qu'aux pauvres. Les gens de l'auberge de Magdala l'avaient repéré. Le majordome avait rapporté son intrusion à la maison de Lazare. Voilà donc un flic qui venait embêter une famille respectable de Magdala, à coup sûr parce qu'elle avait compté parmi les intimes d'un très saint homme nommé Jésus, rien n'était plus sûr. Il convenait quand même d'apprendre à ces gens de Jérusalem que la Galilée n'était pas la Judée et que le Sanhédrin ne régnait pas dessus.

Au noir de la nuit, une bande de gens résolus, dont le majordome, déboula dans l'auberge et trouva en un tournemain la chambre de Saül. Il fut tiré de sa paillasse par la barbe à la lueur d'une simple chandelle. Il distingua à peine les visages, perdus dans les barbes et les capuches des manteaux.

« C'est toi Saül ?

— Oui... Qu'est-ce qu'il y a ? »

Une paire de gifles l'en informa. Puis un coup de poing à l'estomac. Puis une autre paire de gifles. Puis une torgnole à l'oreille. Il avait beau crier, personne ne venait à son secours dans cette auberge de Satan ! Puis un coup de poing qui l'étala sur sa paillasse.

« Au secours !

— Fiche le camp d'ici, si tu tiens à tes os ! »

Sa domesticité reçut également sa part de mauvais traitements. Elle cria sans obtenir l'ombre d'un secours elle non plus. On leur vida les pots de chambre sur la tête.

Le lendemain matin, physiquement contusionné mais moralement écorché, Saül affronta le regard moqueur de l'aubergiste.

« J'espère que tu as passé une bonne nuit, étranger. »

Il remonta sur son cheval, tel un avorton sur une

colline, et reprit le chemin de Jérusalem, débordant de noirs desseins.

Trois jours après son retour, Saül fut aperçu dans la rue par Cratyle, qui avait, comme on dit en grec, l'« œil crevette », il feignit de ne pas voir le Crétois, mais la dérobade fut brève. Cratyle ayant informé Pilate, celui-ci convoqua Saül l'après-midi même.

« Salut, Saül. Tu parais défait », observa Pilate.

Saül lui lança un regard orageux.

« Tu as été à Magdala, il me semble », poursuivit le procurateur.

L'autre lui fit face, résigné et même provocateur.

« Et alors ?

— Je dois te féliciter. Tu devances mes souhaits avec une louable diligence. »

L'ironie de Pilate ne suscita pas de réponse.

« Et as-tu vu cette femme ? »

Mieux valait ne pas mentir. Les Romains avaient d'autres espions que lui. Pilate était peut-être informé de la dégelée qu'il avait reçue.

« Non.

— Pourquoi ?

— J'ai été chassé de Magdala, répondit Saül d'un ton dépité.

— Je me suis laissé dire que la Galilée n'était pas toujours hospitalière aux gens de Jérusalem, observa Pilate. Tu as un œil au beurre noir.

— Je n'ai rien d'autre à te dire, Procurateur. Je t'ai dit que je t'informerais de ce que j'apprendrais quand je l'apprendrais. Je n'ai rien appris depuis notre dernière conversation. »

Il se leva, visiblement excédé.

« Je suppose que le Sanhédrin est au fait de ta mésaventure.

— Pas encore.

— Ton échec les mécontentera.

— Je l'ignore.

— Tu vas traverser la cour et aller les en informer.

— Je travaille aussi pour eux, Procurateur. Ils me paient. Les disciples de ce Jésus sont actifs. Il est normal qu'ils s'inquiètent. Ces gens ne font rien d'autre que fomenter partout des troubles en plus de les injurier. »

Pilate hocha la tête.

« Bien, va. »

La porte s'était à peine refermée que Cratyle avança devant la table du Procurateur.

« Donne-moi un congé de deux semaines, Procurateur, et je la verrai moi, cette Marie. Saül joue double jeu : il travaille pour toi, mais il travaille aussi pour le Sanhédrin et surtout pour lui-même. Il ne t'apprendra rien dont il n'ait d'abord tiré parti. Moi je saurai retrouver cette Marie et je ne dirai ce que j'apprendrai à personne d'autre qu'à toi.

— Toi ? »

Pilate toisa le jeune homme. Il pouvait, c'est vrai, avoir l'air d'un Juif. Sa maigreur osseuse et ses épaules voûtées ne suscitaient pas la méfiance et, de plus, il était beaucoup moins connu que Saül.

« Que veux-tu savoir, en fait ? demanda Cratyle.

— Si cet homme, Iéschou, est mort ou vivant, répondit Pilate, pensif. L'idée lui était, en effet, venue, que Cratyle avait eu vent du complot et qu'il avait servi de messager à son épouse Procula. Je veux savoir quelle est la vérité de ce complot où ma propre femme aurait trempé, selon Saül. »

Cratyle hocha la tête.

« Je retrouverai cette femme. Je la ferai parler, sans violence.

— Bon, vas-y. Je te donne une semaine. »

5.

La soirée à Magdala

La grève sentait fort le poisson. Des écailles luisaient partout, répétant le scintillement de la mer. Quelques filets déchirés séchaient au soleil. Trois hommes calfataient un bateau avec du naphte. Le naphte, recueilli à Sodome, bien plus au sud, chauffait dans un pot, où ils plongeaient des pinceaux, appliquant soigneusement le liquide noirâtre sur les jointures des planches de la coque du bateau. Ils jetèrent un regard distrait au Crétois, puis s'en détournèrent et revinrent vers lui quand il s'assit par terre.

« Tu attends la marée ?

— Non.

— Tu cherches du travail ?

— Non. »

Ils reprirent leur travail. Le naphte chauffé ne sentait pas moins mauvais que la poiscaille qui imprégnait la grève. Cratyle prit sa mine la plus chagrine et regarda les vaguelettes qui chatoyaient, feignant l'indifférence à l'égard des trois hommes. Eux, en revanche, étaient intrigués par l'étranger morose.

« Tu cherches l'aumône ?

— Non, je cherche un homme qui m'avait voué son amitié quand il était à Jérusalem, et qui a disparu. »

Il parlait bien l'araméen de Judée, qui était urbain et articulé et non rocailleux comme celui de Galilée, et il le savait.

« Un homme d'ici ? demanda l'un des pêcheurs.

— Oui. Il s'appelle Lazare. Lazare ben Ezra. »

Ils le considérèrent tous trois d'un œil plus attentif.

« Lazare ben Ezra t'a voué son amitié ?

— Oui. »

Un moment de rumination.

« Tu dis vrai ?

— Pourquoi mentirais-je ?

— Va donc le voir.

— Je ne sais pas où il habite.

— Quand il est à Magdala, il habite la grande maison en pierre noire avec une terrasse sur le lac.

— Pourquoi, il n'habite pas toujours ici ?

— Non. Il te le dira lui-même. »

Ils reprirent leur travail. Cratyle se leva et longea la grève.

« Par là ! » lui crièrent-ils.

Il se dirigea vers une demeure qui lui parut somptueuse. Il fut accueilli par le majordome qui avait raclé Saül. Celui-ci le jaugea.

« Je voudrais voir Lazare.

— Il t'attend ? Qui es-tu ?

— Dis-lui Cratyle.

— Attends ici. »

Il regarda autour de lui. Là-bas, la plaine semblait ondoyer comme la mer. Des moutons. De la laine. Magdala ne vivait que de la laine et les provinces de Palestine ne portaient quasiment que la laine de Magdala. La ville était riche de quatre-vingts filatures et riche tout court. Ses contributions à la Ville Sainte étaient tellement importantes qu'on les acheminait par chariots entiers. Il soupira. Il n'était ni d'ici, ni de là. Romain, mais crétois d'origine et donc étranger dans la Ville impériale qu'il regagnerait avec son maître. Étranger en Palestine aussi bien.

Il en était là de ses réflexions quand de légers bruits le firent se retourner. Lazare. Mince et presque frêle. Ce visage creusé, possédé par des yeux fous, contrastant avec la peau ivoirine. Les cheveux presque noirs semblaient être l'émanation déjà calcinée d'un feu intérieur.

« Cratyle ! »

Ils s'étreignirent.

« Je suis content de te voir ! »

Cette même exaltation, jusque dans la façon de pétrir les mains de son hôte. Cratyle l'envia, intrigué. Il eût voulu jouir de ce feu. La majordome les observait, méditatif.

« Fais-nous servir à boire sur la terrasse, dit Lazare à son majordome. À manger aussi. Viens », dit-il à son visiteur, le tirant par la main.

Ils traversèrent la demeure et parvinrent sur la terrasse que Cratyle avait vue de l'extérieur. La mer de Galilée flambait sous le soleil. Les voiles des bateaux de pêche se dématérialisaient dans une lumière de feu. Un domestique apporta un premier plateau chargé de carafes de lait d'amande, de vin, d'eau, puis un autre apporta un plateau chargé de bols de grenades égrenées, d'abricots, d'oranges confites. Cratyle, assoiffé, but d'abord du lait d'amande coupé d'eau. Puis il se servit d'une figue, puis d'une autre.

« Qu'est-ce qui t'amène ? demanda Lazare.

— Je viens voir Marie. Je suis envoyé par Pilate. »

Le visage de Lazare se rembrunit.

« Que se passe-t-il ?

— Iéschou... est-il vivant, vraiment ?

— Il l'est. Dis-moi, pourquoi Pilate s'intéresse-t-il à cela ?

— Le récit de la résurrection de Iéschou est parvenu jusqu'à Rome. Des émeutes éclatent déjà entre les Juifs de Rome. Pilate doit envoyer un rapport à Rome. Je préfère que ce rapport soit fondé sur ce que je rapporterai plutôt que sur les dires de Saül. Tu peux être tranquille : Pilate ne veut aucun mal à Iéschou. Sa femme lui interdirait toute action malveillante, tu le sais bien. »

Lazare hocha la tête : c'était par Cratyle que Marie et les autres femmes avaient approché Procula et avaient obtenu son concours dans le retard de la crucifixion. Ce n'était pas des Romains que viendrait le danger.

« Et que veux-tu savoir de Marie ?

— Qu'elle me parle. Qu'elle me dise la vérité... »

Lazare parut songeur.

« Si elle le faisait, cela pourrait quand même nuire à Iéschou. La police du Temple le recherche.

— Oui, je sais. Saül est déjà venu et il n'a pas été très bien reçu, je crois. » Cratyle se mit à rire. « Il est revenu à Jérusalem avec un œil au beurre noir » Lazare commença aussi à rire. « Non, Saül n'aura pas une miette du rapport que je ferai à Pilate. »

Il se retourna.

Les gens de cette famille glissaient sur le sol comme des ombres.

Marie était là, dans l'embrasure d'une porte. On la distinguait malaisément dans l'ombre hachurée des claies tendues sur l'arrière de la terrasse.

Cratyle cligna les yeux et se leva.

« Marie ?... »

Elle avança, mi-princière, mi-échevelée, ses mèches lustrées de henné s'échappant du capuchon de laine bise, très fine, qui glissait vers l'arrière de sa tête. Le pas impérieux dans les scandales d'agneau. Le regard inquiétant, comme fiévreux dans les yeux cernés d'antimoine, contre les mouches. Le visage d'une pâleur excessive. Belle, mais alarmante.

« J'ai entendu des voix, dit-elle. J'avais cru reconnaître la tienne. C'est toi. Sois le bienvenu. »

Elle s'assit.

« Qu'est-ce qui t'amène ? »

Question de courtoisie, songea Cratyle, car elle avait sans doute entendu aussi la conversation. Il le lui expliqua néanmoins. Elle demeura silencieuse un long moment.

« Dis à Procula qu'il est vivant. Il se remet parfaitement de l'horreur que lui ont infligée les gens du Sanhédrin. Les blessures se cicatrisent. Il n'est pas utile que tu saches où il est. Cela finirait par se répandre. Des assassins partiraient à sa recherche. »

Le vent qui soufflait du large répandit l'odeur de la mer et le silence. Le savoir s'arrêtait là.

Lazare remplit le verre de son visiteur, qui le but aussi avidement que le premier. « Et maintenant ?

— Tu veux dire : que va-t-il faire ? Je l'ignore.

— Il est hors de question qu'il revienne à Jérusalem, s'écria Cratyle.

— Lui seul peut en décider, répliqua Lazare.

— S'il retournait à Jérusalem, ce serait la guerre civile !

— Sans doute », fit Lazare.

Cratyle se servit d'eau. Marie regardait la mer.

« Jérusalem est indigne de lui, articula-t-elle lentement. Il lui a apporté la parole divine. Elle lui a répondu par les manœuvres infâmes d'une bande de prêtres et l'a cloué sur le bois. Tu dis que, s'il revenait, il y aurait un bain de sang. Peut-être le sang laverait-il Jérusalem de son infamie. Peut-être est-ce le châtiment nécessaire. Mais je doute que Jésus voudrait régner sur des ruines. Il est violent, mais il n'est pas cruel. » Elle considéra Cratyle. « Est-ce là ce que tu cherchais à savoir ? Je crains que ton maître ne soit frustré. Et les maîtres de ton maître encore plus.

— Tu m'as dit que les Juifs de Rome se disputaient déjà au sujet de sa résurrection ? » s'enquit Lazare.

Cratyle hocha la tête.

« Certains soutiennent que, s'il a triomphé de la mort, c'est qu'il était un dieu et que ceux qui l'ont mis à mort doivent eux-mêmes être mis sur la croix. Cela déclenche des émeutes, et le pouvoir s'inquiète.

— C'est exactement comme si cela s'était passé ainsi. Il a bien triomphé de la mort, reprit Marie. La situation qui s'est créée ne dépend plus de personne. Ni Rome, ni le Sanhédrin n'y peuvent rien. Personne n'y peut rien. Même pas Jésus lui-même. Le Tout-Puissant s'est manifesté. Tôt ou tard, Jérusalem paiera le prix de sa faute. En l'envoyant sur le bois, elle s'est condamnée à mort. »

Ils ressemblaient à des statues au soleil. Le seul signe de vie qu'on eût décelé consistait dans les palpitations des vêtements sous la brise.

« Et toi ? demanda Cratyle à Marie.

— Ma joie est immense. Je suis l'ombre de cet homme. Mon cœur s'est maintes fois arrêté de battre pendant les trois heures qu'il était cloué au bois. Je ne vis que parce qu'il est en vie. Mon cœur s'emplit maintenant de joie quand je sais qu'il respire, qu'il mange et qu'il dort d'un autre sommeil que celui de la mort.

— C'est à toi qu'il doit d'être en vie. C'est toi qui as eu l'idée de retarder l'heure de la crucifixion et d'avancer celle de sa descente de croix.

— Non, dit-elle en secouant la tête. Je n'ai servi qu'à conjurer la malfaisance du Sanhédrin. Moi et quelques autres, dont toi-même, Cratyle, qui n'es même pas juif. Te souviens-tu ? Oui, tu ne peux l'avoir oublié. C'est toi qui, sur les instances de Joseph de Ramathaïm, es allé demander à Procula de soudoyer les bourreaux pour qu'ils retardent la mise en croix. Elle devait avoir lieu à sept heures du matin, elle n'a eu lieu qu'à midi. Pourquoi as-tu fait cela ? Tu y risquais ton poste. Cet homme n'était rien pour toi ! »

Elle s'était exprimée avec véhémence. Marthe les avait rejoints sur la terrasse ; elle parut alarmée par le discours de sa sœur. Puis elle s'assit.

« Marie, cet homme n'était rien pour moi, reprit Cratyle. Mais quand j'ai ensuite rencontré Lazare, par l'entremise de Joseph, puis quand je t'ai rencontrée, un soir où tu étais comme folle, je me suis dit que cet homme devait être exceptionnel pour que vous l'aimiez tous autant. C'est votre amour qui m'a troublé. Et j'ai alors eu l'audace d'aller proposer l'indicible à Procula. Et j'ai compris qu'elle aussi...

— L'amour, coupa Marie. C'est la seule réponse. Ne cherche plus. »

Cratyle demeura interdit.

« Est-ce cela dont tu vas entretenir le Procurateur Ponce Pilate ? reprit Marie, d'un ton provocateur. Je vois d'ici le rapport d'un procurateur romain au Sénat impérial ! C'est l'amour qui a sauvé Jésus ! » Un rire grinçant et presque pénible lui échappa.

« Que veux-tu que je fasse ! murmura-t-il dans un soupir. Ce que je dirai vaudra mieux que ce qu'un Saül dirait. »

L'argent du ciel avait lentement tourné à l'or et maintenant, il virait au cuivre.

« Reste ici cette nuit, dit Marie. Il est trop tard pour reprendre la route. » Elle mit la main sur l'épaule de Cratyle. « Je te verrai au souper. »

Marie appela le majordome et lui donna d'autres ordres, dont celui de mener l'âne de leur hôte à l'écurie. Puis elle suivit sa sœur à l'intérieur de la maison.

« Il y a un moment de cette affaire qui m'échappe, dit Cratyle. Qu'est-il advenu après la descente de croix ? »

6.

Le récit de Lazare

« L'entreprise était trop importante pour qu'on laissât des femmes y participer, dit Lazare. Et moi, je passe pour un homme faible, ajouta-t-il avec un sourire. De toute façon, nous ne pouvions pas être trop nombreux. Joseph de Ramathaïm et Nicodème ont pris les choses en main. Mais je les suivais à distance. C'était la Pâque, et tu te le rappelles, dès avant le coucher du soleil, il n'y avait presque personne dans les rues. Quand Pilate leur a donné l'autorisation de descendre le corps de la croix et d'en disposer, ils se sont empressés de retourner au Golgotha. Les gardes avaient empoché l'argent et ils étaient partis le boire dans une auberge. Un orage s'était abattu sur Jérusalem au début de l'après-midi, comme pour la punir, et il n'en finissait pas. Le ciel était noir. La colline était sinistre. J'avais l'impression d'assister à mon propre enterrement. Des gens, je ne sais pas lesquels, s'étaient déjà emparés des corps des Zélotes qui avaient été crucifiés en même temps que Jésus. Là, Joseph et Nicodème ont bandé les pieds et les poignets de Jésus, qui saignaient, ils ont placé le corps sur un suaire et ils ont répandu des aromates par-dessus. Puis ils ont juste replié le suaire sur le corps et ont chargé celui-ci sur une civière. Le soleil s'était couché, la

Grande Pâque avait commencé, et Joseph et Nicodème en avaient déjà assez fait, à aller toucher un mort à la veille de la fête. Tu sais, chez nous, toucher un cadavre, c'est comme toucher une femme qui a ses règles, cela rend impur...

— Chez les Romains aussi, observa Cratyle.

— Bon, ils n'allaient quand même pas se lancer en pleine nuit dans les rites de la toilette funèbre. Et surtout, ils ne voulaient pas que d'autres touchent le corps de Jésus, parce qu'on se serait aperçu qu'il était vivant. Bref. Quatre de leurs domestiques ont porté la civière jusqu'au sépulcre de Joseph. Mais des espions du Sanhédrin rôdaient dans les parages et ils surveillaient tous les gens qui se tenaient à la porte d'Ephraïm, celle qui donne sur le Golgotha. J'ai compris que Joseph et Nicodème voulaient leur donner le change. Ils ont bien vu, comme moi, que Joseph, Nicodème et leurs serviteurs ont enlevé le corps de la civière pour le porter sur le lit de pierre à l'intérieur du sépulcre, puis qu'ils avaient roulé le dopheq devant la porte. Là, ils étaient sans doute satisfaits. Mais l'un d'eux est allé demander à un serviteur de Joseph : "Et vous allez laisser ce mort comme ça, sans le laver ?" Le domestique leur a répondu : "Nous reviendrons faire sa toilette après la Pâque. La nuit est tombée. Nous serions tous impurs." La réponse a paru satisfaire les espions et ils sont partis.

— Marie n'était pas là ?

— Non, aucune de mes deux sœurs, ni les frères, ni la mère de Jésus n'étaient au mont des Oliviers. Aucune femme en tout cas. Joseph, Nicodème et leurs domestiques ont fait semblant de partir, évidemment. J'étais avec Jean et Thomas qui m'ont ramené en ville quand on a fermé la porte du sépulcre, parce que je n'arrêtais pas de pleurer et qu'ils craignaient que j'aie une crise. Nous sommes allés chez des amis et là, je me suis endormi. Ce que je te rapporte est tout ce que je sais comme témoin oculaire. »

L'émotion déformait de nouveau la voix de Lazare. Cratyle le laissa se ressaisir. Il lui versa un peu de vin et lui tendit le verre.

« Et après ? demanda-t-il.

— Je ne me suis réveillé que le lendemain matin, assez tard, d'ailleurs. Jean était assis près de moi, comme s'il me veillait. Je suis allé à notre maison de Béthanic. J'y ai trouvé Marthe et Marie dans tous leurs états. Nous aurions voulu interroger Joseph et Nicodème, mais nous ne savions pas où ils étaient ni où ils avaient emmené Jésus. Nous ignorions donc si le plan avait été accompli. Nous ne savions pas si Jésus avait survécu. Je suis allé en ville à la recherche des compagnons de Jésus, qui n'étaient évidemment pas informés de notre complot. Quand je leur disais que Jésus avait survécu, ils me regardaient comme si j'avais perdu la raison. Nous ne pouvions pas circuler, puisque c'était la Pâque et, comme nous avions peur des espions de Caïphe, nous n'osions pas aller à la recherche de Joseph et de Nicodème. Ils avaient voulu qu'il y eût le moins possible de gens informés. Ils se méfiaient surtout des domestiques... La journée du samedi s'est donc passée dans une angoisse indescriptible. Marie était comme folle... »

Lazare frissonna et but une gorgée de vin.

« Le dimanche, Joanna, la femme du chambellan d'Hérode Antipas, Chouza, n'y tenait plus et est venue, elle, aux nouvelles. Elle y avait aussi été poussée par Malthace, la mère d'Hérode. Nous n'en savions toujours pas davantage. Marie a décidé alors de se rendre au sépulcre, mais je ne sais pas ce qui l'y a poussée. Une sorte d'instinct, je crois. Nous l'avons suivie, Marthe, Joanna et moi. Ce n'est pas loin, comme tu sais, juste au-dessus de Béthanie. Mais j'étais le seul à avoir vu l'emplacement du sépulcre, et je ne l'avais vu que la nuit, à la lueur des torches, et quand nous sommes arrivés au cimetière, je ne savais plus où c'était. Marie m'a demandé : "Tu dis que c'est un tombeau neuf, nous allons demander au gardien du cimetière." Le gardien nous a indiqué le tombeau et...

— Et ?

— Quand nous avons enfin repéré le sépulcre, Marie a poussé un cri terrifiant... J'ai cru qu'elle était de nouveau... J'ai accouru et il y avait de quoi crier, en effet, le dopheq avait été roulé et on voyait la porte béer sur l'intérieur du sépulcre. Nous sommes restés là, tous les quatre, ne sachant que penser. Je voulais entrer à l'intérieur, mais Marthe et Marie se sont récriées. "Non, va appeler les compagnons de Jésus. Cours en ville, ramène ceux que tu trouveras." C'était facile à dire. Mais j'ai retrouvé, dans l'Ofel, la maison où j'avais passé la nuit avec Jean et Thomas. Jean était encore là, mais plus Thomas. C'était Pierre qui était avec lui et ils se disputaient. Ils m'ont vu arriver, je crois qu'ils ont été effrayés par mon aspect. Je leur ai dit : "Le tombeau est vide. Venez voir." Ils m'ont suivi en courant. Nous étions parvenus sur les lieux une demi-heure plus tard. Jean et moi étions les plus jeunes et nous courions plus vite. Jean est arrivé au sépulcre et Marie m'a crié : "N'entre pas !" Jean n'est pas entré non plus, il paraissait terrifié. Il s'est limité à regarder à l'intérieur. Puis Pierre est arrivé et il est entré. Un bon moment plus tard, Jean est revenu vers nous, pâle comme un spectre. Nous les avons emmenés lui et Pierre à Béthanie, pour qu'ils se remettent... »

Lazare poussa un soupir. Il se reversa du vin.

« Cratyle, je ne peux pas te dire les heures que nous avons passées ! Une fois qu'il a repris ses esprits, Pierre nous a raconté ce qu'il avait trouvé dans le sépulcre. Près de la porte, le linge que les Grecs appellent *soudarion*, tu sais celui qu'on met sur le visage pour absorber les sueurs de mort. Le linge était roulé, intact. Puis il avait trouvé des pansements sanglants. Pas de linceul. Marthe essayait de lui dire : "Jean, Pierre, vous savez, Jésus n'est pas mort..." mais ils étaient tous les deux dans un tel état d'agitation qu'ils ne l'écoutaient pas. Ils criaient tous deux : "Non, il n'est pas mort, il a ressuscité ! C'était l'envoyé de Dieu ! C'était le Messie !" Jean était dans un état d'exaltation effrayant, mais Pierre était pitoyable. Marie a demandé : "Jean, pourquoi le dopheq était-il roulé ? S'il était l'homme surnaturel que tu dis, il l'aurait traversé." Il a crié : "Pécheresse, tu ne comprends rien à rien ! Il l'a roulé pour qu'on voie bien que le sépulcre était vide !" *Pécheresse*. Jean... Bref. Lui et Pierre sont repartis pour Jérusalem sans même nous accorder un dernier regard. »

Lazare resta un moment silencieux, accablé.

« Et ensuite ?

— Joanna est rentrée chez elle avec ses domestiques. Nous sommes restés tous les trois, Marthe, Marie et moi, nous demandant comment retrouver Joseph ou Nicodème. Nous nous demandions parfois si nous ne perdions pas la raison. Peut-être tout cela n'avait-il été qu'un rêve. Peut-être avions-nous été dupés. Après tout, Joseph et Nicodème étaient des membres du Sanhédrin. Procula était la femme de Pilate. Joanna était l'épouse d'un chambellan d'Hérode, qui se méfiait de Jésus. Malthace était la mère d'Hérode et le palais de celui-ci grouille de Pharisiens. Personne en qui nous pussions avoir confiance. »

Le soir était tombé. De petites lumières scintillaient sur les rives du lac.

« Et alors ? s'écria Cratyle encore une fois.

— Alors, Marie est allée errer un matin au pied du mont des Oliviers. Elle ne nous parlait plus, elle parlait seule. Elle était devenue effrayante... Je ne te raconte que ce qu'elle m'a rapporté, parce que je n'étais pas avec elle. Elle voit arriver un homme sur la route qui mène à Béthanie et qui longe le mont des Oliviers. Il s'arrête et la regarde. Elle le prend pour un maraîcher ou le jardinier du cimetière. Il lui dit : "Marie." Elle le reconnaît à sa voix.

— Pourquoi ne l'a-t-elle pas reconnu tout de suite ?

— Il s'était rasé la barbe... C'était pour cela qu'elle l'avait pris pour un maraîcher.

— C'est une chance que vous soyez allés à Béthanie à ce moment-là. Mais où habitez-vous donc ? À Magdala ou à Béthanie ?

— Cette maison-ci est celle de notre famille. C'est celle qui nous a été léguée par nos parents. Ils sont morts tous deux et nous la conservons par piété, avec tous leurs domestiques, et aussi parce qu'elle est beaucoup plus fraîche pendant les mois d'été. La maison de

Béthanie a été achetée par Marthe il y a quelques années, quand elle allait épouser un marchand de Jérusalem. Le marchand est mort et elle a gardé la maison... et quand Jésus est venu à Jérusalem, au début, nous habitions sans cesse là...

— Nous en étions à la rencontre de Iéschou et de Marie...

— Je n'étais pas présent, comme je te l'ai dit, mais je crois, non je suis certain qu'elle a fait une crise. Elle voulait le toucher, il lui disait : "Non, j'ai mal, calme-toi. Je me rendais chez vous." Il marchait très péniblement, en s'appuyant sur un bâton. Nous étions à la maison, Marthe et moi, quand il est arrivé, soutenu par Marie. Cratyle » – et Lazare saisit le bras du Crétois et le serra avec une violence désespérée – « Cratyle, je connaissais chaque détail de notre complot, mais je ne croyais pas qu'il avait réussi. Je ne le croyais pas vraiment. Je me disais, le légionnaire qui l'a piqué du bout de sa lance a dû le tuer... Ou bien il sera mort d'épuisement... Quand je suis allé voir l'inconnu qui revenait avec Marie, quand j'ai reconnu son sourire... Cratyle, tu ne sais pas ce qu'est le sourire de cet homme... C'est à la fois la compréhension et la bonté, il te sourit et tu sais qu'il sait tout de toi, il voit en toi, il connaît les recoins les plus sombres de ton âme, et il te pardonne... Bon, quand je l'ai reconnu, j'ai tourné de l'œil. Il m'a encore une fois réveillé. Une fois que nous nous sommes calmés, nous avons pris conscience de la situation. Ça n'arrangeait rien. Nous nous sommes affolés. Marie lui a dit de fuir, parce que les gens du Sanhédrin allaient le retrouver et l'arrêter de nouveau et cette fois-là, ils s'assureraient qu'il n'en réchapperait pas et qu'il serait bien mort quand on le mettrait au tombeau. Même lui n'arrivait pas à la calmer... Elle parlait avec la tête. Il a écouté et c'est finalement son silence qui nous a calmés... »

Lazare haletait. Il but une longue goulée d'eau.

« Il disait : "Marie, ils ne me reconnaîtront pas plus que toi. Il y a deux ans que je t'ai guérie des sept démons, Marie ! Tu m'as pris pour le jardinier ! Tu ne m'as reconnu qu'à la voix." Bien, à la fin, nous nous sommes apaisés. Pendant tout ce temps, Marthe, qui est la plus calme de nous tous, préparait à manger. »

Lazare se mit à rire. Il passait des larmes au rire comme sa sœur.

« Elle entendait tout de la cuisine. Elle est venue, elle a posé les salades sur la table, puis des pigeons farcis, du vin, de l'eau, du pain, des olives, du fromage blanc... Elle a regardé Jésus et lui a dit : "Jésus, ils te reconnaîtront à ta démarche. Tu as les deux pieds blessés. Et les poignets. Tu boites, tu attires l'attention. Va d'abord te rétablir. On verra après." Il a ri. Oui, il a ri. Il a dit que Marthe avait peut-être plus de raison que nous tous. »

Cratyle baissait la tête. Il ne pourrait jamais raconter tout ça au Procurateur. Il faudrait simplifier. Et même déformer.

« Et où avait donc été Iéschou pendant tout ce temps ? demanda-t-il.

— Tu l'appelles Iéschou ? Jésus. Il était à Bethbassi, dans une ferme appartenant à des amis de Nicodème. Quand ils sont allés au sépulcre avec leurs serviteurs, la nuit même de la mise au tombeau, pour le ramener, Joseph et Nicodème l'ont trouvé trop affaibli pour un long voyage. Ils l'ont mis sur un âne et Joseph est monté derrière lui pour le soutenir.

— Mais... combien de temps est-il resté chez vous, à Béthanie ?

— Une nuit. Il avait voulu passer une nuit avec nous. »

Lazare parut songeur. Il reprit :

« Le lendemain, Joseph est venu le chercher pour l'emmener beaucoup plus loin, en sécurité... Loin de Jérusalem. Jésus commençait à se rétablir. Il pouvait donc supporter un plus long voyage.

— Vers où ?

— Beaucoup plus loin. Je ne te le dirai pas.

— Et maintenant, il va donc mieux ?

— Oui, je te l'ai dit, il va tout à fait bien. Viens, allons manger », conclut Lazare.

Ils se levèrent. Cratyle saisit le bras de Lazare.

« Dis-moi, dis-moi ! murmura-t-il. Pourquoi aimez-vous tant cet homme, à la fin ? »

Lazare s'arrêta.

« Il est le souffle de la vie. Il te possède corps et âme. Corps et âme, Cratyle ! Il coupe droit comme l'épée, il t'enveloppe comme les bras de l'amour, il te donne naissance une nouvelle fois. Je n'ai pas d'autres mots. »

Tout à coup, il parut en transe. Le regard fixe et la voix basse, il poursuivit :

« Il m'a tiré du tombeau... Du tombeau ! J'avais eu une crise plus grave que les autres... je n'étais plus là... je ne me souviens de rien... Je me rappelle seulement que je me suis réveillé dans le noir... J'étais cousu dans un linceul... J'étouffais, un soudarion avait été posé sur mon visage, on m'avait pris pour mort... Je ne sais pas depuis combien de temps j'étais au tombeau, j'avais soif, soif... J'avais faim, je pleurais... Je me suis débattu, j'ai réussi à faire tomber le soudarion, je me suis délié les mains, j'ai essayé de déchirer le linceul, j'ai crié ! »

Les larmes jaillirent de ses yeux.

« J'ai crié, mais personne ne pouvait m'entendre... Personne ne va écouter les cris des morts dans les cimetières... Mais lui, il avait compris. Il avait pressenti ce qui s'était passé, de loin... Il est arrivé au cimetière avec Marthe et Marie... Il m'a entendu crier, lui ! »

Il haleta.

« Il a roulé le dopheq... Je me tordais par terre, dans le linceul... Il l'a déchiré avec son couteau, il m'a relevé... Marthe et Marie aussi m'ont soutenu, ils m'ont ramené à la maison. Il m'a dit : "Va te laver, va te purifier et viens me voir. Mets une robe de lin et viens me voir." J'ai obéi. Je suis allé. Il a passé la nuit à me parler. À m'expliquer. »

Il ne dit pas ce que Jésus lui avait expliqué.

Cratyle ne le lui demanda pas. Il songea à ces liens singuliers qui les unissaient tous quatre, Jésus, Lazare, Marthe, Marie. Jésus avait tiré Lazare du tombeau et

Marie à son tour avait tiré Jésus du tombeau. Marie avait-elle rendu à Jésus ce qu'il avait donné à Lazare ?

Mais ils ne lui révéleraient sans doute pas la nature profonde de l'amour surnaturel qui les attachait.

La nuit vint comme une mère, ample et douce et fraîche.

« Viens souper », proposa Lazare au bout d'un moment, d'une voix un peu moins rauque.

Il n'y avait que du poisson à souper. Du poisson froid en salade, avec de l'oignon coupé fin, du poisson frit, du poisson grillé aux graines de sésame. Marthe et Marie regardaient le Crétois et lui se demandait comment il se faisait qu'elles fussent assises par terre avec leur frère et l'inconnu, devant le grand plateau de cuivre. Les femmes juives ne mangeaient jamais avec les hommes. Mais enfin, il est vrai, ces femmes-là étaient hors du commun. Elles le dévisageaient d'un œil à la fois amène et vigilant.

« Qu'est-ce que tu vas raconter à ton maître ? questionna enfin Marie.

— Je ne sais pas. Qu'on l'a sorti de la tombe et qu'il est vivant quelque part, c'est tout. Ce n'est pas grand-chose, vraiment.

— Salue Procula pour nous, conclut Marthe. Elle est romaine, mais c'est une femme de cœur. »

Il se demanda à part lui si Marie était ou avait été la maîtresse de ce personnage à la fin extraordinaire qu'était Iéschou. Il la dévisagea et détailla sa face large et pâle, une lune humaine à la bouche d'enfant sur un corps pareil à une liane. Il regarda ses seins et se dit que c'était quand même un être de chair, donc un être de désirs. Et ce Iéschou aussi. Peut-être était-elle, avait-elle été ou espérait-elle connaître le corps de celui qui se disait Fils de l'Homme, peut-être était-ce l'explication de sa dévotion inouïe. Il savait peu de chose des femmes, lui, pauvre Crétois perdu dans cette métropole d'intrigues et de mystères qu'était Jérusalem, et il savait encore moins de choses de Iéschou. Mais enfin, un homme est un homme et une femme, une femme. Mais Marthe ? Plus corpulente que Marie, elle ne divergeait pas d'un iota de la passion que son frère et sa sœur nourrissaient pour Iéschou. Aurait-elle été la maîtresse de cet homme énigmatique ? Et Lazare ? C'était quand même vers leur maison de Béthanie que Iéschou s'était rendu quand il s'était suffisamment remis pour pouvoir marcher. Donc, lui aussi leur était attaché. Lui qui avait connu tant de gens, pourquoi était-il attaché à cette famille ?

Toutes ces questions bourdonnaient dans la tête du Crétois comme les mouches qui indisposaient le Procurateur. Vers la fin du dîner, la conversation s'étiola. Cratyle se trouva perdu dans la nuit d'Orient et les mystères de ces deux sœurs éperdues d'amour pour un homme qu'en Grèce et à Rome on eût appelé un mage. Il n'avait été qu'un modeste rouage dans un vaste complot dont l'ampleur dépassait sa compréhension, mais qui avait fini par alarmer le Sénat et l'empereur.

Ce mage juif qui alarmait le Sénat et l'empereur ! Histoire de fous.

On lui donna une paillasse fraîche dans une chambre à part. Il y dormit mal, comme si la fièvre de cette étrange famille l'avait gagné. Il but toute la gargoulette d'eau que le majordome avait posée sur le rebord de la fenêtre. À en juger par l'amour passionné qu'ils portaient à Iéschou, ils le reverraient bientôt. Et que se passerait-il alors ? Qu'allait faire Iéschou ? Allait-il recommencer à agiter les Juifs ? Et d'ailleurs, que voulait-il, à la fin ? Mais qui était donc ce Iéschou ? Quelle était la raison de son importance ? Il s'inquiéta ; si son rapport était incomplet, Pilate lui tiendrait rigueur de ne pas l'avoir prévenu que l'agitation en Palestine allait reprendre. En fin de compte, il n'avait appris qu'une parcelle de l'évasion de Iéschou ; s'il voulait comprendre cette histoire qui lui semblait de plus en plus complexe, il devrait interroger d'autres témoins. Mais lesquels ? Les disciples ne lui feraient certainement pas un bon accueil ; le secrétaire du Procurateur, autant dire le domestique du bourreau. Joseph de

Ramathaïm et Nicodème l'enverraient sans doute promener.

Il se leva tôt et, armé de la truelle placée en évidence à côté de sa paillasse, alla creuser un trou dans les champs, à bonne distance de la maison, pour faire ses besoins. À une centaine de pas de là, un serviteur faisait de même. De retour à la maison, toujours endormie, il trouva le majordome déjà réveillé, lui fit remplir sa gourde d'eau fraîche et reçut de surcroît deux pains au sésame pour la route. Lazare et ses sœurs dormaient encore. « Ne les réveille pas », recommanda-t-il au majordome. L'aube jetait des traînées de vin sur la mer de Galilée quand Cratyle enfourcha son âne et, le front plissé, regagna le chemin de Jérusalem.

7.

Le soupeur de l'Ofel

Cratyle arriva peu avant le soir, fourbu, les cuisses irritées par la selle. Il se rendit sans enthousiasme à la Procure, espérant que Pilate n'y serait pas. Erreur : le Romain était là, le visage cuivré par la lueur des torches, étudiant un plan d'adduction d'eau. Il leva les yeux sur Cratyle.

« Déjà ? »

Cratyle soupira. Il repensa brièvement à la terrasse à Magdala. C'était un autre pays.

« Il est bien vivant, dit-il en s'asseyant. Je ne sais où. Je ne sais ce qu'il se prépare à faire. Ses amis l'ont arraché au tombeau dans la nuit.

— Le complot a donc réussi ? »

Cratyle hocha la tête.

« Qu'est-ce que c'est que ces gens, ces amis dont tu parles ? demanda Pilate.

— Une femme. Des femmes, comme tu sais. Deux Juifs riches.

— La femme, tu l'as vue ?

— Oui. Elle habite Magdala. Elle s'appelle Marie. Elle est passionnément... Cratyle hésita. Passionnément dévouée à Iéschou. »

Pilate tourna son masque de cuir vers son secrétaire. Celui-ci y discerna une lueur d'ironie. Cratyle esquissa un sourire.

« Sa maîtresse ?

— On peut le supposer. Je ne dis que ce que je sais. »

Pilate agita machinalement son chasse-mouches.

« Peu importe. S'il revenait à Jérusalem, les barbus d'en face ne le rateraient pas, dit Pilate.

— Cette femme et sa famille en sont bien conscients.

— Ou bien alors, il y aura un bain de sang. Parce que, s'il revient, personne ne croira au complot. On dira qu'il est vraiment ressuscité d'entre les morts. Il passera pour un dieu. Il y aura un soulèvement. Les Juifs iront égorger les barbus. Je devrais intervenir et j'aurais évidemment la main lourde. »

Cratyle se massait les cuisses.

« Je ne crois pas que cet homme soit assez fou pour commettre cette imprudence, dit-il.

— Et qu'est-ce que je vais répondre au Sénat ? murmura Pilate.

— Peut-être la vérité toute simple. Qu'il n'était pas mort et qu'on l'a arraché au tombeau et que des gens s'empressent de prétendre qu'il est ressuscité d'entre les morts. »

Pilate s'adossa à son siège, réfléchissant. Il secoua la tête.

« Non. Le Sénat exigera alors qu'on le retrouve et qu'on le mette publiquement à mort. Exactement ce que veut le Sanhédrin.

— Tu peux raconter qu'il s'est enfui dans un pays lointain, on ne sait où,... Ce qui est d'ailleurs la vérité. »

Pilate ne paraissait qu'à demi satisfait de cette solution.

« Peut-être, Procurateur, m'autoriserais-tu à faire une suggestion.

— Laquelle ?

— Ajoute que ce ne sont là que les premiers résultats de ton enquête. Et que tu informeras le Sénat de ce que tu apprendrais par la suite.

— Y a-t-il donc autre chose à apprendre ? »

Cratyle prit son temps pour répondre.

« Cette affaire est hors du commun. Voilà un homme qui enflamme tout un pays. Il s'apprête à entrer à Jérusalem et on manque le couronner roi. Il alarme le Sanhédrin au point qu'ils s'agitent comme des fous et font pression sur le pouvoir impérial pour que celui-ci consente à accepter une condamnation à mort. Puis un groupe de gens de qualité... » – et là, Cratyle s'autorisa un sourire, en songeant à la propre femme du Procurateur – « ... prend de grands risques, organise un complot audacieux et le sauve de la mort. Mais l'hypothèse de sa survie continue d'inquiéter le Sanhédrin, au point que son principal espion, Saül, nous en sommes maintenant certains, continue d'enquêter frénétiquement sur ce point. Pourquoi tout cela ? Quel est le prestige de cet homme ? Son pouvoir ?

— Cela n'intéressera pas le Sénat.

— Non, admit Cratyle. Mais toi peut-être. Rappelle-toi ce que tu as dit un jour. "Je me demande pourquoi la raison des Orientaux n'est pas la même que celle des Romains." Et une autre fois : "Je me demande vraiment ce que les Romains trouvent donc d'attirant dans ces rites orientaux qui sévissent à Rome." Peut-être y trouveras-tu la réponse.

— C'est toi qui te proposes de me la fournir ? s'enquit Pilate, amusé.

— Peut-être.

— Il te faut donc prendre quelques jours de congé de plus. Bon, vas-y. Mais pas plus de quelques jours. Je ne te paie pas pour courir après des fables.

— Je te remercie. Pour le moment, je vais aux bains. Je suis fourbu », fit Cratyle en se levant.

À la porte, Pilate lui lança : « Procula aussi aimerait t'entendre.

— Je promets de la satisfaire. »

Il n'y avait à Jérusalem qu'un seul établissement de bains, et c'était celui de la Légion, adjacent à l'Hippodrome. Les Juifs considéraient comme une folie impudique de se dévêtir en public, et tenaient les bains pour un lupanar de sodomites. Les légionnaires et les fonctionnaires de la Procure et de l'administration romaine, eux, appréciaient particulièrement le service de fumigation. Moyennant une piécette supplémentaire, le garçon de bains se chargeait d'aller pendre leurs effets dans une chambrette au centre de laquelle, sous une grille en claire-voie, brûlaient des fagots d'herbes aromatiques et de feuilles d'eucalyptus. La fumée qui s'y accumulait eût suffoqué son homme en cinq battements de cœur ; elle mettait un peu plus longtemps à exterminer la vermine, mais elle l'exterminait. Poux, puces, punaises succombaient pendant que leur propriétaire vaquait à ses ablutions. De temps à autre, le garçon de bains entrait dans la pièce en retenant sa respiration et bâtonnait furieusement les effets pendus au-dessus de la fournaise. Les parasites récalcitrants tombaient alors dans le brasier et, moins d'une heure plus tard, les vêtements, secs et odorants, étaient dépouillés de la vermine.

Cratyle alla suer ce qu'il appelait ses poisons dans le sudarium. Assis en face d'un légionnaire balafré de haut en bas et d'un homme aux cheveux blonds, sans doute un marchand de Cappadoce ou du Pont, il songea à son séjour à Magdala.

Quelle famille ! Deux femmes et un homme, tous les trois jeunes, possédés par une passion fulminante pour un mage ! Lazare, dix-sept ans, ramené de chez les morts par ce Iéschou, Marie, vingt-trois ou vingt-quatre ans, exorcisée par le même Iéschou. Sept démons. Comment les avait-on comptés ? Et l'aînée, Marthe, deux ans ou trois de plus que Marie, apparemment une femme de bon sens, mais pénétrée de la même passion pour Iéschou.

Un point le frappait : avant de quitter Bethbassi, alors que chaque pas et chaque geste lui coûtaient sans doute, Iéschou avait tenu à aller à Béthanie, revoir Marie, sa sœur et son frère. Il y avait là un mystère : ce mage, dont les partisans assuraient qu'il était le messie, nourrissait donc des attachements bien terrestres. Maintes questions l'assaillaient, mais ceux qui détenaient les réponses ne les lui auraient certes pas fournies.

Cratyle le comprenait sans peine : Lazare était allé aux limites de la confidence. Il ne les dépasserait pas.

Ayant sué les liquides impurs de son corps, il s'offrit aux pétrissages savants et cruels du masseur nubien.

« La tête aussi ? »

Allongé sur une dalle de marbre, Cratyle opina du menton. L'hercule d'ébène lui enduisit le scalp d'une huile balsamique qui, tout à la fois, rafraîchissait, assassinait la vermine et lustrait les cheveux, puis il lui mobilisa la peau sur le crâne comme s'il résistait à la tentation secrète de la lui arracher. Alors commença la torture, l'étirement de la nuque, le malaxage du dos, les pincements profonds des cuisses et des mollets et les torsions de la colonne vertébrale, l'étirement des orteils. Impitoyablement frotté à la raclette qui lui avait arraché des copeaux de peau morte, il fut dépêché à la piscine pour se rincer et nagea vers la gargouille qui déversait l'eau à gros bouillons. Enfin, il accepta d'un garçon de bains la serviette mouillée à l'eau additionnée de benjoin, pour resserrer les pores, se sécha, se rhabilla et sortit dîner.

Le cours de ses réflexions reprit seul. Il n'avait jamais vu Iéschou. Le soir de la crucifixion, il se soûlait. Non par chagrin, mais parce que la haine qu'il avait lue sur les visages de la foule assiégeant Pilate à l'extérieur du Palais l'avait rendu malade. Des gens payés par le Temple, parce qu'ils se doutaient que Pilate répugnait à prononcer la condamnation à mort. Non que Pilate fût enclin à la miséricorde, il s'en fallait ! Mais après tout, selon la loi romaine, ce Iéschou n'avait commis aucun crime contre l'Empire. Il n'avait tué aucun soldat romain, ni aucun Juif. Le Procurateur craignait donc qu'en envoyant à la croix un innocent, il ne suscitât des émeutes. On l'accuserait de ne pas savoir maintenir le calme en Judée et l'on se plaindrait à Rome.

Or, c'étaient les gens du Temple, excités par le Sanhédrin, qui menaçaient d'une émeute. Et ce n'était pas en satisfaisant à leur haine, d'ailleurs, que le Procurateur se garantissait contre d'autres soulèvements. Ce Iéschou, lui avait-on dit, et Cratyle l'avait confirmé, comptait énormément de partisans dans le peuple.

Il avait offert de gracier le criminel et de le bannir. Non ! Ils voulaient du sang ! Ils voulaient le sang de cet homme-là !

Mais ces visages déformés par la haine avaient laissé une vilaine griffure dans la mémoire de Cratyle. Il exécrait désormais ces gens. Puis il se disait que Iéschou appartenait pourtant à leur peuple.

Ses pas l'eussent d'habitude porté vers l'auberge des légionnaires, juste à côté de l'Hippodrome, elle aussi ; on y servait un vin jaune qui décapait l'esprit et portait à l'impertinence gracieuse. Un désir de changement qui prit la forme du caprice, peut-être aussi un espoir de luxure, le menèrent plus loin, dans le quartier populaire de l'Ofel, moins policé que la Ville Haute. Il s'était à peine aventuré dans une ruelle éclairée çà et là par des lumignons qu'une fille à la bouche carminée se pencha à la fenêtre d'un rez-de-chaussée et lui adressa un sourire sirupeux par-dessus une échancrure prometteuse. Elle sentait le nard à dix pas. De deux désirs, la faim l'emporta. Il adressa à la fille un sourire narquois et passa son chemin. Elle lui lança une injure chantante. Il reconnut l'accent mésopotamien. Une odeur de saumure et de friture à l'ail annonçait une auberge. Il jeta un coup d'œil à l'intérieur ; pas d'ivrognes braillards, donc pas de risque de rixe ; il entra. Une quinzaine d'hommes semblaient tuer le temps, loin d'épouses monotones. Miracle, on y servait de la bière fraîche, dans de grands verres de Syrie, bleus avec un filet d'argent. Mais c'était qu'aussi, l'aubergiste était syrien. Il prit la première place venue, à une table au bout de laquelle deux Phéniciens discutaient en mauvais grec de la différence entre la pourpre deux-bains, la plus chère, à la couleur la plus profonde et durable, et la pourpre un-bain, légèrement bleutée.

Cratyle s'assit à l'une des trois longues tables et

commanda de la bière, du poisson en saumure, des olives à l'huile – à l'huile, pas en saumure – une salade de concombres et un pigeon farci. Et deux petits pains au sésame. Près de lui, semblant fuir la compagnie, un homme maigre, d'une quarantaine d'années, adossé au mur, regardait le plafond, un verre vide devant lui. Sa barbe noire rebiquait vers le nez. Par l'échancrure de sa robe, on lui voyait les clavicules. L'aubergiste posa devant Cratyle le cruchon de bière, les olives et les pains au sésame. Le Crétois se versa un verre de bière, puis observa le liquide se clarifier tandis que le moût d'orge descendait lentement au fond et qu'une fine mousse se condensait aux bords. Puis il saisit une olive, la livra à ses incisives pour la dénoyauter, en dégusta le goût musqué et l'enrichit d'une bouchée de pain au sésame. Il dévisagea son voisin, nota la robe qui avait jadis été bleue à rayures noires, mais qui avait été trop lavée, puis le manteau posé près de lui, qui était râpé et couleur de muraille. Il releva surtout la mine maussade de son commensal.

« Voilà un homme en proie à l'absence », observa-t-il en grec d'un ton plaisant.

Tout le monde à Jérusalem parlait grec. L'autre baissa les yeux vers lui. Des yeux sombres, rêveurs, tristes, intelligents.

« Tout homme vit dans l'absence, poursuivit Cratyle. Absence d'une femme, absence d'argent, absence de passion. »

Le barbichu le considéra un moment.

« Absence du divin aussi, répondit-il en grec. Absence du divin, y as-tu jamais songé, Grec ? »

Le ton de la repartie était plaisant. Cratyle sourit.

« Crétois, étranger, Crétois, pas Grec.

— Quelle différence ? La Grèce est faite d'îles, non ?

— Qu'es-tu ?

— Juif.

— Chaque île est un pays différent, Juif. Veux-tu un verre ?

— Du vin, alors, Crétois. »

Cratyle commanda un cruchon de vin. Un des marchands éleva la voix :

« Du vinaigre, te dis-je ! Même pour la pourpre deux-bains, il faut du vinaigre pour fixer la teinture !

— Tout pays est fait de contraires, Juif, dit Cratyle, reprenant la conversation interrompue. Le tien aussi. La Galilée est un pays de rebelles qui parlent mal toutes les langues, le grec, l'araméen, l'hébreu. Ils ont des cailloux sur la langue. Quand tu viens de Galilée et que tu entends les Juifs de Jérusalem, diserts, fluides, futés, filant de la soie dans la bouche, tu te dis que le mot "Juif" a deux sens. Vous avez eu deux royaumes, celui d'Ephraïm au nord et celui de Jérusalem au sud, n'est-il pas vrai ? Ils n'ont été unis qu'un temps très court, sous le règne de David, puis ils se sont séparés après la mort de Salomon, n'est-il pas vrai ? C'est ainsi que les gens du sud et du nord sont divisés depuis lors.

— Qu'est-ce que tu fais dans la vie, Crétois ?

— Le Crétois se nomme Cratyle.

— Le Juif se nomme Thomas. Que fais-tu dans la vie, Cratyle ?

— Je sers un homme puissant.

— Dieu ? »

L'aubergiste apporta le vin et l'eau qu'avait commandés Cratyle. Et le Crétois éclata de rire. Thomas aussi se mit à rire.

« On sert toujours un dieu, qu'on le veuille ou pas, qu'on le sache ou pas. Singulier, n'est-ce pas, Thomas ? observa Cratyle. On sert toujours des hommes puissants. Je me demande s'il ne serait pas un jour possible de servir des égaux. »

Thomas le dévisagea avec insistance, puis versa dans son verre à parts égales du vin et de l'eau.

« Tu devrais être juif, Cratyle. Tu aurais dû vivre à mes côtés. Tu aurais connu un homme sublime qui t'aurait enseigné la même chose, mais avec plus de finesse.

— C'était ton maître ?

— C'était mon maître.

— Que lui est-il advenu ?

— Il a été crucifié. »

Cratyle fut saisi. L'aubergiste venait de lui servir son poisson en saumure. Il le considéra un instant, comme s'il n'était pas sûr d'avoir faim.

« Veux-tu partager mon poisson ?

— Je ne peux en partager le prix.

— Je t'invite.

— Merci, j'avais faim, dit Thomas, s'emparant d'un morceau de pain sur lequel il déposa un morceau de poisson.

— Iéschou », dit Cratyle.

Thomas se figea, inquiet.

« Quel est ton maître, Cratyle ?

— Le Procurateur Ponce Pilate. »

Thomas devint de pierre.

« Tu es mon ennemi !

— Non. Tu le sais bien. Pilate s'est laissé forcer la main. Tes ennemis sont ailleurs. Ils siègent juste en face de Ponce Pilate, d'ailleurs. Mais une cour les sépare.

— Comment sais-tu que Iéschou, comme tu l'appelles, était mon maître ?

— Je le devine. Qu'était pour toi Iéschou ?

— Le seul homme qu'un homme puisse rêver d'avoir comme maître.

— C'est ce que dit Lazare.

— Lazare ! Tu le connais ? s'exclama Thomas.

— Je suis parti ce matin de Magdala. Hier soir, je soupais avec lui et ses sœurs Marthe et Marie. »

Thomas ferma les yeux et soupira.

« Que faisait le serviteur du tyran païen Pilate chez Lazare, Marthe et Marie ? demanda-t-il d'une voix rauque.

— Il s'informait sur le fait que Iéschou fût encore en vie.

— Pourquoi ?

— Parce que les Juifs de Rome se querellent déjà sur ce qu'ils appellent une résurrection. Des émeutes ont éclaté. Le Sénat s'inquiète. Mais Iéschou est en vie. »

Les larmes jaillirent des yeux de Thomas.

« Que dis-tu, païen ? Que dis-tu ? »

L'indignation lui cassait la voix.

« Il est en vie, dis-je. Je ne sais pas où. Mais Lazare et ses sœurs l'ont vu. Il se remet lentement de ses blessures. Il marche difficilement.

— Que dis-tu ? s'écria Thomas. Tu es fou ! Il ne peut être en vie sur cette terre ! Et s'il l'était, il ne souffrirait pas de ses blessures ! Il est sorti du tombeau par la volonté du Tout-Puissant pour Le rejoindre au ciel ! Tu te moques de moi ! Tu es venu me chercher ici pour me tourmenter ! Peut-être es-tu un espion ! »

Cratyle le laissa s'agiter et lui versa un autre verre de vin.

« Le sépulcre était vide trois jours plus tard, n'est-ce pas ? reprit-il calmement.

— Bien sûr, il était vide parce qu'il en est sorti. Il en est sorti de lui-même, dans la splendeur de l'esprit divin.

— Y étais-tu ?

— Non, admit Thomas en fixant Cratyle d'un regard mécontent.

— Je ne vois pas pourquoi un être surnaturel aurait besoin de rouler la porte du tombeau pour sortir. »

Lazare le lui avait rapporté : c'était l'argument que Marie avait opposé à Jean et Pierre quand ils avaient trouvé le sépulcre ouvert et vide. L'objection sembla désarçonner Thomas.

« Tu crois à ce que raconte cette femme, reprit-il. Marie est une folle. Et Lazare dérangé. Quant à Marthe, elle se sera sans doute laissé abuser par eux. » Il but une gorgée de vin et se resservit de poisson en saumure. « Et d'ailleurs, où serait-il, Iéschou ? Peux-tu me le dire ? déclara-t-il sur un ton de défi.

— Non, mais mon ignorance prêterait plutôt du crédit à ce que je te dis. Car Lazare et ses sœurs ont refusé de me révéler où se trouve Iéschou, de peur que l'information ne transpire et ne parvienne aux oreilles du Sanhédrin. Un espion de ce dernier s'est mis en tête, en effet, de savoir où se trouve Iéschou pour le ramener à Jérusalem et sans doute, le faire mettre à mort pour de bon. »

Thomas parut ébranlé.

« Quel espion ?

— Le chef des espions du Sanhédrin. Saül. Celui qui est allé tourmenter ton ami Pierre. »

Là, Thomas devint fébrile. « Mais comment ? Comment Jésus serait-il encore en vie ? Je veux dire d'une vie terrestre ? On ne survit pas à la croix ! s'écria-t-il, les orbites dilatées, la voix suraiguë.

— Il n'y est resté que trois heures environ, répondit Cratyle. Grâce à une conspiration de ses amis.

— Mais qu'est-ce que tu racontes ?

— À quelle heure es-tu arrivé à la Porte d'Ephraïm pour observer le Golgotha ? »

La contrariété se peignit sur le visage de Thomas. Le silence la confirma. Cratyle le savait : il n'y avait eu à la Porte d'Ephraïm que deux disciples, Jean et Pierre. Les autres, épouvantés par le risque d'être arrêtés ou malmenés, s'étaient terrés.

« Tu n'y étais pas non plus, n'est-ce pas ?

— Non ! répondit rageusement Thomas. Tu es venu me tourmenter, Grec ? »

Il finit le poisson en saumure pendant que Cratyle entamait son pigeon.

« Veux-tu un pigeon farci ?

— Tu es venu me tourmenter, Grec, et maintenant, tu me tentes ! J'ai faim et ta nature est diabolique ! »

Cratyle éclata de rire. Thomas aussi finit par rire et Cratyle commanda un pigeon farci de plus.

« Pourquoi, Thomas, dis-tu que Marie est folle ? »

Thomas avait arraché une patte de pigeon et la suçait à en faire craquer les os délicats ; à coup sûr, il finirait par manger aussi les os.

« Jésus n'a-t-il pas expulsé d'elle sept démons ? répliqua Thomas avec violence. Ces démons étaient ceux de la luxure ! Quels autres démons, d'ailleurs, habiteraient une femme ?

— Mais comment sais-tu qu'il s'agissait des démons de la luxure ?

— On le savait bien dans la région. Elle avait connu beaucoup d'hommes, répondit Thomas d'un ton dédaigneux.

— Et où a-t-elle connu Jésus ?

— Il prêchait à Capharnaüm. On ne parlait que de lui en Galilée. Il guérissait des malades et des infirmes. Elle avait été attirée là par sa renommée. Comme tu sais, Capharnaüm est à deux pas de Magdala. Elle se trouvait un jour dans la foule des gens qui suivaient Jésus et elle a été prise d'un accès de possession. Elle s'est agitée tout à coup, prononçant des sons incohérents... Elle se convulsait presque. Tout le monde s'est écarté pour former un cercle autour d'elle. Jésus est allé vers elle. Il a mis la main sur son épaule. Il a ordonné aux démons de sortir d'elle. Elle s'est effondrée. Elle ne paraissait plus qu'un tas de chiffons. Puis elle s'est relevée en larmes et s'est jetée aux pieds de Jésus. Mais dis-moi, je vois que tu ne la connais pas vraiment ?

— Non. Pas vraiment. Je lui ai rendu un service, répliqua Cratyle, qui ne souhaitait pas s'expliquer d'emblée sur son rôle d'intermédiaire entre Marie et Procula. Je suis en bons termes avec elle et son frère.

— Deux jours plus tard, Jésus dînait chez un riche marchand, Simon, un Pharisien et nous étions avec lui, comme d'habitude. Cette femme, Marie, a fait irruption, elle s'est agenouillée près de Jésus, et elle était en larmes. Elle lui a versé sur les pieds et ses larmes et le contenu d'une fiole de myrrhe. Elle lui baisait les pieds et les massait de larmes et de parfum. C'était un spectacle contrariant, personne ne savait que dire...

— Pourquoi, “contrariant” ?

— Parce que tout le monde savait que cette femme menait une mauvaise vie, rétorqua Thomas avec force. Il n'y avait qu'à voir la tête de Simon pour s'apercevoir du scandale. Mais il n'osait pas chasser cette femme. Il a dit à Jésus : “Ne vois-tu pas que cette femme mène une vie immorale, que c'est une pécheresse ?” Et Jésus lui a répondu par la parabole suivante : “Deux hommes devaient de l'argent à un prêteur. L'un lui devait cinq cents shékels d'argent et l'autre, cinquante. Et comme ils ne pouvaient le rembourser, il a annulé leur dette. Maintenant, lequel des deux, crois-tu, lui porte le plus de gratitude ?" C'était évidemment le plus gros débiteur. Jésus fait donc un parallèle entre les grands pécheurs comme cette femme et les gros débiteurs. »

Thomas eut vite fait de ne laisser du pigeon que les os les plus strictement non comestibles. Il paraissait songeur. Une autre goulée de vin ne parvint pas à lui déplisser le front. Ses mains osseuses s'agitaient sur le cèdre de la table, tiraillaient sa barbe, caressaient le verre.

« Tu avais faim.

— Je n'ai plus de quoi vivre. Comme nous tous, d'ailleurs. Depuis qu'il est mort, tout le monde nous tourne le dos ou nous insulte. Ou pis, nous dénonce. Je ne devrais pas être en Judée et surtout à Jérusalem. La ville grouille d'espions du Temple.

— Pourquoi es-tu venu ?

— J'espérais obtenir un prêt d'un riche marchand qui nous avait témoigné de la sympathie, mais il a changé de camp et nous a dit que notre maître n'avait fait que créer des désordres et qu'il ne nous devait rien. Si tu ne m'avais pas nourri ce soir, je me serais couché le ventre vide. »

Cratyle médita ces paroles.

« Dis-moi, reprit-il, cela ne te dérange pas d'être plus sévère que ton maître à l'égard de cette femme ? À la fin, tu as la même attitude que Simon le Pharisien. »

Thomas s'agita sur son banc.

« Tu es venu me tourmenter ! soupira-t-il. Cette femme...

— Marie ben Ezra, de Magdala.

— Oui, bref, cette femme... »

Les mots ne lui sortaient décidément pas de la bouche. Il donna un coup de poing sur la table. Cratyle l'observait d'un œil froid.

« Cette femme n'aurait-elle pas été aimée par ton maître ? C'est ce que tu ne veux pas dire ? »

Thomas se leva d'un coup et quitta la table.

« Thomas ! » cria le Crétois quand le disciple fut parvenu à la porte de l'auberge.

L'autre se retourna, le visage crispé.

« Thomas, si tu veux le revoir, va le demander à cette femme. »

Le disciple agita désordonnément les bras et sortit.

Cratyle acheva seul et pensif son cruchon de bière. Depuis deux ans qu'il était au service de Pilate, il s'était familiarisé avec la Palestine, mais il ne l'avait jamais trouvée aussi opaque que ces derniers jours. Les gens qui gravitaient autour de ce Iéschou paraissaient possédés par des convictions passionnelles qui les rendaient inflammables. Saül, dévoré d'ambition féroce, Marie ben Ezra, sa sœur Marthe et Lazare incapables de quitter le registre extatique, et maintenant ce Thomas qui prenait le large dès qu'on lui suggérait une hypothèse somme toute anodine. En Crète, on ne brûlait ainsi que pour des raisons politiques. Il eût maintenant voulu voir ce Iéschou qui déclenchait tant de passion.

Il n'avait tiré de ses entretiens sur Iéschou que trois informations à peu près plausibles. La première : l'homme était vivant. La deuxième : il avait été sauvé de justesse par le complot de trois ou quatre femmes et de deux hommes riches. La troisième, que suggérait la réaction de Thomas : Iéschou avait sans doute entretenu une relation sentimentale avec Marie. Était-elle sa femme ? Il était quand même étrange que ce fût la première personne qu'il eût décidé de revoir à peine rétabli. Pas les disciples, non : Marie. Et si Marie ben Ezra n'était pas sa femme, quelle autre femme était donc son épouse ? En payant l'aubergiste, Cratyle s'avisa d'une quatrième conclusion : les disciples de Iéschou n'étaient pas informés du complot. Car si Thomas ne croyait pas que Iéschou fût en vie, animé d'une vie bien terrestre, il était improbable que les autres disciples le crussent aussi. C'étaient d'ailleurs eux qui avaient répandu cette histoire de résurrection.

Il reprit le chemin du palais hasmonéen. La fille galante de tout à l'heure avait fermé ses volets. Peut-être avait-elle trouvé un client. Ou peut-être dormait-elle. Il l'imagina étalée sur sa couche moite, les jambes écartées, les seins étalés comme des œufs sur le plat de sa poitrine, heureuse malgré tout de n'avoir pas à supporter les assauts d'un voyageur ivre.

La dernière pensée de Cratyle avant de s'endormir lui-même fut que la seule façon de satisfaire à la requête du Sénat serait de s'assurer soi-même que Iéschou était en vie. Mais, dans ce cas, le Sénat exigerait que l'homme fût arrêté et dûment mis à mort. Or, cette idée contrariait Cratyle. Il n'y avait aucune raison de mettre cet homme à mort.

Quand il s'endormit, son sommeil fut agité de cauchemars.

8.

L'Envoyée du Seigneur

Cratyle alla le lendemain matin rendre visite à Procula.

Elle l'écouta attentivement, les mains jointes dans son giron. Son masque à la fois ferme et désolé frémissant imperceptiblement au cours du récit, résumé, du secrétaire.

« Je suis heureuse qu'il soit en vie. Il ne faut pas persécuter les prophètes, dit-elle d'une voix grave. Cet homme-là... il ne faisait pas de tort à Rome. Même mon époux en convient. Cratyle... »

Le ton était pressant.

« Cratyle, il ne faut pas rapporter à mon mari tout ce que tu auras appris sur Iéschou. Cela finira à Rome. Ou ailleurs. Comprends-tu ? »

Ils se firent face quelques instants. Cratyle finit par hocher la tête.

« Cela ne servirait pas la grandeur de Rome de tuer cet homme. Cela ne servirait que les calculs de quelques intrigants. Les divinités changent de nom, leurs messagers doivent être respectés. »

Elle se leva et passa dans une autre pièce. Elle revint un instant plus tard, avec une bourse en main.

« Continue tes recherches. Mais rends-m'en compte à moi d'abord. »

Elle lui tendit la bourse.

« À moi d'abord », répéta-t-elle.

Il hocha la tête et prit congé.

Au bas de l'escalier, dans la salle qui menait aux bureaux de la Procure, il aperçut Saül. Celui-ci vint à lui, l'air important.

« Salut. Tu étais absent de Jérusalem, ces derniers jours ?

— En effet. »

Saül le toisa.

« Tu étais en voyage, me dit-on. Puis-je savoir où ? »

Cratyle éclata de rire.

« Ne renversons pas les rôles, veux-tu. Je ne suis pas à ton service et n'ai pas de comptes à te rendre. C'est toi qui es au service du Procurateur.

— Je t'avertis...

— Tu n'as pas d'avertissement à me signifier, Saül », coupa sèchement Cratyle.

Il monta informer sur-le-champ Pilate de la conversation qu'il avait eue avec Saül. Le Procurateur lui déclara d'une voix égale :

« J'ai informé Saül tout à l'heure qu'il ne fait plus partie de nos services. »

Cratyle parut surpris.

« Je payais Saül pour nous informer, et pas pour informer le Sanhédrin sur ce que nous faisons à la Procure », expliqua Pilate. Il esquissa un demi-sourire. « Il aura désormais un peu plus de travail : il devra nous espionner aussi pour la même somme que le paie le Sanhédrin.

— Il nous faudra donc un autre espion, observa Cratyle.

— Ce n'est pas ce qui manque à Jérusalem, répondit Pilate. Je te charge de nous en trouver un autre.

— Ce ne sera cette fois pas un Juif, dit Cratyle d'un ton excédé. Ces gens vivent sous l'empire des passions. »

Le Procurateur attacha son regard un instant sur son secrétaire et son demi-sourire se déploya sur son visage. Cratyle commençait donc à comprendre la difficulté d'être romain en Orient.

Les chaleurs de juin s'avancèrent avec leurs équipages ordinaires, des nuages de poussière et de mouches et des orages brefs qui, vers le soir, faisaient fumer les pierres surchauffées et excitaient les gamins ; aux premières gouttes, ils sortaient tout nus danser dans les rues ou sur les toits.

La sueur des humains énervait les mouches qui, à leur tour, énervaient les humains. On ne savait jamais ce qui vous courait sur le front, une mouche ou une goutte de sueur.

La paresse se répandit comme une épidémie. C'était la maladie débilitante annuelle : on se levait le matin comme on serait sorti du tombeau et l'on se couchait le soir comme au terme d'une longue vie. Les légionnaires vraiment romains – car on en comptait beaucoup venus d'ailleurs, d'Iconium, en Galatie, de Thessalonique, en Macédoine, voire de Sirmium, en Illyrie, ou de Panticapée, dans le royaume du Bosphore, sans parler des Syriens, qui prédominaient –, les vrais Romains, donc, étaient rompus à cette dolence ; ils se félicitaient même d'être exempts des moustiques de la capitale impériale, une enclave au milieu de marécages, et des fièvres qui les escortaient. En Palestine, comme on nommait couramment les trois provinces de Judée, c'étaient d'autres fièvres qui sévissaient.

Pilate évoqua la possibilité de partir en villégiature à Jéricho où la Procure possédait une résidence digne d'une province sénatoriale, ou bien, comme y penchait Procula, à Césarée, dans le palais tout neuf de l'administration romaine.

Cratyle trouva un remplaçant à Saül ; il se nommait Alexandre. Il avait, deux ans auparavant, servi comme mercenaire dans la Légion, était retourné en Syrie cultiver ses légumes, avait épousé la fille d'un caravanier qui importait de la soie de Xin et s'était établi à Jérusalem où les amateurs de soie grège étaient plus nombreux qu'à Damas. Il expliqua à Cratyle que la soie grège était de la soie de Xin défilée et retissée avec du lin, mais comme elle était légère, on la vendait encore plus cher que la soie pure. Alexandre était enchanté d'espionner les gens du Temple et du Sanhédrin ; il les connaissait déjà ; il ne leur pardonnait pas d'avoir été à deux reprises interdit de mariage avec une Juive, sauf à se convertir et à se faire circoncire, idée qui lui semblait monstrueuse. De plus, ayant déjà un statut de commerçant, il n'attirerait pas l'attention dans la ville, à la différence de Saül.

Ce qu'il convenait de faire, lui expliqua Cratyle, était non seulement de prêter l'oreille à tous les bruits et rumeurs, mais essayer aussi de savoir à quoi s'intéressaient à la fois les prêtres du Temple et les gens du Sanhédrin.

Cela fait, Cratyle, profitant de l'absence prochaine du Procurateur, qui avait finalement choisi Césarée, lui demanda et obtint la permission d'aller passer quelques jours en Crète pour y voir ses parents et ses amis. Il embarqua sur une trière militaire.

Début juillet, Jésus parvenait à marcher sans douleur, nonobstant la gêne que lui causait un os du pied imparfaitement ressoudé.

Dosithée observait avec émerveillement les forces revenir dans cet homme dont un jour, Joseph de Ramathaïm ne lui avait amené que l'enveloppe corporelle. Un homme dévasté de l'intérieur et dont l'absence de barbe rendait l'émaciation plus visible. Réchappé de la croix ! Dosithée secouait la tête d'incrédulité chaque fois qu'il y pensait. La trentaine de disciples qui vivaient avec lui dans le monastère de Kochba, près de Damas, et tous les serviteurs avaient défilé pour voir ce quasi-miraculé.

« Celui-là est vraiment aimé de Dieu ! murmuraient-ils. Échapper à la croix ! »

Mais maintenant, il faisait tous les jours le tour du jardin en compagnie de deux ou trois des disciples de Dosithée. Il en avait même accompagné deux à Damas, où ils étaient allés vendre leurs sandales artisanales, sans paraître incommodé.

Or, ce n'étaient pas ses disciples. Il s'interrogeait sur leur sort.

Il évoqua les semaines écoulées.

Le mardi suivant le dimanche où Marie avait trouvé le tombeau ouvert et vide – mais cela, il l'ignorait alors – Joseph de Ramathaïm et Nicodème étaient venus s'asseoir à son chevet, dans la maison de Bethbassi, son premier refuge.

« Il faudra t'emmener bientôt ailleurs », avait dit Joseph.

En effet, Jérusalem bruissait de rumeurs sur la disparition du corps. Ses collègues du Sanhédrin en avaient informé Nicodème : on les soupçonnait, lui et Joseph, d'avoir manigancé cet enlèvement du corps pour faire croire que Jésus avait échappé à la mort. La police du Temple avait eu vent de l'heure anormalement tardive de la mise en croix et des circonstances tout à fait incongrues de la mise au tombeau. Ses sbires, un certain Saül compris, allaient écumer les environs de Jérusalem à la recherche de Jésus. Le grand-prêtre Caïphe et les prêtres Somne et Dothaïm envisageaient de voter la confiscation des biens de Joseph et de Nicodème. Bref, l'alerte avait été donnée à Jérusalem et le serait bientôt dans l'ensemble de la Judée.

Il était hors de question que Jésus se réfugiât dans la maison de Joseph à Ramathaïm, ni dans celle de Nicodème à Béthanie : ce seraient les premiers lieux où la police du Temple se rendrait pour le chercher.

« Connais-tu un endroit où tu comptes des amis et où tu penses être en sécurité ?

— Chez Dosithée à Kochba, avait répondu Jésus. Il se trouve dans un lieu que je ne connais pas, la Maison de l'Étoile. »

En Syrie. À une bonne semaine de route de Bethbassi.

« Crois-tu être en état de supporter le voyage. »

Jésus avait hoché la tête.

Quelques jours plus tard, juste avant de quitter Bethbassi, il s'était rendu à Béthanie. Il ne quitterait pas la Judée sans avoir revu l'Envoyée du Seigneur. Marie.

Dosithée ! Ils s'étaient connus à Quoumrân, vingt ans auparavant. Plus tard, ils en étaient partis la même année pour la même raison : la foi n'est rien si elle ne rayonne sur les âmes alentour. Les gens de Quoumrân recuisaient dans le désert leur haine pour le clergé de Jérusalem, attendant le cataclysme final que la main de Dieu lâcherait sur Jérusalem pour punir ce clergé de sa corruption, de son aveuglement et de son idolâtrie de la parole écrite, au défi de l'Esprit.

Car la parole humaine n'est que le reflet infidèle de l'esprit.

Lui, Dosithée et maints autres étaient tombés d'accord : des cinq Livres du Pentateuque, les « gens de Jérusalem » – ils ne les appelaient même pas « prêtres » – ne semblaient reconnaître en fin de compte que le Lévitique et les Nombres, ceux qui flattaient le plus les prérogatives de leur caste. Ils représentaient l'illustration de la conjonction entre l'étroitesse du cœur et celle de l'esprit. Mais rien ne servait de les haïr depuis les rives de la Mer de Sel ; il fallait aller leur donner la repartie sur le terrain. Quoumrân était une fin du monde et le monde n'était pas fini.

Enfin, mais ce n'était là qu'une raison accessoire, à tant nier la réalité du corps, comme on le faisait dans les bâtiments sur la Mer de Sel, on finissait par lui prêter une importance démesurée. L'être humain est d'essence divine ; il est fait pour répandre la vie. Dieu n'avait-il pas dit, lui-même : « Il n'est pas bon qu'Adam soit seul » ? Or, tous ces Adams isolés dans le désert finissaient par tisser des liens parasites.

Ils étaient donc partis et leurs chemins avaient rapidement divergé. Jésus réveillait les consciences en Galilée et Dosithée, en Samarie. Ils restaient néanmoins informés chacun de ce que faisait l'autre. Jésus savait ainsi que la compagne de Dosithée – avait-elle été sa femme ? – était partie avec l'un des disciples de celui-ci, Simon, Simon le Magicien. L'étoile de Dosithée avait-elle décliné ? Ou bien la virtuosité sexuelle de Simon correspondait-elle à sa prétendue magie ?

Personne n'avait évidemment avisé Dosithée de l'arrivée de Jésus. Quand, avec l'aide de Joseph, le crucifié était descendu de son âne, devant la porte du phalanstère de Kochba, au crépuscule, il avait simplement dit au portier effaré :

« Dis à Dosithée que son ami Jésus est là. »

Il ne tenait sur pied que grâce à son bâton et les poignes de Joseph et de son fils.

Quelques instants plus tard, Dosithée, suivi de disciples, était accouru dans l'allée menant au porche. Un envol de robes, le martèlement précipité des pieds sur le sol, un chien éperdu d'aboiements. Dosithée s'arrêta devant le visiteur glabre, le visage figé par la stupeur. Il n'eut pas le temps de demander : « Est-ce bien... ? » qu'il reconnut son visiteur et ouvrit les bras. Puis les larmes jaillirent des yeux des deux hommes embrassés.

« Dieu avec toi.

— Dieu avec nous.

— Entre, entre vite. Entrez, amis », avait dit Dosithée à Joseph et son fils.

Et la porte de l'enceinte s'était refermée derrière eux, les ferrures des barres de sécurité avaient grincé. À l'intérieur de la maison, dans une grande salle qui semblait servir de réfectoire, Joseph s'était alarmé de la présence de tant de monde autour d'eux. Il avait regardé à droite et à gauche, devant et derrière, les disciples et les serviteurs autour de Jésus.

« Dosithée...

— Je devine ton inquiétude. Tous ces hommes ici, j'en réponds sur ma tête, portent plus d'aversion aux gens du Temple que toi. Jésus est ici en sécurité absolue. De plus, nous sommes en Syrie, et la police du Temple de Jérusalem n'a ici aucun pouvoir.

— Qu'un seul de tes tourmenteurs de Judée montre son nez ici et il le perdra », dit à Jésus un homme que Dosithée identifia comme le chef de l'intendance. Des bras se levèrent, des murmures indignés parcoururent l'audience. Jésus sourit. Joseph fut à demi rasséréné.

« Pour les soins..., reprit-il.

— Rappelle-toi, Joseph, avait coupé Jésus, nous sommes des Guérisseurs, ne le sommes-nous pas ? »

Joseph avait acquiescé. Oui, à Quoumrân, on enseignait l'art de soulager le corps, afin de libérer l'esprit. Et Jésus lui-même était le Grand Guérisseur. Il soupira. Le pain, le sel et le vin de l'hospitalité consommés, Joseph et son fils avaient repris la route. Ils étaient à près de deux heures de Damas, ils seraient arrivés avant le coucher du soleil.

Dosithée et deux de ses hommes accompagnèrent Jésus dans la chambre qui serait la sienne pendant sa convalescence. La fenêtre donnait sur le jardin et, comme celui-ci était en pente, le regard passait par-dessus l'enceinte de la Maison de l'Étoile, Dar el Negma, comme on l'appelait en arabe, sur les flancs d'une colline plantée de pistachiers.

Jésus s'allongea. Au crépuscule, Dosithée vint l'éveiller. Il avait institué le rite du bain du soir, avant le souper, comme à Quoumrân. L'eau aiderait à la cicatrisation des plaies. Première règle des guérisseurs : garder une plaie propre. Mais ce premier bain avait été particulier. Un silence quasi religieux s'instaura dans la salle de la piscine quand Jésus se déshabilla et, se sentant faible, s'adossa au mur. On n'entendit plus que le clapotis de l'eau qui tombait de la rigole dans le bassin et le gargouillis de la bouche de vidange. Le lieu était sombre. Dosithée fit approcher une lampe et défit les pansements aux poignets et aux pieds. Les pieds surtout étaient enflés.

Ils se penchèrent tous pour regarder. Des cris étouffés parcoururent le groupe des hommes sur le bord de la piscine. Des sanglots piquèrent le silence.

« Prépare-moi du plantain chaud, dit Dosithée au maître de l'intendance. Dans de l'huile de girofle. Fais-le cuire à peine, pour que le suc demeure dans les feuilles. Et fais cuire avec le plantain de l'aristoloche et de l'hamamélis. »

L'intendant s'empressa. Pour commencer, Jésus s'assit sur le bord de la piscine et précautionneusement, douloureusement, plongea ses pieds dans l'eau. Un jeune homme descendit dans la piscine et s'agenouilla pour laver les pieds avec une éponge, usant d'autant de délicatesse que s'il avait lavé un enfantelet.

L'eau fraîche calmait la douleur. Elle rendait aussi un peu de vigueur aux muscles. Mais Jésus restait faible.

Le même jeune homme lava alors les jambes de Jésus avec la même éponge, trempée cette fois dans une cuvette d'eau savonneuse. Puis il lui tendit l'éponge pour qu'il achevât seul la toilette du torse. Quand Jésus, enfin, se lava les cheveux, il les lui rinça lui-même. Puis il l'aida à se sécher et, enfin, lui tendit une robe fraîche. L'intendant revint avec un pot d'étain contenant la mixture demandée. Une odeur aromatique emplit l'air humide de la salle. Dosithée fit asseoir Jésus sur un tabouret et se remit à genoux pour appliquer les cataplasmes médicinaux et les panser avec des bandelettes neuves. Enfin, il lui enfila aux pieds des sandales souples et larges, qui ne pressaient pas sur les pansements.

Premier souper.

Une salade de concombres au lait caillé. Une soupe de blé aux quartiers de bœuf. Du fromage de brebis. Du vin coupé. Le miel des regards qui l'enveloppaient. Il avait été le compagnon de Dosithée à Quoumrân. Même s'ils poursuivaient une autre voie, Jésus était pour eux l'un de ceux qu'ils appelaient les Flambeaux.

Il dormit cette nuit-là d'un sommeil heureux, le premier sans angoisse depuis longtemps. L'accueil de ces étrangers prouvait qu'il restait quand même des prairies dans le cœur des hommes.

La vie continuait donc, songea-t-il le lendemain, quand la brise agita résolument une brindille d'herbe échappée de sa paillasse et l'éveilla.

Le chien était couché au pied de son lit. Même le chien avait compris. Il leva la tête, demandant une flatterie et Jésus la lui accorda en riant.

Une pensée constante : « Le Seigneur me porte. » Elle s'imposait avec une telle force qu'il se dit qu'elle n'était pas sienne ; non, elle lui était envoyée par le Seigneur.

Sa mission n'était donc pas achevée.

S'il était vivant, il ne pouvait pas abandonner ses disciples. Ni les autres. Les autres : ce peuple livré sans défense à l'épaisse bêtise des prêtres, partagé entre le désespoir et la séduction de religions moins obtuses que celle que défendaient ces sépulcres blanchis, Pharisiens et surtout Sadducéens.

Son regard caressa les branches fines des pistachiers, qui s'argentaient au soleil. Il démêlait lentement l'écheveau de tous les événements qui s'étaient précipités depuis le dernier repas à Jérusalem et l'arrestation au mont des Oliviers.

Non, sa mission n'était pas finie.

« Mais qui a organisé ton sauvetage ? avait demandé Dosithée à leur première conversation paisible.

— Une femme.

— Marie. Tu la verras sans doute un jour prochain. »

Dosithée médita la réponse.

« Étais-tu informé ?

— Non. Pas le moins du monde. J'allais à la mort. Peut-être en a-t-il mieux été de la sorte, car si j'avais entrevu un espoir de survivre, j'aurais eu peur de mourir. La souffrance même m'aurait paru intolérable. Peut-être même m'aurait-elle tué. »

Il soupira et reprit :

« Ils m'avaient donné du vin mélangé à de la myrrhe, pour atténuer ma sensibilité et me permettre de supporter la douleur. Je sais que là-haut, sur le bois, j'ai déliré. Puis, sous l'effet du vin, j'ai perdu conscience. Quand j'ai rouvert les yeux pour la première fois, j'étais étendu sur de la pierre froide et des hommes chuchotaient autour de moi. Était-ce la mort ? Mais la mort est sans douleur corporelle. Or je ressentais la souffrance dans tout mon corps et surtout aux pieds et aux poignets. Et la tête... L'avait-on fracassée ? J'entendais encore les coups de maillet sur les clous qui s'enfonçaient en moi... Et ces chuchotements. C'étaient des voix d'hommes. L'un d'eux s'est penché vers moi et m'a regardé. Il a dit : "Il est réveillé. Soulevez-le par le drap. Les bandages que j'avais mis tout à l'heure ont glissé. Je vais en remettre d'autres pour arrêter les saignements..." J'ai alors compris que je n'étais pas mort, qu'il s'était passé quelque chose, je ne savais quoi, mais j'étais encore de ce monde. Je me suis retrouvé debout. Les pieds me faisaient atrocement mal. Je ne savais pas si j'avais encore une voix, puis j'ai entendu mes propres gémissements. Des hommes m'ont passé les bras sous les aisselles et m'ont porté à l'extérieur. Un homme, c'était Joseph, celui que tu as vu, je l'ai reconnu plus tard à sa voix, m'a dit : "On va essayer de te mettre sur un âne. Mon fils se tiendra derrière toi pour te soutenir." Un temps indéfini plus tard, je me suis retrouvé dans une maison. Puis allongé sur une litière. Puis je me suis endormi. Ou j'ai perdu connaissance, je ne sais. Quand je me suis réveillé, Nicodème et Joseph étaient penchés sur moi. J'avais la fièvre. Ils m'ont donné à boire abondamment... »

Dosithée secoua la tête.

« La haine de ces gens ! Des bêtes féroces ! Ce sont les agents de Satan !

— Le Seigneur prendra soin d'eux », dit Jésus.

Dosithée but une lampée d'eau et demanda :

« Et quand as-tu compris ce qui s'était passé ?

— La fièvre a fini par tomber. J'ai demandé aux gens chez qui j'étais, des cousins de Joseph, ce qui s'était passé et comment il se faisait que j'avais échappé à la mort. J'ai appris, par bribes, qu'une femme avait conçu le projet de me sauver et qu'elle avait rallié des soutiens.

— Marie de Lazare.

— Oui. »

Il l'appelait de son autre nom, celui de son frère. Un silence s'étendit entre les deux hommes. Dosithée songea-t-il à la femme qui l'avait quitté ? Il demanda au bout d'un temps :

« Mais comment a-t-elle donc fait ? Une femme seule, déjouer ainsi le Temple, le pouvoir romain ?

— Écoute et reconnais le pouvoir de l'amour. Elle, sa sœur et son frère ont défié le pouvoir du Temple et du Sanhédrin, et même le pouvoir romain. Tous les trois, avec d'autres femmes, ainsi que Joseph, et un collègue du Sanhédrin, Nicodème, ont soudoyé les légionnaires pour que l'heure de la crucifixion soit retardée. Et pour qu'on ne me brise pas les jambes. Joseph et Nicodème m'ont sorti du tombeau. Mesure le pouvoir de l'amour. »

Un autre silence. Dosithée poussa un long soupir.

« L'amour terrestre ? finit-il par demander.

— C'est la forme de l'amour divin consenti aux mortels. L'amour terrestre m'a conçu, l'amour terrestre a prolongé ma vie. Marie est l'Envoyée du Seigneur. »

Dosithée sourit et hocha la tête.

« L'amour transfigure la chair, nous le savons, nous l'avons compris à Quoumrân... »

Jésus aussi hocha la tête.

« Pourquoi tes disciples disent-ils que c'est une pécheresse ?

— Un enfant attrapa un oiseau et le mit en cage. L'oiseau mourut. L'enfant dit que l'oiseau était méchant, répondit Jésus. Son frère attrapa un autre oiseau et lui donna à manger, puis le relâcha. Cet oiseau-là s'envola, mais revint le soir. »

La parabole sembla déconcerter Dosithée. Sa compagne avait été prise par un autre oiseleur ; elle ne reviendrait pas. Mais le regard de Jésus s'attacha à lui.

« Si tu mets de la viande dans un bocal et que tu refermes celui-ci, la viande pourrira. Si tu veux la conserver, il faut ajouter du sel.

— Quel est ce sel ? » s'enquit Dosithée. Mais il connaissait la réponse.

« L'esprit. Un couple ne dure que dans l'esprit. »

Jésus se leva et fit quelques pas dans un sens et dans l'autre. « Avons-nous assez fermenté, là-bas, à Quoumrân, quand notre nature bridée se rappelait trop violemment à nous ! Les démons couraient autour de nous comme des cancrelats qui cherchent un abri.

— Je m'en souviens. Des nains grimaçants et noirs. Nous faisions des fumigations pour les chasser.

— Oui, mais si nous invoquions en nous l'esprit, ils fuyaient. J'ai libéré Marie de ses démons. »

Jésus contempla l'or et l'argent qui dissolvaient le paysage. Puis il examina ses poignets. Deux cicatrices satinées ; il n'avait même plus besoin de les panser.

« Dosithée, dit-il en se retournant pour faire face à son interlocuteur, il faut que je retourne les voir.

— Je m'y attendais.

— Il faut que je les rassemble. Ils sont comme un troupeau sans pasteur égaillé sous l'orage. »

Dosithée se leva.

« Bien. Mais sans la barbe, dit-il. Je veux te revoir vivant. Et elle aussi. Rien que pour elle, parce qu'elle veut te revoir, l'Envoyée du Seigneur. »

Il considéra Jésus : un maître. Ils étaient issus du même terreau, il était lui-même, Dosithée, un maître, mais les branches de celui-là montaient très haut. Très, très haut.

9.

Peur et tremblement

Donc Pierre et André étaient à Capharnaüm, avait dit Marie. Pierre était sans doute le seul avec lequel elle entretînt des rapports de tolérance, les autres ne témoignant que du mépris à « la pécheresse ». À la vérité, Jésus soupçonnait quelque jalousie à l'égard de cette femme qui avait secrètement partagé sa vie. Ô dérision, ils se montraient plus intransigeants que lui en ce qui touchait aux liens amoureux.

Il les connaissait trop bien : même ceux qui étaient mariés avaient peur de la femme, ils avaient peur de leurs propres émois quand ils étaient allongés avec une femme. La chasteté à laquelle ils se contraignaient n'était en fait que la peur de ses humeurs et surtout, de ces règles dont les Livres avaient fait la grande source de l'impureté humaine. Les auteurs des Livres avaient trop aisément oublié le lait qui les avait nourris quand ils ne savaient pas encore parler. Pourquoi donc l'homme se croyait-il fondamentalement pur ?

Il se promit de les ramener à la raison quand il les retrouverait. Ce qui raviva la question originelle : les autres, Jean, Jacques, Bartolomé, Thomas, Judas de Jacques, Jacques, son demi-frère, Matthieu, Thomas, Philippe, Thaddée, Simon le Zélote, Nathanaël, où étaient-ils donc ?

Et sa mère ? Et ses frères ? Et ses sœurs, Lydia et Lysia ?... Ils portaient sans doute son deuil. Avaient-ils au moins compris sa vie ?

Dosithée lui ayant donné un âne, il serait à Capharnaüm en quatre jours, sans hâte. Il suffisait d'aller jusqu'à Dan et là, de longer le Jourdain. Il avait emporté du pain, du fromage et des figues et ce n'était pas l'eau qui manquait en Galilée. La première nuit, il s'installa dans un bosquet pour dormir, mais son sommeil fut court. Une fièvre intérieure le tenait éveillé. Qu'allait-il trouver ? Il se remit en route avant l'aube. L'âne, lui, avait brouté tout son saoul.

Vers midi, il s'arrêta pour boire, défit ses pansements et trempa ses pieds dans le Jourdain pour les rafraîchir. Le Jourdain : c'était dans ces eaux que Jean le Baptiste l'avait jadis purifié et admis dans les rangs des frères de Quoumrân, ceux que les Arabes appelaient Hassinîn, les Pieux. Jadis, c'est-à-dire trois ans auparavant.

« Le jour du Seigneur est pareil à l'instant ou bien à dix générations, songea-t-il, selon que l'esprit est mince ou profond. Le temps court à la surface de l'esprit mince comme le vent sur la pierre et il traîne sur l'esprit profond comme l'eau qui s'égare dans les rochers. »

Il arriva à Capharnaüm vers le soir, à l'heure où les bateaux rentraient de la pêche. Les odeurs n'avaient pas changé, surtout celle des feux de cuisine à base de bois de sycomore et de petit bois de tamarinier. Il passa devant sa maison ; les volets en étaient fermés ; des tuiles s'étaient cassées. Mais qu'aurait-il besoin d'une maison, maintenant qu'il était seul ? Jadis, des femmes y venaient lui faire la cuisine, balayer et battre sa litière. C'était jadis.

Il connaissait l'endroit où Pierre et André halaient leur barque ; peut-être avaient-ils conservé la même, avec son mât unique et deux voiles, une triangulaire et une carrée, comme les autres. Il attacha l'âne à un pilier de bois sur la grève et s'en fut les attendre sur un ponton. Il n'était pas certain de reconnaître le bateau, mais il les reconnut, eux, en tout cas, à vingt pas, dans un groupe de quatre hommes qui tiraient un bateau dans les crissements des galets contre la coque. Les voiles étaient carguées. Il les observa. L'un d'eux, qu'il ne connaissait pas, grimpa dans le bateau pour y prendre la grosse pierre d'ancre, qu'il jeta sur la terre ferme. Les autres montèrent à bord et hissèrent des filets sur leurs dos, puis bondirent à terre.

Son cœur battit. Il quitta le ponton et s'approcha d'eux.

Ils s'étaient accroupis, avaient ouvert les filets et triaient le poisson. Ils rejetèrent un gros silure, puis comme d'habitude, répartirent les poissons selon les tailles, dans trois paniers. Pierre, André et le troisième homme se chargèrent chacun d'un panier. Le quatrième homme, jeune et vif, courut décrocher la lanterne du bateau et les suivit en hâte, portant un plus petit panier, sans doute celui qui contenait les vivres. Ils s'engagèrent sur le chemin au bord duquel il attendait.

Quand Pierre fut à sa hauteur, Jésus l'appela. L'autre ralentit son pas. André tourna la tête vers l'inconnu. Aucune trace d'émotion. Les deux autres hommes le dévisagèrent aussi.

« Pierre, tu ne me reconnais pas ?

— Non.

— Regarde bien.

— Je ne te connais pas, répondit Pierre sans plus d'émotion. Que veux-tu ?

— Rien. N'étais-tu pas le compagnon d'un certain Jésus ? »

Pierre haussa les épaules.

« Oui. Et alors ?

— Alors, rien. »

La question, cependant, avait troublé Pierre. Il s'arrêta. André fronça les sourcils et dévisagea attentivement Jésus, qui faisait face au couchant. Il alla vers lui et lui prit les mains. Puis il retourna les poignets et vacilla. Un cri ténu, comme celui d'un mourant, lui échappa. Les deux autres hommes observaient la scène les yeux écarquillés.

« Allez, devancez-nous », leur cria André.

Ils s'en furent. André se tourna vers Jésus.

« Ce n'est pas possible ! » murmura-t-il.

Jésus soutenait son regard. Pierre, stupéfait, s'avança à son tour vers lui et lui prit aussi les poignets.

« Au nom du Seigneur ! » marmonna-t-il.

Puis il s'agenouilla pour examiner les pieds de l'inconnu.

« Au nom du Seigneur ! Qui es-tu ? cria-t-il sur un ton frisant le désespoir.

— Regarde mes yeux. »

Pierre regarda et fondit en larmes. Il tomba de nouveau à genoux.

« Au nom du Seigneur ! Le Seigneur soit béni ! Ce n'est pas possible ! »

André tremblait de tous ses membres.

« Dis-moi... dis-moi... dis-moi...

— André, je suis Jésus.

— Tu es sorti du tombeau, alors ? »

Jésus hocha la tête. André demeura immobile, les yeux fermés, les bras levés vers le ciel, frémissant comme un orme dans l'orage.

« Tu n'es pas un spectre ? » demanda Pierre, s'approchant tout près de Jésus.

Il lui toucha le visage et Jésus sourit. Puis il toucha l'épaule et la poitrine.

« Au nom du Seigneur Tout-Puissant !

— Non, je ne suis pas un spectre, Pierre. Si tu m'invites chez toi, je mangerai et je boirai. »

Il s'impatienta ; l'entrevue eût pu se prolonger sans fin. Il alla détacher l'âne et leur fit signe de se mettre en route. Ils s'en furent vers la maison de Pierre.

« Mais comment, comment... ? » gémissait Pierre tout au long du chemin.

Quand ils furent arrivés, il fallut calmer la maisonnée. La femme de Pierre, apprenant de la bouche de son mari l'identité du visiteur, poussa un cri strident et perdit connaissance. Sa mère prit une pâleur alarmante, se laissa tomber sur un tabouret et demeura muette jusqu'à ce qu'une servante lui eût apporté un gobelet d'eau à l'essence de roses ; elle écarta les bras, puis joignit les mains, leva les yeux au ciel et se lança dans une prière incompréhensible. Le jeune homme que Jésus avait vu avec Pierre était son fils ; il fut le plus raisonnable ; il demanda à Jésus de le bénir et, quand cela fut fait, il s'empara de la main de Jésus et la baisa. L'autre homme, le beau-frère de Pierre, arriva sur ces entrefaites. Il considéra la scène avec égarement. On lui apprit qui était l'inconnu de la grève, il s'assit par terre et se prosterna maintes fois, dans un état proche de la stupeur des mangeurs de champignons sacrés.

Pendant un long moment, la maison de Pierre sembla prise de folie. Jésus se demanda même s'il ne fallait pas les exorciser, eux aussi, mais il prit patience. Il se rappela la solitude de Moïse descendant la montagne et trouvant les Hébreux dansant autour du Veau d'Or, sous la tutelle de son propre frère, Aaron. Et la colère de Moïse. Ceux-là ne dansaient pas autour du Veau d'Or, mais ils avaient abandonné la mission qu'il leur avait confiée.

« Une barbe rasée et vous ne reconnaissez plus l'homme que vous avez suivi trois ans, dit-il avec sévérité. Vous avez pensé que j'étais mort, ce que je comprends, mais vous êtes rentrés chez vous pour reprendre vos anciens métiers comme si les trois années que vous avez vécues avec moi n'avaient été qu'un songe. Quels bergers, vous faites ! Un orage et vous courez vous mettre à l'abri en laissant vos troupeaux dans les champs ! »

Ils fondirent en larmes, y compris ceux qui ne le connaissaient qu'à peine, comme le fils de Pierre. Mieux valait, pour le moment, s'abstenir d'autres reproches afin d'éviter ces épanchements. Quant à leur expliquer comment il avait survécu à la croix, mieux valait n'y pas songer.

« Je ne suis pas venu pour vous effrayer, dit-il, et les reproches qu'il faut vous adresser ne sont que trop évidents. Vous vous les adresserez assez à vous-mêmes. Je suis venu pour que vous repreniez votre mission. M'aviez-vous compris ? »

Sa voix résonna dans la petite maison et la terreur gagna l'assistance, servantes comprises.

« La parole de Dieu a été confisquée par les prêtres et vidée de son souffle. Je vous ai demandé de frayer aux hommes et aux femmes de bonne volonté le chemin du Seigneur. Je suis venu vous demander d'ouvrir l'esprit des hommes et des femmes à la bonté du Seigneur. Vos yeux se sont-ils donc refermés depuis que je les avais ouverts ? »

Il guetta dans leurs regards l'éclat de la lumière. Mais qu'avaient-ils donc retenu des trois années de son ministère ?

« Maintenant, déclara-t-il, j'ai faim. »

Il n'avait rien mangé depuis le matin, en effet. Les trompettes du Jugement dernier n'eussent sans doute pas eu plus de résultat que cette phrase toute simple. L'agitation s'empara de nouveau de l'assistance et frisa même l'incohérence. La préparation du repas fut laborieuse. À l'évidence, les femmes se demandaient si un mort ressuscité mangeait vraiment comme les autres. Quand le repas fut enfin servi, la confusion sévit de nouveau. Devaient-ils s'asseoir avec lui ? Il s'assit sur le banc unique de la maison, devant l'unique table, puis il prit Pierre à sa droite et André à sa gauche. Les femmes allèrent emprunter un banc chez les voisins pour asseoir le beau-frère et le fils de Pierre, qui se nommaient l'un Matthatias et l'autre Abel. Il versa le vin dans un gobelet de terre cuite et y ajouta de l'eau ; ils l'observèrent, les yeux ronds, tandis qu'il buvait. Il se mit à rire, mais même son rire les épouvanta. Confus, ils burent aussi.

« Je vois bien que vous vous demandez si je ne suis pas un spectre, dit-il, mais je vous l'ai dit, je bois et je mange et j'ai faim. »

Les femmes, celle de Pierre, sa mère, la femme d'André, sa fille aînée, les servantes, se tenaient à l'arrière, plaquées contre les murs, incapables de dissimuler leur terreur. Il songea à les inviter à s'asseoir en face de lui, pour calmer leur désarroi, mais en Galilée comme ailleurs, les femmes n'étaient qu'épouses, mères ou servantes. En quoi le fait de s'asseoir avec les hommes et de partager la pâte qu'elles avaient pétrie et cuite était-il contraire aux préceptes divins ? Mais il en avait déjà assez fait sans encore les contraindre à s'asseoir avec lui.

Il bénit le pain, le rompit et le distribua, puis il se servit de la salade de fromage à la menthe, mais là aussi, ils l'épièrent à la dérobée pour voir s'il mangeait réellement, s'il mâchait, si les aliments ne tombaient pas dans un mystérieux trou noir. Les femmes tendirent le cou. Or, il eut bientôt fini tout son pain et en redemanda, puis se resservit de salade. Mais ils n'en furent pas rassurés pour autant ; leurs attitudes ankylosées le révélaient bien, ils étaient paralysés de peur. Sauf pour les bruits infimes que Jésus faisait en tirant les plats ou en posant son gobelet ou son couteau sur la table, un silence écrasant régnait dans la maison.

« Si vous viviez dans la confiance du Seigneur, finit-il par dire après avoir jeté un regard à la ronde, vous ne seriez pas ainsi terrifiés par un homme qui revient du tombeau.

— Maître, dit Pierre, cet homme-là, c'est toi, notre messie.

— Je n'ai pas reçu l'onction, répondit-il. Je ne suis que l'envoyé du Seigneur votre Dieu. »

Ils avaient à peine touché aux plats. Mais ils avaient bu comme des trous ; les gargoulettes étaient vides.

« Mangez donc, leur dit-il, à moins que vous ne soyez devenus de purs esprits. »

Le plus alerte était sans doute Abel, qui ne semblait pas troublé outre mesure par le fait que le prophète, maître de son père, fût revenu du tombeau ; il témoignait à Jésus un mélange de vénération et d'enthousiasme teinté de simplicité, et on devinait qu'il était prêt à sourire.

« Pourquoi t'es-tu rasé la barbe ? demanda-t-il.

— Pour ne pas revivre ce que j'ai vécu. »

L'explication frappa André.

« Il ne faudra donc pas annoncer ailleurs que tu es revenu ?

— Je doute que la Galilée pullule d'espions autant que la Judée, et je doute aussi que mon retour passe longtemps inaperçu, mais il n'est pas utile que vous alliez clamer sur les toits que je suis revenu. Ce n'est pas l'essentiel.

— Tu es revenu de chez les morts et ce n'est pas l'essentiel ? questionna Pierre.

— Non, l'essentiel sera mon enseignement. L'essentiel est la parole du Seigneur selon l'Esprit.

— Tu as été crucifié avant la Pâque, demanda Abel, cela fait dix semaines. Où étais-tu depuis ? »

L'impertinence candide de la question fit sourire Jésus. Il avait jadis, à Quoumrân, frayé avec des jeunes hommes pareillement clairs. L'âge était-il donc une misère qui opacifiait l'âme ?

« Ce garçon n'a pas suivi mon enseignement, mais les anges lui ont lavé l'esprit à la naissance. Peut-être entendra-t-il ce que j'ai dit mieux que ses aînés, déclara-t-il. Abel, j'étais chez des gens de cœur, qui ont pris soin de moi. Car la crucifixion est une grande épreuve. »

Les femmes servirent ensuite du poisson frit avec des tranches d'oignon. Il n'en douta pas : on avait mis pour l'occasion les petits plats dans les grands. Il y fit honneur et but d'abondance du vin de Galilée, parce qu'il ne l'avait pas goûté depuis qu'il avait quitté le pays pour sa déplorable incursion en Judée. Mais les quatre hommes feignaient toujours de manger. Ils ne parvenaient pas à assimiler l'idée que Jésus se fût tiré du tombeau.

« Où sont les autres ? » s'enquit-il.

La question les prit de court. Il le comprit : ils ne se voyaient plus depuis qu'ils l'avaient vu mettre au tombeau. L'affaire était terminée. Pierre et son frère se consultèrent du regard.

« Jean, dit enfin Pierre, avec un certain embarras, doit être à Bethsaïde, avec Jacques.

— Vous ne les voyez donc plus.

— Nous les avons croisés en mer il y a quelque temps... Nous ne pêchons pas dans les mêmes parages. » Il soupira. « J'ai quitté Jérusalem le lendemain du dimanche où cette femme... »

Cette femme !

« Marie ben Ezra, dit Jésus.

— C'est cela, depuis le dimanche, donc, où elle avait découvert le sépulcre vide. André, Jean, Jacques, bref tous les autres sont également partis. On nous lançait des pierres. »

Ils n'avaient donc rien compris au sépulcre vide. Jean et Jacques avaient donc repris leur métier, comme Pierre et André. Ils avaient suivi un prophète, mais le prophète avait disparu, crucifié, et il leur fallait vivre, entretenir leurs familles. De plus, avoir été disciple d'un homme condamné par le pouvoir exposait aux avanies des gens du Temple ; ils ne voulaient pas finir lapidés ou crucifiés. Suivre un prophète n'était vraiment pas rémunérateur.

« Vous irez demain les prévenir », dit-il.

Ils devinèrent sa contrariété et commencèrent par réciter ce qu'ils savaient des autres, en fait pas grand-chose. Jacques d'Alphée, pensaient-ils, était ici, Thaddée était là, Simon le Zélote était ailleurs, Philippe, Bartolomé...

« Thomas, nous a-t-on dit, était à Jérusalem il y a quelque temps, avança André.

— Et Judas s'est pendu », lança Abel.

Tous les regards se tournèrent vers lui. Mentionner Judas Iscariote en de telles circonstances tenait de l'impiété.

« Pauvre Judas », dit Jésus.

Ils restèrent bouche bée.

« Son crime est de n'avoir pas eu les yeux dans le cœur. Vous autres, vous avez un avenir, mais son nom ne sera plus qu'une injure. Il s'est laissé convaincre par les prêtres et les Zélotes de Judée que j'étais l'ennemi d'Israël, puis il s'est avisé de son erreur et a mis fin à ses jours. La souffrance du traître est sans merci, parce qu'il sait que ce n'est pas autrui qu'il a trahi, mais lui-même.

— Il t'a dépêché à la mort, dit André d'un ton morne.

— Le Seigneur en a voulu autrement et c'est lui-même qui s'est noué la corde, cette nuit-là. Bien, demain, réunissez tous ceux que vous trouverez et ramenez-les ici. Avez-vous une litière pour moi ? »

Hommes et femmes émirent des sons empressés.

Pierre lui donna sa chambre et, quand Jésus lui eût dit, à lui et aux autres, d'aller se coucher, il disparut. Jésus imagina sa conversation avec sa femme, les échanges de murmures et d'effrois, l'égarement, les invocations au ciel.

Il sortit vaquer à ses besoins, puis leva les yeux vers le ciel.

« Seigneur, s'écria-t-il, comme l'âme est faible et le cœur inconstant ! Un arbre résiste mieux à la tempête que le cœur d'un homme à la crainte ! Un nuage passe devant la lune et, comme l'homme ne la voit plus, il pense que le nuage l'a mangée ! »

Il passa une bonne part de la nuit à songer à Marie. Il souffrit de son absence. Elle souffrait à coup sûr de la sienne. Elle attendait. Il la connaissait, elle l'attendait fiévreusement. Elle se consumait d'attente. Le destin des femmes est d'attendre. Mais celle-là attendrait sans doute jusqu'à la mort. « Je reviendrai », lui dit-il dans son cœur. Il avait tant vécu avec des hommes ! Les hommes, cette épaisseur ! Traiter avec des hommes, c'était labourer un sol rocailleux. Ces barbes, ces regards obstinés, épouvantés ou haineux. Cette forfanterie à fleur de peau, cette pusillanimité dans les profondeurs ! Il eût voulu les mains de Marie sur son cou et ses seins contre sa poitrine. Marie était même différente des autres femmes. Il chassa l'image et les souvenirs de son corps. Son corps, ce n'était rien que le pain l'espace d'un repas. C'était son cœur qui désormais comptait. Son cœur avait été une vaste salle vide avant qu'elle le vît. Il n'était pas étonnant que des démons s'y fussent installés. Les démons qu'y avait laissés chacun des hommes auxquels elle avait donné ses seins et son ventre. Les hommes sont pleins de démons et le cœur d'une femme est une salle vide. Depuis qu'il les avait chassés, il le savait aussi, c'était lui qui habitait cette salle.

Il se leva avant l'aube. Il rencontra Matthatias et lui demanda où était le puits ; l'autre l'y conduisit. Il tira lui-même un seau d'eau, se déshabilla et, sous les yeux écarquillés de Matthatias, se lava le torse et les jambes des sueurs de la nuit avec une écope de pêcheur accrochée au seau. Matthatias remarqua une cicatrice au flanc droit.

« Qu'est-ce que c'est ? demanda-t-il en pointant le doigt sur la balafre, large comme deux doigts.

— La trace de la lance du légionnaire qui s'assurait que j'étais mort », répondit Jésus.

L'autre s'en fut en se tenant la tête dans les mains.

Les premiers rayons du soleil passèrent par-dessus le mont Tabor et chauffèrent des reflets irisés sur la mer de Galilée.

Il ne restait plus qu'à attendre que Pierre et André eussent retrouvé Jean, Jacques et les autres.

10.

« Jetez votre ancre au ciel ! »

Quehât, le rabbin de la synagogue de Capharnaüm, ce grand bâtiment de pierre noire qu'on voyait de loin, en mer, était un homme carré. Qu'il eût du cœur n'impliquait pas qu'il fût enclin aux vagabondages de l'esprit. Il fallait de tels hommes pour affronter les questions des Galiléens de la ville, pêcheurs et paysans que les labours de la mer et de la terre ne disposaient guère aux finesses des interprétations qu'à Jérusalem on pouvait faire de la Loi. En revanche, étant natif de Galilée, il évitait de les effrayer par les rigueurs excessives de la Loi. Après tout, ces gens n'étaient plus des Hébreux dans le désert et, s'il avait appliqué toutes les prescriptions du Lévitique, il le savait, ils eussent déserté pour adopter les religions sans sévices des Syriens et des Phéniciens, tellement plus souples, avec ces Ishtar et ces Baals qui s'accommodaient trop bien des transgressions. Le denier du Temple en eût souffert. Quehât était donc modéré.

Deux jours après l'arrivée de Jésus dans la ville, sa femme l'informa qu'une rumeur courait selon laquelle le prédicateur qui avait été le maître de deux pêcheurs, Pierre et André, et qu'on avait crucifié à Jérusalem, juste avant la Pâque, était ressuscité.

Quehât avait été écouter Jésus lors de son passage à Capharnaüm, jadis. Afin de ne pas se faire une idée superficielle de l'homme qui attirait des foules de la région, il s'était joint à la multitude qui avait suivi Jésus sur une colline, non loin de Capharnaüm. Il avait été, lui aussi, sensible au charisme de l'homme et surtout à son éloquence, dans laquelle il retrouvait le génie poétique du Tichbite Élie. Il avait aussi reconnu l'inspiration de Jésus : c'était un deutéronomiste de la nouvelle tendance, pour lequel la charité était la plus grande vertu et qui reléguait au second plan tous les codes, non seulement ceux du Deutéronome, mais également et même surtout du Lévitique. Il n'était en réalité fidèle au Deutéronome que dans la préparation des cœurs.

En foi de quoi, Quehât s'était abstenu aussi bien de faire la louange de Jésus que de le critiquer. Il ignorait les causes exactes de sa condamnation par le Sanhédrin à Jérusalem et déplorait une peine aussi sévère, la peine ultime, mais qui était-il, lui, pour contester ouvertement les décisions des Sages de Jérusalem ?

Cependant, la rumeur que lui rapporta sa femme le contraria. N'eût-elle été qu'une fable née de la folie ordinaire des esprits simples, le fait était qu'elle circulait ; c'est-à-dire que des gens conservaient un souvenir tenace de Jésus et de son enseignement.

« Femme, c'était un homme comme moi, je l'ai vu. Les humains ne ressuscitent pas.

— Je n'ai pas dit qu'il avait ressuscité, je te dis qu'on le rapporte, s'empressa de répondre l'épouse de Quehât. Et même qu'on l'aurait vu en ville.

— Eh bien, abstiens-toi de le répéter. Le silence est purificateur. »

Il se trouva que ce soir-là, un prêtre du Temple, venu discuter du tribut annuel, soupait à la maison. Quehât et l'émissaire échangèrent des nouvelles de leurs villes.

« Une rumeur court dans Jérusalem, déclara l'émissaire, et elle aurait même atteint notre colonie de Rome. Elle prétend que le Nazaréen Jésus, celui que nous avions fait crucifier par le Procurateur Pilate avant la Pâque, avec deux Zélotes, serait ressuscité. Tout ça parce que l'on a trouvé son tombeau ouvert et vide quelques jours après qu'on l'y eut déposé.

— Le tombeau était vide ? demanda Quehât, surpris.

— L'explication me semble évidente : ses disciples l'en ont dérobé, afin de faire croire qu'il en était sorti vivant. Je suppose qu'un imposteur prendra sa place. »

La brise fit frémir les lampes pendues aux murs. Fallait-il ou non informer l'émissaire de Jérusalem ?

« Oui, une rumeur pareille a même couru ici, déclara-t-il d'un ton plat.

— Ici ?

— Un voyageur l'aura sans doute colportée, répondit Quéhât, qui s'était avisé de l'intérêt de son hôte.

— La même rumeur ?

— Je ne sais qui a prétendu que ce Jésus ressuscité était même passé par Capharnaüm. Mais tu penses bien que si c'était le cas – que le Seigneur détourne ma langue des fables – cela se serait su. Pardonne-moi, mais je ne crois pas aux résurrections.

— Moi non plus », conclut le prêtre.

De retour à Jérusalem, le prêtre informa Caïphe de la rumeur de Capharnaüm. Caïphe manda son ministre à tout faire Gedaliah pour tirer cette affaire au clair. Gedaliah à son tour manda Saül. Celui haussa les épaules.

« Apparemment, les disciples de Jésus se sont tous repliés en Galilée, et c'est là-bas qu'ils font courir ces fables. L'essentiel, si tu permets de donner mon avis, est qu'elles ne se répandent pas à Jérusalem. »

Il se garda d'évoquer la conspiration dont il s'était pourtant entretenu quelques semaines auparavant avec Gedaliah. Ils avaient l'un et l'autre tacitement conclu que, jusqu'à plus ample informé, le corps de Jésus avait à coup sûr été dérobé par des partisans, mais qu'il était plus que douteux que le Nazaréen eût survécu.

L'homme de confiance du grand prêtre médita l'avis de Saül et hocha la tête.

« Attendons que ces rumeurs se précisent ou se dissipent, dit-il. Veillons toutefois à ce qu'elles ne se répandent pas à Jérusalem. »

Saül fut content de ne pas être dépêché en Galilée. Il savait l'accueil qu'on lui réserverait. L'information de Gedaliah ne fut toutefois pas oubliée ; l'amour-propre avait transformé son enquête en affaire personnelle. L'ennui était qu'il ne disposait d'aucun indice solide. La veille encore, il avait cru pouvoir interroger les légionnaires de garde au Golgotha le fameux jour où Jésus avait été crucifié. Il s'était donc rendu à la tour Antonia, dans l'espoir de connaître au moins leurs noms. Il s'était heurté au lieutenant de la Garde qui lui avait opposé un refus formel. Aucun interrogatoire d'un militaire de la garnison romaine n'était admis sans l'autorisation expresse du Procurateur.

« Je suis romain, avait déclaré Saül.

— Mais tu n'es pas militaire. »

Il était évidemment exclu que Pilate lui accordât cette autorisation, puisqu'il l'avait écarté de ses services. Mais pourquoi l'avait-il écarté ? Il soupçonna ce vermisseau crétois de Cratyle. Mais les faits demeuraient : on eût dit qu'une vaste conspiration le tenait à l'écart de toutes les sources d'information. Il enrageait.

Jésus n'attendit pas longtemps le retour de Pierre et d'André : partis le matin, ils revinrent le soir. À leurs mines désolées, il devina l'échec.

« Vous les avez trouvés, dit-il, et ils n'ont pas voulu vous croire.

— Maître, ce n'était pas la foi qui nous manquait... Ils étaient avec Bartolomé. Tous les trois, ils ont prétendu que nous avions perdu la raison dans les fumées du chanvre ou les champignons. Nous les avons suppliés de venir, ils ont refusé. Bartolomé nous a injuriés et accusés d'impiété.

— Très bien, répondit-il sans émotion. Nous irons donc à eux. »

Quand ils arrivèrent à Bethsaïde, Jean, Jacques et Bartolomé étaient partis en mer.

Jésus, Pierre, André et Abel, car le fils de Pierre avait tenu à se joindre à eux, les archanges eux-mêmes ne l'en eussent pas dissuadé, allèrent manger du poisson de la veille chez un aubergiste en attendant leur retour.

« Toute créature du Seigneur est comme la fleur qui se tourne vers la lumière, dit Jésus à l'intention d'Abel. Mais le démon est réservé à l'homme. Avez-vous remarqué que la nature s'endort quand la lumière du Seigneur s'éteint ? Mais que seul l'homme veille bien au-delà ? Ses misérables lumières, ses lampes, ses chandelles et ses feux, qui devraient lui servir à célébrer la lumière céleste servent en fait à attirer le démon et ses légions. Ils accourent dans les vapeurs de l'alcool pour persuader la créature humaine que la lumière est destinée à éclairer sa gloire. Sa minable gloire ! Et avez-vous noté combien peu souvent l'on dit des paroles lumineuses à la clarté de ces chandelles ? C'est que le démon épaissit les cervelles. Il réveille en elles le reptile. La vanité, la folie du lucre, le désir du stupre, le haine d'autrui, qui devient un rival, la peur. »

Abel tendit les bras vers lui. Jésus saisit ses mains et s'adressa à lui directement.

« L'homme s'épaissit loin de la lumière. Je suis venu vous rappeler la lumière du Seigneur que tant de mots avaient obscurcie ! Te le rappelles-tu, Pierre ? Et toi, André ? Les prêtres se sont interposés entre le Seigneur et ses créatures et ils ont empli l'air de leurs mots. Et les créatures sont faibles, elles ont cru que les mots contenaient toujours l'esprit, comme l'ivrogne croit que le verre est l'équivalent du vin ! Que suis-je venu vous rappeler, Pierre ? Et toi André ? Et les autres ?

— La lumière.

— Pas seulement, la joie aussi. Votre Père n'est pas

un Père de ténèbres, mais le Père de la Lumière. Il est la vie, et il est donc la joie.

— Pourquoi t'a-t-on crucifié ? s'écria Abel, les larmes aux yeux. Tu es la vie, pourquoi a-t-on crucifié la vie ?

— Le mort saisit le vif, répondit Jésus. Bien des gens commencent à mourir alors qu'ils semblent vivants. Restreindre, éteindre, lier, dominer, momifier, éliminer du monde tout ce qui n'est pas eux ! Tu es jeune, Abel : apprends à mesurer la mort dans un être à sa volonté de dominer. »

Le silence enveloppa la pauvre table qu'ils partageaient, les convives, le monde entier. Le scintillement de la mer de Galilée palpita dans la pénombre de l'auberge. Les visages de Pierre et d'André s'éclairèrent et reprirent leur légèreté de jadis. Celui d'Abel, orienté vers Jésus, rayonna plus que les autres ; il n'avait pas de lâcheté à se reprocher ; il sembla pétri de lumière ambrée.

« Les Pharisiens t'avaient poursuivi et tu les avais insultés. Nous ne portions pas de tendresse aux Pharisiens, mais nous n'avions pas vraiment compris l'objet des reproches que tu leur faisais », déclara Pierre.

C'était la première fois qu'il s'exprimait depuis qu'il avait rencontré Jésus sur la grève.

« Tu nous as fait des reproches aussi, hier, reprit Pierre. Mais songe donc : lequel d'entre nous possède une miette de ton pouvoir ? Comment aurions-nous prétendu reprendre ton flambeau ? Qu'étions-nous quand ils t'ont mis en croix ? Des brebis privées de leur pasteur.

— Vous avez oublié que l'Esprit Saint vous protégeait aussi. »

Les odeurs d'ail, d'oignon et de poisson frits leur donnèrent faim. Ils mangèrent. Comme il faisait chaud, ils burent aussi d'abondance. L'air, en effet, était embrasé et la brise, molle ou nulle. La mer de Galilée ressemblait à une flaque d'étain à peine ridée.

De la fenêtre de l'auberge, on vit approcher une

barque, la voile si flasque que les pêcheurs s'étaient mués en rameurs et souquaient ferme dans l'eau pareille à du métal fondu. Un homme carguait la voile inutile.

« Je crois que c'est Jean ! s'écria André.

— Si vite de retour ! s'étonna Abel. Pourtant le soleil est encore haut !

— Par cette chaleur, le poisson est rare.

— Oui, ce sont bien Jean et Jacques. Et Bartolomé, je les reconnais. »

À quelques pas du rivage, les rames décrivirent un grand arc, puis se rangèrent sur les flancs du bateau, comme les ailes d'un oiseau qui se pose. Trois hommes sautèrent dans l'eau. Leurs torses nus ruisselaient de sueur. À distance, on les voyait haleter. Ils se passèrent une gourde, burent à la régalade et s'épongèrent le front. Puis ils halèrent le bateau. Jésus se leva et sortit après avoir demandé à ses compagnons de l'attendre à l'auberge.

Il alla vers les trois hommes. Il les reconnut sans peine. Jean, dix-huit ans, mince et vigoureux, le geste vif. Jacques, vingt ans, à peine plus massif que son frère, le geste un peu plus réfléchi. Les frères Boanergès, les Fils du Tonnerre. Bartolomé, vingt ou vingt et un ans, ancien bûcheron qui s'était sans doute joint à Jean et Jacques pour ne pas se retrouver seul. Le cœur lui poignit. C'était comme s'il était vraiment mort et qu'il revînt sur terre visiter ceux qu'il avait aimés. Il savait qu'il allait au-devant du chagrin, mais il n'avait pas le choix. Il considéra les filets qu'ils rapportaient ; quelques tanches, une petite carpe et un brochet médiocre. On pouvait s'étonner que ces poissons ne se fussent pas glissés au travers des mailles.

Tout à leur maussaderie, ils levèrent à peine les yeux sur lui.

Il considéra le filet ; c'était un carrelet ; pas assez profond, moins de deux coudées. Par cette température caniculaire, la plupart des poissons descendaient plus bas, vers les couches plus fraîches.

« Il vous aurait fallu un trémail, dit-il.

— Pour quoi faire ? demanda Jean en levant la tête.

— Pour aller plus profond. Quand il fait chaud, le poisson se réfugie dans les eaux plus froides. »

Jacques aussi leva la tête.

« Nous n'avons pas de trémail, lâcha-t-il avec lassitude.

— Si vous attachiez trois coudées de corde aux cerceaux, cela ferait l'affaire. »

Ils se redressèrent tous trois et le toisèrent en se passant la main sur le torse, d'un air narquois.

« Tu es pêcheur ?

— Oui.

— Où est ton bateau ?

— Il n'est pas ici.

— Pour faire ce que tu dis il faudrait être quatre, déclara Jacques d'un ton impatient. Un homme à chaque bout des deux cerceaux. À moins que tu veuilles nous prêter main-forte... »

C'était un défi.

« Je veux bien. Vous avez quatre heures jusqu'au coucher du soleil pour remonter des filets pleins. »

Jean le dévisagea avec attention.

« Tu es de Galilée, non ?

— Oui.

— Allons-y alors, coupa Bartolomé. On ne peut vraiment pas rentrer avec les miettes que nous avons ramassées. »

L'eau était si calme qu'ils n'avaient même pas encore jeté la pierre d'ancre. Ils lancèrent dans un panier les quelques poissons qu'ils avaient pris et tirèrent le filet vers le bateau.

« Tu vas avoir chaud, observa Jean.

— En effet. »

Il enleva sa robe en prenant soin que la cicatrice au flanc fût cachée dans les plis de la peau et se trouva comme eux en braies. Il n'enleva ses sandales que lorsqu'il fut au bord de l'eau, puis bondit dans le bateau le premier. Cela faisait quelque temps qu'il n'avait pas fait d'effort ; il s'avisa qu'il n'était pas trop mal en point. Ils poussèrent le bateau, puis sautèrent dedans. Bartolomé et Jacques prirent les rames.

« Comment sais-tu tout ça ? lui demanda Jean.

— Je pense avoir plus d'expérience que vous », répondit-il en souriant.

Il se félicita d'avoir remis les bracelets en cuir qui cachaient les cicatrices des poignets.

« Comment t'appelles-tu ?

— Emmanuel. Il n'est pas besoin d'aller trop loin », conseilla-t-il à Jacques et Bartolomé au bout d'un moment. Il glissa ses pieds sous sa robe, qu'il avait roulée en boule et huma l'odeur familière du bois chauffé par le soleil et des écailles de poisson qui traînaient çà et là.

Jacques et Bartolomé posèrent les rames et tous quatre mirent en œuvre le conseil de Jésus. Pour cela, il fallut couper de la corde. Jésus se servit du couteau qu'il portait à la ceinture. Premier gros effort de quelque trois mois ; il craignit de faiblir, mais ce ne fut pas le cas ; les articulations s'étaient presque parfaitement rétablies. Ils attachèrent les quatre morceaux de trois coudées aux extrémités des cerceaux et jetèrent le filet à l'eau. Un léger courant les fit dériver en direction de Bethsaïde. Puis une brise se leva.

« Je mets la voile ? » demanda Bartolomé sans s'adresser à personne en particulier.

Jacques consulta Jésus du regard.

« Le vent va se lever dans un moment. Il va nous ramener vers le rivage. Nous lèverons alors la voile. En attendant, allons à la rame vers le milieu du lac. Nous nous laisserons porter pour le retour. »

Jacques et Bartolomé reprirent les rames. Jésus s'avisa que Jean le regardait à la dérobée.

« Il me semble que je connais ta voix, dit-il.

— C'est possible. Je crois que je vous ai déjà vus aussi tous les trois. Tous les pêcheurs se connaissent. »

Au bout d'un moment, Jacques déclara d'une voix lasse :

« C'est dur !

— Ça penche à l'arrière ! s'exclama Bartolomé.

— Ça tire, ça penche ! cria Jean, bondissant sur ses pieds.

— Larguez maintenant la voile », dit Jésus.

Jacques s'empressa de ramener sa rame. Pendant quelques minutes, une agitation s'empara des trois jeunes hommes. Jésus baissa la tête pour permettre à la vergue de passer et se tourna vers l'arrière.

« Il sera bientôt temps de remonter le filet !

— Oui ! cria Jean, excité. Il faut même le remonter tout de suite ! Nous le jetterons une fois de plus ! »

La petite brise agita enfin la voile. Ils se postèrent à l'arrière pour tirer les cordes et leur poids ajouté à la traction du filet fit dangereusement pencher l'arrière et rebiquer la proue en l'air.

« Accroupissez-vous ! » cria Jésus.

C'était plus ardu, mais moins dangereux de tirer dans cette position. Ruisselants de sueur, ils parvinrent enfin à remonter le filet au-dessus de l'eau. Il était plein à craquer. Plusieurs poissons s'échappèrent d'un bond. Ils ne furent pas trop de quatre pour remonter la prise et la faire basculer par-dessus le bas-bord, trébuchant, soufflant, jurant, poussant des ahans, les muscles tendus à l'extrême. Enfin, le filet fut à bord, une masse tressautante. Ils lâchèrent prise. Jean se laissa tomber sur le banc arrière, haletant.

« Je crois que ça suffit pour aujourd'hui, dit Bartolomé. Je suis vanné ! »

Jésus aussi s'était assis, près de Jean, reprenant lentement son souffle, regardant sa sueur tomber sur le bois.

« Tu avais dit vrai... », commença à dire Jean.

Puis son regard tomba sur le pied de son voisin. Il fut instantanément luisant de sueur ; il ruissela. On eût dit qu'une fontaine s'était ouverte sur sa tête. Pétrifié. Il regarda Jésus. Le regard qui savait. Qui savait tout. Le seul regard sur la terre qui fût à la fois implacable et tendre. Il se pencha et regarda le pied. Le toucha. L'autre pied. Il s'écroula dans les bras de Jésus, en proie au sanglot. Jésus posa sa main sur sa tête. Mais c'était fini, Jean allait sangloter longtemps. Il le laissa pleurer. La douleur s'écoulait. Il y avait donc bien eu douleur.

Jacques s'était d'abord retourné pour demander de l'aide quand il saisit la scène. Il ne comprit d'abord pas. Puis Bartolomé aussi vit le spectacle extravagant de Jean qui sanglotait, le torse effondré sur les genoux d'un inconnu qui lui caressait la tête.

Ils étaient au milieu de la mer de Galilée. Ils venaient de faire une prise extraordinaire. Que se passait-il donc ?

Jacques et Bartolomé s'avancèrent, hagards, vers l'inconnu et Jean. La barque dériva.

« Que se passe-t-il... ? »

Jacques aussi vit les pieds de Jésus.

« Que quelqu'un prenne la goupille, recommanda Jésus, nous dérivons.

— Bartolomé, s'écria Jacques, la goupille ! »

Il s'agenouilla devant Jésus.

Il ne pleura pas. Il prit la main de Jésus et la posa sur son visage, à plat, et la baisa.

« Jacques ! s'exclama Bartolomé, décontenancé. Dis-moi ! Mais que se passe-t-il donc ?

— Tiens la goupille, Bartolomé, tiens la goupille ! fit Jésus, le cœur en sang.

— Et nous ne les avons pas crus », lâcha Jacques en secouant la tête.

Si Bartolomé comprenait qui était leur compagnon, ils feraient tous naufrage.

Jacques se pencha et baisa les pieds de Jésus.

Jean s'était redressé.

« Aucun homme..., dit-il. Comment es-tu sorti du tombeau... »

Il n'acheva aucune de ses phrases. Jésus comprit le reste et il le savait.

Une fois de plus, les mots étaient dérisoires. Il songea que même les siens avaient à peine été à la hauteur de leur mission : faire comprendre que les mots sont dérisoires. Le plus grand de tous les prophètes n'avait jamais pu dire ce qu'était la nuit, ni ce qu'était le jour.

Les mots ne sont que la vanité des hommes. Il avait juste indiqué la voie.

Jean lui tint la main sur le cœur pendant tout le trajet de retour.

La brise était capricieuse ; il y aurait un orage dans la nuit. Des nuages bleus l'annonçaient. La petite voile les poussa vers la terre, tandis que le vent de l'infini gonflait leurs cœurs.

Quand ils abordèrent enfin à Capharnaüm, parce que c'était là que Jésus leur avait dit d'aller, Bartolomé s'élança vers Jésus.

« Toi ! cria-t-il. Toi ! Et je ne le croyais pas ! »

Il s'effondra aux pieds de Jésus. Il lui serra les bras de ses mains, comme pour s'assurer qu'il tenait un être de chair et d'os.

Dans la confusion et l'émoi, ils faillirent laisser le poisson à bord.

« C'est le poisson que je vous ai aidés à pêcher, dit Jésus. Qu'il ne soit donc pas perdu. »

Pierre, André et Abel les attendaient sur la grève. Tandis que Jacques et Bartolomé répartissaient le poisson entre les paniers, Jean se jeta dans les bras de Pierre.

« Pardonne-moi ! Pardonne-moi ! Je ne t'ai pas cru. »

Pierre, décomposé, hochait la tête. Abel pleurait parce qu'il avait tout compris.

Jésus enfilait sa robe et ses sandales. Ce torrent de désarroi le submergeait.

« Seigneur, viens-moi en aide, murmura-t-il. Mon cœur défaille. Et pourtant, je n'existe que par Toi. C'est Toi qui les a faits ainsi. »

« Il y a trop de poisson, cria-t-il à Jean, Jacques, Bartolomé. Allez appeler les marchands qu'ils viennent l'acheter ici et gardez pour l'aubergiste ce qu'il faudra pour nous nourrir. »

La nuit était tombée depuis longtemps quand ils se retrouvèrent enfin chez l'aubergiste, affolé par ces convives exaltés, stupéfait par cette pêche phénoménale – cinq pleins paniers ! – que les marchands marchandaient devant l'auberge, intrigué par ce personnage autour duquel gravitaient ces pêcheurs d'ordinaire taciturnes. Ils s'attablèrent devant la salades de fèves vertes à l'ail, les olives, le poisson grésillant, le fromage blanc. Ils regardaient tous Jésus, affamés, ils le mangeaient des yeux et se nourrissaient en même temps. Ils l'eussent mangé. Il versa le vin et bénit le pain. Ils attendaient qu'il parlât. Il ne dit que ceci :

« Nous sommes réunis par la volonté du Seigneur. Nous sommes donc réunis par l'amour. Je vous demande d'aimer l'amour que vous portez au Seigneur. Pêcheurs, je vous demande d'enseigner aux hommes à jeter leur ancre au ciel, car c'est là seulement que les justes trouveront l'amour éternel. »

Tous fourbus par l'effort et l'émotion, même Jésus, ils fermaient les yeux à la fin du repas. La lune menaçait de faucher les étoiles.

« Je n'accepterai de dormir qu'à tes pieds », dit Jean.

Ses pieds. C'était fou ce qu'ils avaient compté depuis quelque temps. En vérité, ils étaient son lien naturel avec la terre. Mais lui, il était pourtant un peu plus. Du moins lui semblait-il.

Il avait retrouvé Pierre, André, Jacques, Jean et Bartolomé : il restait encore tous les autres.

Et tout le peuple d'Israël.

Il évoqua fugitivement son entrée à Jérusalem sur l'ânesse de David. C'était quelque trois mois auparavant. C'était déjà jadis. Où était ce peuple ? Il eût voulu aller à sa rencontre et lui demander : « Je suis mort. Que reste-t-il de moi dans vos cœurs ? »

Moins d'une journée de marche séparait Capharnaüm de Magdala ; le lendemain, il demanda au fils de Pierre, Abel, d'aller prévenir Marie, sa sœur et son frère qu'il était à Capharnaüm.

11.

Les tourments d'Hérode Antipas

Hérode Antipas, tétrarque de Galilée et de Pérée, se dressa sur son lit de cèdre incrusté d'argent, tira de sous son lit un pot de terre vernissée, pissa dedans et repoussa le pot sous le lit. Il but ensuite une lampée d'eau parfumée à la cendre d'encens. Puis il enfila ses sandales et, tirant ses braies sur sa bedaine, écarta la tenture de laine brodée qui garnissait la fenêtre et sortit sur la terrasse de sa forteresse de Machéronte. Le donjon qui lui servait de palais dans cette masse toute neuve de tours et de bâtiments érigée sur un monticule, jouissait d'une vue de roi. À l'ouest, le soleil du matin étincelait sur une plaque d'argent noirci ; la Mer de Sel. À l'est et au sud, le regard se perdait dans les rocailles et les sables du royaume des Nabatéens. Au nord, la vallée du Jourdain verdoyait. La brise agita les poils sur la poitrine flasque du potentat. La journée s'annonçait splendide, et le temps sec. L'humeur du tétrarque, elle, était orageuse.

À l'immédiat, la cause en était un mauvais rêve. Une agitation effroyable régnait dans le palais et il avait eu beau crier à droite et à gauche, personne ne l'entendait. Et soudain, il s'était retrouvé tout seul, effrayé. Sur quoi il s'était réveillé, la frayeur toujours au cœur. À peine rendormi, il rêva de nouveau, et cette fois qu'un nid de vipères grouillait sous son lit.

Mais la cause plus profonde de sa maussaderie résidait dans un magma d'informations à demi douteuses et de réflexions inachevées, mais néanmoins moroses, qui se tricotaient depuis quelques jours.

Les informations, d'abord, si tant était qu'on pût les coiffer de ce nom : des rumeurs couraient en Galilée selon lesquelles l'agitateur et prophète nommé Jésus aurait ressuscité. Or ces rumeurs avaient traversé la mer pour atteindre Rome, et elles avaient évidemment engendré un mythe selon lequel un homme qui ressuscitait ne pouvait être qu'un dieu. Pilate lui-même en avait été informé par le Sénat et avait diligenté une enquête. Des résultats de cette enquête, évidemment, personne ne lui avait soufflé mot.

La Galilée était décidément un piètre héritage. Gouverner ce pays d'agités et de rebelles équivalait à diriger une ménagerie de fauves dans un cirque.

Puis l'image de Jésus ranima dans la mémoire d'Hérode Antipas le souvenir encore douloureux de Jean le Baptiste, le saint homme qu'il avait laissé décapiter, à l'instigation de sa femme, Hérodiade.

Autres rumeurs : la propre mère du tétrarque, Myriam, dite aussi Malthace, avait trempé avec d'autres femmes dans une intrigue qui aurait mené à abréger le séjour de ce Jésus sur la croix et peut-être à lui sauver la vie.

Hérode Antipas quitta la terrasse, traversa la chambre et alla ouvrir la porte. Il frappa dans ses mains. Les deux gardes armés accroupis de part et d'autre bondirent sur leurs pieds.

« Faites-moi appeler Manassah ! »

Mais un claquement de mules sur le sol dallé annonçait déjà Manassah, le chambellan, le confident, l'âme damnée, le réceptacle des sentiments ténébreux, à l'occasion l'exécuteur des basses œuvres, suivi de deux esclaves de Nubie.

« Que la journée de mon maître soit odorante

comme le jasmin et épanouie comme la rose », clama le chambellan, avec un large sourire, tendant à son maître une rose, en effet, dans un petit vase de verre de Syrie, assortie d'un brin de jasmin en fleur.

Hérode prit le vase, considéra Manassah d'un œil torve et répondit :

« Fais-moi monter ma collation. Et viens me voir. »

Manassah débita à l'intention des esclaves une litanie d'ordres relevés de menaces de sévices. Un esclave dévala l'escalier pour alerter les cuisines. Manassah suivit son maître dans la chambre et ferma la porte derrière lui.

« Que fait Hérodiade ? demanda le tétrarque.

— Elle déjeune dans sa chambre en compagnie de sa première suivante et de sa nourrice. Dans peu de temps, elle fera ses ablutions, car on chauffait de l'eau dans les cuisines quand je suis monté pour avoir l'honneur de te voir. Dois-je envoyer la quérir ?

— Non. Elle va maugréer. Je ne suis pas d'humeur. J'ai fait de mauvais rêves.

— Dois-je appeler l'astrologue ?

— Non, il débite cent mots quand trois suffiraient. Mais tu t'y connais, je crois, en rêves ?

— Mon prince me fait trop d'honneur.

— J'ai d'abord rêvé que la forteresse était en folie. J'appelais les gens et personne ne me répondait. Puis je me suis trouvé seul.

— Excellent rêve ! clama Manassah. Il signifie que ton intelligence ne dort pas, elle, pendant ton sommeil et que tu te méfies de tout le monde. Ce qui est judicieux, car un prince n'a que des clients. Ce que tu as vu dans ton rêve, ce sont des gens agités par leurs propres complots et qui n'ont cure de toi. Tout pouvoir est solitaire, ne le sais-tu pas ?

— Et toi, tu te soucies de moi ?

— Moi, prince, je suis ton ombre. Rêverais-tu que tu as perdu ton ombre ? »

Hérode hocha la tête sans trop de conviction.

« Ce rêve indique que la vigilance est de mise, reprit le chambellan. Est-ce tout ?

— Non, dans un autre rêve, un nœud de vipères se tortillait sous mon lit.

— Aucune d'elles ne t'a mordu ?

— Non.

— Rêve admirable aussi. Tu sais repérer les ennemis jusque dans ta propre maison. »

On toqua à la porte et Manassah alla ouvrir ; c'était la collation. Le chambellan s'empara du plateau et le posa lui-même sur une table basse devant le lit : du lait caillé au miel, des dattes confites, un bol de grains de grenades, un cruchon de lait chaud et des galettes. L'esclave allait se retirer quand le chambellan le rappela d'un ton sec : « Le pot ! » L'esclave s'empara du pot sous le lit et ressortit. Hérode Antipas s'assit et se versa un gobelet de lait chaud.

« Assieds-toi, dit-il. Ce que tu m'as dit hier... »

Il laissa la phrase s'effilocher.

« Un homme ne ressuscite pas, n'est-ce pas ?

— C'est contraire aux lois divines et naturelles.

— Même un saint homme ?

— Pourquoi Élie n'a-t-il pas ressuscité ? Ni Ézéchiel ? Que servirait de ressusciter, si c'est pour mourir de nouveau ? »

Hérode Antipas lapa la dernière cuillerée de son lait caillé, l'air satisfait.

« Selon toi, Jésus n'a donc pas ressuscité ?

— Dans ce cas, prince, il serait immortel. Autrement dit, un dieu. Admettons qu'il le fût. Que ferait un dieu sacrifié, désormais fort de son immortalité ? Il se vengerait de ceux qui l'ont mis à mort. Et quelles seraient alors ses premières victimes ? Le Sanhédrin. Or, aux dernières nouvelles, Caïphe et les autres se portent comme des charmes. »

Hérode Antipas hocha la tête avec plus de force et s'empara du bol de grenades.

« De plus, reprit Manassah, étant dieu, donc invincible, il se montrerait partout dans les lieux où on l'a persécuté, pour narguer ses ennemis, non ? Or, personne n'a vu Jésus à Jérusalem.

— Très bien, fit Hérode Antipas. Me voilà

convaincu. Alors qu'est-ce que c'est que ces histoires que tu m'as rapportées ?

— Qu'ai-je dit ? Que des rumeurs sur la résurrection de Jésus courent parmi ses partisans, qu'elles ont gagné Rome et qu'on raconte aussi en Galilée qu'il serait revenu de chez les morts. Sur quoi se fondent ces fables ? Nous savons que son tombeau a été retrouvé vide. De deux choses l'une, ou bien il est mort et le corps a été dérobé pour accréditer la fiction qu'il a ressuscité, ou bien il n'était pas mort quand on l'a descendu de la croix et il n'a pas ressuscité parce qu'il n'était pas mort. Voilà ce que je t'ai dit. Et je te l'ai dit parce que tu règnes sur la Galilée.

— Bon, est-il vivant ou est-il mort ?

— Je n'en sais rien. À mon avis, si tout cela n'était qu'une fable, on prétendrait l'avoir vu en Judée. On ne l'y a pas vu. C'est en Galilée qu'on prétend l'avoir vu. Là, en effet, il serait en sécurité. Bien plus en sécurité qu'en Judée. »

Hérode Antipas soupira et grignota une datte confite et une galette.

« Tu veux dire qu'il serait donc vivant. Mais comment peut-on survivre à la croix ?

— Si le condamné n'y est pas resté trop longtemps et qu'on ne lui a pas brisé les tibias, il a des chances. Or Jésus est resté trois heures en croix et on ne lui a pas brisé les tibias. »

Le tétrarque fixa son chambellan du regard.

« Donc, tu crois qu'il est vivant. Et, d'après ce que tu m'as raconté hier, tu penses que ma mère a trempé dans un complot pour le sauver.

— Prince, je ne pense rien. Je te rapporte ce que je sais. Le chef de tes cuisiniers, ici à Machéronte, est le frère de celui de ta mère, à Jérusalem. Celui-ci lui a rapporté avoir entendu des conversations réservées entre ta mère et d'autres femmes. Ce sont des Syriens qui n'ont d'allégeance qu'à l'argent. Ton cuisinier est donc venu à son tour me rapporter ce qu'il avait appris. Je lui ai donné une pièce.

— Mais toi, tu penses bien quelque chose, à la fin ! s'écria Hérode Antipas.

— Prince, je sais que ta mère révérée n'a jamais pardonné à ta reine Hérodiade d'avoir fait mettre à mort Jean le Baptiste. Or, Jésus était le disciple du Baptiste. Je ne serais donc pas étonné qu'elle ait, en effet, tenté de le sauver. Mais il me paraît difficile d'aller l'interroger. Nous la connaissons : elle t'enverra à cent mille diables. »

Ce n'était un mystère pour personne que Malthace la Samaritaine, la mère d'Hérode Antipas, l'une des dix femmes d'Hérode le Grand, vitupérait les Hérodiens à tout venant, son propre fils compris ; elle les qualifiait tous de race de gens sans foi ni loi et d'assassins lubriques. Samaritaine, elle n'était déjà pas encline à l'indulgence à l'égard du peuple de Judée quand elle avait épousé Hérode le Grand. Mais une fois incluse dans la tribu des Hérodiens, elle avait dû assister, impuissante, sinon muette, à une série quasiment ininterrompue de meurtres et d'incestes perpétrés au vu et au su de tous, et pourtant couverts par l'impunité royale.

C'était ainsi qu'elle avait vu son époux faire étrangler dans le palais même Alexandre, la chair de sa chair, le fils de sa troisième femme, Marie l'Hasmonéenne, puis Aristobule, le fils de sa quatrième femme, la propre fille du grand prêtre, puis encore Antipater, le fils de sa deuxième femme Doris, qu'il avait fait mettre à mort alors qu'il gisait lui-même sur son lit de mort. Mais le Temple n'avait jamais osé élever la voix contre ces monstruosités. D'où le mépris que Malthace portait au lieu saint et à son personnel.

Quant aux Romains, ils n'eussent certes pas songé à adresser des reproches au potentat sur sa vie privée ; d'abord, parce que leurs propres empereurs n'étaient guère des modèles de vertu et ensuite parce que Hérode était leur roi-soliveau : il leur payait les impôts qu'ils exigeaient et il était le seul dont la poigne brutale pût maintenir l'ordre dans ce pays apparemment voué aux convulsions éternelles. Après la mort d'Hérode et le démantèlement de son royaume, les héritiers avaient bénéficié de la même indulgence.

Et l'engeance elle-même ne valait guère mieux : trop heureux quand ils ne copulaient qu'entre frères et sœurs et cousins et cousines. Non, ils allaient jusqu'à se disputer leurs femmes les uns les autres, comme Theudion, beau-frère d'Hérode le Grand qui avait épousé sa nièce Doris ou comme Hérode Antipas, qui avait enlevé sa femme Hérodiade à Philippe, son demi-frère, et qui, comble d'horreur, couchait avec la fille d'Hérodiade, Salomé.

Seul celui qu'on appelait Jean le Baptiste, un Essénien, avait osé élever publiquement la voix contre les turpitudes d'Hérode Antipas.

Manassah se garda évidemment de rappeler à son maître que le grief le plus violent que Malthace nourrissait contre son fils était d'avoir couché avec Salomé. Même si celle-ci était désormais mariée à un oncle, Philippe le tétrarque de la Décapole, demi-frère de son propre frère, autre indécence, le souvenir de l'infamie demeurait.

Comme s'il avait entendu les silences de son chambellan, Hérode Antipas émit un grognement.

« Elle te reproche déjà assez de ne pas avoir plaidé la cause de Jésus, quand Pilate te l'a envoyé, à Jérusalem, conclut Manassah.

— Je n'avais aucun pouvoir à Jérusalem ! s'écria Hérode Antipas. Et qu'est-ce qu'elle croyait ? Non, mais qu'est-ce qu'elle croyait ? Que j'allais plaider auprès de Pilate la cause de Jésus afin de le faire couronner roi de Judée et de Jérusalem ? Moi, le fils d'Hérode le Grand, réduit à la Galilée et à la Pérée, et ce magicien galiléen régnant sur la Judée et pourquoi pas sur tout Israël ? Mais on croit rêver ! »

Il posa par terre ses pieds dodus et même mafflus et arpenta la pièce avec humeur, martelant les dalles de son pas massif. À chaque pas, ses seins tremblaient sur sa bedaine. Il commence vraiment à ressembler à son père, songea Manassah.

« Mais dis-moi, déclara-t-il en se tournant brusquement vers Manassah, ça fait quand même beaucoup de monde dans ce complot, il me semble ! Il y avait déjà la femme de Chouza, et maintenant ma propre mère...

— C'est sans doute le nid de vipères de ton rêve, prince. En tout cas je peux t'assurer qu'Hérodiade ne fait pas partie du complot. Quant à Chouza, il a largement payé les imprudences de sa femme. »

Hérode Antipas, en effet, ayant appris après la crucifixion que Joanna, la femme de Chouza, avait été l'une des plus ardentes suiveuses de Jésus et qu'elle avait partout chanté ses louanges, avait renvoyé son chambellan et avait nommé à sa place Manassah, jusqu'alors simple confident et maquereau à l'occasion. Un mari, que diable, était responsable de sa femme.

« Joanna était-elle de mèche avec ma mère ?

— Je n'en sais rien, prince. C'est probable, toutefois. »

Le tétrarque se pencha pour choisir une autre datte confite.

« Tout ça ne nous dit pas si Jésus est vivant ou pas. Comment en être sûr, alors ?

— Pilate aussi voudrait savoir et je suis certain qu'il ne sait pas. Le Sanhédrin le voudrait également et il a chargé ton cousin Saül...

— Saül ! s'exclama Hérode Antipas indigné.

— Je dis qu'il a chargé Saül d'établir la vérité. Je n'ai aucune indication que Saül y soit parvenu. »

Le tétrarque se leva et arpenta la chambre.

« Quel sort est le mien ! se lamenta-t-il. Je ne suis qu'un roi des gueux ! Que m'a donné Rome en partage ? La Galilée, une province de paysans et de pêcheurs rebelles à toute autorité, la Pérée, grande comme une peau de buffle ! Pas un seul bout de territoire sur la mer où je pourrais faire du commerce avec l'étranger ! Demain, la Galilée se soulèvera parce qu'elle croira que ce crucifié est sorti d'entre les morts et on m'accusera de ne savoir pas gouverner. Pilate enverra un rapport à

Rome et on m'exilera ! Et je ne peux même pas m'informer sur la réalité de ces histoires à dormir debout ! Personne ne sait rien ! »

Manassah laissa passer l'orage.

« Le siège de Pilate n'est pas plus confortable que ton trône, prince, finit-il par dire. Si Jésus reparaissait, un soulèvement pourrait également se produire à Jérusalem, Pilate serait contraint de le réprimer par la force et les Juifs se plaindraient à Rome que le Procurateur est une brute inepte. Pilate doit se demander à l'heure actuelle s'il n'aurait pas été plus sage de résister au Sanhédrin et de libérer Jésus. Il aurait peut-être eu moins de fil à retordre avec lui qu'avec le Sanhédrin.

— Pilate ne connaît rien à la Palestine ! s'écria le tétrarque. Si Jésus avait été couronné roi, comme tout le laissait prévoir dans les semaines avant sa crucifixion, les Juifs se seraient révoltés contre les Romains et il y aurait eu un bain de sang !

— C'est vrai, mais rien ne sert de se mettre en colère, conseilla Manassah.

— Comment ne pas se mettre en colère quand on voit la crasse imbécillité des Romains ? cria Hérode Antipas. Seul un homme comme mon père a pu tenir ce pays comme il l'a fait. Si on peut appeler ça un pays ! Des Arabes au sud, des Juifs fous au nord et au milieu, ce panier de crabes de Jérusalem, avec ces vieux barbus de Sadducéens prétentieux qui s'imaginent être au temps de Josias et ces Pharisiens pleins de morgue et intrigants ! Et partout des terroristes, ces Zélotes, sans compter les enragés de Quoumrân ! »

Il poussa un rugissement de fureur. Manassah imagina les esclaves et les domestiques épouvantés dans le couloir.

« Mais non, reprit le tétrarque. Ces butors de Romains ont cru bon de diviser le pays en provinces sénatoriales et impériales ! Impériales et sénatoriales, je te demande un peu ! S'ils m'avaient confié à moi ce pays, au lieu de dépêcher des consuls qui ne parlent pas un mot d'araméen, ah, Manassah, je te dis que je l'aurais tenu, moi, ce pays !

— Mon prince j'en suis certain. Mais ta force est dans la ruse, pas dans la colère. Si tu trouves ton sort mal partagé, songe que celui de Caïphe non plus n'est pas enviable. Admettons que Jésus soit vivant et qu'il aille à Jérusalem. Le soulèvement est certain et les premières victimes, toutes désignées, en seront le Sanhédrin et les prêtres du Temple.

— Mais c'est un ennemi public que ce Jésus !

— Prince, son procès a déjà été fait », observa Manassah d'un ton froid.

Le tétrarque s'arrêta devant la porte de la terrasse et contempla derechef le paysage. Puis il se tourna vers son chambellan.

« Dis aux esclaves de préparer mon bain. Je te verrai tout à l'heure. »

Manassah se leva et se dirigea vers la porte. Là, il s'arrêta et se tournant vers son maître :

« Veux-tu que nous essayions d'inviter ton cousin ? Nous pourrons le cuisiner à la sauce du palais. »

Hérode Antipas demeura interdit.

« Nous en parlerons tout à l'heure », répondit-il enfin.

L'esclave revint avec le pot de chambre vidé et lavé. Une fois dans le couloir, Manassah suspendit son pas, devant les esclaves pétrifiés par les éclats de voix perçus à travers la porte. Hérode était certainement une soupe au lait, mais il n'était pas sot. C'était vrai, ce Jésus était un ennemi public.

Il se caressa la barbe. Il n'avait pas tout dit au tétrarque : il connaissait l'instigatrice du complot auquel avait participé la mère d'Hérode Antipas. Elle résidait en Galilée. C'est-à-dire sous l'autorité du tétrarque.

L'idée était à creuser.

12.

Deux conflits

L'individu saisi de fièvres est pareil à celui qui est possédé par les démons : il n'est plus à soi. À l'intérieur de sa carcasse, les agents des fièvres, minuscules serviteurs du mal, prolifèrent et s'agitent. Ils empoisonnent son sang, ses poumons, ses entrailles, ses liquides transparents, les organes de sa locomotion et de ses sens. Ils enflamment les uns, dévastent les autres, saccagent le troisième, enflamment, lacèrent, dénaturent. Ils empuantissent son air et lui font une haleine d'enfer, ils blêmissent ce qui était rouge et rougissent ce qui était clair. Le fiévreux comme le possédé sue, suinte, crache, larmoie, pisse, pleure, chie. Il n'est plus maître de sa misérable guenille de corps. La joie de la lumière lui est refusée. Des éblouissements lui font voir le soleil à minuit et des défaillances, la nuit en plein jour. L'air qu'il respire se change en fournaise ou en glace. Ses os sont près de se rompre, ses muscles sont transpercés de douleurs. Le corps est à peine affaibli que le cerveau cède aux assauts. La fièvre le fait délirer. Cependant, les agents des fièvres s'activent. Il leur faut un signe éclatant de la victoire, il leur faut dresser leurs étendards sur la peau. Alors, sur les corps émaciés, surgissent des bubons, des pustules, des dartres, des noirceurs, des taches livides ou vertes, des ulcères, afin qu'à ces symptômes évidents chacun reconnaisse leur puissance.

Telle fut Jérusalem quand les prêtres du Temple, leurs sbires et sycophantes, rendus fous par les rumeurs pullulantes sur la résurrection de l'homme qui avait été mis en croix avant la Pâque, décidèrent de réagir. Ils entreprirent la chasse à ceux qu'ils appelaient des Juifs apostats, les disciples de Jésus.

Ivres de frustration de ne pouvoir étendre leurs exactions à la Galilée, où ils savaient que plus d'un gourdin leur aurait fracassé le crâne, ils se cantonnèrent à la Judée. Ils avaient pour cela une bonne raison : c'était une province romaine et là, le Sanhédrin pouvait faire chanter le Procurateur. Qu'il s'opposât donc à ces raids féroces et on lui ferait une belle émeute.

L'entreprise sembla facilitée par le fait que le Procurateur était en villégiature à Césarée. Ses adjoints à la Procure n'eussent pas eu le courage de s'opposer aux menées de la Police du Temple.

Cette vermine de disciples de Jésus allait voir de quel bois se chauffaient les maîtres du Temple.

Le chef de la répression fut Saül. Il entretenait une bande privée de nervis qui sillonnaient la Ville Haute et la Ville Basse, recherchant ceux qu'on avait désignés comme disciples du Galiléen, et si l'accusation était fondée, ils les fouettaient, saccageaient leurs maisons, cassaient leurs récipients à coups de bâton, interdisaient au voisinage d'acheter chez ceux qui étaient marchands, d'accoucher aux mains de celles qui étaient sages-femmes, de se faire soigner chez ceux qui étaient rebouteux. Ils déboulaient chez les gens en pleine nuit, arrachaient les enfants au sein de leur mère et bâtonnaient les garçons qui tentaient de défendre leur père.

Le pinacle de leur horreur fut exactement ce qu'ils prirent pour leur triomphe le plus éclatant. Secondés par la Police du Temple, les gros bras de Saül mirent la main sur un homme appelé Étienne. Il eût fallu le juger devant un tribunal proprement dit. Il n'eut qu'une commission de spadassins rassemblés sur-le-champ et présidée par Saül.

« Es-tu celui-là qu'on dit disciple du blasphémateur Jésus ?

— Ce n'est pas un blasphémateur, c'est le Messie.

— Vous entendez ? Il avoue ! Est-ce toi qui racontes qu'il est ressuscité d'entre les morts ?

— Il l'est. Je le proclame.

— Vous entendez ? Il blasphème aussi ! »

De l'avis unanime, un tel homme ne méritait que la mort. Il eût fallu, pour mettre à mort un citoyen de la province romaine de Judée, avoir l'assentiment du Procurateur. On n'en eut cure. Étienne serait lapidé. La sentence était immédiatement exécutoire.

On emmena l'homme à l'extérieur des murs. On le déshabilla et l'on jeta ses vêtements aux pieds de Saül. Il leva le bras. La lapidation commença.

Pour la chance d'Étienne, une grosse pierre l'atteignit à la tête peu après le début du supplice. Il tomba, le crâne fracassé. Les bourreaux se replièrent en demi-cercle autour de Saül.

Mille Hiérosolymitains assistèrent à l'exécution. Cela devrait servir d'exemple.

« Jetez-le à la fosse commune ! » ordonna Saül.

Quand il quitta les lieux, un homme l'attendait au passage. Il connaissait Saül et Saül le connaissait. L'homme lui cracha au visage. Saül blêmit et mit la main à sa dague.

« Ose, Saül, ose, je t'en prie ! Ose lever la main sur moi. »

Saül le regarda, les yeux injectés de sang, la main figée sur la dague.

L'homme lui cracha de nouveau au visage et sourit, puis s'en alla après lui avoir lancé à haute voix, devant la foule :

« Je regrette, moins que chien, je n'ai plus de crachats disponibles. »

C'était Cratyle.

Pilate rentra le lendemain et Cratyle l'informa scrupuleusement de tout ce qui s'était passé en son absence. Il mit l'accent sur le fait que la Police du Temple entendait désormais faire régner sa loi à Jérusalem et procédait à des exécutions sans en référer à la Procure. Le sang du Procurateur ne fit qu'un tour. Il quitta sur-le-champ son bureau, dévala l'escalier et, suivi de Cratyle, traversa la cour du palais hasmonéen pour se rendre dans l'autre aile du bâtiment ; c'était là que siégeait le Sanhédrin. Il demanda à voir Caïphe, parfaitement conscient que le dignitaire trouvait outrageant d'être convoqué comme un manant par la puissance romaine. Le grand prêtre fit lanterner son visiteur jusqu'aux limites tolérables, puis arriva enfin d'un pas lent, le visage visiblement contrarié, escorté de deux collaborateurs.

« Hier, commença Pilate d'un ton glacial, tes hommes, sous le commandement de Saül d'Aristobule, ont lapidé un habitant de Jérusalem, un nommé Étienne. C'est une infraction caractérisée à la loi selon laquelle le droit de mise à mort dans la province romaine de Judée revient exclusivement au représentant de Rome. Je te prie de m'en rendre compte. »

Caïphe leva vers le Procurateur un visage où se lisait l'indignation contenue. Le ton, toutefois, fut mesuré.

« Tu étais absent de Jérusalem, Procurateur, et il faut que l'ordre soit maintenu dans la ville. Or, le condamné semait le désordre par des propos séditieux, les mêmes propos, qui, si je suis bien informé, contrarient le Sénat de ton pays. Nous avons pris les mesures qui s'imposaient.

— Le maintien de l'ordre est du ressort exclusif de la Procure et de la Questure de Rome, rétorqua Pilate d'un ton encore plus agressif. L'autorité de la Police que tu diriges est restreinte exclusivement à l'intérieur du Temple. Cet homme aurait dû être mis en prison en attendant mon retour. Il a été condamné sans jugement. Pour moi, il s'agit donc d'un assassinat perpétré par la Police du Temple.

— L'homme a été préalablement jugé par notre tribunal.

— Votre tribunal n'a pas licence de juger en dehors

des murs, je te le rappelle formellement. En tout état de cause, la Police du Temple est placée sous ton autorité et tu te trouves donc responsable de ce meurtre. »

Le visage de Caïphe frémit.

« Tu n'aurais pas l'intention, Procurateur, de traîner en justice le grand prêtre d'Israël ? lâcha-t-il d'une voix qui montait vers l'aigu.

— La mission qui m'a été confiée par l'ordre est de faire respecter la loi romaine en Judée par tout le monde, y compris le grand prêtre. Tu l'as enfreinte. J'aviserai. »

Puis il tourna les talons, suivi par Cratyle.

Le soir même, Pilate fit adresser à Caïphe un avis rédigé en latin, langue que le grand prêtre lisait mal et qui le contraignait d'avoir affaire à un traducteur :

« Hier, quatorzième jour du mois de juin de la quarante-septième année du règne de l'empereur Tibère, les sbires de ton espion Saül, en présence du chef de la Police du Temple, ont mis à mort par lapidation, à l'extérieur des murs de Jérusalem, un citoyen de la ville nommé Étienne. Cela est en contravention expresse avec la loi romaine, qui réserve au Procurateur de Judée le droit du glaive sur tous les habitants de la province sénatoriale de Judée. Si un manquement pareil venait à se reproduire, je serais contraint de faire arrêter le chef de la Police du Temple et de le déférer au jugement des juges de Rome selon la loi romaine et d'affronter les peines prévues par cette loi, y compris la mort. Si l'ordre des exactions a été donné par un membre du Sanhédrin, il sera lui-même arrêté et soumis au jugement selon la loi romaine. Copie de cet avertissement sera communiquée à Rome. Dès à présent, et conformément à la loi romaine, je renouvelle l'interdiction à la Police du Temple de procéder à des actes juridiques, arrestations, jugements et exécutions de sentences en dehors de l'enceinte du Temple... »

Caïphe et ses assesseurs écumèrent de rage. Pareille offense devait faire l'objet d'une plainte à Rome et le grand prêtre se mit en demeure trouver un de ses scribes qui maîtrisât le latin. Le même soir, rentrant chez lui, Saül fut accosté par deux malandrins qui lui administrèrent une bastonnade à casser l'échine.

Pilate, évidemment, fut accusé d'être une brute sanguinaire, dénuée du respect le plus élémentaire pour les coutumes du pays occupé par Rome.

Jérusalem était donc dévorée de fièvres ; elles allaient durer lontemps, longtemps. Pour la seconde fois au cours de la même année, Jésus mit en conflit le pouvoir politique de Rome et le pouvoir religieux des Juifs.

Parmi les spectateurs de la lapidation d'Étienne, il y avait Thomas. L'horreur qu'il ressentit fut telle que les larmes ne purent lui sortir des yeux. Il alla vomir. Il s'essuyait encore la barbe quand, à quelques pas de là, il vit le crachat de Cratyle tomber sur le crâne dégarni de Saül. Il n'en crut pas ses yeux. Le serviteur du Romain qui humiliait le serviteur du Temple ! Le monde à l'envers.

Le soir, il se rappela les dernières paroles de Cratyle : « Thomas, si veux revoir ton maître, va le demander à cette femme. »

Ce Cratyle n'était donc pas un mauvais homme.

La lapidation d'Étienne démontrait que la Judée était dangereuse pour les disciples du Nazaréen. Thomas partit aussitôt pour la Galilée. Il sortit par la Porte des Brebis et emprunta la route de Jéricho. Moins de quatre jours de marche le séparaient de Magdala.

Il arriva affamé, à bout de forces. À la maison de Marie, il demanda d'une voix à peine audible qu'on prévînt la maîtresse de céans ; Thomas, disciple de Jésus la priait de le voir. Le majordome prit pitié de lui et lui fit servir dans la cuisine une soupe de blé aux miettes de volaille, du pain et un cruchon de vin coupé.

« Si tu dois parler, lui dit ce serviteur, et vous allez parler, en effet, il vaut mieux que tu aies quelques forces. »

Thomas achevait à peine son récit que Marie et Marthe arrivèrent, suivies d'un jeune homme qu'il ne connaissait pas.

Les deux femmes et Thomas se considérèrent un long moment sans rien dire. À la fin, Marie prit la parole :

« Bienvenue, Thomas. Je me demandais quand tu viendrais. »

Il tenta, mais rien qu'un instant, de retrouver en lui la conviction que c'était là une femme dépravée, mais il n'y parvint pas. Il ne vit que la beauté affligée de cette femme. Les yeux sombres et pourtant clairs. La certitude s'imposa à lui instinctivement : autant se l'avouer d'emblée, cette femme avait eu des rapports avec son maître ; or, son maître ne pouvait pas s'être trompé. Il ne comprenait pas cette relation, mais il devait se rendre à la prescience de son maître. Son maître ne pouvait avoir erré.

« C'est ce Romain, parvint-il à articuler, ce jeune Romain qui travaille pour le Procurateur de Judée, qui m'envoie à toi. Il m'a dit que, si je voulais revoir mon maître, il fallait que je m'adresse à toi. Je ne sais si ce sont là des paroles de folie... Je ne sais comment je pourrais revoir mon maître, qui est mort sur la croix. Mais enfin, qui suis-je pour négliger l'espoir ? »

Elle perçut, une fois de plus, la froideur du disciple ; elle en savait la raison. Elle demeura un instant sans répondre.

« Thomas, nous partons dans l'heure, Marthe, Lazare, Abel et moi, rejoindre notre maître à Capharnaüm. Suis-nous. »

Il considéra le jeune homme du regard.

« Qui est-ce ?

— C'est le fils de Pierre.

— Tu es le fils de Pierre ? »

Abel hocha la tête.

« Son fils aîné.

— Et notre maître est à Capharnaüm ?

— Oui. Avec mon père, mon oncle, Bartolomé, Jean et Jacques.

— Tu l'as vu ?

— Comme je te vois. »

Thomas secoua la tête et ses yeux se mouillèrent. Il se prit la tête dans les mains. Il se leva péniblement.

« Bien, allons. »

Mais soudain, il se tourna vers Marie.

« Femme ! s'écria-t-il. Qui es-tu pour cet homme envoyé de Dieu ?

— Marie, je vais préparer mes affaires, intervint Marthe. Nous t'attendons à la porte. »

Elle emmena Abel. Le majordome s'éclipsa. Marie et Thomas sortirent dans la cour.

« Thomas, dit-elle, tu n'as rien compris à l'enseignement de ton maître si tu n'as pas compris que l'amour terrestre est le reflet de l'amour céleste. Les deux nous unissent. »

Mais les sourcils de Thomas ne s'apaisaient pas ; ils disaient toujours l'indignation et la perplexité.

« Étais-tu la maîtresse de cet homme selon la chair ?

— Tu as peur de la chair, Thomas, n'est-ce pas ? Tu crains de ne pouvoir la dompter et de te laisser entraîner dans l'abîme.

— La chair est contraire à l'esprit.

— N'est-ce pas l'Esprit divin qui a créé la chair ? A-t-il créé l'impureté ? »

Il agita les mains. La respiration de Marie s'accéléra, sa poitrine s'agita, et ces seins qui se gonflaient sous la robe, devant le nez du disciple, l'exaspérèrent encore plus.

« Tu es en dehors de la Loi, femme ! Tu es une adultère ! »

Marie s'empourpra.

« Alors, ton maître l'est aussi, homme de peu de foi ! » cria-t-elle.

Il haleta et de nouveau se prit la tête dans les mains.

« Thomas, tu prétends donc être le juge de ton maître ! Pourquoi veux-tu donc le revoir ? Va-t'en ! Tu es tellement plein de science et de morgue, tu n'es pas digne de lui ! Ton cœur est étroit comme la bourse de l'avare ! Va-t'en donc prêcher la Loi avec les Pharisiens ! Ceux qui reprochaient à ton maître de ne pas respecter le Sabbat ! Mais va-t'en donc, sale Pharisien ! Qu'est-ce qui t'amène ici ? L'ambition de revoir Jésus et de lui dire qu'il ne respecte pas la Loi ?

— Femme, tu me déchires...

— Je devrais te lacérer, Thomas. Pauvre homme faible qui a peur de la chair et qui ne la conçoit qu'associée au stupre ! Pauvre homme qui se réfugie derrière la Loi ! C'est en toi qu'est l'impureté, Thomas, ta peur de la chair fait de toi l'homme le plus impur que j'aie jamais vu ! Tu es indigne de ton maître ! Adieu ! Reste ici ! »

Et elle partit dans un mouvement furieux de son manteau et de sa robe.

Il la regarda rejoindre Marthe, Abel et Lazare, près des deux ânes qui les attendaient.

Il se mit à pleurer.

Marie avait déjà enfourché un âne avec l'aide de son frère quand il courut vers eux.

« Marie ! Marie ! cria-t-il en la rejoignant. Marie, pardonne-moi ! »

Il pleurait maintenant à chaudes larmes, la tête appuyée sur le cou de l'âne.

« Pardonne-moi ! sanglota-t-il. Oui, j'ai le cœur étroit... Ma tête est trop faible... Oui, je suis impur... Pardonne-moi. »

Ils restèrent là un moment sans rien dire. L'âne secoua la tête.

« Bien, Thomas, n'aie plus le cœur étroit et suis-nous. »

Ils s'engagèrent sur la route, tandis que Thomas essuyait ses larmes avec sa manche.

13.

Les compagnons de Judas

La Shéphélah, le « bas pays », était riche de souvenirs pour tout Juif qui avait conservé ses souvenirs des lectures du Livre. Sise entre la Mer de Sel et la côte, bordée au nord par la vallée de l'Ayyalôn et, au sud par des vallées parallèles, pareilles aux griffures d'un lion géant, elle avait été le théâtre des exploits de Samson contre les Philistins. Et c'était là aussi que Dieu avait suspendu la course du soleil afin de permettre à Josué de remporter une victoire totale contre les cinq rois qui s'opposaient à son armée.

C'était aussi le repaire des Zélotes de Judée. De Gézer à Églon en passant par Nahash, ils étaient chez eux. Cela faisait plus d'un quart de siècle, exactement depuis le recensement ordonné par Rome, en la vingtième année du règne de Tibère[1], qu'ils organisaient la résistance juive contre Rome. Telle était la raison pour laquelle on les appelait parfois les Hassinîn armés.

Les gens de la Shéphélah rêvaient donc de rivaliser un jour avec Josué et Samson tout à la fois.

Les légions aux aigles ne s'aventuraient pas la nuit sur les chemins de la Shéphélah : alertés de leur pré-

1. L'an 6 de notre ère.

sence et connaissant leurs passages obligés, les Zélotes leur dressaient presque régulièrement des embuscades, et le plus souvent, celles-ci se terminaient mal pour les Romains, leurs ennemis connaissant le terrain bien mieux qu'eux. Ils surgissaient soudain des forêts et des fourrés et parvenaient chaque fois à laisser cinq ou six morts païens sur la poussière des chemins. Pas question de consentir à ces incirconcis le droit de gouverner un pays juif. Ni la Procure, ni la maigre garnison de Beth-Shemesh n'y pouvait rien : impossible de reconnaître ces brigands, car ils ne portaient aucun signe distinctif. Agriculteurs, pasteurs, artisans ou négociants pendant la journée, il était impossible de les distinguer du reste de la population. Et les Romains n'allaient quand même pas exterminer les habitants de toute une région.

À l'instar des Hassinîn retranchés au bord de la Mer de Sel, les Zélotes de Judée ne nourrissaient guère de respect à l'égard du clergé du Temple, ils l'exécraient franchement. À Jérusalem, les fonctionnaires chargés de recueillir le tribut du Temple ne portaient guère non plus Shéphélah dans leur cœur : c'était la région qui envoyait le tribut le plus maigre de Judée, voire d'Israël, Galilée comprise. Les rabbins des petites villes plaidaient la pauvreté, mais l'on savait bien que, même si la plupart d'entre eux restaient fidèles à l'autorité de Jérusalem, c'était sans élan. Et surtout, la présence de Zélotes dans les rangs de leurs ouailles n'attisait pas leur déférence à l'égard du clergé central, pour dire le moins. Tout le monde pouvait le vérifier chaque année à l'occasion du pèlerinage : les Sadducéens composant l'aristocratie cléricale de Jérusalem considéraient les bouseux de la Shéphélah comme des humains de seconde classe, et ces derniers s'étouffaient d'indignation à voir la forteresse des Romains, la Tour Antonia dominer le parvis du Temple et les légionnaires croiser dans la Ville Sainte comme s'ils étaient chez eux ! Quand on pensait que, dans la ville fondée par David, s'élevaient des bâtiments païens tels qu'un gymnase et des bains publics, où les hommes offensaient la pudeur en s'exhibant nus !

En un quart de siècle d'existence, donc, les Zélotes

de la Shéphélah, à l'instar de ceux des autres régions, avaient eu le temps de s'organiser militairement. Mais les armes de leurs soldats, les *iskarioths*, c'est-à-dire les sicaires, étaient simples : l'épée courte qu'on pouvait porter sous la robe et, à l'occasion, la hache. Chaque ville possédait sa milice, placée sous l'autorité d'un commandant local, toutes les milices étant assujetties à un chef unique, mystérieux, que seuls connaissaient les chefs. Des messagers, généralement les propres fils de ces derniers, assuraient la liaison avec les Zélotes de Pérée et de Galilée, pareillement organisés. Des embryons de milice se créaient d'ailleurs dans les villes de la Décapole.

Un jour, ils renverseraient cette abomination qu'était l'appareil romain, ensemble avec ses complices, les prêtres du Temple. Un jour, ils restaureraient la puissance d'Israël. Le sang coulerait : il serait agréable au Seigneur. Le sang impur doit être répandu par les Justes.

Une semaine après l'arrivée de Jésus à Capharnaüm, un chef zélote de cette ville, Joachim ben Joachim, arriva à Géser, bourgade du nord de la Shéphélah. Il attendit la tombée de la nuit et se rendit alors chez le chef de la milice locale, un agriculteur prospère nommé Simon de Josias. Son expression laissait déjà pressentir l'importance des nouvelles dont il était porteur ; mais plus révélateur encore était le fait que Joachim était le chef de la milice de Capharnaüm. C'était inusité ; un chef ne se déplaçait qu'exceptionnellement en personne.

« Le Nazaréen est ressuscité, déclara-t-il d'un trait. Il est à Capharnaüm avec quelques-uns de ses disciples. »

Simon de Josias fronça les sourcils.

« Qu'est-ce que tu dis ?

— Jésus le Nazaréen n'est pas mort. Il est sorti du tombeau. Il est à Capharnaüm.

— On ne survit pas à la croix. Cet homme est un imposteur.

— Non. L'accueil que lui ont fait ses disciples

montre que c'est bien lui, même s'il s'est rendu méconnaissable en se rasant la barbe. »

Simon de Josias demeura immobile un moment.

« Rien n'a servi à rien, alors », murmura-t-il.

Son visiteur secoua la tête.

« On ne peut pas dire cela. Le mouvement populaire qui a failli le couronner comme roi d'Israël a été brisé. Et maintenant, il ne peut se représenter en public sans courir le risque d'être arrêté de nouveau et, cette fois, réellement mis à mort. Mais tu connais mon sentiment, Simon, sur cette affaire : ç'a été une erreur que de le livrer au Temple. Cet homme n'était pas un ennemi. Il était l'ennemi du Temple. Donc notre allié. Mais la décision de le livrer à la Police du Temple a été mise en œuvre en Judée, sous ton autorité.

— Et la discussion recommence ! s'indigna Simon. Dois-je te rappeler que cet homme n'a jamais dit un mot contre l'occupant romain ! Quelle est notre raison d'être, quelle a été la raison d'être de nos pères fondateurs, si ce n'est de chasser le Romain ? Dois-je te rappeler, Joachim, mon sentiment sur Jésus ? Cet homme détournait le peuple de la révolte avec ses promesses de félicités célestes. Or, le ciel, ce doit être ici et maintenant. »

Joachim ne releva pas les affirmations de son hôte. Il les connaissait. Elles avaient fait l'objet de maintes et maintes discussions entre les Zélotes de Galilée et ceux de Judée. Une chouette ulula à sa place.

« Il faut le dénoncer de nouveau ! déclara Simon avec force.

— Il est en Galilée, répondit Joachim d'une voix lente, comme contrainte.

— Et alors ?

— Et alors, il est sous la protection des Galiléens. Sous peu, toute la Mer de Galilée sera au courant de son retour. Quelqu'un qui s'approcherait de lui avec des intentions hostiles serait écartelé par la population.

— Alors, va le tuer toi-même. »

Joachim jeta un regard froid au chef de la milice de Géser.

« Au moins, reprit Simon avec un rire sarcastique,

je serai sûr que tu n'iras pas te pendre ensuite comme cet imbécile de Judas !

— Simon, déclara calmement Joachim, je n'irai pas tuer Jésus.

— Et pourquoi ?

— Parce qu'il n'est pas notre ennemi.

— J'enverrai donc un de mes hommes.

— Je ne te le conseille pas.

— Pourquoi ?

— Jésus est sous la protection des chefs de Galilée ! s'écria Joachim avec indignation.

— Vous avez perdu la tête et nos objectifs de vue.

— C'est à toi qu'il faut retourner cette accusation, Simon. Que défendons-nous donc, sinon Israël ? Qu'est donc Israël, sinon notre foi ? Cet homme est le rénovateur de notre foi. »

Simon de Josias écoutait ces propos d'un air buté.

« Nous n'allons pas reprendre cette discussion, répondit-il. Pourquoi es-tu venu m'avertir alors que cet homme est sorti du tombeau ?

— Parce que tu l'aurais appris tôt ou tard et que, connaissant ton aversion à son égard, nous avons décidé de prévenir toute intervention de ta part.

— Nous ?

— Nous. Tous les chefs de Galilée.

— Tous ?

— Tous.

— Vous nous défiez ?

— Prends-le comme tu voudras. »

Joachim soutint le regard hostile de Simon. Les milices de Galilée étaient bien plus nombreuses et plus fortes que celles de la Shéphélah. Une confrontation n'était dans l'intérêt de personne, mais surtout pas de la milice de Géser.

« Que dit votre chef Jôda ?

— C'est sa position que je te rapporte, comme tu peux le deviner. Je t'ai déjà dit : tous les chefs. »

Une imperceptible grimace de contrariété accusa les traits de Simon ben Josias ; sa mâchoire se fit plus lourde et son front plus raviné.

« Mais comment cet homme s'en est-il tiré ?

— Un complot, semble-t-il. Il est resté trop peu de temps en croix.

— Qui a organisé le complot ?

— On ne sait pas au juste. On dit qu'il y aurait un ou deux membres du Sanhédrin, plus une femme.

— Bien. Je suppose que tu veux dormir, maintenant.

— Je suis fatigué, en effet.

— Tu prendras ma chambre. »

Joachim hocha la tête.

Il ne dormit que d'un œil, la dague au côté. Il n'aurait pas été étonné outre mesure que Simon ben Josias tentât de l'envoyer au trépas pendant la nuit, afin de prétendre qu'il n'avait été informé de rien. Ce Simon-là était un obstiné autant qu'un violent. Rien ne changerait donc son opinion sur Jésus : pour lui, il détournait le peuple de la lutte armée. En fin de compte, Simon était un homme sans foi.

Et ce fut avec soulagement que Joachim retrouva son âne et reprit la route le lendemain à l'aube.

« Qu'est-ce que tu regardes ainsi, depuis un moment ? demanda Pilate à Cratyle, penché à la fenêtre sur la grande cour du palais hasmonéen.

— Il y a une session du Sanhédrin, répliqua le Crétois.

— Et alors ?

— Et alors, répondit Cratyle en se tournant vers son maître, il y aura là deux hommes qui ont participé au complot pour sauver la vie de Iéschou. »

Pilate haussa les sourcils. Le message de réponse à la demande d'enquête du Sénat était parti. Des partisans de Iéschou avaient dérobé son corps dans le tombeau et c'était l'origine de la fable qui agitait un certain nombre de Juifs, voilà tout. La réponse au Sénat ayant été faite et expédiée, Pilate ne se souciait plus le moins du monde de toutes ces histoires de superstitieux. Le nom même de Iéschou lui écorchait la langue. Peste de l'Orient et de ses religions fantasmagoriques !

« Maître, reprit Cratyle, cette affaire a des racines plus profondes qu'il n'y paraît. Pour que deux membres de ce tribunal aient pris l'initiative de sauver ce Iéschou, et pour que la survie de cet homme continue d'agiter à la fois certains Juifs jusqu'à Rome et les gens du Temple, comme nous l'avons vu, il faut que l'enjeu soit important. Ni toi ni moi ne connaissons cet enjeu. »

Pilate écoutait Cratyle avec attention ; l'expérience lui avait appris que ce jeune homme fluet qui ne payait pas de mine était un futé. Natif d'une île depuis longtemps familière de l'Asie Mineure et de l'Orient, parlant à la fois le grec, le latin et l'araméen, il possédait une intuition de la région qui n'était pas donnée aux Romains.

« À mon avis, conclut Cratyle, cet enjeu intéresse même l'Empire. Je voudrais le découvrir et t'en faire bénéficier. »

Autre qualité de Cratyle, dévoué corps et biens à la cause romaine, il prenait les intérêts de son maître plus à cœur que les siens. Sa vigilance de fouine lui permettait même de devancer parfois les circonstances.

« Donc ? demanda Pilate.

— Donc, je voudrais m'entretenir avec l'un de ces deux hommes.

— Encore un jour de congé, dit plaisamment Pilate.

— Maître, depuis que je suis à ton service, et même quand je n'étais pas présent sous tes yeux, je n'ai pas eu une heure de congé. »

Pilate sourit ; c'était probablement vrai.

« Même quand tu as mis ma femme en rapport avec cette intrigante de Marie ?

— Maître, quand le chat a manqué le corps de la souris, il lui attrape la queue. »

Pilate se mit à rire.

« Bon, fais ce que tu veux. »

La session du Sanhédrin prit fin au coucher du

soleil. Pilate était parti aux bains. Cratyle se posta sous la colonnade de la cour intérieure du Palais et, ayant glissé la pièce à l'un des domestiques de l'assemblée religieuse des Juifs, il se fit indiquer l'homme qu'il cherchait, Joseph de Ramathaïm. En effet, il ne l'avait jamais vu.

Un homme imposant, à coup sûr ; il respirait le pouvoir, le prestige et l'argent. Cheveux et barbe soigneusement huilés et parfumés, manteau de laine fine, abdomen majestueux, il se dirigea avec quelques-uns de ses collègues vers la porte qui donnait sur le pont du Xystus. Cratyle le suivit. Quand Joseph se fut éloigné des autres, il se rapprocha et l'aborda.

« Joseph ? »

L'autre tourna la tête avec indifférence.

« Je suis un ami de Marie de Lazare. »

Joseph de Ramathaïm ralentit son allure, dévisageant le Crétois d'un œil perçant.

« Je m'appelle Cratyle. C'est moi qui ai mis en rapport Marie avec l'épouse du Procurateur. »

Joseph s'arrêta. Son interlocuteur était visiblement quelqu'un d'informé.

« Comment as-tu fait cela ?

— Je suis le secrétaire de Pilate. »

Joseph se raidit.

« Et tu as fait cela ?

— J'ai fait cela.

— Pourquoi ?

— À cause de la ferveur de Procula. »

Joseph tenta de reconstituer la logique de ces informations. L'opération était ardue.

« Que veux-tu ?

— Un entretien.

— À qui servira-t-il ?

— À moi. Peut-être à tous.

— Tous ?

— Les Juifs. Les Romains. »

Il était difficile de concevoir que quelque chose pût jamais être utile aux Juifs et aux Romains. Joseph reprit son chemin, avec le Crétois à son côté, puis il se retourna pour vérifier qu'il était seul. Cratyle y vit un signe de bon augure : bien que Joseph n'eût pas prononcé un seul mot pendant ce trajet, le seul fait de se retourner pour vérifier qu'il n'était pas suivi indiquait qu'il se disposait à parler. Ils parvinrent au pont. Ils le franchirent et se retrouvèrent de l'autre côté de la vallée du Tyropoéïon. Ils étaient seuls.

« Que veux-tu savoir ? Mon temps est compté.

— Pourquoi toi et les autres avez-vous pris tant de risques ? »

Joseph inspira.

« La persécution de cet homme a commencé bien avant son arrestation. Elle était odieuse. L'injustice ne blesse pas seulement le cœur des victimes, mais aussi celui des témoins. De quelques témoins en tout cas. Les prêtres haïssaient cet homme sans autre raison que la peur. Car ils avaient peur de lui. Que prêchait-il, pourtant ? La charité, le pardon, l'accueil. Et, par-dessus tout, la présence du Seigneur dans les cœurs. Or, les prêtres, les Pharisiens et les Sadducéens, se sentaient dépossédés. Ils n'avaient jamais prêché ces choses. Ils ne prêchaient que la Loi, dont ils se disaient les dépositaires et qu'ils interprétaient à leur gré, d'un ton sentencieux. Ils n'étaient pas des hommes de cœur, mais des magistrats. Et des administrateurs, attachés à leurs possessions, à leurs privilèges, à leurs robes à clochettes, à leurs joyaux, aux cadeaux réglementaires qu'on leur faisait selon la Loi. Et lui, il prêchait aussi la pauvreté... »

Il avait parlé d'un trait, sur un ton intense. Il se ressaisit et regarda devant lui la vallée qui s'emplissait d'ombre.

« Peut-être les prêtres ressentaient-ils avec le plus d'alarmes que Jésus était aimé. Les gens l'aimaient comme un frère et partout où il allait, en Galilée surtout, des attroupements se formaient. On l'invitait et il allait, il mangeait et buvait en riant. Il faisait des prodiges, mais il était humain. Tandis qu'eux, ils répandaient la morosité et l'inquiétude. On était toujours en retard d'un tribut et ils n'hésitaient pas à le réclamer. "Tu me dois de la farine, tu me dois de l'huile, tu me dois des filés de lin..." Et toujours le soupçon : ne t'avait-on pas vu un jour de sabbat laver du linge ? Traire une chèvre ? Jésus, lui, ne demandait rien et ne faisait pas de reproches. Nous étions donc nombreux à réprouver la détestation du clergé, les ragots grotesques qu'on colportait sur lui...

— Mais vous n'êtes pas tous intervenus pour le sauver, observa Cratyle.

— Non, hélas. À l'heure de l'action, quand il fallut prouver ses convictions, le respect de la Loi, la peur de Caïphe et de son terrible beau-père, Annas, la peur du qu'en dira-t-on aussi contraignaient les gens à la servilité. Si ce n'avait été cette femme...

— Marie ben Ezra.

— Marie ben Ezra, oui, tu es bien informé. Si elle n'avait été habitée par la folle audace qu'elle a mise en œuvre, le cadavre de Jésus serait en train de se dessécher sur la pierre du sépulcre. »

Un silence suivit.

« Tu m'as demandé pourquoi nous avions pris tant de risques. Nous n'avions pas tous les mêmes motifs. Il y avait un autre homme...

— ... Nicodème.

— Nicodème. Lui et moi étions du petit nombre des membres du Sanhédrin qui avaient voté contre la sentence de mort. Nous pensions que Jésus était l'homme qui pouvait assurer la renaissance de notre foi, parce que celle-ci est en péril. Marie ben Ezra, elle, était passionnément éprise de Jésus. Elle ne se souciait pas du destin de notre religion, elle pensait, elle pense toujours sans doute que Jésus est un prophète et qu'il est habité par l'esprit divin, mais elle l'aime comme une femme... aime un homme. Les sentiments de Marthe et de Lazare, que je ne connais pas, ne sont sans doute pas très différents.

— Marie est-elle l'épouse de Jésus ?

— Je n'en sais rien, répondit Joseph d'un ton réservé. Ce n'est pas mon affaire.

— Et Lazare ?

— Jésus l'a arraché au tombeau. C'était déjà une raison suffisante pour que Lazare lui voue une dévotion absolue. Depuis lors, il suivait partout Jésus. Il avait participé au repas de la Pâque avec les disciples et il était présent lors de l'arrestation de Jésus au mont des Oliviers. »

Joseph s'interrompit. La nuit descendait. Les oiseaux emplissaient l'air de leurs querelles, chacun cherchant la branche où il passerait la nuit. Les parfums des genévriers et des lauriers-roses montaient dans l'air avec les buées du crépuscule.

« Nous étions quelques-uns, reprit Joseph, à nous être révoltés contre l'arrestation de Jésus et sa condamnation par le Sanhédrin. Mais que pouvions-nous faire ? Ses disciples étaient impuissants, tous surveillés par la Police du Temple. Et nous autres, nous ne pouvions pas inverser une sentence du Sanhédrin. Quand la sentence a été prononcée, cela s'est su dans tout le palais hasmonéen et, une heure plus tard, dans tout Jérusalem. Il y avait une foule dans la cour, en dépit de l'heure tardive. Les domestiques du Tribunal connaissaient les noms de ceux qui s'étaient prononcés contre la sentence, dont le mien. L'un d'eux a informé Marie. Elle m'attendait à la porte. Elle est venue me voir et m'a fait une proposition extraordinaire : corrompre les légionnaires qui seraient chargés de la crucifixion, au Golgotha. C'était une idée tellement folle que je n'ai pu dire ni oui ni non. »

Joseph s'interrompit de nouveau. Des lumières scintillèrent dans les maisons de Jérusalem, de l'autre côté du pont.

« Si Pilate ne parvenait pas à inverser le jugement du Sanhédrin, soutenait-elle, c'était la seule façon de sauver Jésus. Elle était dans un état d'angoisse tel qu'elle en tremblait. Mais elle avait gardé toute sa tête. "Je paierai tout", disait-elle. Il fallait, en effet, de l'argent pour corrompre les légionnaires, qui étaient au nombre de six. Or, sa famille est riche. Son père avait décidé par testament que, même après sa mort, le tribut qu'il versait au Temple continuerait de l'être, et c'est l'un des tributs privés les plus importants. Elle avait donc apporté avec elle une bourse pleine d'or et d'argent. Nicodème, qui avait aussi voté contre la sentence, était près de moi. Je lui ai exposé le projet de Marie. Le temps pressait. Nicodème a dit que, même si nous n'étions pas certains que le plan réussirait, nous nous reprocherions tout le reste de notre vie de ne pas l'avoir suivi. Nous avons donc adopté ce plan.

— Quel était-il ?

— Retarder le plus possible l'heure de la crucifixion, afin que l'épreuve fût moins pénible. Et, surtout, éviter que les tibias de Jésus fussent brisés, ce qui aurait rendu sa survie beaucoup plus douteuse. Puis prévoir un refuge où nous pourrions emmener Jésus si nous parvenions à l'arracher vivant à la croix et au tombeau.

— Mais pourquoi Marie avait-elle besoin de toi ?

— Il fallait un homme pour aller soudoyer les légionnaires.

— C'est toi qui y as été ?

— Non. Mon fils. Une fois que nous avons adopté le plan, Marie m'a dit : "Le corps, Joseph ! Le corps ! Il faut éviter qu'ils s'emparent du corps !" Elle avait raison et elle avait tout prévu. Je suis donc allé acheter un sépulcre neuf au mont des Oliviers. Si Jésus était descendu vivant de la croix, nous l'y laisserions reposer quelques heures, puis nous viendrions la nuit l'en retirer pour l'emmener vers une destination sûre.

— Le lendemain matin, compléta Cratyle, après votre session, elle m'a fait appeler à la Procure. Elle m'a demandé d'intervenir auprès de Procula pour qu'elle obtienne de Pilate l'annulation de la sentence du Sanhédrin. Elle m'a prié de faire parvenir à l'épouse de Pilate une bague superbe ornée d'un rubis. Mais la cause était toute gagnée auprès de Procula. Celle-ci m'a demandé de rendre la bague à Marie et de lui dire qu'elle avait déjà plaidé la cause de Jésus auprès de son époux. Mais Pilate n'a pas pu inverser la sentence, Caïphe ayant organisé une manifestation devant la terrasse extérieure du Palais.

— Comment te connaissait-elle ? interrogea Joseph.

— Elle m'avait vu au côté de Pilate. Elle m'a dit qu'elle savait déchiffrer les visages et qu'elle voyait que j'étais un homme bon. Il fallait vraiment du culot pour oser cette démarche. Elle m'a ému. »

Joseph hocha la tête.

« Quelle femme ! ne put-il s'empêcher de dire.

— Comment a-t-elle pu gagner à sa cause la mère d'Hérode Antipas ? s'informa Cratyle.

— Malthace, la mère d'Hérode Antipas, était déjà acquise à Jésus. Elle était, en effet, informée de l'enseignement de Jésus par Joanna, la propre femme du chambellan de son fils, Chouza. Elle exècre les prêtres du Temple, qu'elle accuse de s'être lâchement pliés à toutes les horreurs des Hérodiens. Elle habite Jérusalem ; elle a donc été informée, elle aussi, peu de temps après de la sentence du Sanhédrin. Je ne sais pas comment les deux femmes se sont rencontrées. Mais, enfin, elles se sont unies dans le complot. La mère d'Hérode Antipas portait une vénération d'autant plus grande à Jésus que celui-ci a été un disciple du Baptiste, décapité à la suite des manigances d'Hérodiade. Et Malthace déteste Hérodiade depuis lors. Elle la traite de putain à qui veut l'entendre. »

La nuit maintenant enveloppait les deux hommes. Cratyle rabattit le manteau sur lui pour se protéger de la fraîcheur. Joseph ne semblait pas en être incommodé.

« Veux-tu savoir autre chose ? demanda Joseph.

— Oui. Tu m'as dit que tes motifs n'étaient pas les mêmes que ceux de Marie de Lazare. Quels étaient-ils ?

— Nous sommes un peuple très ancien, mais notre religion est en grand péril, répliqua Joseph d'une voix songeuse. Celle des gens du Temple, Sadducéens et Pharisiens à l'égal, ne répond plus aux besoins du peuple, que ce soit celui de Galilée ou celui de Judée. Le clergé de Jérusalem forme une caste qui semble indifférente aux besoins du reste du pays et soucieuse de ses seuls privilèges, tels qu'ils sont prescrits par l'un de nos cinq Livres sacrés, le Lévitique. Il semble indifférent au fait que nous sommes occupés par vous. Il semble indifférent au fait qu'il a laissé la Samarie se détacher d'Israël, à cause de sa maladresse.

— Tu ne parais pas non plus porter le clergé dans ton cœur ?

— Non ! rétorqua Joseph avec force. Il est hautain,

rigide et surtout inintelligent. Beaucoup de Juifs le pensent comme moi. Et voilà près de deux siècles que les Juifs les plus audacieux ont clamé leur désapprobation, parfois avec violence. Certains d'entre eux, qui tenaient et tiennent encore le clergé de Jérusalem pour une abjection, se sont retirés sur les rives de la Mer de Sel pour y attendre la fin du monde. Voilà vingt-sept ans, d'autres encore ont décidé de prendre en main le destin d'un peuple abandonné par ses chefs. Ce sont les Zélotes. Ce sont eux qui tuent vos soldats. Nous, à Jérusalem, ne savons pas qui sont leurs chefs. Nous savons seulement qu'ils en ont et qu'ils nous détestent. Ce sont des brigands. Peut-être l'ignores-tu, mais ce Judas qui a trahi Jésus était l'un des leurs. Comprends-tu pourquoi notre religion est en péril ? »

Cratyle hocha la tête. Joseph se tut. On eût cru qu'il avait disparu, fondu dans la nuit.

« Jésus, reprit-il, prêchait une religion qui n'est pas seulement celle de la Loi, mais celle de la foi. Il accomplissait des prodiges. Le peuple l'écoutait. Il se préparait même à le couronner roi et à le proclamer messie. Le Sanhédrin a pris peur, craignant une révolte et, surtout, la fin de son existence. Tu sais le reste. Fais bon usage de ce que je t'ai dit. »

Pressentant la fin de l'entretien, Cratyle s'empressa de demander :

« Où est-il maintenant ?

— Cela n'intéresse que ses ennemis. Je te dirai donc que je ne le sais pas. Mais je peux t'assurer que demain, il sera partout. »

Il semblait las. Il partit dans la nuit. Cratyle demeura seul sur le pont. Il songea à Marie qui avait organisé et mené à bien ce complot.

Quelle femme, en effet ! Non seulement elle avait sauvé Jésus de la mort, mais encore elle le protégeait dans sa retraite mystérieuse. Car apparemment personne, à l'exception sans doute de quelques proches, n'avait encore vu Jésus vivant.

14.

Trois incidents contrariants à Capharnaüm

Quand Marie, Marthe, Lazare, Abel et Thomas parvinrent aux faubourgs de Capharnaüm, Thomas n'était plus qu'un paquet de nerfs. Il haletait, soupirait, levait les bras au ciel et marmonnait avec une telle véhémence que Lazare se demanda s'il n'était pas soudain possédé.

À la maison de Pierre, il n'y tint plus et devança ses compagnons au pas de course. Il franchit d'un bond les trois marches du seuil, ouvrit la porte et ne vit, dans la cuisine, que la femme de Pierre et sa mère qui pétrissaient le pain, ainsi qu'une servante. Elles regardèrent effarées, muettes, cet inconnu hagard. Il traversa la maison à la même allure et parvint à la porte du jardin.

Il vit là Jean, Jacques et Bartolomé en compagnie d'un homme. Ils étaient assis à l'ombre d'un sycomore.

Ils tournèrent la tête vers lui.

« Thomas ! » s'écria Jean.

Thomas regardait l'autre homme, qu'il ne reconnaissait pas et qui lui sourit. Soudain, il parut paralysé et trembla de tous ses membres.

« Thomas, tu ne connaissais donc que ma barbe ? »

Thomas avança comme un somnambule, le cou

tendu, pareil aux cormorans qui s'approchent d'un poisson sur la grève.

« Toi ? » articula-t-il d'une voix à peine audible.

Il tendit les bras, pareil à un aveugle. Jean, Jacques et Bartolomé s'étaient levés, saisis par le spectacle qu'offrait leur compagnon d'antan. Jésus resta assis. Parvenu devant lui, Thomas tendit encore plus le cou, scrutant le visage avec une tension extrême. Soudain, il saisit les mains de Jésus et se pencha pour examiner les poignets. Il posa quasiment le nez dessus.

« Tu veux voir aussi les pieds ? » demanda Jésus, laissant tomber ses sandales.

Thomas se pencha pareillement sur les pieds, effleurant les cicatrices du bout des doigts. Puis il tomba à genoux, la tête penchée, comme s'il était en proie à un malaise. Marie, Marthe et Lazare arrivèrent sur ces entrefaites. Devant la scène, ils suspendirent leurs pas. Jésus leva les yeux vers eux, mais Thomas ne parut pas les reconnaître.

« Il est venu avec vous ? » demanda Jésus.

Marie hocha la tête.

« Il était très agité, ajouta Lazare.

— Assieds-toi », dit Jésus à Thomas.

Thomas s'exécuta, raide, l'œil vitreux.

« Maintenant, es-tu bien sûr que ce soit moi ? » s'enquit Jésus avec douceur.

Mais, regardant toujours devant lui, l'autre ne répondit pas. Les visiteurs, Jean, Jacques et Bartolomé restaient muets d'étonnement. Un moment passa.

« Il a peut-être perdu la raison, observa Jacques.

— Non. Allez lui chercher de l'eau, commanda Jésus. Pas une gargoulette, parce qu'il ne pourrait pas y boire, mais un bol. »

Bartolomé s'en fut.

« Thomas, tu vas bien ? » demanda Jean.

Toujours pas de réponse. Bartolomé lui présenta le bol d'eau.

« Bois ! dit Jésus. Bois tout. »

Thomas saisit le bol de ses mains tremblantes et

but, non sans renverser pas mal d'eau sur lui. Il se tourna vers Jésus. Et là, il lui saisit les mains et hoqueta.

« Pleure, s'il le faut », dit Jésus.

Des sons alarmants s'échappèrent d'abord du gosier de Thomas. Enfin les larmes vinrent. Un cri aigu jaillit et Thomas sanglota, penché vers Jésus, couvrant sa robe de larmes. Jésus lui posa la main sur le dos. On crut maintes fois que la crise était finie, mais elle repartait de plus belle.

La femme de Pierre, sa mère et la servante sortirent, alarmées par le cri.

« Comment... », marmonna Thomas.

Mais il ne prononça plus un mot jusqu'au souper. Pierre et André étaient rentrés de la pêche avec de grands brochets. Ils avaient échangé une grande quantité de poisson contre du vin, espérant donner un souper magnifique, digne de leur maître. On les informa de l'état de choc où se trouvait Thomas et ils furent contraints de mettre une sourdine à leur joie. Du moins jusqu'au moment où Thomas sortit de son état stuporeux. Là, il déclara, et ce furent ses premières paroles :

« Seul l'envoyé de Dieu peut revenir du royaume des morts.

— Mais qu'étais-je alors avant d'aller chez les morts ? » murmura Jésus.

La question était toutefois trop ardue pour les convives. Ils se tournèrent vers Jésus. Il leva son gobelet et dit :

« Buvez à la victoire du Royaume. »

Cinq jours plus tard, trois incidents contrariants survinrent à Capharnaüm.

D'abord, un homme arriva du sud – on le reconnut à son accent de Judée – dans un état proche de l'agitation. Il s'enquit auprès du maraîcher de la maison de Pierre, le pêcheur disciple de Jésus. Le maraîcher lui demanda s'il était venu exprès de Judée pour voir Pierre et l'homme répondit par l'affirmative, alléguant qu'ils avaient une affaire en suspens depuis un mois. Le maraîcher lui donna de fausses indications ; il savait, en effet, que Pierre n'avait pas mis les pieds en Judée depuis trois mois et qu'il n'avait plus rien à faire avec la Judée. L'étranger qui voulait voir Pierre était à coup sûr un menteur et un fâcheux.

L'homme s'engagea donc dans la direction opposée à celle de la maison de Pierre. Sur le chemin, trois hommes apparurent comme sortis de nulle part. Ils lui indiquèrent une maison isolée sur la grève et proposèrent de l'accompagner. Une fois à l'intérieur, ils maîtrisèrent l'homme, le ligotèrent et le fouillèrent. Il portait sous sa robe une dague longue. Ils connaissaient ce type d'armes. Ils l'interrogèrent.

« Pourquoi veux-tu voir Pierre ? »

L'étranger cria et se débattit. Il reçut un coup de poing à l'estomac.

« Qui t'envoie ? »

Quand il eut repris son souffle, l'étranger cria derechef. Un quatrième homme entra alors.

« Ta seule chance de sortir vivant de cette maison, dit-il au prisonnier, est de nous dire qui t'envoie.

— Simon de Josias », avoua l'homme, terrifié.

Son interrogateur lui caressa la joue de la dague et se pencha vers lui.

« Quelle était ta mission ?

— Ils prétendent que cet agitateur nommé Jésus était revenu de chez les morts... J'étais chargé... de l'y renvoyer. »

Joachim se redressa.

« La mort serait un sort trop doux pour toi. Je vais faire pire : je vais te renvoyer vivant. Rentre à Géser et dis à Simon qu'il n'y a pas de Judas Iscariote en Galilée. Merci pour la dague. »

Ils le délièrent et lui donnèrent un soufflet et un coup de pied au derrière. L'homme partit en courant, comme un chien battu. Dans l'heure qui suivit, Joachim se rendit à la maison de Pierre et lui déclara :

« Les compagnons de Judas sont venus à la

recherche de ton maître. Nous avons éconduit le premier, mais il se peut qu'il en vienne d'autres. »

Pierre blêmit et, quand Joachim fut reparti, il courut informer Jésus. Marie, Lazare, Jean et Jacques étaient présents.

« Va rappeler Joachim, je veux le voir.

— Mais il saura alors que tu es là.

— Il le sait déjà, ne comprends-tu pas ? »

Ils attendirent tous avec Jésus le retour de l'informateur.

« Les archanges eux-mêmes viendraient lui annoncer qu'elle est perdue, que la Judée ne les entendrait pas. C'est vraiment une terre d'iniquité. Ceux qui tiennent les Livres sont aveugles et ceux qui ne les ont pas lus veulent répéter le crime de Caïn. »

La consternation se lisait sur les visages. Jusqu'alors, le monde avait semblé à tout le monde pareil à un champ où pointent les premières pousses d'une nouvelle moisson, et soudain les sauterelles réapparaissaient.

« Je vous vois tous emplis de crainte, reprit Jésus, parce qu'un Zélote est venu de Judée dans l'espoir de réussir ce que Judas n'avait pu faire. Mais sachez que l'homme qui s'oppose à la Parole est pareil à l'enfant qui veut contenir la mer grâce à un mur de sable. Même s'ils s'emparaient de nouveau de moi et me remettaient sur la croix, rien ne serait changé. Je veux que vous vous pénétriez de cette évidence. La crainte ne fera qu'obscurcir vos esprits et vous rendre gauches.

— La crainte, dit Marie, inspire la prudence.

— Et regarde, s'écria Pierre, quand ils t'ont mis au tombeau, tu l'as dit toi-même, nous avons fui comme des moineaux. Nous te supplions d'être prudent ! »

Jésus soupira.

« Vous me parlez de prudence. N'ai-je pas rasé ma barbe afin qu'ils ne me reconnaissent pas ? Je sais que mon travail n'est pas achevé. Mais je ne veux pas que vous viviez dans l'effroi perpétuel et que vous sursautiez chaque fois que le vent ouvre la porte. » Il se tourna vers Marie, Marthe et Lazare : « Quand vous êtes venus me voir chez Dosithée, ne vous ai-je pas dit pas moi-même qu'il fallait vous méfier des espions ? Je ne suis pas téméraire. Le Seigneur ne me concédera pas une troisième vie. »

Thomas resta bouche bée. Lazare et ses sœurs l'avaient vu auparavant ? Chez Dosithée ? Mais qui était donc Dosithée ? Et, à la fin, quelle était donc la place de cette famille dans le cœur de Jésus ?

Joachim revint donc. Quand il entra dans le jardin, son assurance fit place à l'appréhension et, devant Jésus lui-même, à une sorte d'effroi respectueux. Il s'avança vers Jésus, lui baisa les mains et lui demanda :

« Bénis-moi, envoyé de Dieu. »

Jésus le bénit et lui demanda de se relever et de s'asseoir près de lui.

« Tu es un Zélote ?

— Oui. Je suis le chef des Zélotes de Capharnaüm. Les deux Zélotes avec lesquels tu as été crucifié étaient de Judée et le Judas qui t'a trahi était de Judée.

— L'homme que tu as renvoyé était un Zélote aussi ?

— Oui. Je ne l'ai pas seulement renvoyé, je l'ai battu et je lui ai pris sa dague. »

Il la sortit de sa robe et ils frémirent tous. C'était une arme longue comme le bras, étincelante ; l'arme des Sicaires.

« Elle t'était destinée, dit Joachim avec colère.

— Vous êtes donc en conflit, vous les Zélotes de Galilée, avec les Zélotes de Judée ? Ou bien je me trompe ?

— Nous sommes en conflit à son sujet. Ici, tu es pour nous l'envoyé du Tout-Puissant. En Judée, tu es pour eux un prêcheur qui détourne le peuple de la révolte.

— La révolte, répéta Jésus d'un ton songeur. Que préparez-vous donc ?

— Le soulèvement du peuple contre les Romains. Et les maîtres de Jérusalem. »

Jésus baissa la tête.

« Je le savais déjà, murmura-t-il, je voulais que les autres l'entendent de ta bouche. Ivre du vin du pouvoir, la Grande Putain périra donc dans son sang ! Va, Joachim, je te bénis, mais tu ne sais pas ce que vous préparez ! Si tu le savais, ton cœur s'arrêterait de battre à cause de la terreur et tes os tomberaient en poussière avant l'heure. Va. »

Joachim se leva.

« Maître, fit-il, sache qu'en Galilée tu es en sécurité, mais pas en Judée. Ne va pas en Judée. Je suis ton serviteur. Appelle-moi et je viendrai. »

Jésus hocha la tête.

« Le peuple d'Israël s'est changé en un taureau furieux au galop, et rien ne l'arrêtera, même pas les Romains », déclara-t-il sombrement.

Après le départ de Joachim, un silence pesant régna dans le jardin.

Le deuxième incident contrariant fut l'arrivée haletante d'un serviteur de la maison ben Ezra à Magdala. Un détachement de dix hommes de la garde personnelle d'Hérode Antipas était venu demander à voir Marie. Les domestiques avaient répondu qu'elle était partie et qu'ils ignoraient pour combien de temps et pour quelle destination. Les soldats avaient fouillé partout et ils étaient repartis.

« Joachim s'est trompé, dit Lazare, même la Galilée n'est plus un lieu sûr.

— L'essentiel, observa Jésus, est que le nid était vide. Ils ne reviendront donc pas.

— Mais pourquoi cette vieille empuse d'Hérode s'agite-t-elle maintenant ? s'écria Lazare.

— Sans doute parce que la rumeur lui aura appris que c'est Marie qui m'a sauvé, avec la complicité de sa mère. Mais plus probablement, parce qu'il craint que mon retour en Galilée ne suscite des troubles dans son royaume. »

Les disciples roulèrent des yeux, béèrent de nouveau, la stupéfaction se peignit sur leurs mines. Ils ignoraient tout de l'affaire. Marie l'avait sauvé ? Et comment ? Avec la complicité de la mère d'Hérode Antipas ? Et comment fallait-il donc concilier cela avec le fait qu'il s'était trouvé chez Dosithée avant qu'ils le revissent ? Dans le trouble où ils étaient, mieux valait leur expliquer les choses simplement.

« Je vois que vous vous interrogez sur le rôle de Marie, de sa sœur et de son frère dans les semaines qui se sont écoulées, leur dit-il. Ne vous êtes-vous jamais interrogés également sur ce qui est advenu pendant les trois mois écoulés depuis ma mise en croix ? »

La question parut les surprendre. Tout à l'émotion de le revoir en vie, ils ne s'étaient pas posé de questions.

« Nous pensions que tu étais chez... au Shéol, répondit Pierre.

— Nous pensions, reprit Jean, que tu étais monté au ciel.

— Vous pensiez donc que j'étais chez les morts. Mais il n'y aurait pas eu de raison d'y demeurer trois mois et de revenir. Je suis sorti du tombeau la nuit même où j'y suis entré. J'étais blessé et très affaibli. Il fallait que je me rétablisse dans un lieu sûr, hors de portée de mes ennemis, et ce sont Marie, Marthe, Lazare et d'autres qui ont, au péril de leur sécurité, trouvé cet endroit. Avez-vous jamais douté de ma nature humaine ? Vous m'avez vu manger et boire avec vous, vous m'avez vu dormir, me mettre en colère et rire, et je sais que vous vous posez bien d'autres questions encore sur ma nature humaine. Vous avez bien constaté que je boite. Vous avez également vu que je me suis rasé la barbe afin de ne pas retomber dans les mains de mes ennemis. »

Ils demeurèrent pensifs.

« L'esprit divin est avec toi, dit Jean.

— Il l'est certainement, puisqu'il a voulu que je revienne achever ma tâche.

— Et ce Dosithée ? demanda Thomas.

— C'est un compagnon que j'ai eu jadis à Quoumrân. Nous avons là-bas appris ensemble à nous dépouiller l'esprit de l'inutile et à écouter la voix dans les Livres, à lire avec les yeux du cœur et non du corps. Nous avons aussi appris à nous défier de ceux qui se présentent au peuple comme les dépositaires absolus des intentions divines. Je vous l'ai déjà dit, la Loi n'est rien sans la lumière de l'esprit. Sinon, elle permet aux méchants de dormir en paix parce qu'ils ont accompli les rites et elle permet de persécuter les justes parce qu'ils ont enfreint la Loi sans mauvaise intention. C'est alors que les Pharisiens et les Sadducéens ont pris peur.

— Lequel d'entre vous si son veau vient à tomber dans le fossé un jour de sabbat n'ira l'en retirer », récita Jean.

Jésus sourit. C'étaient bien les paroles qu'il avait adressées jadis aux hypocrites.

« Pourquoi as-tu quitté Quoumrân, alors ? » demanda Thomas.

Avait-il fallu le tombeau pour qu'ils s'interrogent sur sa vie ?

« La méditation sacrée est essentielle à l'homme, parce que, sans elle, il n'est qu'une demeure obscure. Seul l'homme qui médite allume ses lampes. Mais celui qui ne fait que cela s'abandonne à l'égoïsme. La lumière sacrée qui illumine sa maison n'éclaire pas les autres. À Quoumrân, nous gardions nos lumières pour nous. Dosithée et moi sommes donc partis.

— Pourquoi n'est-il pas avec nous ? » demandèrent presque ensemble Thomas et Bartholomé.

Ils voulaient dire : pourquoi n'est-il pas de tes disciples ?

Il eut un mouvement d'épaule.

« Quoumrân n'a pas été fondé pour former mes disciples. »

Il évoqua la sécheresse cristalline de l'air, la fournaise métallique de la Mer de Sel, la chair stérile des sables. C'était là-bas que, pour la première fois, il avait vu des démons : des nains rachitiques. Ils couraient dans les coins, même en plein jour, avec leur impudence naturelle. « Ils sont sales », lui avaient dit les maîtres, ceux qui avaient l'expérience de la solitude. « Ce sont les excréments de l'âme et des défunts qui n'ont pas connu la Lumière. » Il leur courait donc après en criant : « Lumière ! » et ils s'enfuyaient et se fondaient dans les murs. À la fin, ils semblaient avoir appris à l'éviter et, dès qu'il s'approchaient d'eux, ils s'enfuyaient. Et c'était pourtant dans ce décor minéral, dont la vie semblait avoir été bannie, qu'il avait appris la transfiguration de la chair. La chair banale, misérable, voire méprisable, la sienne et celle de l'autre, étaient devenues des brasiers d'épines sèches, pareilles au Buisson ardent. Elles pouvaient brûler d'une flamme claire, crépitante, et, miracle, elles purifiaient alors l'âme. Oui, le sexe purifiait l'âme ! Le ciel s'écoulait sur la terre quand l'amour annulait l'égoïsme.

Il s'avisa qu'ils attendaient la suite de son explication.

« Dosithée estime la Loi déjà abolie. Elle court, en effet, le risque de l'être.

— Maître ! s'écria Pierre. Mais cet homme est impie !

— Pierre, pourquoi faut-il donc que ta langue aille plus vite que ta tête ? Ne t'ai-je rien appris ? Ou bien faut-il que tu parles comme les Pharisiens ? L'ai-je assez dit ? Les gardiens de la Loi ne gardent plus que des rouleaux. Ils gardent surtout les rouleaux qui garantissent leurs privilèges, le Lévitique et les Nombres. Ils interdisent à quiconque le droit de citer les Livres, comme ils l'ont fait pour moi, et d'en célébrer l'Esprit. Ils me rappellent ce majordome d'un riche propriétaire qui, à la fin, s'était pris lui-même pour son maître. Il prétendit déshériter les fils de son maître, parce qu'il les jugeait indignes de lui. Quand son maître le chassa, il le traita d'ingrat, comme les Pharisiens me traitent de blasphémateur. La Loi est en péril, en effet, et je suis venu la compléter. Je ne porte pas de mépris à Dosithée, c'est un homme droit, éclairé et ardent. C'est lui qui m'a recueilli quand mes blessures étaient encore ouvertes. On peut être frères sans être jumeaux. L'oranger et le tamarinier peuvent pousser ensemble sur le même terrain.

— On dit de lui qu'il est le Messie, et sans doute est-ce ce qu'il fait entendre sur lui-même, s'écria Thomas. Comment peux-tu dire que c'est un homme droit ? N'es-tu pas le Messie, toi ?

— Ai-je été oint ? demanda-t-il. Ne me prêtez pas la qualité de vos désirs. Dosithée est le messie de ceux qui le veulent messie, mais moi, je ne peux pas être mon propre messie. Je ne peux l'être que par la volonté divine, comme le berger David devint roi par l'intermédiaire du prophète Samuel. Je ne suis que le serviteur de cette volonté. Et cette volonté est que j'aie survécu par l'amour des autres, non pas par celle d'être roi et grand prêtre. »

Il tourna la tête vers Marie, Marthe et Lazare.

Ils avaient écouté ces propos, immobiles, pareils à des statues. Les regards se dirigèrent simultanément vers eux. On entendit presque les questions bourdonner, tournoyer, virevolter dans l'air chatoyant d'un jardin de la mer de Galilée au soleil. Mais qui étaient-ils donc, ces gens qui avaient eu le privilège inouï de recueillir leur maître quand il était sorti du tombeau ? Et la question la plus tenace : l'amour terrestre pouvait-il se concilier avec l'amour céleste ?

Ils oubliaient qu'ils étaient presque tous mariés, à l'exception de Jean et de Thomas.

Jésus parcourut l'assistance du regard. Il les entendait, lui aussi, ces misérables questions ! Mais l'heure n'était pas venue d'y répondre.

Le troisième incident contrariant survint en fin d'après-midi. Le rabbin Ragouël se rendit à la maison de Pierre.

C'était un événement. Ragouël n'était jamais allé chez Pierre. Il n'allait chez personne. Il fallait qu'un événement exceptionnel fût advenu pour qu'il se déplaçât. La belle-mère de Pierre l'informa que son gendre était au jardin.

Le rabbin descendit les trois marches qui y menaient et regarda tout le monde et tout le monde le regarda. À l'exception de Pierre et d'André, il ne connaissait personne. Pierre s'empressa auprès de lui et sa femme apporta le pain, le sel et un cruchon de vin. Le rabbin s'assit. Il rompit le pain, en trempa un morceau symbolique dans le sel, le mâcha et leva les yeux vers son hôte.

« Le fait que je sois venu chez toi, Pierre, ne signifie pas que je sache ce que je dois penser. Ce midi, un émissaire de Jérusalem est arrivé chez moi, accompagné d'un lieutenant de la Police du Temple et de quatre hommes. Il est porteur de lettres patentes du grand prêtre Caïphe. Des rumeurs séditieuses, assure-t-il, voudraient que le prédicateur Jésus soit sorti du tombeau et qu'il se soit manifesté dans notre ville. Il pense que ce sont des fables impies, car personne ne sort du tombeau. Il m'a chargé de vous convoquer à la synagogue, toi et ton frère André, afin de vous interroger, car il suppose que vous êtes les inventeurs de ces fables, puisqu'elles émanent de Capharnaüm. »

Un silence de plomb suivit ces propos. Ragouël reprit :

« Je te connais et je sais que tu n'inventes pas de fables, et je ne crois pas non plus que les morts sortent du tombeau et c'est pourquoi je ne sais que penser. Ni que faire, d'ailleurs.

— Où est cet émissaire en ce moment, rabbin ? »

C'était Jésus qui venait de parler.

« Il est chez moi, dans ma maison. Et il attend que je revienne avec Pierre et André.

— Non, nous allons lui dire de venir. »

Marie réprima un cri. Le rabbin parut surpris par la proposition.

« Qui es-tu ? demanda-t-il.

— Tu ne tarderas pas à le savoir. Pierre, envoie Abel chercher cet émissaire », dit Jésus.

Abel s'élança. Ils attendirent. Ragouël dévisagea Jésus, qu'il avait jadis vu prêcher en Galilée, mais qu'il ne reconnaissait pas. Un pressentiment agitait toutefois son esprit. Il se plia à l'ordre de l'inconnu et ne détacha plus son regard de lui. La synagogue n'était pas loin. Une vingtaine de minutes plus tard, Abel revint, suivi d'un homme que Jésus reconnut d'emblée : c'était le greffier du Sanhédrin, un nommé Malkiyya. Il arriva, l'air hautain, vaguement courroucé, offensé, outré et balaya l'assistance du regard. Puis il se tourna vers Ragouël :

« Rabbin je t'ai chargé de convoquer les nommés Pierre et André, pas de me lancer sur la poussière des chemins ! »

Ragouël paraissait confus. La silhouette du lieutenant de la Police du Temple s'encadra dans la porte de la cuisine, et l'on distingua ses quatre sbires derrière lui.

« Assieds-toi, Malkiyya », lui dit Jésus.

Malkiyya se retourna, stupéfait.

« Assieds-toi, greffier ! ordonna Jésus. Tu es venu me chercher, tu m'as trouvé.

— Es-tu Pierre ? demanda Malkiyya en s'asseyant.

— Non.

— Es-tu André, alors ?

— Non.

— De quel droit...

— Je suis Jésus, Malkiyya. »

Il se leva et s'avança vers le greffier, qui écarquillait les yeux.

« Ne me reconnais-tu pas, greffier ? lui lança-t-il avec une colère contenue en lui montrant le dessus et le dessous de ses poignets. Regarde mes pieds, maintenant, greffier ! Je te l'ordonne ! »

Malkiyya se pencha et reconnut les cicatrices sur les pieds. Il agita les mains devant lui, comme s'il voyait un spectre. Il leva les yeux vers Jésus et reconnut le regard. Le regard ! Non, il n'avait pas oublié le regard du condamné depuis la houleuse séance du Sanhédrin, cette mémorable veille de Pâque !

« Non, Malkiyya, je ne suis pas un spectre ! » Il lui saisit le bras et le secoua. « Touche-moi, je suis fait de chair et d'os, cette chair et ces os que vous avez voulu détruire, parce que la voix qu'ils portaient vous épouvantait, comme elle t'épouvante en ce moment ! Te rappelles-tu, Malkiyya, quand Caïphe vint me donner un soufflet et qu'il a renversé ton encrier ? »

Malkiyya, la bouche ouverte, les yeux de plus en

plus écarquillés, presque exorbités, haletait, inclinant son torse en arrière dans l'épouvante que lui valait le ressuscité. Le lieutenant, stupéfait, observait la scène, comme frappé d'impuissance.

« Tu me reconnais maintenant, greffier ? Éveille-toi donc ! »

Jésus administra au greffier un soufflet qui retentit dans l'air du soir.

Malkiyya poussa un cri effroyable, un cri aigu de femme martyrisée. Le lieutenant blêmit. Son regard parcourut l'assistance. Ils étaient cinq hommes et il y avait là douze personnes. À la moindre alerte, non seulement ceux-là, mais toute la ville fondraient sur eux. Et sans doute, la foudre du ciel.

« Non ! Pitié !

— As-tu eu pitié de moi, greffier de Satan ? Dans ta lâcheté, tu es venu une fois de plus persécuter mes disciples, n'est-ce pas ? Tu voulais les arrêter et les emmener à Jérusalem, n'est-ce pas ! Retourne maintenant à Jérusalem et dis à ton maître Caïphe que la vengeance du Seigneur qu'il trahit à chaque souffle de sa vie sera effroyable ! Qu'elle réduira en poussière le Temple dans lequel il va faire ses dévotions hypocrites ! Et qu'il enviera le sort des soldats morts sans sépulture, lui, Caïphe, le grand prêtre du mensonge ! »

Malkiyya, les mains tendues, était quasiment tombé de son siège. Près de lui, Ragouël bouleversé se tenait les bras en croix sur la poitrine. Du haut des marches, la femme de Pierre et sa mère, ainsi que la servante, attirées par les éclats de l'esclandre, avaient repoussé le lieutenant et les policiers pour observer la scène.

« Va-t'en, sicaire de papier ! Raconte ce que tu as vu à Capharnaüm ! Dis-leur que tu as vu Jésus ! Dis-leur que tu as vu la fable nommée Jésus ! Que chacun de tes mots soit un clou dans leur chair putride ! Repens-toi tout de suite, car il ne suffira pas d'une éternité pour cela ! »

Malkiyya, hagard, saisit les pans de sa robe, poussant de petits couinements, et s'enfuit en courant dans le jardin. Le lieutenant de Jérusalem s'élança dans le jardin, suivi de ses hommes. Arrivés devant Jésus, ils le regardèrent hallucinés.

« Vous voulez m'arrêter ? leur lança-t-il d'une voix enflammée. Osez donc ! »

Ils reculèrent, livides, puis détalèrent à la suite du greffier.

Tout le monde dans le jardin demeura un instant figé. Pierre, André, Jean, Jacques, Bartolomé, Marie, Marthe, Lazare, Abel, la femme de Pierre et sa mère, les servantes. Et Ragouël. Deux mondes étaient entrés en collision, celui de la lumière et de la foi et celui des fonctionnaires obtus, prompts à se muer en tortionnaires. Le premier avait mis le second en déroute. Et soudain, ils s'élancèrent vers lui, ils l'étreignirent, le couvrirent de baisers. Ils soupiraient. Il haletait de colère. Les femmes sanglotaient.

« La gloire du Seigneur ! s'écria Ragouël en gémissant. La gloire du Seigneur ! »

Il se mit à genoux devant Jésus et pleura.

« La gloire du Seigneur !

— La gloire du Seigneur ! répéta Thomas d'une voix tonitruante.

— Il dépend de vous que vous la fassiez triompher, la gloire du Seigneur, répliqua Jésus. Ragouël, veux-tu dîner avec un spectre ? »

Et, devant l'expression ébahie du rabbin, Lazare éclata de rire. Jésus sourit.

Mais il était conscient de la gravité de la situation. La trêve du tombeau était rompue : en une seule journée, les hostilités avaient été rouvertes avec les Zélotes du Sud, Hérode Antipas et le Sanhédrin. Rien n'avait changé depuis son arrestation et sa crucifixion, bien au contraire les attitudes s'étaient durcies. À l'évidence, Jésus ressuscité était pour eux plus dangereux qu'avant la crucifixion.

Le combat continuait.

15.

Les démons et les étoiles

Admirer. Révérer. Croire. Dans l'infiniment petit, le mortel, le dérisoire, le transitoire, trouver l'infiniment grand, l'immanent, la splendeur, l'immarcescible.

Si l'on se laisse habiter par l'Esprit, le corps devient divin.

Je suis un mur et mes seins sont pareils à des tours,
À ses yeux, je suis celle qui apporte l'apaisement.
Salomon possède un vignoble à Baal-hamon,
Il l'a affermé à des intendants
Et chacun doit lui payer ses fruits
De mille pièces d'argent.
Mais mon vignoble est mien,
Les mille pièces sont tiennes aussi, Salomon,
Et les gardiens des grappes en auront deux cents.

Il avait fait que ses seins, son ventre, ses mains et ses pieds fussent donc divins comme ses épaules, son ventre et ses jambes à lui étaient divins. Il avait allumé en elle une lampe et le corps s'était fait lumière.

« Aucune femme au monde, songea-t-elle, n'est pareille à moi. »

Elle soupira. Elle se savait mortelle. Elle avait été comme morte quand elle l'avait cru mort. Mais elle était désormais immortelle parce qu'il l'aimait. Il donnait la vie. N'avait-il pas tiré Lazare du tombeau ? Qu'aurait-elle pu faire d'autre que le tirer lui-même du tombeau ? Lui, c'était elle et en l'arrachant à la mort, elle s'était sauvée.

C'était la première fois qu'elle retrouvait la conscience de son propre corps, aussi bien que de son corps à lui depuis des mois. Quand il lui caressa les seins, elle eût voulu l'allaiter. Quand il la prit, elle eût voulu l'enfanter. Quand les spasmes de son ventre se changèrent en sanglots dans sa gorge, il lui sembla qu'elle monterait dans la nuit jusqu'au ciel. Et quand il enfouit sa tête entre ses seins, elle eut le sentiment que le temps s'était aboli : elle était à la fois morte et vivante, finie et infinie et pleine d'une existence sans limites.

« Il est ma Loi, pensa-t-elle un peu plus tard. Il est ma religion. Mais il est aussi l'Esprit. Il est homme et habité de l'esprit divin. »

Elle lui parla de sa voix mortelle :

« Tu as chassé les démons et les étoiles sont entrées en moi. T'aimer, c'est aimer le Seigneur qui t'a fait. »

Il lui caressa les cheveux.

« J'ai pensé quelque chose quand Malkiyya est venu, reprit-elle. Ton pouvoir est d'autant plus grand que cet homme a cru que tu étais mort et ressuscité. Tu as besoin de ce pouvoir, puisque tu veux poursuivre la lutte. »

Il comprit ce qu'elle suggérait.

« Si tu ne peux pas faire appel au cœur, fais donc appel à la peur. Désormais, ils te craindront partout, ils se courberont devant toi, emplis d'effroi et de révérence, comme le blé sous les pas du moissonneur. »

Il sourit.

« Et les disciples ? Eux aussi ?

— Tu as mesuré leur faiblesse. Ton pouvoir sera garant de leur force.

— Marie, tu le sais bien, le seul effroi que je veuille inspirer est celui du Tout-Puissant à ceux qui laissent l'injustice triompher dans leurs cœurs. »

Il sortit se purifier le corps, non de la femme, mais

de ses propres souillures, poussière et sueur. C'était l'un des points sur lesquels, dès Quoumrân, il avait divergé des Livres : la femme n'était impure qu'aux yeux des impurs. Dieu l'avait faite ; elle était donc destinée à Sa gloire. Dieu avait fait tous les corps : s'ils le reconnaissaient, les mots des Livres ne pouvaient les purifier puisqu'ils étaient déjà purs. Et s'ils ne le reconnaissaient qu'avec des mots, tous les sacrifices et tous les rites du monde ne servaient de rien.

16.

L'échec

Le peu qu'on discernait du visage de Caïphe, masqué par des sourcils broussailleux, la moustache et la barbe, évoquait un animal inquiet et furieux. Enfoncé dans un majestueux fauteuil de cèdre aux accoudoirs sommés de têtes de lions en argent, presque un trône, il avait le menton sur la poitrine et les mains crispées sur les mufles des fauves. Le regard était vissé sur l'homme – on eût été enclin à dire « la créature » – assise devant lui sur un siège bas : une forme à demi effondrée, la tête basse, comme sans vie.

Le grand prêtre agita une clochette et un serviteur ouvrit la porte du bureau privé et accourut auprès de son maître.

« Allez me chercher Saül ! ordonna Caïphe. Où qu'il soit. »

Il n'était pas très loin : auprès du trésorier du Sanhédrin. Il accourut à son tour quelques moments plus tard. Dès ses premiers pas dans la pièce, il saisit la scène et huma la catastrophe. C'était lui qui avait suggéré l'expédition de Malkiyya à Capharnaüm, et le résultat n'en était pas heureux.

« Tu m'as appelé, grand prêtre. »

Caïphe indiqua du menton le greffier.

« Parle, greffier ! ordonna-t-il.

— Je l'ai vu, dit Malkiyya d'une voix d'outre-tombe.

— Qui as-tu vu ? demanda Saül.

— Le Messie. Le ressuscité.

— Où l'as-tu vu ? s'enquit à nouveau Saül, incrédule, ravalant sa salive.

— À Capharnaüm, dans la maison de Pierre.

— Comment l'as-tu reconnu ?

— Aux cicatrices de la croix.

— Peut-être était-ce un autre malandrin.

— Non, il m'a appelé tout de suite par mon nom. Il m'a rappelé l'incident de l'encrier renversé. Aucun autre ne s'en serait souvenu. Il sait tout. J'ai reconnu son visage. »

Le désarroi de Saül ne dura pas longtemps.

« Pourquoi ne l'as-tu pas fait arrêter ? Tu étais accompagné de policiers. »

Malkiyya leva son visage vers Saül.

« Arrêter le Messie ? Et défier les foudres du ciel ? Le lieutenant de la Police et ses hommes ont eu encore plus peur que moi ! N'as-tu donc pas de foi, homme ? »

Saül et Caïphe échangèrent un regard.

« Bien, dit le grand prêtre, Malkiyya, je crois que tu dois prendre un peu de repos.

— Du repos ? Pourquoi ?

— Je propose que tu prennes quelques jours de congé. »

Malkiyya regarda le grand prêtre comme s'il avait affaire à un insensé.

Saül revit le procès, l'atmosphère lourde, l'odeur de cire, d'huile, et de la sueur et de l'haleine des gens assemblés pour un jugement qu'ils savaient empoisonné, il revit Malkiyya, alors vaillant, inscrivant la sentence du tribunal. La puissance et la gloire du Temple triomphaient alors. La sédition fomentée par le prédicateur galiléen était matée. Et lui Saül, le fils de l'Hérodien Antipater, s'en était félicité. Il avait toujours voué de l'exécration à tout ce qui menaçait l'ordre et le pouvoir auxquels il aspirait. Or, le magicien de Galilée, car c'était un magicien, qui en eût douté, représentait le désordre le défi, l'outrage, l'injure. Et le danger. Il avait donc observé avec satisfaction Malkiyya, penché sur son écritoire à la lumière d'un chandelier, couchant sur le papyrus la sanction de l'Ordre, du Temple, des puissances établies.

La mort. Le fouet. Le bois.

Mais le spectacle lamentable que lui offrait à présent Malkiyya annulait ce souvenir triomphal. Une angoisse s'empara même de Saül : l'Ordre était donc à la merci du Galiléen.

La retournement de Malkiyya scellait l'échec. Et Saül exécrait l'échec autant que le désordre. Sa femme le lui avait dit : « Tu aimes l'ordre plus que la vie, Saül. Tu es un vrai Romain. Voilà pourquoi ces gens ne nous comprendront jamais. »

« Va maintenant », ordonna Caïphe à Malkiyya.

L'autre se leva et gagna la porte d'un pas gourd. Quand il l'eût refermée derrière lui, Caïphe dit d'une voix sombre et sourde :

« Ce n'était pas une bonne idée, Saül, que celle de cette expédition. Malkiyya est allé à Capharnaüm, comme tu l'avais organisé, avec le lieutenant et quatre hommes. Il est allé chez Pierre, le disciple de Jésus. Et là, il a vu Jésus...

— Tu crois qu'il a vraiment vu Jésus ? s'écria Saül avec stupéfaction.

— Oui, cela ne me paraît plus faire de doute. Le lieutenant et les quatre policiers l'ont vu aussi. Cet homme a donc survécu. C'est bien lui, il s'est rasé la barbe pour que nous ne le reconnaissions pas. Et maintenant, il me faut écouter des blasphèmes selon lesquels le Messie est arrivé !

— Alors, il faut envoyer là-bas un détachement beaucoup plus important ! Il faut arrêter ce Jésus et tous ses disciples ! »

Le grand prêtre lui adressa un regard ténébreux et poussa un soupir d'impatience.

« Tu veux que la totalité du détachement que nous enverrons là-bas nous déserte ? s'écria Caïphe d'un ton excédé. Déjà, le lieutenant et les quatre policiers que nous avons dépêchés à Capharnaüm ont décidé de quitter le service du Temple ! Et tu as toi-même vu l'état dans lequel est Malkiyya. Il est évident qu'il ne sera plus jamais greffier à notre service. Sans compter que lui et les policiers sont bien capables de passer au rang de nos ennemis, de devenir disciples de Jésus ! » Il s'éventa un moment avec des gestes nerveux et reprit. « Je te l'ai dit, c'était une bien mauvaise idée que tu as eue là.

— Nous en étions d'accord, observa Saül.

— Oui... Je me suis laissé influencer. »

Saül ravala sa réplique. La poussière dansa dans les rayons de lumière. Peut-être que lui, Caïphe, Malkiyya et tous les autres n'étaient que des poussières dans un gigantesque rayon de lumière.

« Et qu'allons-nous faire, alors ? Nous livrer à cet homme pieds et poings liés ?

— Saül, Jésus ressuscité est considérablement plus dangereux qu'avant. Son seul spectacle terrifie tout le monde et ses ennemis encore plus que les autres. J'en suis venu à me demander si toi-même, en face de lui, ne tournerais pas casaque. »

Il guetta la réaction de Saül. Celui-ci ouvrit de grands yeux furieux.

« Moi ? Moi, grand prêtre ? Tu me soupçonnerais, moi ?

— Tout est possible, me semble-t-il », murmura Caïphe en agitant les mains.

L'indignation arracha à Saül des bruits indistincts, mais Caïphe ne parut pas y attacher d'importance.

« Bref, reprit-il. Jésus passe désormais pour le messager du Tout-Puissant et le messie qui délivrera Israël, on ne sait de quoi. Nous devons désormais nous garder de toute action directe contre lui, parce qu'elle aurait un effet contraire. De plus, il se trouve actuellement en Galilée, qui est un refuge inexpugnable. Si nous lancions là-bas une expédition punitive, nous déclencherions exactement ce qu'il faut éviter : une insurrection. »

Saül s'assit sans en avoir été prié.

« Et, si je te comprends bien, grand prêtre, cet

homme a gagné la partie. Nous ne pouvons rien contre lui. Il va reprendre ses prédications. Elles auront encore plus de succès qu'auparavant. Il descendra vers la Judée et sera couronné roi.

— Non ! clama Caïphe, se redressant sur son siège. Non ! Il faut l'empêcher de venir en Judée ! Le centre du pouvoir en Israël, *notre* pouvoir, c'est Jérusalem. Il faut l'empêcher d'arriver à Jérusalem.

— Comment ?

— Je ne sais pas, répondit lentement Caïphe. Pas encore. »

Il se leva pour verser du vin d'une carafe de verre orné d'or dans un gobelet également de verre orné d'or. Il en but lentement deux gorgées, puis reposa le gobelet.

« Te rappelles-tu, demanda-t-il à Saül, auquel une évidente contrariété prêtait une expression encore moins avenante qu'à l'ordinaire, ce Judas, un Iscariote, qui avait appartenu au groupe des disciples de Jésus et qui nous avait indiqué l'endroit où il se trouverait à la veille de la Pâque ? »

Saül hocha la tête. Le Sanhédrin avait craint qu'à l'occasion de la Pâque, qui amènerait à Jérusalem plus de cent mille pèlerins, Jésus ne se livrât à des déclarations enflammées. Des troubles eussent pu s'ensuivre. Les prêtres du Temple, le chef de la Police et de nombreux membres du Sanhédrin avaient craint le pire. Il fallait donc arrêter ce Jésus, et d'urgence. Mais tous ceux qui le craignaient tant ignoraient même à quoi il ressemblait ; il fût passé devant eux qu'ils ne l'auraient pas reconnu. Il prêchait surtout en Galilée, autant dire sur la lune. Le chef de la Police avait donc suggéré une ruse : soudoyer le seul des disciples qui n'était pas galiléen, Judas, afin qu'il leur indiquât où se trouverait Jésus l'avant-veille de la Pâque et qu'il le leur désignât. Trente deniers d'argent scellèrent l'affaire.

« Judas n'était pas le seul à vouloir en finir avec Jésus, dit Caïphe. Les Zélotes de Judée l'accusent de détourner le peuple de la lutte armée. »

Il vida son verre de vin et claqua la langue. Saül

attendait la suite du raisonnement avec une mine imparablement malgracieuse.

« Et ensuite ? s'enquit-il.

— Ensuite, il faut mettre les Zélotes de Judée sur le pied d'alerte. Les effrayer en leur laissant entendre que, fort de sa prétendue résurrection et de ses succès en Galilée, Jésus ne va pas tarder à descendre en Judée et qu'il compromettra leur action.

— Nous n'avons pires ennemis au monde que les Zélotes ! Ils ne visent à rien d'autre qu'à notre destruction après avoir chassé les Romains !

— Je sais, je sais. Et c'est là que tu devrais intervenir. »

Saül attendit l'explication sans trop celer son impatience. Il en avait assez de ces combines qui échouaient à force de finesse.

« Que devrais-je faire ? demanda-t-il enfin.

— Repérer deux ou trois chefs zélotes de Jérusalem et des environs et semer des rumeurs qui les empliraient de panique. Leur laisser entendre que l'arrivée de Jésus en Judée est imminente. Qu'il est invincible. Que s'ils n'étouffent pas son action dans l'œuf, c'en sera fait d'eux. »

Saül ne parut pas convaincu.

« Qu'espères-tu ?

— Je pense que, si quelques douzaines de Zélotes se jetaient sur Jésus et ses disciples et les massacraient, quelque part dans les environs de Jérusalem, pas dans la ville même, non, mais à l'extérieur, c'en serait fini de cette menace.

— C'est bien compliqué à fomenter.

— C'est notre seul recours. »

Saül eût bien voulu que le grand prêtre lui offrît un verre de vin ; l'invitation ne vint pas. Il ne pouvait même pas toucher le verre du grand prêtre. Bien que circoncis – cela avait été vérifié par un prêtre du Temple avant qu'on l'engageât – il était suspect parce que romain.

« Si les Zélotes étaient disposés à se lancer dans l'offensive que tu décris, ils l'auraient déjà fait en Galilée, dit-il.

— Les Zélotes de la Galilée ne sont pas les mêmes que ceux de Judée. Ceux de Galilée n'oublieront jamais que Jésus est un compatriote. Il y avait, dans les rangs de ses disciples, un autre Zélote que Judas l'Iscariote ; il se nommait Simon. Mais c'était un Galiléen. Il n'a pas trahi, lui. Comprends-tu ? Les Galiléens considèrent Jésus comme un des leurs, même s'il n'est pas zélote lui-même. Certains d'entre eux rêvent même de le faire couronner roi d'Israël. Ce serait la vengeance de la Galilée sur la Judée. »

Saül ne parut pas comprendre. La barre de ses sourcils, qui allaient d'une tempe l'autre, sans interruption, se contorsionna bizarrement.

« Tu ignores, Saül, l'histoire d'Israël, n'est-ce pas ? »

Cette question-réponse balafra le cœur de Saül. Elle lui rappela brutalement qu'il n'était pas considéré comme un Juif. Même si sa mère était juive, il était lui, citoyen romain de père nabatéen et hérodien de surcroît. Il était au service des Juifs. Un serviteur de haut rang, sans doute, mais pas un maître. Il avait trop tendance à l'oublier. Il parvint à conserver un regard impassible.

« Ce pays, reprit Caïphe, n'a été uni que le temps de deux générations, sous David, puis sous son fils Salomon. Il s'est divisé ensuite sous Jéroboam et, en dépit de quelques brefs intervalles, il est resté divisé. Depuis des siècles, le nord, c'est-à-dire essentiellement la Galilée, tient Ephraïm pour la vraie capitale du royaume idéal, et le sud, c'est-à-dire essentiellement la Judée, tient Jérusalem pour la vraie capitale. Les Galiléens ne trahiront pas Jésus, ne fût-ce que parce qu'il a été jugé et condamné à Jérusalem. »

Quelle importance, tout cela ? se demanda Saül. Pour l'instant, le Sanhédrin et lui-même se trouvaient en face d'un échec.

« J'ai une objection, dit-il. Si les Zélotes de Judée se jetaient sur Jésus, qui est galiléen, les Zélotes de Galilée leur déclareraient la guerre et déclencheraient le genre de soulèvement que nous souhaitons éviter.

— Justement ! s'écria Caïphe, de son air le plus

finaud. Ne vois-tu pas l'astuce ? Il s'agit de jeter les forces du mal les unes contre les autres ! Qu'est-ce qui serait plus délicieux aux yeux du Très-Haut qu'une guerre civile entre les démons ? Les Romains interviendraient pour écraser les Zélotes et nous serions à la fois débarrassés d'eux et de Jésus ! D'une pierre deux coups ! »

Saül se méfiait par principe de ce genre de combinaisons tortueuses. Plus il y avait d'éléments en jeu, moins on en était maître. Si Jésus descendait en Judée, il était possible qu'il fût escorté par des Zélotes de Galilée, et les Zélotes de Judée, qui n'étaient pas plus sots que Caïphe, pourraient flairer un piège ; ils se garderaient d'intervenir contre les Galiléens et Jésus se retrouverait indemne. Entre-temps un soulèvement aurait quand même eu lieu, dont le Temple ferait les frais.

« Je vais essayer », dit-il mollement en se levant.

Il se retrouva d'humeur maussade dans la cour du palais hasmonéen et leva les yeux vers la façade de l'aile qu'occupait la Procure.

« Et ceux-là, songea-t-il, ne se rendent-ils pas compte que Jésus les menace, eux aussi ? »

Il devrait trouver le moyen de regagner les faveurs de Pilate. Il y avait, certes, cette fouine de Cratyle, qui lui avait craché au visage. Mais s'il parvenait à obtenir un entretien en privé avec le Procurateur, il lui ferait valoir que la réapparition de Jésus, Iéschou comme il l'appelait, présentait pour lui des dangers considérables. Peut-être parviendrait-il de la sorte à mobiliser les Romains contre Jésus. Ceux-là ne se laisseraient pas impressionner par un homme revenu de chez les morts. Ce serait beaucoup plus efficace que ce recours aux Zélotes de Judée, qui lui paraissait une solution bien filandreuse. Les Romains, eux, savaient ce que c'était que l'ordre et comment le faire respecter.

Il s'avisa soudain qu'il en avait fait une question personnelle. Il était obsédé par Jésus.

17.

... Pour une miette du repas

« Bien, dit Jésus, le lendemain de la déroute de Malkiyya – c'était presque exactement à l'heure où Saül et Caïphe se torturaient les entrailles pour parer au danger de celui qu'on appelait le Messie – il nous faut maintenant retrouver les autres. Philippe, Matthieu, Jacques d'Alphée, Thaddée, Simon le Zélote, Judas de Jacques, Nathanaël. Savez-vous où ils sont ? demanda-t-il à ceux qui étaient présents.

— Je sais où est Thaddée, dit Jean. À Tibériade.

— Jacques d'Alphée, je crois, est pêcheur sur le lac Houla, précisa André. Et Nathanaël est rentré à Cana. »

D'autres localisations furent évoquées, Daphné, Bethsaïde, voire Tyr. Mais c'étaient des suppositions plus ou moins fondées sur les indications qu'ils s'étaient mutuellement données en quittant Jérusalem dans les jours suivant la crucifixion. Peut-être les disciples manquants s'étaient-ils repliés ailleurs. Un seul fait était certain : ils étaient tous remontés vers le nord et principalement la Galilée, là où Jésus les avait recrutés, trois ans auparavant. Pas un seul ne fût demeuré de son plein gré en Judée, pays désormais abhorré. Mais, à l'évidence, ils s'étaient perdus de vue. Que faire ? Partir à leur recherche était risqué autant qu'aléatoire, car la descente des émissaires d'Hérode Antipas à Magdala prouvait que le tétrarque aussi s'agitait. On le comprenait, d'ailleurs, puisqu'il régnait sur la Galilée.

« Appelez-moi Joachim », fit Jésus.

Il vint le soir, quand il eût fait rentrer son troupeau. Il ne témoigna d'aucune émotion ni frayeur. Toute son attitude était tissée de révérence et de simplicité. On lui avait certes rapporté que Jésus était sorti vivant du tombeau ; cela ne le troublait pas ; la présence divine faisait partie de son quotidien. C'était l'explication de l'apparente désinvolture avec laquelle il s'était présenté à Jésus la veille et lui avait montré la dague de l'émissaire de Simon ben Josias.

« Maître, tu m'as appelé, me voici.

— J'avais un disciple nommé Simon. Je l'avais rencontré à Endor. Sais-tu où il est à présent ?

— Je vais le savoir pour toi.

— J'avais d'autres disciples. Peux-tu retenir leurs noms ? Philippe. Matthieu. Simon le Zélote. Judas de Jacques. Thaddée. Jacques d'Alphée et Nathanaël. Peux-tu les retrouver ?

— Philippe, Matthieu, Simon le Zélote, Judas de Jacques, Thaddée, Jacques d'Alphée et Nathanaël. Simon le Zélote, je crois déjà savoir qui il est et où le retrouver. Il sera toujours à Endor. Maître, s'ils étaient tes disciples, ils sont connus et je les retrouverai sans peine. Donne-moi quelques jours et cela sera fait.

— Si cela peut t'aider, nous croyons savoir où se trouvent trois autres anciens disciples : Thaddée serait à Tibériade, Jacques d'Alphée serait pêcheur sur le lac Houla, et Nathanaël serait à Cana.

— Quand tu les auras tous retrouvés, Joachim, dis-leur que je les attends ici à Capharnaüm dans la maison de Pierre. Peut-être ne te croiront-ils pas. Dis-leur alors que Pierre, André, Jacques et Jean de Zébédée et Bartolomé sont déjà ici. Et Lazare aussi, ajouta Jésus en regardant ce dernier. Va, que le Seigneur protège tes pas. »

L'homme s'inclina et baisa les mains de Jésus.

Lazare suivit Joachim et lui tendit une bourse pour le dédommager de ses frais et des jours qu'il ne travaillerait pas.

« Mais c'est mon fils que j'enverrai, dit Joachim en repoussant doucement la main de Lazare.

— Alors, donne-la à ton fils », insista Lazare.

En attendant que Joachim se fût acquitté de sa tâche, Jésus exigea qu'ils reprissent tous leur travail de pêcheurs. Il fallait gagner son pain, et Marie, Marthe et Lazare assuraient déjà la vie quotidienne de Jésus, comme ils l'avaient fait dès le premier jour et comme auparavant, quand il avait exorcisé Marie. Jacques, Jean et Bartolomé allèrent donc chercher leur bateau à Bethsaïde et, une fois de retour, ils pêchèrent de concert avec Pierre et André.

« Nous reprendrons notre tâche quand nous serons tous réunis. Je vous expliquerai alors quelle est cette tâche. »

Neuf jours plus tard, le premier qui arriva fut Nathanaël. Jésus était seul avec Marie et Lazare dans le jardin, Marthe aidant les autres femmes à la cuisine pour nourrir tous ces gens. Thomas était allé s'entretenir avec le rabbin Regouël. Et Nathanaël apparut. Le pas prudent, il descendit les trois marches, avisa le groupe sous l'arbre et s'immobilisa. Il ne trembla pas, ne s'agita pas, ne se laissa pas défigurer par l'émotion. Jésus s'était levé ; il alla vers lui et le regarda longuement. À la surprise de Marie et de Lazare, il ne saisit pas les poignets de Jésus pour vérifier que c'était bien lui, il n'examina pas ses pieds, ni ne posa de questions. Il n'écouta que son cœur. Il le regarda, le reconnut et s'élança vers lui. Ils s'étreignirent sans un mot.

« J'avais entendu dire que tu étais revenu, commença-t-il. Mais je ne savais pas où tu étais. Simon le Zélote, à qui je rendais parfois visite, avait aussi entendu dire que tu étais revenu, mais ne savait pas non plus où tu étais. Ils se demandait si les gens ne prenaient pas leurs désirs pour des réalités. Ceux qui m'avaient rapporté ton retour semblaient en douter.

Moi pas. Ce à quoi je n'avais pas voulu croire, c'est que tu fusses mort à jamais. »

Jésus sourit et l'étreignit de nouveau. Il s'était attendu à des larmes, il n'eût que le sourire de la confiance. Puis, dans un geste qui étonna Jésus, Nathanaël prit Marie dans ses bras et l'étreignit aussi. Ils échangèrent ces balbutiements où le cœur parle mieux que la bouche. Marie, confuse, s'empressa et alla chercher du vin, du pain et du sel. Puis Nathanaël se tourna vers Lazare et les deux jeunes gens se donnèrent aussi des accolades sans fin. Ils ne s'étaient pas revus depuis le dernier repas avant la Pâque. Nathanaël s'enquit des autres. Il vivait ainsi, avec la légèreté qu'on prête aux anges. Michel, Raphaël et Gabriel fussent apparus qu'ils les aurait pareillement étreints.

« Ceux qui sont déjà là sont allés pêcher et nous attendons les autres », expliqua Jésus. Puis il ajouta : « Vous vous êtes dispersés.

— Oui, nous nous sommes dispersés. Le jour de la Pâque nous étions terrés. Je ne crois pas qu'aucun d'entre nous l'ait célébrée...

— Tu n'as pas célébré la Pâque le lendemain ? »

Cette seconde célébration de l'Exode était l'occasion d'agapes qui duraient tard, raffermissaient les liens de famille, de voisinage, d'amitié.

« Non, j'ai jeûné. Qui aurait pu avaler une bouchée ? Je n'arrêtais pas de penser à notre dernier repas et je pleurais. Je sais que Pierre et André aussi ont jeûné. Le samedi, nous sommes sortis et des gens nous ont reconnus, Jean, Jacques, Bartolomé et moi, et ils nous ont insultés. Ils nous ont traités de Zélotes, et c'était dangereux. Nous n'aurions pas plus tôt ouvert la bouche que la Police du Temple nous aurait arrêtés et sans doute mis à mort. Marie et Lazare ont offert de nous recueillir à Béthanie et Joseph, à Ramathaïm, mais de quoi aurions-nous vécu ? De plus, c'était dangereux, la Police avait appris par Judas que nous nous étions retrouvés à Béthanie, dans la maison de Marie, et Joseph était suspect, parce qu'ils avaient recueilli ton corps, lui et Nicodème. Je suis parti le dimanche matin.

Jérusalem était pour moi un cauchemar, je devenais fou...

— C'est le jour où Marie a découvert le tombeau vide », précisa Lazare.

Nathanaël se tourna vers Lazare. Son regard s'appesantit sur lui une fraction de seconde de plus que l'arithmétique des rapports ne l'eût prédit. Cela signifiait : « Oui, je sais que toi et tes sœurs êtes plus proches de lui que je ne le suis. » Il reprit :

« J'ignore tout de ce qui s'est passé depuis lors. Depuis combien de temps es-tu à Capharnaüm ?

— Bientôt trois semaines.

— Où étais-tu auparavant ? »

Jésus éclata de rire. La simplicité de Nathanaël l'enchantait. Les autres n'avaient même pas songé à lui demander où il avait séjourné, quand il avait été censé croupir au royaume des morts, et Nathanaël, familier du divin comme du terrestre, le lui demandait d'emblée. Nathanaël se mit à rire aussi, embarrassé, puis Lazare.

« Ai-je dit une bêtise ?

— Non. Je suis un homme, Nathanaël.

— Je le sais. Mais pas seulement cela.

— La croix est une épreuve. Il fallait que je me rétablisse. J'étais d'abord à Bethbassi, puis à Kochba, chez Dosithée.

— Dosithée ?

— Un ancien de Quoumrân.

— Un ami du Baptiste ?

— Oui.

— Pourquoi dit-on de lui que c'est le Messie ?

— Israël attend le Messie. Il le voit partout. Est-ce la faute de Dosithée ? »

Nathanaël baissa la tête, la releva et déclara :

« Qu'importe, tu es là.

— Je ne serai pas toujours là.

— Moi non plus. Je n'ai pas de mémoire et plus d'avenir. Tu es ma lumière. Tu es la lumière de tous ceux qui t'ont approché. Tu es la lumière du monde. Cela ne peut se faire que parce que la lumière divine t'habite. Ordonne et je vais. »

Dieu fait la flaque sur le chemin où la lumière du soleil se reflète avec tant de force qu'elle est soudain ce qu'il y a sur terre de plus proche de Lui.

« Dieu te bénisse, Nathanaël, dit Jésus, lentement.

— Tu m'as béni. »

Lazare, debout derrière Nathanaël, serra des mains les épaules du disciple. Ils se seraient tous trois envolés, suivant Jésus dans l'azur pâlissant. De l'infiniment dérisoire, un moment d'émotion dans l'immensité des siècles, ils faisaient la splendeur.

« Je vieillissais, reprit Nathanaël. Chaque heure comptait pour un jour, chaque jour pour un mois, chaque mois pour un an. Je te vois, je vis. »

La nuit tomba sur les champs et les vergers et la mer de Galilée. Pierre, André, Jacques, Jean, Bartolomé, Thomas, Lazare et maintenant Nathanaël soupèrent. Une salade de fèves vertes à l'huile, des tanches grillées à l'oignon frit, des galettes au miel. Et du vin de Galilée, frais comme une vierge, malicieux comme une femme, corsé comme une veuve.

Marie servait et desservait Jésus et lui seul ; elle seule lui servait son vin. Comment pouvait-on sourire ainsi quand on avait été crucifié ? se demanda Thomas. Ils burent d'abondance et les femmes à la cuisine disaient, émerveillées : « Cet homme a tant souffert et pourtant, il donne la joie. »

Caïphe, Hérode Antipas, Simon de Josias et le Sénat de Rome s'alarmaient au loin. Ils mangeaient mal et dormaient d'un sommeil rongé de vers. Ils eussent donné cher pour une miette du repas et une heure du sommeil qui suivit.

18.

Une conversation de taverne entre Ponce Pilate et un Crétois oublié

L'Orient est insupportable aux Romains. Passé l'ivresse de ses parfums, narcisse, curcuma, jasmin, girofle, jacinthe, santal, rose sauvage, coriandre, œillet, poivre, cèdre, autant d'orgasmes du nez, passé l'émerveillement vulgaire devant ses luxes, soies grèges teintées de pourpre qui font frissonner la peau et lins tissés d'air qui la caressent, verreries bleues de Syrie ornées d'or, où le vin étincelle et prend l'apparence d'une liqueur coupable, meubles de nacre et d'argent, ivoires incrustés de grenats qui semblent consommer la jouissance du pouvoir, passé l'ivresse des chairs juvéniles, d'autant plus savoureuses qu'elles se présentent comme farouches, passé le premier émerveillement des siestes langoureuses et des crépuscules dramatiques qui teignent la mer de pourpre avant d'en faire l'antichambre tumultueuse des enfers, le Romain s'insurge. Il avait une identité. L'Orient la délite. Un Romain dans ces parages, autant dire une perle dans le vinaigre. Le matin, il n'en reste qu'un caillou noirâtre. Il avait ses dieux, distincts, éloquents, raisonnables. Mais Jupiter prend auprès de Baal des allures de chef de garnison, Minerve auprès d'Ishtar celles d'une bréhaigne revêche, et Apollon ressemble à un bellâtre de province auprès de l'exquis Tammouz aux fesses d'albâtre. Ne parlons pas de Yahweh, le Dieu juif, incomparable potentat puisque personne n'avait jamais osé en représenter les traits. Imprévisible, jaloux et, à l'image du peuple qui l'avait révélé, capable de folles générosités – arrêter le soleil dans le ciel pour permettre à Josué d'accomplir sa victoire ! – mais aussi d'une hargne féroce – ordonner le massacre des enfants au sein chez les Amalécites !

Voluptueux, malins, disponibles, l'Étranger d'au-delà des mers était cerné par mille dieux que les Juifs n'avaient jamais réussi à chasser des provinces impériales et sénatoriales, cernés comme ils l'étaient par les Phéniciens au nord, les Nabatéens au sud, les Moabites et les Galaadiens à l'est et surtout la mer à l'ouest. La mer, qui apportait sans cesse de nouveaux dieux de chez les Ciliciens, les Pamphiliens, les Dalmates, voire les Scythes. Des dieux et des déesses d'or, d'argent, de cuivre, de lapis, de nacre et d'ivoire, des dieux à tout faire, à séduire, conjurer, nuire, avoir le dard infaillible et concevoir des mâles.

Ajoutons à cela les mouches, les scorpions, les scolopendres, les odeurs d'ail frit, la familiarité indécente du regard qui vous raconte d'un coup ce que vous portez entre les jambes et l'usage que vous en faites ou, surtout, n'en faites pas, et toujours, le mépris goguenard ou méfiant à l'égard du païen, soudard avantageux, frappé par le Seigneur de l'inintelligence fondamentale. C'était surtout ce mépris qui finissait par irriter la peau, car on l'entendait trop bien : « Pauvre étranger qui crois tes lois universelles ! Misérable crétin qui ignores le Dieu unique et invisible ! Déplorable mirliflore qui ne crois qu'à ton glaive et à tes dieux de cirque ! »

Pilate se méfiait aussi de la violence et de la volatilité des Orientaux, quels qu'ils fussent. Avait-il assez entendu raconter, durant son service militaire, les horreurs indicibles des Vêpres d'Éphèse, un demi-siècle auparavant : quatre-vingt mille Romains avaient été massacrés par les populations locales, excitées par les appels à la révolte de Mithridate VI, roi du Pont. Quatre-vingt mille ! Il avait fallu toute la brutalité de Marius pour apprendre à ces gens à respecter les aigles romaines. Le Procurateur savait trop bien que, d'un instant l'autre, une simple algarade de rue pouvait tourner à l'émeute. Le tribun Claudius Lysias, qui commandait les six cents hommes de la garnison, dans la Tour Antonia, avait été prié de faire monter la garde vingt-quatre heures sur vingt-quatre afin de n'être jamais pris par surprise.

Les premiers temps, Procula, l'épouse du Procurateur, s'était laissé fasciner par les récits de ses domestiques : aucune Juive parmi elles, c'était trop risqué, mais une Tyrienne, une Syrienne, un Nabatéen, tous parlant un sabir de grec qui amusait follement leur maîtresse. Puis la curiosité l'avait portée vers ces amulettes qui paraient leurs cous, leurs poignets, voire leurs chevilles : cette petite idole de bronze poli, représentant un homme nu coiffé d'un disque, c'était Napir, le dieu-lune d'Elam, qui conférait la sagesse et la connaissance instinctive de l'âme d'autrui, et cette femme chevauchant un lion, c'était la déesse cananéenne Kadesh, qui commandait l'amour et la sexualité heureuse.

Puis le Nabatéen lui avait parlé du mage Jésus qui accomplissait des prodiges et qui louait la bonté du Seigneur. Détenteur de la bonté et du pouvoir de son dieu, il guérissait les malades et les infirmes et même arrachait les morts précoces au tombeau. Elle était allée l'écouter à Sichar, en Samarie ; elle y avait rencontré Joanna, l'épouse du chambellan d'Hérode Antipas et les deux femmes s'étaient liées d'amitié dans la vénération de ce mage.

Pilate était las de sa journée, des Juifs, de la Judée, de la Palestine entière. Et de l'Orient. Fallait-il vraiment que les humains fussent tellement ténébreux là où le soleil se levait ! À l'heure où cet astre déclinait, il dit à Cratyle :

« Allons aux bains. Puis nous souperons. À l'auberge des Légionnaires. »

Cratyle apprécia l'honneur de l'invitation, somme toute rare. Il devina que son maître avait une confidence à lui faire. Il en avait aussi, et de taille, à lui offrir en échange. Au tepidarium, en effet, le Procurateur lui confia, en se massant une jambe couturée des suites d'une mauvaise blessure – un coup de glaive de l'un des légionnaires révoltés en Pannonie, la première année du règne de Tibère :

« Saül est venu me voir.

— Je l'ai aperçu dans le couloir. Il s'est sans doute plaint de moi.

— Je ne lui en ai pas laissé le loisir. Je lui ai répondu qu'un crachat était une peine infime en regard de celle que méritait une exécution sans mon autorisation. Puis il m'a demandé mon concours. »

Jusqu'alors affalé sur le banc de marbre où il suait son eau, Cratyle se redressa et tendit le cou.

« Ton concours ?

— Contre Jésus. Il assure que la légende selon laquelle ce mage Iéschou est ressuscité – Pilate eut quelque peine à articuler les mots latins *resurrexit est*, qui lui écorchaient sans doute la bouche – le rend quasiment invincible et que la puissance romaine est en péril. Selon lui, un émissaire du Sanhédrin, accompagné de cinq hommes de la Police du Temple ont vu ce Iéschou à Capharnaüm et ils en ont été bouleversés. Les soldats de la Police ont démissionné de leurs postes et l'émissaire, lui, a été démis de son poste au Sanhédrin, tant il était dévasté. »

Pilate s'empara d'une éponge, la trempa dans un baquet d'eau près de lui et se rafraîchit la figure et le corps, puis suça l'éponge pour étancher sa soif, sans se rendre compte qu'il eût dû faire l'inverse.

« Jusqu'ici, le rapport est exact, observa Cratyle. Notre nouvel espion, Alexandre, s'est lié d'amitié avec le lieutenant de police qui s'était rendu à Capharnaüm. Il a été surpris par le désarroi de cet homme, un solide gaillard qui semble raisonnable, mais qui n'en a pas moins été rejoindre les rangs des disciples de Jésus.

— Saül, reprit Pilate, m'a soutenu que Jésus est un

péril pour l'ensemble des provinces sénatoriales et que, fort de sa réputation surnaturelle, il n'allait pas tarder à descendre à Jérusalem et que là, il se ferait proclamer roi, que la populace se soulèverait, assassinerait les gens du Temple et que la légion serait débordée.

— Je trouve émouvant son souci des intérêts de l'Empire.

— Moi aussi, dit Pilate. Bref, il voulait que j'envoie un détachement militaire arrêter Jésus, dont la seule survie, soutenait-il, tournait en dérision les lois de l'Empire.

— Et alors ?

— Je lui ai répondu que la Galilée n'est pas sous ma juridiction, mais sous celle d'Hérode Antipas. Et que j'étais tout aussi certain que l'irruption d'un détachement de soldats romains en Galilée pour arrêter un prophète susciterait là-bas une insurrection. Que les Zélotes ne manqueraient pas d'y participer. Et que je préférais laisser les événements suivre leur cours. »

Cratyle s'empara d'une pierre ponce et se frotta consciencieusement la plante des pieds.

« Il a été déçu, ajouta Pilate.

— Il risque de l'être plus encore dans les jours prochains. Notre espion Alexandre, auquel il faudra accorder d'ailleurs une gratification spéciale, a réussi un joli coup. Ayant appris que Saül avait confié au courrier de la ville un message à destination du Sénat, il a réussi à subtiliser ce message avant qu'il arrive à Ashquelôn.

— Joli coup, observa Pilate, dont la curiosité était piquée. Un message de Saül au Sénat ? »

Cratyle le regarda d'un œil malin.

« Le message est dans la poche de mon manteau.

— Que dit-il ?

— Au titre de citoyen romain, il dénonce ton comportement dans ce qu'il appelle l'affaire du faux prophète Jésus, qu'il estime contraire aux intérêts de l'Empire. Il y assure que Iéschou a été sauvé par toi et ta femme de la mort qu'il méritait pour ses menées séditieuses. Il assure que ce prophète a repris ses intrigues en Galilée, qu'il s'apprête à descendre à Jérusalem se faire couronner roi, bref ce qu'il t'a raconté, et à semer le désordre. Enfin, Saül s'étonne de ton impéritie face à ce péril.

— Il a écrit ça ? tonna Pilate en se levant d'un bond. Mais pourquoi ne m'as-tu pas averti plus tôt ?

— Je l'ai appris quelques minutes avant que tu me convies à passer la soirée avec toi.

— Ah, le fils de chienne ! » s'écria Pilate et il déversa d'une voix de tonnerre une bordée d'injures militaires.

Personne dans le tepidarium ne parlait latin, apparemment, à l'exception d'un légionnaire qui fut pris d'une crise de fou rire. Les autres regardaient le Procurateur, debout, s'administrer des claques sur les cuisses en clamant des mots à coup sûr offensants, avant de se rasseoir, suant encore plus qu'avant.

« Ah, je lui ferai mordre la poussière, à cet avorton ! annonça Pilate.

— Je lui ai déjà craché au visage, dit calmement Cratyle. Il comptait te forcer ainsi la main. Apparemment, il a fait de ce conflit avec Iéschou une affaire personnelle. »

Quand ils furent rincés, massés et frottés au benjoin et à l'alcool d'asphodèle, luxe réservé aux clients de marque, ils se rendirent donc à l'auberge des Légionnaires. Des vivats les accueillirent. Pilate s'inclina, alla serrer des mains ici, et là donner une tape sur l'épaule, échanger une plaisanterie, une information, une gaudriole. Puis il s'assit à une table que l'aubergiste tira à part, pour marquer sa déférence à son illustre client, et commanda un grand cruchon du fameux vin jaune, qui était en fait du vin de Sorrente moyennement âgé. Il écouta l'aubergiste, qui était aussi le cuisinier, proposer et décrire dans un grec assez mou les plats du jour, et lui et Cratyle choisirent une salade de pois chiches aux lardons sautés et un mulet en croûte, à la coriandre et à l'origan.

Cratyle tira de la poche de son manteau la lettre de Saül au Sénat. Pilate la déplia et la parcourut attentivement, le sourcil froncé.

« Lettre de canaille, commenta-t-il. Ton espion Alexandre mérite, en effet, une gratification et tu as bien fait de cracher au visage de ce lémure. J'ai toujours dit que les Hérodiens étaient une vermine, mais on ne m'a pas écouté. »

Il empocha la lettre et remplit les verres du vin jaune. Cratyle souriait d'un de ces sourires à double fond dont il était coutumier.

« J'ai réfléchi à toute cette affaire, déclara Pilate. Tout compte fait, peu m'importe et peu importe à l'Empire que ce Iéschou soit ressuscité ou pas. C'est un mystère qui ressortit aux systèmes orientaux de superstition et, quoi qu'il advienne, il ne peut ébranler notre puissance. Il peut juste nous inciter à orienter notre politique. Voici vingt-cinq ans que ces brigands qui s'appellent zélotes ont commencé à assassiner nos soldats dans les campagnes. Au début, nous avons été surpris, puis nous nous sommes organisés. Nous ne circulons plus la nuit et, quand nous sommes en déplacement en campagne, notre arrière-garde est constamment en alerte. Nous avons déboisé les bords de nos routes et ils ne peuvent plus, comme aux premiers temps, bondir hors des fourrés pour nous attaquer. Les Zélotes ne nous gênent pas plus que des moustiques, mais ce sont le Temple et les barbus du Sanhédrin qu'ils contrarient le plus. »

Il avala une lampée de vin et claqua la langue.

« On dit que ce vin se bonifie quand il vieillit. Mais je trouve qu'il perd alors de son goût de silex, observa-t-il. Bon, pour en revenir à notre affaire, admettons que ce Iéschou descende vers Jérusalem, semant la terreur et la vénération sur son passage, puis qu'il soit couronné roi. Que nous importe ? Ou bien il acceptera notre tutelle ou bien il la refusera. Dans ce dernier cas, nous écraserons sa rébellion. »

Cratyle goûta sa première cuillerée de pois chiches et savoura les lardons. En fin de compte, on ne mangeait pas si mal à l'auberge des Légionnaires. Il était vrai que le chef était un ancien cuisinier d'on ne savait quel satrape d'Asie Mineure, qui s'était fâché avec son maître et qui s'était installé à Jérusalem, à l'ombre des aigles romaines.

« Le Sénat pourtant s'inquiète, dit Cratyle.

— J'en ai appris la raison ce matin. Le Sénat fait de l'excès de zèle, rétorqua Pilate, parce que le chef de la communauté juive de Rome est allé se plaindre à un sénateur pusillanime de l'agitation causée par trois douzaines de disciples de Jésus. Et qu'il a sans doute accompagné sa doléance d'une jolie bourse. Vétilles ! » conclut-il.

Cratyle regretta de n'avoir pas d'expérience militaire. La finesse, c'était bien joli, mais l'esprit de synthèse ce n'était pas mal non plus.

« Un point me frappe, reprit Pilate. C'est qu'un seul homme sème tant de désarroi dans ce pays. Faut-il donc qu'Israël soit mal en point ! Jésus me rappelle un couteau qui tranche aisément un fruit trop mûr. Et, ajouta-t-il avec un sourire en plongeant le pouce et l'index dans sa part de mulet en croûte, c'est que, si cette femme, je ne sais plus comment tu l'appelles, oui, Marie, Marie de Magdala, ne l'avait pas sauvé de la mort, si je t'en crois, Saül, le Sanhédrin, les Zélotes et je ne sais qui encore ne seraient pas dans l'état de fermentation que nous voyons. »

Cratyle éclata de rire.

« Donc, c'est une femme qui met Israël en péril ! constata-t-il. Les Juifs ont bien raison de se méfier des femmes.

— Nos femmes, dit Pilate d'un ton volontairement sentencieux, ne sont pas mal non plus.

— Tu veux dire, Procurateur, qu'une histoire d'amour a suffi à mettre Israël aux abois !

— Buvons donc à Vénus ! » dit Pilate, soudain pris par le vin jaune et la bonne chère.

Les légionnaires, heureux de voir leur Procurateur de belle humeur, se cotisèrent pour lui offrir un autre cruchon de vin jaune. Tout le monde but à Vénus et l'on brailla même quelques indécences.

On eût cru entendre palpiter au-dessus de la Judée les ailes des aigles romaines.

19.

Le spectre du festin

« ... Un festin magnifique, Manassah ! Tu m'entends ? clama Hérode Antipas. Je veux signifier à ce vermisseau de fin de nuit ce qu'est un véritable Hérodien ! Et tout le reste, tu feras préparer les appartements avec les serviteurs et les bains et les parfums... Tout !

— Mais que vient-il demander ? s'enquit Manassah.

— Le sais-je ? Mais s'il demande, c'est qu'il est inférieur. Il faut donc qu'il se sente encore plus inférieur, afin de mieux mesurer ma puissance. Fais-moi venir de la Décapole les meilleurs des danseuses et danseurs. Il ne suffit pas de l'écraser, il faut le troubler ! »

Manassah se mit à rire ; il n'avait pas de longtemps vu son maître de si belle humeur. Un message de Saül d'Antipater avait donc suffi pour exciter ses esprits animaux. Saül d'Antipater : un cousin comme on était cousin chez les Hérodiens, vaste tribu de promiscueux et d'incestueux qui s'entremariaient et échangeaient leurs époux sans jamais perdre un coup de dents, car vivant tous sur un pied de princes, dans leurs rêves de grandeur, ils se disputaient héritages, territoires et prébendes sous l'arbitrage de Rome. En attendant, ils s'endettaient. Saül le nabot, fils d'un principicule condamné à mort par Hérode le Grand sur son lit de mort, parce qu'il intriguait déjà dans les cuisines pour accaparer la succession, avait été l'un des moins chanceux parmi les Hérodiens. Son père n'ayant possédé aucun royaume, il n'hérita que de quelques terres agricoles çà et là. Il n'avait même pas été envoyé à Rome, comme il était d'usage ; les Romains, en effet, prenaient les jeunes princes des pays occupés à la fois en otages et en tutelle, pour les former à l'esprit rigoureux de la *mens romana* et, moyennant quelque chance, leur faire perdre les mauvaises habitudes de luxe et de luxure effrénés. À Saül, il n'était rien resté que sa citoyenneté romaine, apanage des Hérodiens. Mais un goût passionné du pouvoir.

Hérode Antipas le vit arriver du haut de son donjon. Escorté de six cavaliers, des cavaliers rien de moins, il était drapé d'un manteau d'écarlate. D'écarlate, mais pour qui se prenait-il !

Passé la garde militaire à l'entrée de la forteresse, lui et son escorte furent accueillis au portique suivant par les gardes nubiens, chacun tenant en laisse un guépard au bout d'une chaîne dorée, et puis conduits au bout d'un couloir sans fin qu'éclairaient des torches dans des embrasses de fer, vers la grande salle du rez-de-chaussée. Là, installé sur un podium couvert de tapis, le tétrarque de Galilée et de Pérée l'attendait dans toute sa gloire : premier chambellan à droite, deuxième chambellan à gauche, vingt soldats de sa garde privée de Galates formant une double haie d'honneur jusqu'au trône d'ébène incrustée d'or et de nacre. Deux autres gardes noirs, torse nu, dague à manche d'or à la ceinture du pagne, tenaient en laisse deux autres guépards de part et d'autre du podium. Partout, de hauts trépieds laissaient échapper des fumerolles d'encens et de santal vers le plafond de cèdre.

Saül embrassa la scène d'un coup d'œil. Tant d'apparat ne reflétait que la vanité du potentat.

« Salut, tétrarque ! lança-t-il avec enjouement, arrivé devant le podium, qui le faisait paraître encore plus petit.

— Salut, cousin, répondit Hérode Antipas. Bienvenue à Machéronte ! »

Il se leva et descendit du podium, puis ils se donnèrent l'accolade, le nez de Saül sur le pendentif pectoral de grenats et de turquoises de son hôte, la poitrine meurtrie par la ceinture d'or hérissée de cabochons. Le visiteur se tourna vers sa propre escorte, qui lui remit un sac de soie pourpre serré par un lacet, qu'il remit à son tour au tétrarque. Celui-ci défit le lacet et tira du sac une aiguière d'argent niellé, incrustée de pierres de lune.

« Un cadeau de roi ! s'écria Hérode Antipas.

— Cela dépend de celui qui le donne ou le reçoit », rétorqua Saül avec un demi-sourire.

Hérode goûta la saillie d'un éclat de rire et tendit le présent à Manassah, lequel le transmit au deuxième chambellan lequel le tendit à un majordome et ainsi de suite jusqu'à ce que l'aiguière eût disparu dans les profondeurs de la salle.

Saül fut conduit à ses appartements, son escorte aux siens, deux esclaves offrirent leurs services au visiteur, le majordome apporta un plateau de fruits accompagné d'un carafon de vin et d'un verre orné d'or et annonça que le souper serait servi au coucher du soleil. Il contempla le paysage de sa fenêtre et son regard remonta le long de la vallée du Jourdain. C'était au-delà que tout se jouait. Dans les territoires rebelles de la Galilée.

Pilate était resté sourd à ses admonitions. Le Temple était impuissant, paralysé par la crainte de perdre d'autres fonctionnaires et d'autres hommes s'ils partaient à la rencontre de Jésus. Son dernier recours était Hérode Antipas, maître de la Galilée. Lui seul avait autorité pour mettre la main sur le ressuscité, sa compagne et cette bande de séditieux qui gravitaient autour de lui. S'il y parvenait, il remporterait le titre de gloire qu'il ferait valoir auprès du Temple et, à défaut de Pilate, de ses amis à Rome. Car il avait des amis à Rome.

Le projet de Caïphe d'attendre que Jésus se fût aventuré en Judée pour le faire saisir par les Zélotes était un branlant échafaudage de conjectures. Avec des si, on monterait au ciel.

S'il échouait, ce ne serait pas seulement lui qui perdrait. Ce serait d'abord le clergé de Jérusalem, balayé par une vague religieuse contre laquelle les quelques douzaines d'hommes de la Police du Temple seraient impuissants. Puis Hérode Antipas, désormais à la merci d'une poignée de Galiléens forcenés qui s'empareraient de lui et le massacreraient. Car cette forteresse était une protection dérisoire. Dans le meilleur des cas, Hérode Antipas en deviendrait le prisonnier, attendant les secours de l'armée romaine. Qui ne viendrait que si elle en avait le temps. Car, elle serait occupée ailleurs. Jérusalem serait mise à feu et à sang par la masse grandissante des disciples de Jésus et par les Zélotes. Rome n'aurait pas assez de la garnison de la Tour Antonia pour contenir le désordre ; Pilate devrait convoquer la légion à Césarée et même faire venir des troupes de Syrie.

Il était le seul à voir tout cela clairement. Quelle solitude ! Le pouvoir aveuglait les autres.

Il supporta avec stoïcisme l'éclat factice du festin, la musique, qui lui portait sur les nerfs – ces cistres aigres ! Ces triangles tintinnabulants ! Ces tambourins vulgaires ! – et s'efforça de boire le moins possible. Les mets choisis ne retinrent pas son attention. Ces cailles fourrées aux raisins secs et confites dans l'oignon, ces poissons farcis aux raves et recousus, cette viande de gazelle cuite au vin et aux épices, cette vaisselle d'or et d'argent, toute cette verrerie de Syrie rutilant d'or, ces guirlandes de fleurs, tout ça, c'était de l'esbroufe pour flatter la vanité d'Hérode Antipas.

Il attendit le tête-à-tête, que le tétrarque reculait comme à plaisir. Mais enfin, Hérode Antipas ne put plus y déférer.

« Hérode, tu veux conserver cette forteresse ? » s'enquit-il de but en blanc.

Le tétrarque le considéra de ses yeux globuleux et malins, mais parut néanmoins frappé par la question.

« Bien sûr. Pourquoi ?

— La Galilée est en péril, ne le sais-tu pas ?

— Comment serait-elle en péril ?

— À cause des disciples de Jésus. Tu sais, le disciple ou prédicateur que ta femme Hérodiade a fait décapiter. »

À ce souvenir, comme toujours, le visage du tétrarque se rembrunit imperceptiblement. Il plissa les yeux, tentant de deviner les motivations de Saül dans cette affaire. Il se souvenait de l'information que lui avait donnée Manassah, quelques jours plus tôt : Saül avait été chargé par Caïphe d'enquêter sur la résurrection de Jésus ; mais que venait-il donc demander ?

« Quelques poignées d'hommes, répondit-il. Rien qui puisse m'inquiéter. »

Fieffé mensonge, car il savait très bien qu'en quelques jours ces poignées d'hommes pouvaient rallier la plus grande partie de la Galilée.

« Hérode, rétorqua Saül, la situation est trop grave pour s'accommoder de détours. Tu sais très bien que Jésus dispose du soutien de la Galilée et même d'une partie de la Judée. Une semaine avant sa condamnation par le Sanhédrin, il a été accueilli à Jérusalem même comme un roi. On a jeté des palmes sur son passage. Tu sais ce que ça veut dire. »

Le tétrarque nota que son visiteur avait à peine trempé les lèvres dans son verre ; il remplit donc le sien et le porta à ses lèvres. Que diantre voulait Saül ? Manassah, devinant aux expressions des deux interlocuteurs que la conversation prenait un tour sérieux, vint s'asseoir près de son maître.

« C'est Caïphe qui t'envoie ? demanda Hérode Antipas.

— Caïphe est inquiet, lui aussi, mais je ne suis pas son émissaire.

— C'est la sollicitude pour mon trône qui t'a fait venir jusqu'ici ? interrogea Hérode Antipas d'un ton moqueur.

— Non, c'est l'inquiétude pour mon sort et toute la Palestine. Si l'insurrection gagnait Jérusalem et la Judée, je ne donnerais pas cher de ton trône ni de tous les trônes légués aux descendants d'Hérode le Grand. Je ne donnerais pas cher non plus du sort du Sanhédrin et de tout le clergé du Temple. Je ne voudrais pas être sur le siège de Ponce Pilate.

— Mais que veux-tu donc ? »

Saül se mordilla la moustache. Manassah, la tête inclinée, grignotait un petit pain au sésame.

« Ressuscité ou non, Jésus est en Galilée, répondit Saül. À Capharnaüm. On l'y a vu. Il faut l'arrêter avant que la Galilée prenne feu et qu'il descende en Judée.

— Pourquoi la Police du Temple n'y va-t-elle pas s'emparer de lui ?

— Elle est y allée. Caïphe y a perdu six hommes.

— Ils les ont tués ? demanda Manassah, alarmé.

— Non, pis. Ces hommes ont reconnu Jésus et comme ils le croient sorti du tombeau, donc ressuscité de façon surnaturelle, ils ont été saisis par l'effroi. Ils sont rentrés à Jérusalem pour annoncer qu'ils quittaient le service du Temple. On peut craindre que tous ceux qui renouvelleraient l'expédition subiraient le même sort.

— Tu veux dire que la Police du Temple est incapable d'arrêter cet homme pour vérifier s'il est ou non un imposteur, et s'il ne l'est pas, appliquer la sentence qui a déjà été prononcée ? s'inquiéta Manassah.

— C'est exactement ça », confirma Saül.

Le vacarme de l'orchestrion annonça l'entrée des danseurs et des danseuses. Le maître des lieux les envoya danser de l'autre côté de la salle, là où se trouvaient l'escorte de Saül et quelques chefs de tribus nabatéennes, qui poussèrent des cris d'enthousiasme. Pendant que les adolescents et adolescentes commençaient leurs girations suggestives, les trois hommes reprirent leur entretien.

« Mais Pilate ? C'est à lui d'intervenir ! s'écria le tétrarque. Il dispose de la force nécessaire... Ce ne sont pas ses hommes qui se laisseraient terrifier par un messie... Je veux dire par Jésus, puisque cela ne signifie rien pour eux...

— Pilate juge d'abord que c'est à toi qu'il revient d'intervenir en Galilée, puisque c'est toi qui détiens l'autorité dans cette province. Il estime ensuite qu'une intervention en Galilée déclencherait plus sûrement une insurrection qu'elle n'en préviendrait une autre en Judée. J'en ai, d'ailleurs, informé le Sénat. Pour lui, la puissance de Rome est, en fin de compte, insensible à des histoires de Juifs. »

Il s'autorisa une gorgée de vin et reprit :

« Son attitude à l'égard de Jésus était déjà suspecte au moment du jugement. Sans l'opposition féroce du Sanhédrin, on se demande s'il n'aurait pas relâché Jésus et ne l'aurait pas laissé couronner roi.

— J'ai déjà entendu ces sottises ! s'écria Hérode Antipas, qui ne dissimulait plus ses appréhensions. Les Romains ne comprennent rien à la Palestine ! Ils n'y comprendront jamais rien ! Jésus roi, Saül, mais tu ne te rends pas compte ! C'est la guerre ! »

Les circonstances ne se prêtaient pas à des considérations sur les Romains. Danseurs et danseuses se livraient à ces acrobaties périlleuses qui servaient à déployer les charmes de leurs anatomies juvéniles. Saül jeta vers eux un regard sourcilleux. Manassah faisait des mines perplexes.

« Et que veux-tu que je fasse ? demanda enfin Hérode Antipas.

— Que tu envoies tes Galates. Ce sont des païens. Ils ne se laisseront pas terroriser par Jésus.

— Saül, dit enfin Manassah, le problème n'est pas seulement celui de la terreur que sème Jésus. C'est un problème politique. L'intervention des Galates aurait le même effet que celle des troupes romaines. »

Saül laissa peser sur lui un regard morne.

« Nous sommes donc tous livrés à cet homme. Nous tous.

— Cet homme, répéta rêveusement Hérode Antipas. Ou peut-être cette femme...

— Que veux-tu dire ?

— Marie. Marie de Magdala. Marie de Lazare. C'est elle qui l'a sauvé. C'est elle qui lui a conféré de la sorte ce caractère surnaturel. »

Saül réfléchissait à cette interprétation quand un petit cortège se dirigea vers les trois hommes. En tête avançait la propre épouse du tétrarque, Hérodiade, escortée de ses suivantes. Il ne la connaissait pas, mais il la reconnut. Seule une princesse pouvait avoir cette allure altière, seule une femme aussi impérieuse pouvait avoir ordonné la mort de l'homme qui l'avait offensée en lui rappelant sa faute : avoir délaissé son mari Philippe pour épouser son beau-frère, Hérode Antipas. L'inceste ! Elle avait donc fait décapiter le Baptiste dans cette forteresse même. Saül la dévisagea avec effroi. Une fois perdu le masque de la jeunesse, l'illusion de tendresse que peuvent, dans les parfums de la nuit, donner les femmes avides de pouvoir s'était envolée. Elle s'arrêta devant son époux. Des trois hommes assis par terre, devant les plateaux du festin, le premier à se lever fut Manassah, qui s'inclina cérémonieusement jusqu'à terre.

Une collision effroyable se produisit dans l'esprit de Saül entre l'image de Marie de Lazare et celle d'Hérodiade. Entre l'amour et la violence.

« Mon noble époux le tétrarque fait donc les honneurs de sa citadelle à son cousin », déclara-t-elle d'une voix teintée à la fois de condescendance et d'ironie.

Saül se leva aussi et se trouva quasiment le nez sur une gorge d'albâtre laiteuse. Un pectoral en croissant de lune, saphirs, perles et aigues-marines alternées, resplendissait, d'une clavicule à l'autre. Des essences parfumées, à lui enténébrer l'esprit, fusaient des seins de la princesse. Il leva les yeux et vit de près le masque, les orbites noircies par l'antimoine pour dissimuler les rides autour des paupières, les yeux d'escarboucle, le nez mince, le front flétri à demi masqué par un bandeau de perles. Il le sut d'emblée, elle le jaugeait : petit homme sans pouvoir ni fortune, qu'es-tu venu demander à mon époux ? Lilith ! songea-t-il, Lilith, la première épouse d'Adam, Lilith la stérile, Lilith la répudiée qui errait en hurlant aux carrefours et hantait les nuits des hommes sans femme.

« Mais quel est, reprit-elle, le sujet qui vous rend si graves ?

— Jésus, le ressuscité », répondit Hérode Antipas, le seul qui fût demeuré assis.

Elle fit un geste et l'une de ses suivantes s'empressa d'apporter un coussin haut ou un tabouret bas, on ne savait. Elle s'assit et tendit un pied dont on devinait la plante rougie au henné et sans doute aussi parfumée, lacé dans des sandales de veau doré. Saül aussi se rassit, mais Manassah resta debout.

« La Galilée, dit-elle avec un rire faux, est ce pays où les morts ne s'en vont jamais, comme l'apprit ce pauvre roi Saül quand la magicienne d'Endor suscita le spectre du prophète Samuel. Qu'on me donne du vin. »

Une suivante s'empressa de lui tendre un verre qu'Hérode Antipas remplit avec une mine chagrine.

« Le chanvre et l'ammanite panthère suffisent à consoler tant de gens opprimés par la banalité quotidienne, poursuivit-elle. Mais certains éprouvent le besoin de drogues plus fortes, alors ils écoutent les prophètes. Hélas, le vin des prophètes endort l'esprit et rend le cœur fou. Pour avoir écouté Samuel, le roi Saül a perdu sa raison et son trône ! Et maintenant, nous avons donc affaire à ceux qui ont écouté Jésus ! »

Hérode Antipas leva les yeux au plafond.

« Donc, continua-t-elle, Jésus est ressuscité et c'est ce qui amène le noble Saül à Machéronte. Mais en quoi cela intéresse-t-il Saül et que peut donc faire Hérode Antipas pour l'apaiser ?

— Jésus passe désormais pour un être surnaturel et pour le Messie, répondit Saül. La Galilée risque de s'enflammer sur son passage. Le reste des provinces ensuite. Je suis venu m'en entretenir avec mon cousin.

— Pourquoi pas plutôt avec le Procurateur de Judée ? demanda Hérodiade.

— Je l'ai interrogé. Il estime que la Galilée n'est pas de sa juridiction. »

Il haussa les épaules. Elle balança délicatement le vin dans son verre, comme si elle y déchiffrait l'avenir.

« J'ai tenté de tuer le serpent dans l'œuf, dit-elle l'œil ténébreux, mais je n'y suis pas parvenue. Il n'est pas bon que les prophètes commandent nos affaires. C'est une race d'hypocrites ! »

Son ton était devenu véhément.

« Ce qu'ils veulent, c'est le double sceptre du ciel et de la terre ! »

Hérode l'observa avec inquiétude.

« Ce sont les ennemis des rois ! Quand les Juifs lui ont demandé de leur choisir un roi, le premier de leurs rois, Samuel s'est senti lésé. N'avaient-ils pas un roi en lui-même ? C'est à contrecœur qu'il a nommé Saül et il n'a rien eu de plus pressé ensuite que de le démettre. »

Comment cette gorgone connaissait-elle donc les Livres ? se demanda Saül.

« Maintenant, je vous le dis, si l'on n'arrête pas cet homme, vous lirez sur les murs de cette salle – elle tendit le bras à droite – Mané ! » Elle tendit le bras devant elle. « Thécel ! » Et elle pointa enfin le bras à gauche. « Pharès !

— Arrête, femme ! » s'écria Hérode Antipas, effrayé.

Elle se leva.

« Hérode, dit-elle en se penchant vers lui, on a failli nommer Jésus roi ! Roi de Jérusalem ! Le titre qui t'a été refusé ! Roi d'Israël, donc ! Tu aurais été jeté à bas de ton trône. Mais tu as été sauvé une fois : on l'a mis sur la croix. Puis il a fallu que ta mère, avec la complicité de je ne sais quelles autres femmes, intrigue pour le sauver de la mort ! Tu ne seras pas sauvé une autre fois ! »

Sa voix dominait maintenant la musique et les danseurs s'interrompirent.

« Je ne sais s'il est vivant ou mort, mais je sais que je vois son spectre dans cette fête ! » clama-t-elle.

Et elle tourna les talons, suivie de ses servantes.

Son époux, Saül et Manassah restèrent figés un long moment.

« Mais je ne peux pourtant rien faire ! » se lamenta le tétrarque.

Le silence tomba soudain. Les insectes nocturnes crépitèrent dans les flambeaux. Le vent agita les tentures. On eût cru qu'un spectre en colère les tourmentait. Saül frissonna.

20.

Le sermon dans le jardin

Le fils de Joachim avait fait diligence. Ils revinrent presque en même temps.

Le premier fut Simon le Zélote. Sa silhouette trapue s'immobilisa un instant au seuil du jardin, puis il s'avança vers Jésus, seul à ce moment-là. Il tendit le cou, paysan madré, pour s'assurer que c'était bien son maître debout devant lui.

« Simon », fit calmement Jésus.

La mâchoire du disciple trembla.

« Toi ! »

Il tomba à genoux et pencha la tête, sa tignasse enfoncée dans la robe.

« Relève-toi. »

Il saisit les mains de Jésus et les baisa, puis il se releva et étreignit de ses poings les bras de Jésus.

« Je savais, je savais ! Le Seigneur ne pouvait pas nous abandonner ! J'ai prié. Tu es revenu. »

Il avisa une des cicatrices au poignet de Jésus et lui prit la main, examinant la trace désormais nacrée du clou. Puis il se pencha sur les pieds et caressa également du doigt les cicatrices.

« Tu souffres ?

— Non. Certains gestes sont plus lents, c'est tout.

— Où étais-tu tout ce temps-là ?

— Je me remettais. Et toi ?

— Les autres ont dû te raconter. Pour moi comme pour eux, tout était fini. Je suis revenu à Endor. Je suis maraîcher, comme tu sais. J'ai repris mon travail. Je fais partie des soldats de notre milice. »

Il considéra Jésus.

« Viens à Moré, c'est près de chez moi. C'est là qu'on fait les rois. Nous te ferons roi. Nous te couronnerons, Joachim et tous les autres.

— Il ne s'agit pas de royauté, Simon.

— Non, mais seul un roi peut purifier ce pays. Et c'est toi, toi notre Messie.

— Qui me donnerait l'onction, Simon ? Il est trop tard pour en parler.

— Où sont les autres ? demanda Simon.

— En mer. »

Marie arriva sur ces entrefaites, elle prit les mains du disciple et Simon la considéra.

« Je ne sais ce que tu as fait, femme, mais tu as bien fait, puisque tu es ici. »

Elle hocha la tête.

Thaddée arriva le soir de Tibériade et Jacques d'Alphée, du lac Houla, à l'heure où Pierre et les autres rentraient de la pêche. La confusion régna un moment dans le jardin de Pierre. Ceux qui étaient déjà présents accueillirent les nouveaux venus avec des cris de joie et les derniers arrivés regardèrent autour d'eux avec égarement.

« Où est-il ?

— Es-tu aveugle ? »

Nouveaux cris, larmes, baisers, effusions.

Ils s'assirent près de Jésus. Thaddée fondit en larmes et Jacques d'Alphée parut frappé de stupeur. C'était son demi-frère ; on le surnommait fils d'Alphée parce qu'il avait été, seul d'entre ses trois autres frères, recueilli par un oncle ainsi nommé. Il avait également été le seul à se joindre aux disciples. Les liens du sang s'étaient doublés entre eux d'une affection et d'une révérence privilégiées. Jésus le prit à part.

Jacques prit la main de Jésus et la posa sur sa joue.

« Petit frère, dit-il, tu es vivant. Ta main est chaude. Comment es-tu vivant ?

— J'ai été sauvé du tombeau.

— Par qui ?

— Marie. D'autres femmes. Des hommes. Ils ont comploté pour qu'on ne me brise pas les jambes. J'ai rouvert les yeux dans le tombeau.

— Marie, murmura Jacques.

— Elle s'est révoltée contre ma mort. Contre le supplice. Elle a pensé que ce que des hommes faisaient, elle pouvait le défaire. Elle en a persuadé Malthace, Joseph de Ramathaïm, Nicodème, d'autres. Elle a donné l'argent pour corrompre les soldats.

— Elle t'a donné une deuxième fois la vie que tu avais rendue à son frère. Et tu ignorais tout du complot ?

— Comment l'aurais-je su ? J'étais captif de Caïphe et des prêtres. Peut-être aussi craignait-elle de me donner un faux espoir. Peut-être craignait-elle mon refus. Peut-être n'était-elle pas elle-même sûre du succès de ce complot. Certains moments de l'esprit humain sont indéchiffrables, indémêlables, comme des écheveaux de lin avec lesquels un chat a joué. Je sais que, jusqu'au moment où elle m'a revu, elle était restée sans nouvelles de moi et ne savait pas si j'étais vivant ou mort.

— Les autres le savent ?

— Non. Ils se refuseront à admettre qu'une femme que j'ai exorcisée et qu'ils qualifiaient de pécheresse ait pu me sauver la vie. De toute façon, c'est l'inspiration du Seigneur qui a guidé Marie.

— Mais après, quand ils t'ont mis au tombeau ?

— On m'avait fait boire avant le supplice du vin à la myrrhe. J'étais dans un sommeil sans rêves. Quand j'ai rouvert les yeux, je respirais mal. Le linceul était seulement rabattu sur moi, ils avaient pris soin de ne pas le coudre. Ils n'avaient pas mis le soudarion sur mon visage. J'ai repoussé le linceul. Les douleurs intolérables se réveillaient dans les poignets et les pieds. Des hommes sont alors venus m'emporter. Joseph, Nicodème et leurs domestiques. J'avais peine à rester éveillé et plus encore à me tenir debout. Je ne savais rien, ne comprenais rien. J'ai tout appris plus tard, quand j'étais à Kochba.

— Chez Dosithée ? »

Jésus hocha la tête. Un silence suivit.

« La chair... », fit Jacques.

Les regards se croisèrent.

« Elle a été créée par le Seigneur », dit Jésus.

Il laissa peser sur Jacques un regard où la patience se teintait d'ironie. Son frère, comme il l'appelait bien qu'ils eussent eu des mères différentes, n'avait jamais témoigné d'hostilité, ni même de condescendance à l'égard de Marie, comme Thomas ou Philippe. Mais il était de ceux qui jettent sur le désir sexuel le voile du silence ; c'était un désir terrestre. Et, depuis le début de son ministère public, Jacques et les autres lui avaient attribué un statut exalté excluant le désir.

« La chair ne fait pas taire l'esprit, reprit Jésus. Elle n'affaiblit que les faibles. Le sein d'une femme nourrit l'enfant et étanche la soif de l'homme. »

L'image fit tressaillir Jacques.

« J'essaierai, dit-il, d'être fort. » Et au bout d'un temps : « Ta mère ne sait encore rien ?

— Non, il ne faut pas la mettre en danger. Les espions du Temple sont partout. Ils pourraient l'interroger. Que faisais-tu sur le lac Houla ?

— J'étais au service de compagnons pêcheurs. Il me fallait gagner ma vie. Je ne pouvais pas rester à Jérusalem. J'étais ton frère et ton disciple. Je suis parti le lendemain de ta... de ta mort.

— Ta femme et tes enfants ?

— Ils ont été recueillis par mon frère Simon. Ils sont tous à Jérusalem : ta mère, Joseph, Simon, Judas, Lydia et Lysia. »

Un silence passa. Jacques évoqua les jours heureux, bien avant tout cela, quand il avait fabriqué un cerf-volant pour son jeune demi-frère, alors âgé de cinq ans, et qu'ils couraient le long de la Mer de Galilée tandis que l'aéronef palpitait là-haut dans le vent, faisant un bruit de petit tonnerre. Il se rappela le visage grave de Jésus quand il lui avait expliqué qu'après la mort, l'âme était pareille à ce cerf-volant, qu'elle restait un moment accrochée à la terre, puis qu'elle s'échappait et s'envolait. Ils s'étaient quittés quand Jésus avait rencontré le Baptiste. Puis ils s'étaient retrouvés ici même, à Capharnaüm, quand Jésus, ayant laissé les solitaires de Quoumrân, avait commencé à prêcher. Et Jacques avait quitté sa famille pour suivre son jeune frère. Il soupira.

« Que vas-tu faire, maintenant que tu nous as réunis ?

— Vous le saurez bientôt. Ma mission n'était pas achevée.

— Si tu es revenu, reprit enfin Jacques d'Alphée d'une voix caverneuse, c'est que la fin des temps est proche.

— Si je suis revenu, Jacques, c'est pour que le Royaume du Seigneur s'instaure. Pour que vous ayez rassemblé les justes à l'heure où les citadelles s'écrouleront. »

Jacques d'Alphée prit la main de Jésus et la posa sur son cœur.

« Calme mon cœur, je t'en prie. »

Jésus lui posa l'autre main sur le front.

« Sois en paix. N'aie crainte. Ouvre les yeux à la lumière, car il faut qu'elle t'habite pour que tu puisses la répandre. »

Ce fut seulement alors que, comme cela était advenu à Thomas, Jacques pleura. Mais les larmes coulèrent sans violence.

Le dernier arrivé fut Philippe, le lendemain et le soir également, à l'heure du souper. Le temps étant clément, des tables apportées des maisons de Pierre et d'André avaient été dressées dans le jardin, dans les dernières clartés du jour et les lueurs de quelques lampes pendues aux branches des pommiers. Les disciples commençaient à manger quand la mère de Pierre conduisit Philippe au jardin. Voyant tout le groupe rassemblé, il parut saisi de vertige. Ils suspendirent le repas, percevant la signification de son arrivée. Le groupe était enfin reconstitué tel quel, à l'exception de l'Iscariote. Mais, cette fois, ils savaient jusque dans la dernière de leurs fibres que le Tout-Puissant les protégeait. Tout s'achevait et tout recommençait. Quoi, ils n'auraient su le dire, mais le sentiment d'un recommencement était irrépressible.

« Suis-je mort sans le savoir ? » murmura Philippe en considérant la scène.

Jésus se leva.

« Viens, Philippe. Je t'ai entendu. Viens t'asseoir. Oui, tu es mort à une vieille vie. Viens partager notre repas. »

Il installa le disciple près de lui.

« Tu as changé de visage, fit remarquer Philippe, mais ta voix est aussi forte. »

Jésus lui versa du vin et lui tendit le verre.

« Bois, c'est le premier vin de ta nouvelle vie. »

Il se tourna vers les autres et leur dit :

« Qu'étaient les semaines qui nous ont séparés de notre dernier repas ensemble ? À peine un battement de cils dans l'œil du Seigneur. Pour nous ici-bas, c'était cependant une longue nuit qui précédait un jour sans fin. Désormais, le soleil se couchera sur les cœurs injustes, mais non sur les vôtres ni ceux des Justes qui vous suivront. Buvez, vous aussi, le vin d'une vie nouvelle. »

Ils burent donc et Jésus rompit le pain et le distribua, comme il avait coutume de le faire.

« Vous pouvez mettre la main aux plats, déclara-t-il en souriant, je sais qu'aucun de vous désormais ne me trahira. »

Les rires les soulagèrent et les firent osciller sur les bancs. À la cuisine, la servante de Pierre s'émerveilla de voir Jésus et les disciples rire.

« Il est pourtant sorti du tombeau il y a quelques semaines, observa-t-elle.

— Justement, répondit Marthe. La nature divine n'est pas triste, seule l'humaine l'est. »

L'été touchait à sa fin et les soirées étaient fraîches. Marthe, Marie et la femme d'André préparèrent jusqu'assez tard des litières pour accommoder tous ces hommes.

« Ils s'étonnent de ma présence, confia plus tard Marie à Jésus.

— Pierre le leur a dit : si ce n'était toi, ce serait mon absence qu'ils continueraient de déplorer.

— Je te vois et tu emplis mon cœur de joie, ajouta Marie dans le noir. Dans l'obscurité, je ne te vois pas, mais j'ai l'aube dans les yeux. »

Il songea avant de s'endormir à la brève nuit du tombeau et songea une fois de plus que c'était pourtant elle qui avait donné un sens à sa vie.

Le lendemain, quand les pêcheurs furent rentrés, il réunit tous les disciples avant le repas du soir.

« Les desseins du Tout-Puissant ont été accomplis aux yeux de tous, déclara-t-il. Seuls ceux qui m'ont entendu quand je prêchais dans les ténèbres de ce pays les auront saisis. À la première semaine du dixième Jubilé, Melchisédek est venu libérer les Fils de Lumière de l'esclavage de Satan, et j'étais l'agneau du sacrifice. »

Un frémissement parcourut les auditeurs. Jésus regarda Jean et reprit :

« Le sacrifice est accompli, le sang a été versé, l'autel est condamné. Les Fils de Lumière sont désormais séparés des Enfants des Ténèbres. Nul ne pourra plus prendre l'un pour l'autre. Les pères sont séparés des fils, le frère est séparé du frère et l'ami de l'ami selon qu'ils appartiennent à la Lumière de la Parole divine ou bien aux ténèbres de ceux qui, à l'instigation de Satan, se sont emparés de cette Parole pour leur bénéfice égoïste. »

Ils retrouvaient la voix qui les avait captivés trente-six mois durant. Même les oiseaux semblaient se taire pour l'écouter.

« La volonté du Seigneur a voulu qu'à la fois je sois

mort et que je ne sois pas mort. Selon sa volonté, j'ai été l'agneau et maintenant, fit-il d'une voix soudain violente, je suis le prêtre sacrificateur. C'est le premier signe de la fin des temps. Abel se relèvera de la blessure de Caïn, celui qui était rassasié aura faim et celui qui avait faim sera rassasié. Mais je n'abattrai le couteau sur aucun Enfant des Ténèbres, c'est la main même du Seigneur qui décidera du sacrifice. Vous êtes mes prêtres, vous ne ferez pas couler le sang. Souvenez-vous de Sodome et de Gomorrhe et remettez-vous-en à votre Père. »

Il les parcourut du regard et, après une brève pause, reprit son discours.

« Nous descendrons une dernière fois vers Jérusalem... »

Quelques-uns sursautèrent.

« ... mais ce ne sera pas pour faire couler le sang. Ce sera pour annoncer aux Justes qui s'y trouvent qu'ils n'ont pas rêvé, qu'ils ne se sont pas laissé abuser. Je suis revenu, en effet, et j'irai vers eux pour qu'ils se préparent au dernier grand sacrifice. Ils ne peuvent plus m'offrir de couronne, car celle qu'ils m'avaient tendue avant la Pâque a roulé dans la boue. Ils ne peuvent plus m'offrir leur ville, seuls le feu et le sang pourront la purifier, mais alors, l'heure sera passée. »

Marie se tenait dans le fond du jardin, forme droite, immobile, drapée de noir, et pourtant lumineuse. Elle semblait être le pôle opposé de son maître, comme l'autre extrémité d'un axe tendu au travers du jardin.

« Je ne vous conduis pas à Jérusalem pour que vous y demeuriez. Ce serait comme si Abraham emmenait une fois de plus Isaac sur la montagne. Non, je vous y guide pour que vous en partiez le cœur léger, dans la vie nouvelle qui est désormais la vôtre. Je veux que vous partiez dans le monde répandre la parole du Seigneur, celle que je vous ai transmise. Je veux que vous soyez durant votre vie comme les arbres du Paradis, qui produisent des fruits tout au long des saisons. Donnez vos fruits à tous ceux qui ont faim de lumière. Je vous donne mes dons. Vous guérirez comme j'ai guéri, consolerez comme j'ai consolé, aimerez comme j'ai aimé. Et vous chasserez les démons comme je les ai chassés. »

Il vit les larmes briller dans les yeux de Lazare, assis au premier rang.

« Tout est accompli, conclut-il. Que la paix du Seigneur soutienne vos pas, affermisse votre bras et délie vos langues. Il ne se passera plus rien que la volonté du Seigneur n'ait décidé. Ne laissez pas les larmes que vous verserez sur Babylone rendre votre bouche amère. »

Il demeura immobile un instant, puis se dirigea vers le seuil de la cuisine, se pencha pour saisir une des gargoulettes mises à rafraîchir et but longuement. Ils se levèrent soudain et allèrent vers lui.

« M'avez-vous compris ? demanda-t-il avec douceur.

— Oui ! s'écria Jean.

— Maître, je n'ai pas tout compris, avoua Pierre.

— Il faut donc que je fasse comme l'archange Gabriel, jadis, déclara-t-il avec un sourire. Je vous répondrai à table. »

Quand ils furent assis, il leur dit :

« Avant que vous ne posiez des questions, je veux que vous compreniez que le monde est pareil à la mer. L'enfant n'y voit que des vagues en désordre, le pêcheur et le marin y distinguent, eux, des signes. Le marin sait que la dixième vague est la plus forte et le pêcheur sait que sous les vagues circulent des courants. Je vous enseigne à discerner l'ordre divin dans ce qui paraît être un désordre. »

Il servit le vin, les bols d'olives, de fromage blanc à l'oignon, de fèves vertes circulèrent. Il avait faim. Eux aussi.

« Prenons les événements tels que vous les avez vus, déclara-t-il. Jérusalem a cru s'être défaite de moi en me clouant sur la croix. Mes bourreaux espéraient qu'au lendemain de la Pâque, on ne parlerait guère plus de moi ni de vous que des Zélotes saisis par les Romains et fréquemment mis à mort. Croyant compléter la confusion, ils m'ont fait crucifier entre deux Zélotes, en effet, ceux que les Romains appellent des brigands. Ainsi je n'aurais été qu'un incident sans suite. Ils raconteraient que le Zélote Jésus, que je ne suis pas, avait été mis à mort par les Romains. Hors de Jérusalem, on n'y prêterait pas attention et, en Galilée, encore moins. Qui donc y avait intérêt ? »

Marie remplit son verre. Il posa sur un morceau de pain un bout de fromage blanc aux herbes et le mâcha avec appétit.

« Le Temple ! s'écria Lazare.

— Le Temple, en effet, reprit Jésus. Depuis trente-six mois que je prêchais, les prêtres s'alarmaient de l'influence d'un homme qu'ils prenaient pour un rival de Caïphe et des partisans que nous moissonnions. Jugez de l'aveuglement ! Disputerais-je à Caïphe son trône vermoulu et ces rouleaux dont il trahit l'esprit à chaque mot qu'il prononce ? Jusqu'alors, que voyez-vous ? Une péripétie terrestre. Mais jugez encore de la vigilance du Seigneur. Il a déjoué leurs desseins dérisoires. Le savez-vous, tout dessein humain est dérisoire. Le Seigneur notre Père a voulu que je sois arraché au tombeau. De ce fait, comme je vous l'ai dit, l'agneau s'est changé en sacrificateur et le Très-Haut emplit de terreur le cœur de cette ville ingrate. Nous avons appris qu'en Judée ceux qui m'avaient écouté ont repris espoir. Ils savent que je suis de nouveau parmi vous, comme les oiseaux savent que le printemps revient. Mais la police du Temple les poursuit avec une violence renouvelée. Maintenant, ils les mettent même à mort. Ils ont lapidé l'un des nôtres, Étienne. »

Ils se récrièrent.

« Tu as dit que tu ne verserais pas le sang. Mais comment triompherons-nous de ceux qui le versent ? demanda Jacques d'Alphée.

— Ce n'est pas nous qui triompherons, Jacques, c'est le Seigneur. Ne vois-tu pas que cette ville est pareille à un navire qui se disloque dans la tempête ? »

Jadis, ils avaient rarement eu le privilège de pareilles explications, car le soir le trouvait épuisé. Là, dispos, il reprenait ses propos pour eux.

« Même les Zélotes ne sont pas d'accord entre eux, lâcha-t-il sombrement. Hélas, j'entrevois le jour du bûcher. »

Ils baissèrent la tête. Un peu plus tard, Jean le prit à part et lui demanda :

« Que sert de répandre la Parole si les temps sont accomplis ?

— Ils sont accomplis pour Jérusalem. Il existe ailleurs des hommes qui ont faim de lumière. »

Cette nuit-là, il sembla à Jean que les étoiles descendaient jusqu'à lui. La nuit avait été si souvent le temps du repos et elle devenait celui de l'éveil. Elle avait autrefois invité les démons mais là, elle lui emplissait la bouche et le cœur d'un vin profond comme la mer.

21.

Jasmin, santal et nard

Le temps des vendanges vint, puis celui des moissons. Les champs et les vignobles de l'Idumée, de la Judée, de la Samarie, de la Basse et de la Haute Galilée, de la Pérée et des nouvelles provinces de Gaulanitide, de Batanée, de Trachonitide et d'Auranitide, ainsi que ceux de la Décapole, qui était désormais une province syrienne, s'emplirent d'hommes, de femmes, d'enfants qui travaillaient d'arrache-pied, coupaient et liaient. L'air des collines et des plaines s'emplit de l'odeur déjà nourrissante des gerbes et déjà enivrante des grappes qui s'écrasaient dans les paniers.

À Jérusalem, ses espions informèrent Caïphe que Jésus et ses disciples, plus quelques femmes et une bande de gens indistincts avaient quitté Capharnaüm et descendaient le long de la Mer de Galilée. Ils étaient parvenus à Sepphoris Philoteria. Selon toute vraisemblance, ils longeraient donc le Jourdain.

Caïphe s'en entretint d'abord avec Annas, son beau-père et prédécesseur sur son trône, un homme riche d'expérience.

« Cet homme Jésus est décidément pressé, observa Annas. Je m'attendais à ce qu'il prépare son offensive pour la Pessah. Mais je vois qu'il compte la faire coïncider avec Souccoth.

— Y vois-tu un symbole ?

— Je crains d'en voir un, en effet. Il compte offrir à ses ennemis les fruits de ce qu'ils ont semé. »

Un silence morose suivit.

« Quelles sont les femmes qui l'accompagnent ? demanda Annas.

— Sans doute Marthe et Marie ben Ezra, de Magdala.

— Leur père nous avait garanti un généreux tribut annuel, à titre posthume. Ce sont donc des gens riches. Je propose de confisquer leurs biens par un jugement qui les taxerait par contumace de complicité avec un criminel condamné à mort.

— N'est-ce pas audacieux ? s'inquiéta Caïphe.

— Et n'est-ce pas de bonne guerre, mon fils ? C'est sans doute grâce à leur fortune que ces deux femmes et leur frère ont pu mener à bien leur complot. Sans argent, elles seront moins à même de poursuivre leurs menées séditieuses. »

Caïphe réfléchit à la suggestion. Oui, la décision du Sanhédrin ne serait pas difficile à obtenir.

« Je propose d'ailleurs, pour faire bonne mesure, qu'on fasse de même pour Joseph de Ramathaïm et Nicodème, reprit Annas.

— Mais ils font toujours partie des soixante-treize ?

— Eh bien, on les en exclura. Il faut témoigner d'autorité dans ces cas-là. »

Le lendemain même, lors d'une session ordinaire, les trois propositions d'Annas furent votées par une majorité écrasante. Caïphe retrouva quelque sérénité et en informa Saül, pareil aux mouches et présent dès qu'il y avait quelque chaleur. Le clergé de Jérusalem n'était quand même pas à la merci d'un agitateur de Galilée, quoi !

Deux fonctionnaires de l'administration du Temple, escortés d'un détachement de police de dix hommes, partirent aussitôt pour Magdala.

Une seule route menait de Jérusalem à Magdala, celle qui longeait le Jourdain. À la sortie de Sepphoris Philotheria, au sud de la Mer de Galilée, le groupe qui descendait avec Jésus et le petit peloton du Temple, qui montait, se croisèrent. Le groupe de Jésus se constituait d'une bonne quarantaine de personnes, l'autre n'était composé que des douze émissaires de Jérusalem. Matthieu le Publicain reconnut l'un des deux fonctionnaires du Temple et en avisa Joachim, qui avait tenu à suivre Jésus jusqu'à destination avec un groupe d'une douzaine de Zélotes de Galilée.

Car Joachim se souvenait de sa conversation avec Simon de Josias.

« Maître, mon Maître, mon Messie, je ne dormirai tranquille que si je te sais sous ma protection, avait-il déclaré à Jésus.

— Le Seigneur nous protège, objecta Jésus.

— Le Très-Haut te protège toi, mon Messie, mais je ne suis pas sûr qu'il protège ceux qui t'accompagnent. »

Jésus avait fini par donner son assentiment, à cause des femmes.

« Où allez-vous ? lança Joachim à l'adresse de l'équipage du Temple.

— À Magdala, cria l'un des fonctionnaires.

— Qu'allez-vous y faire ?

— Saisir au nom du Temple les propriétés d'une famille de mécréants ! » clama le fonctionnaire.

Tout le monde entendit la réponse. Joachim, qui menait le groupe de Jésus, fit signe de s'arrêter. Trois chevaux, trois ânes et un mulet, ainsi que les humains s'arrêtèrent donc. Jésus, qui allait à pied, pressentit la suite.

« Quelle famille ? demanda Joachim.

— Les ben Ezra, des disciples du Zélote Jésus ! »

Jésus demeura impassible. Marie et Marthe se figèrent sur leurs ânes et Lazare, tout pâle, sur ses jambes. Les autres disciples saisirent d'emblée la situation. Marie Malthace, mère d'Hérode Antipas, qui faisait partie du cortège, Joanna de Chouza et leurs gens la saisirent aussi bien. Le Temple se vengeait.

« Hé, les gars ! cria Joachim à ses hommes. Ces gens de Jérusalem trouvent la vie trop longue ! »

Le fonctionnaire qui avait répondu à Joachim changea d'expression. Les policiers mirent la main à leurs dagues. Ils n'avaient pas assez cru au danger. Quand ils en saisirent l'imminence, c'était trop tard, les Galiléens leur collaient déjà à la couenne. Leur tirant violemment la jambe, stratagème éprouvé, ils avaient jeté à terre les cavaliers de la police et chacun de ces derniers, affrontés au double d'ennemis, dut se résoudre à demander grâce, renoncer à la vie ou décamper s'il le pouvait encore. Les deux fonctionnaires, des clercs guère habitués au combat, furent rossés, dépouillés, et les jugements du Sanhédrin que l'un d'eux portait dans son manteau furent lacérés à coups de dague et jetés aux quatre vents. Le clerc supplia qu'on l'épargnât. Trois policiers gisaient déjà à terre, agonisants ou blessés.

« Laissez-le vivre ! cria Lazare. Qu'il rentre à Jérusalem rendre compte à ses maîtres ! »

La fureur des Zélotes fut difficile à freiner. Ils attendaient depuis longtemps une pareille empoignade.

Jésus assistait à toute la scène d'un air sombre.

Joachim saisit l'un des fonctionnaires par le cou.

« Tu as entendu, manant ? Je te laisse la vie sauve pour que tu rentres à Jérusalem rappeler à tes maîtres qu'ils ne règnent pas en Galilée ! »

Et il lui donna un coup de pied dans les fesses. L'autre partit en courant. Le second fonctionnaire, haletant, demanda grâce à genoux. Joachim le traîna avec férocité devant Jésus.

« Voici le Zélote Jésus que tes maîtres ont fait crucifier, ordure ! »

Jésus regarda l'homme. Celui-ci, saisi d'épouvante, se mit à trembler. Il se souilla devant tous.

« Va t'en dire à tes maîtres que leur soleil se couche », dit Jésus tranquillement.

Joachim lui donna un coup de poing à l'épaule et l'homme s'enfuit en glapissant derrière son collègue.

« Cela n'est rien, en comparaison de ce qui adviendra demain », dit Jésus.

Les sept policiers survivants, maîtrisés et désarmés, balayaient la scène avec des regards terrorisés.

« Rentrez à Jérusalem, leur ordonna Joachim. Nous gardons les montures. Ne revenez plus en Galilée. Dites à Caïphe qu'il engraissera les vautours s'il se montre ici ! »

Saisis par la réalité de Jésus et la violence des invectives, ils décampèrent aussi.

Le paysage demeura silencieux, le groupe immobile.

Lazare haletait. Il se tourna vers Jésus, pour l'interroger du regard.

« La folie du pouvoir, dit Jésus, c'est leur tombeau. »

Le ciel se teinta d'un violet délicat. Épuisées par les émotions de l'après-midi, les femmes demandèrent à faire halte. Le cortège s'arrêta donc au village le plus proche, Beth Shemesh. Les paysans virent déboucher tous ces gens avec effroi. Il fallait leur procurer des litières, leur préparer un repas, nourrir les montures, mais enfin, tout cela leur rapportait de l'argent et valait mieux que de voir déboucher des Zélotes.

Informé de l'empoignade trois jours plus tard par les neuf éclopés, larmoyants et morveux, Caïphe envoya un message de l'autre côté de la cour, à la Procure, pour demander audience à Pilate. Celui-ci lui délégua Cratyle, le seul de son administration qui parlât couramment le grec et l'araméen, afin d'éviter tout malentendu. Le grand prêtre et le Crétois se rencontrèrent dans la cour, le Juif se refusant selon la coutume à entrer dans une maison païenne et le Crétois n'étant pas admis dans un édifice juif. Deux prêtres escortaient le dignitaire juif, Cratyle n'était accompagné que par le chef des clercs de la Procure.

Cratyle écouta le récit de Caïphe et sa conclusion :

« L'ordre ne règne donc plus en Galilée. Nous demandons que vous le restauriez, ou bien nous nous plaindrons à Rome.

— Je transmettrai ta requête au Procurateur. Mais je te dis d'emblée ceci : lui et le Sénat te répondront que la Galilée n'est pas plus de notre juridiction que de la tienne, répondit Cratyle. Adresse-toi au tétrarque. Ce sera éventuellement à lui de demander au Procurateur des renforts militaires. »

Autant dire rien : Hérode Antipas ne demanderait jamais des renforts à Pilate, aveu d'impuissance, et s'il les demandait quand même, ça ne servirait à rien. Les cohortes romaines évitaient autant que possible de sortir de leurs garnisons : leur commandant avait déclaré haut et fort que ses hommes étaient des soldats, pas des policiers.

Le dépit du grand prêtre n'eût pu mieux se lire sur son visage. On le concevait : ses émissaires avaient été mis à mal par les hommes du cortège de Jésus. L'affront suprême ! Caïphe ne souffla mot de cette circonstance ô combien aggravante, mais Alexandre, l'espion de Cratyle, l'en avait informé : les huissiers dépêchés par le Sanhédrin étaient rentrés de leur équipée dans un piteux état, moral autant que physique. Les policiers ne valaient pas mieux. Tous ces rescapés avaient été exclus du service du Temple, à l'instar de leurs prédécesseurs.

Mis au fait de cet entretien lapidaire, Pilate observa :

« Quand c'étaient nos soldats qui se faisaient assassiner par les Zélotes, ces gens-là s'en félicitaient. Qu'ils mangent donc du même pain !

— La déconvenue de Caïphe procède du fait que ses hommes ont été attaqués par des gens de l'escorte de Iéschou, apparemment des Zélotes de Galilée, observa Cratyle. Ils ont vu Iéschou vivant et ils en ont été tellement bouleversés qu'il a fallu les exclure du service.

— Et où allait-il ? demanda distraitement Pilate.

— Il semblerait qu'il se dirige vers la Judée.

— Ah bon », conclut Pilate avec un haussement d'épaules.

Apparemment, la nouvelle ne retint pas son attention. La puissance romaine n'allait pas s'inquiéter d'un prédicateur juif qu'on disait revenu d'au-delà du Styx. Le Sénat ne lui avait plus posé de questions.

L'affaire Iéschou ne l'intéressait donc plus.

En proie à des ressentiments de plus en plus sombres, Caïphe manda deux messagers au tétrarque, à Machéronte. Ils dépensèrent des trésors d'éloquence pour lui exposer l'odieuse mésaventure et l'outrage à l'autorité du Temple qui avait été perpétré dans sa tétrarchie. Hérode Antipas leur demanda ce que les émissaires allaient faire à Magdala.

« Nous appliquions un ordre de saisie des biens de la famille ben Ezra.

— Je n'ai pas été informé de cet ordre et vous n'avez pas de saisie à effectuer dans ma tétrarchie sans m'en référer. Par ordre du Sénat romain, et vous le savez bien, vous n'avez pas de pouvoir exécutoire hors de l'enceinte du Temple à Jérusalem. Vous êtes en faute et j'en référerai au Procurateur. Si j'apprenais que le Temple a délégué une autre fois des policiers dans mon territoire, je les ferais arrêter et emprisonner d'office. »

Il n'offrit aux messagers ni le gîte, ni le souper et les renvoya comme ils étaient venus. Quand ils furent partis, Hérode Antipas dit à Manassah.

« Nous l'avons échappé belle. Ils n'ont eu que trois morts. Nous avons évité une insurrection. »

À l'évidence, la règle du chacun pour soi allait prévaloir, et pour longtemps : aucune des puissances qui prétendaient gouverner les fragments de la Palestine ne ferait de cadeau à l'autre. Ni la Loi de Moïse, ni la *Lex romana* ne s'appliquaient plus aux campagnes de Palestine.

Les ordres de confiscation des biens de Joseph de Ramathaïm et de Nicodème restèrent lettre morte. L'exclusion des intéressés des rangs du Sanhédrin fut par ailleurs coûteuse : ils cessèrent de payer le denier du Temple. Ce temple dont Jésus avait d'ailleurs déclaré qu'il pourrait le détruire et le rebâtir en trois jours.

Informé lui aussi de l'accrochage de Sepphoris Philotheria, Saül rendit visite à Caïphe, chez lui, dans son palais proche de la Porte des Esséniens et de la Piscine de Siloé, sous les remparts. Il le trouva pâle et creusé.

« Nous n'avons plus de pouvoir, murmura-t-il. Hors de Jérusalem, nous ne sommes rien.

— Vous êtes les maîtres de la Loi pour tout le peuple, observa Saül.

— Qu'est donc la Loi sans les armes ? »

Ou plutôt, qu'est donc la Loi sans le soutien du peuple ? songea Saül. En fin de compte, il fallait se l'avouer, le Temple ne régnait que sur les Juifs de Jérusalem, une partie des Juifs de Judée et les rabbins de province, et encore. Les foules qui venaient chaque année en pèlerinage pour la Pâque et alimentaient le trésor par leurs offrandes et leurs achats d'animaux sacrificiels ne pouvaient masquer l'amère vérité : ces gens se rendaient au siège virtuel de leur foi et dans la Ville Sainte, mais leur afflux ne reflétait nullement du respect pour les autorités du lieu saint. Dans les provinces de Palestine, la caste des Sadducéens ne chauffait certes pas le cœur du peuple qui envoyait chaque année ses oboles à ces dédaigneux magnifiques.

Saül quitta pensif la maison de Caïphe.

Il fallait donc se résoudre à attendre que Jésus et son escorte arrivassent en Judée. Nul autre qu'une poignée d'hommes, à Jérusalem et dans l'ensemble de la Palestine, n'en avait cure ; c'étaient surtout ceux qui le craignaient. Ceux qui l'aimaient parce qu'ils l'avaient jadis entendu prêcher grignotaient des rumeurs tellement folles qu'ils se gardaient d'y prêter vraiment foi. Mais, pour la grande majorité des Juifs à l'extérieur de la Galilée, cinq mois après la crucifixion de Jésus, l'épisode se trouva réduit aux dimensions d'une péripétie.

Un mage, disait-on, et doté de pouvoirs divins. Mais on en connaissait un autre, en Samarie, un certain Simon, qu'on appelait justement le Magicien. Il guérissait lui aussi. On racontait même qu'il possédait le don de voler. Oui, Simon volait dans les airs comme un oiseau. La belle jambe ! Cela ne changeait pas le goût du pain. Les Romains occupaient toujours la Palestine.

« Cet homme est un révolté », déclara ainsi à Cratyle un riche propriétaire de la ville avec lequel il entretenait des relations courtoises, le recevant souvent à la Procure pour des questions de cadastre. Il avait, lui aussi, écouté Jésus. « Certes, il guérit les gens, mais c'est un révolté. Qu'avons-nous besoin de révoltés ? Ils affaiblissent notre communauté dans le pays et à l'étranger. Ils font en fin de compte le jeu de nos ennemis », avait-il conclu en lançant au Crétois un regard lourd.

Sous-entendu : Pilate a voulu le gracier parce qu'il aggravait les dissensions entre les Juifs.

La pratique déshonorante qui se déguise en sagesse des nations et qui veut que « la vie continue » et clame que « les affaires sont les affaires » reprit sa vigueur. Insoucieux d'un Messie aléatoire, les commerçants vendaient toujours leurs meubles précieux, leurs animaux de compagnie, guépards, singes et perroquets, leurs porcelaines d'Asie, leurs tapis rares, leurs soieries, leurs bijoux, leur pourpre, leurs amulettes, leurs parfums, leurs vins étrangers et leurs épices. Les jeunes gens des colonies étrangères, Grecs, Bithyniens, Phrygiens, Égyptiens et même les Nabatéens et quelques Juifs, qui avaient longtemps répugné à se montrer nus, préparaient leurs jeux d'automne à la palestre du Grand Stade. Ils s'entraînaient donc au pancrace, au lancer du disque, à la course, puis allaient achever de suer leur eau aux thermes. L'après-midi, les oisifs pouvaient lorgner le long des remparts de jeunes promeneuses, dûment accompagnées d'une nourrice ou d'une suivante et venues humer l'air. Certains commerces, plus évidents mais moins visibles, faisaient florès à la nuit tombée. C'était à l'heure où quelques maisons riches résonnaient des rythmes d'orchestrions qui ornaient des fêtes, cependant que le Golgotha se hérissait, comme toujours, de quelques croix garnies de malandrins déjà morts ou agonisants.

Il était coutumier, dans les milieux riches, de discuter du séjour le plus plaisant de Palestine. Césarée ?

Jéricho ? L'on évoquait évidemment Scythopolis et Philadelphie, les deux plus grandes villes de la Décapole, reconstruites à la romaine, avec de larges avenues et des systèmes d'adduction d'eau, et où les gens les plus élégants se faisaient bâtir de grandes villas, également à la romaine, terrasses, colonnades, patios, bassins d'eau et thermes à l'intérieur.

Mais, finalement, personne n'eût de plein gré quitté Jérusalem pour ces villes sans légende. Oui, une villa à Scythopolis serait plaisante. Mais Jérusalem... À chaque pas, l'on se disait qu'on foulait le sol qu'avait jadis caressé le pied ailé du roi David, puis de son fils Salomon. Juif pratiquant, on n'eût pas quitté la Ville du Temple, Juif hellénisé, cette métropole de culture et païen, la ville où résidait le centre du pouvoir romain dans le pays, la Procure. Les hellénisants citaient Aristote : les gens se soucient peu de savoir, ils veulent croire.

Personne ne saisissait la dangereuse contradiction entre ces trois mondes.

Un après-midi, Procula emprunta à son époux la compagnie de Cratyle pour aller acheter des parfums et des épices dans la rue des Sept Délices, non loin de l'Ofel ; elle projetait, en effet, de les expédier à sa famille et à des amis à Rome par la prochaine trière militaire.

Elle humait dans une échoppe une fiole d'huile de jasmin et en faisait demander et discuter le prix par Cratyle, dans un sabir de grec et d'araméen, quand ses yeux se mouillèrent. Le Crétois l'interrogea du regard.

« Je songeais, dit-elle, à Marie, qui a répandu des parfums sur les pieds de Iéschou. Qu'est-il devenu ? Et elle ? »

Isolée par la langue et son rang dans ses appartements au sommet de la Procure, elle ne connaissait du monde que les toits d'une ville étrangère et les mentions parcimonieuses que lui faisait son époux de ceci, cela, vétilles de basse politique qui ne sollicitaient ni son cœur ni son imagination. Depuis son entrevue avec Marie et hormis quelques rapports épisodiques de Cratyle sur le succès du complot auquel elle avait participé, elle ne savait rien.

« Il est rétabli, répondit Cratyle. Elle est avec lui. Ils sont en Galilée. Pour le reste, j'en suis réduit à des conjectures.

— Les as-tu vus ?

— J'ai vu Marie, sa sœur et son frère. Pas lui. Marie est dévouée passionnément à cet homme.

— Comme je la comprends ! s'écria Procula. Elle l'aime et il mérite tout l'amour du monde ! »

Cratyle hocha la tête. Il le savait, les femmes mûres rêvent d'amour.

« Que sommes-nous sans l'élan vers la divinité ? dit encore Procula. Des fourmis. Nos dieux sont en pierre. Puis il y en a trop. Puis quel amour nous donnent-ils ? »

Cratyle haussa les sourcils.

« Oui, je sais, murmura-t-elle. Ce sont des propos impies. Mais cet homme... cet homme ! Je l'aurais suivi ! Je l'aurais sauvé ! J'ai fait ce que j'ai pu !

— Et tu aurais mis un pays en danger, maîtresse. »

Procula parut surprise.

« Marie ? Quel pays a-t-elle mis en danger ?

— En arrachant Iéschou au tombeau, elle lui a prêté la nature d'un immortel. Et cet immortel est devenu pour bien des gens un dieu et il terrorise le pays. »

Elle reboucha la fiole de jasmin et réfléchit.

« Oui, si c'était le cas, oui. S'il met ce pays en danger, c'est que ce pays est rongé par le mensonge. Il est, lui, la vérité ! »

Par Jupiter ! songea Cratyle. Mais c'est qu'elle est vraiment mordue !

« Peut-être, maîtresse, le reverras-tu, reprit-il. Il semble qu'il se dirige vers la Judée.

— Vraiment ? Crois-tu ? » demanda-t-elle en lui serrant le poignet.

Il hocha la tête.

Elle le pria d'acheter trois flacons d'essence de jasmin, trois de santal et trois de nard et de marchander le prix.

Les expédiera-t-elle vraiment à Rome ? se demanda Cratyle, malicieux. Ou bien attend-elle de rencontrer Iéschou pour les verser à son tour sur ses pieds ?

22.

Espérances et tourments de deux jeunes Juifs

C'était l'un de ces jeunes hommes dont on se demandait, à les voir si hâves, comment ils avaient trouvé l'énergie de pousser jusque-là. On l'appelait Isaac, ses parents étaient morts de fièvres ; peut-être les moustiques l'avaient-ils dédaigné. Il se nourrissait de presque rien, s'habillait d'autant et vivait de petites corvées pour les commerçants, dans le quartier juif sur le Tibre. Il balayait les boutiques, gardait les enfants, accourait pour recouvrir de bâches les sacs d'épices poudreuses quand la pluie advenait par surprise.

Isaac écoutait beaucoup, surtout les voyageurs qui venaient de Jérusalem. Et rêvait.

Un matin de septembre, une averse survint. Le marchand d'huile Théophile ben Hamoul manda d'urgence Isaac pour éponger les flaques qui s'amassaient sur le plancher de sa cahute de bois. Le jeune homme accourut. Non seulement il épongea, essorant régulièrement la serpillière avec une vigueur inusitée, mais encore il trouva la fente du toit par laquelle la pluie s'infiltrait et la colmata en un tournemain à l'aide de plâtre fortifié d'esquilles de bois. Théophile, enchanté, lui donna la pièce et lui trouva, pour une fois, le visage coloré et joyeux.

« Tu es enfin tombé amoureux, Isaac ?

— Non, ma joie est plus grande ! Bien plus grande ! s'écria Isaac, extatique !

— Dis-moi.

— Théophile, le Messie est arrivé !

— Le Messie ? Où ? répéta Théophile, sourcilleux.

— En Israël ! »

Depuis quelque temps, en effet, des rumeurs singulières, colportées par des voyageurs en provenance d'Israël, traitaient d'un personnage qui serait apparu en Galilée. À la fin du printemps, certaines discussions sur ce mystérieux personnage s'étaient envenimées jusqu'à l'algarade. Le chef de la communauté juive de Rome s'en était plaint au Sénat ; il exigeait que le Procurateur de la province sénatoriale de Judée fît arrêter l'imposteur qui se prétendait le Messie.

« Écoute, Isaac, tu es jeune. Notre rabbin Laïch, qui est savant, affirme que ce sont là des rumeurs suspectes, répandues à leur insu par des gens qui cherchent à semer la discorde parmi nous. Tu n'es pas plus savant que Laïch ! »

Isaac fixa son interlocuteur de ses yeux sombres et doux et secoua la tête.

« Théophile, je le sens dans mon cœur.

— Ton cœur peut te tromper.

— Cet homme, on l'a mis sur la croix. Il est ressuscité. On l'a vu. Il est donc désigné par le Très-Haut. C'est le Messie. Ne comprends-tu pas ?

— Pourquoi aurions-nous besoin d'un messie, Isaac ?

— Pour délivrer notre peuple. Regarde comment nous vivons. Notre condition ici est à peine supérieure à celle des esclaves. En Israël, ils sont occupés par les Romains. Leur condition doit être pareille à la nôtre. Cet homme, il s'appelle Iéschou, il l'a dit : le Royaume du Seigneur est proche. »

Théophile hocha la tête avec consternation. Ces rumeurs étaient donc tenaces. Une vieille femme les lui avait aussi débitées quelques jours auparavant. Il lui avait aussi demandé pourquoi les Juifs auraient besoin d'un Messie. « L'espoir, Théophile, l'espoir. As-tu renoncé à l'espoir ? »

L'espoir. Il n'osait y penser. L'espoir incitait à des croyances dangereuses. L'espoir faisait commettre des imprudences. Ah non, pas d'espoir, liqueur toxique ! Il observa la forme fluette d'Isaac.

« L'âme est pareille à une pyramide dont la pointe serait de cristal et qui irait s'obscurcissant au fur et à mesure que le regard descendrait vers la base, impénétrable à la lumière. »

Les trois disciples rassemblés autour de Dosithée attendirent la suite de la comparaison. Ils avaient interrogé leur maître sur ce Jésus auquel il avait accordé l'accueil réservé aux maîtres.

« Jésus est cristal. Il est transparent de haut en bas.

— N'est-ce pas un homme ?

— Certes. J'entends vos questions. Je vais recourir à une autre parabole. Avez-vous observé parfois, dans le désert, ces pierres transparentes qui se forment là où la foudre est tombée ? C'étaient des pierres opaques. La foudre les a vitrifiées. »

Ils méditèrent l'image.

« Quelle est cette foudre ?

— La révélation qu'apporte la lumière. »

Assis sur le banc du jardin, Dosithée leva le bras vers le ciel. Qu'expliquait-il d'autre, dans ce phalanstère de Kochba, si ce n'était l'art de faire le vide dans son esprit, afin de permettre à la révélation de s'y déverser ? Les trois novices assis à ses pieds suspendirent leurs questions un moment.

« La personne qui a acquis cette nature cristalline, quelle est la place du commerce charnel dans sa vie ? »

C'était le plus novice et le plus jeune des trois, Jérémie, qui avait posé cette question ; il n'était des leurs que depuis peu de mois. Ses aînés n'eussent pas formulé pareille question, ils en connaissaient la réponse.

« S'il la souhaite, elle ne change rien à sa nature, répliqua Dosithée.

— Change-t-elle la nature qui n'est pas ainsi perfectionnée ?

— Elle l'enracine dans la satisfaction de la chair et la prive d'une partie de ses énergies.

— L'homme qui possède cette nature cristalline n'a-t-il donc pas de chair ?

— Si, il possède à la fois la chair comme tout autre et il est en même temps cristallin. C'est ce qui le distingue. Il est de nature à la fois spirituelle et matérielle. Cristal vivant. Gemme de chair et de sang.

— Il n'éprouve donc pas de désir charnel ? »

Dosithée considéra Jérémie un moment. Souriait-il ? Ou bien réprimait-il un reproche ?

« Il éprouve l'amour divin, répondit-il à la fin. Il l'éprouve pour toutes les créatures. La lumière est connaissance et la connaissance est amour.

— Toutes les créatures ?

— Les hommes aussi ? »

L'expression de Dosithée se teinta de vigilance.

« Toutes les créatures portent en elles une étincelle divine. Toutes méritent l'amour. Et l'amour transfigure la chair. »

— Maître, puis-je te citer ? » demanda Dan, l'aîné des novices, et Dosithée ayant hoché la tête, Dan déclara : « L'amour divin est antérieur à la chair. Il est antérieur à la division des sexes. Cela répond-il à ta question, Jérémie ? »

Le jeune novice leva son visage lisse vers son aîné, puis il le tourna vers Dosithée.

« L'amour ? s'enquit-il.

— Le don. Tu n'existeras que par le don. »

Puis le maître porta le fer dans le fruit :

« Jérémie, quand elle n'est pas destinée à perpétuer l'espèce et quand elle n'est pas d'essence divine, la sexualité est insignifiante. C'est une source de troubles pour l'esprit.

— Il faut donc que je devienne cristallin ? » demanda-t-il.

Dan éclata de rire.

« Oui, nous sommes réunis ici pour apprendre à l'esprit à dominer la chair. Pas pour annuler la chair, Jérémie, non, la dominer. »

Il avait déjà participé à des conversations sur ce sujet, jadis, devant l'or du désert et l'argent de la Mer de Sel. L'esprit humain suit toujours les mêmes chemins. Mais il n'avait vraiment compris l'enseignement de ses maîtres que bien des années plus tard. Il évoqua Hélène et la chassa de son esprit d'une formule sèche : elle n'était pas Marie de Magdala. Non, Marie flambait comme le Buisson ardent. Elle vibrait dans le vent. Hélène était pleine d'humeurs. Trop humide, donc impure. Elle convenait bien mieux comme compagne à cet égaré de Simon le Magicien, qui se servait des forces de l'Esprit à tort et à travers. Une fois libérée de ses démons, Marie s'était trouvée vide, comme une demeure neuve, et le vent de l'esprit s'était engouffré en elle.

« Cette femme qui est venue avec ton ami Jésus... » commença Jérémie. Mais il n'acheva pas la question, embarrassé.

« Elle est une femme et il est un homme, et l'amour humain les unit, répondit Dosithée, allant au-devant de l'interrogation. Yahweh a dit, avant de créer Ève : "Il n'est pas bon qu'Adam soit seul." »

Il sonda Jérémie du regard, le jugea trouble et se dit qu'il devrait, avec ce novice-là, faire preuve d'une finesse particulière. Il possédait aussi l'expérience de ces problèmes-là. Enfin, si l'on pouvait les appeler ainsi. Car ils n'étaient problèmes que pour ceux qui ne les avaient pas résolus. Ces garçons se laissaient facilement déconcerter par leur sexualité ; ils l'opposaient naïvement à l'Esprit. Et ils dérivaient parfois vers des gouffres alarmants.

« Pourquoi Jésus n'est-il pas des nôtres ? Vous étiez ensemble à Quoumrân ; pourquoi vous êtes-vous séparés ? » reprit Jérémie.

L'inévitable question ! L'aîné des novices, Dan, la lui avait déjà posée alors que Jésus convalescent séjournait parmi eux.

« Il s'est voué au salut de son peuple et à la restauration de la parole de Dieu selon les Livres de son peuple. Ce n'était pas mon choix.

— N'est-ce pas ton peuple aussi ? »

Dosithée secoua la tête.

« Il n'y a qu'un seul peuple sur la Terre.

— Pourquoi l'a-t-on crucifié ?

— Parce qu'il s'écartait de la Loi de son peuple.

— En quoi ?

— Il prêchait l'amour de l'ennemi. Les Juifs croient au Dieu vengeur, au Dieu des armées, celui qui leur a fait massacrer l'enfant au sein et l'âne dans l'étable de leurs ennemis.

— Les Juifs ne l'aiment donc pas ?

— Leurs prêtres, non, soupira Dosithée.

— Jésus aime-t-il donc les païens ? demanda encore Jérémie.

— Sans doute... Et les païens commencent à l'aimer », conclut Dosithée pensif.

À la fin, on en apprenait autant, à parler avec ces garçons candides qu'avec des esprits mûrs.

« Il nous faut récolter les premières pommes avant la nuit », dit-il.

Ils se levèrent pour aller appeler les autres novices et prendre les paniers dans la remise.

23.

L'Autre Jourdain

L'étape suivante fut Scythopolis, dans la Décapole. Ils y occupèrent la plus grande auberge de cette ville neuve et riche. Rebâtie sur ce qui restait de l'antique Beth-Shéan, aux remparts de laquelle les Philistins avaient accroché les cadavres de Saül et de son fils Jonathan, après le désastre de Gilboa, Scythopolis respirait l'impiété et la joie païennes.

Les prophètes s'étaient trompés. Contrairement à ce qu'avaient annoncé Jérémie et Zacharie, les parages d'Edom n'étaient pas un objet de consternation et l'on ne risquait pas de s'y faire manger par des lions, à moins qu'on ne leur fût jeté en pâture dans l'amphithéâtre tout neuf. Ce n'étaient que villas et jardins au milieu des champs.

« Ils glorifieront leurs corps, murmura Jésus en passant à côté d'une statue de Diane à demi nue qui ornait une place devant un temple, et à l'heure de l'angoisse, leur âme vagira comme un enfant dont la nourrice est morte. »

Le gouverneur de la ville, un Syrien, apprit que la mère d'Hérode Antipas était de passage ; épouse d'Hérode le Grand et mère du tétrarque Hérode Antipas, elle méritait à ses yeux quelque signe de révérence, mais encore plus puisqu'elle était la grand-mère de Salomé, la propre épouse du tétrarque de la Décapole, Philippe. Sans doute ignorait-il, ou feignait-il d'ignorer l'aversion qu'elle portait à sa descendance, mais il décida de donner un souper en son honneur. Malthace, craignant toujours qu'un incident ne mît Jésus en péril, accepta l'invitation.

Croyant que c'était celui de la princesse, le gouverneur convia tout l'équipage. La confusion s'accrut quand il apparut, mais nul ne dissipa son erreur, qu'il tenait Marthe, Marie et Joanna pour les suivantes de Malthace et le reste des hommes pour des membres de la maison princière, les Zélotes constituant la garde du cortège. Jésus souhaita maintenir son anonymat, à l'étonnement des disciples et de tous les autres. Néanmoins, ils respectèrent sa volonté.

« Pourquoi ne veux-tu pas qu'on sache qui tu es ? lui demanda Lazare alors qu'ils se rendaient chez le gouverneur. » Et ils suspendirent leur pas pour écouter sa réponse.

« Je suis las de me frotter aux puissances de ce monde. Elles diront toujours de moi : c'est l'homme qui vient troubler notre monde et nous disputer notre pouvoir. Je leur parle de la Lumière et de l'Esprit divin et ils tremblent pour leurs biens terrestres. Ils ne pourront jamais m'entendre, ma vie ne l'a-t-elle pas assez prouvé ? »

Ils arrivaient à la porte de la résidence du gouverneur quand il ajouta :

« Ils sont sourds aujourd'hui et demain, quand je ne serai plus là, ils diront : je ne l'ai pas entendu. Leur malheur est insondable. »

Mais il était quand même d'excellente humeur et, à la contrariété muette de Malthace, il s'enchanta d'être assis à une place secondaire, loin du maître des lieux, qui recevait donc les femmes à table, à la mode grecque.

Le gouverneur, un nommé Sybaris, était un brave homme, en dépit de son rang, et il avait tenu à accueillir ses hôtes avec générosité et même faste. Jésus fit honneur aux plats raffinés, de la salade de champignons aux crevettes relevée à la moutarde au canard cuit dans une sauce de fruits rouges. À la fin, les disciples et les Zélotes, qui étaient assis près de lui, et même Thomas, éternel rebelle, finirent par trouver du piment à la situation.

Sybaris n'était pas sot ; il s'avisa assez vite que les regards de son invitée d'honneur et de tous ses hôtes convergeaient sans cesse vers l'inconnu glabre qu'il avait d'abord pris pour un membre obscur de la maison princière.

« Comment te nommes-tu ? demanda-t-il à Jésus.

— Emmanuel. »

Ce qui était vrai, car ç'avait été le nom qu'on lui avait donné au Temple, quarante ans plus tôt.

« D'où vient-il que mes invités ne détachent pas leur regard de toi ?

— C'est que je suis le mage personnel de Malthace. L'on vérifie à mes gestes que l'heure est propice. »

Jean s'avisa de l'expression de Malthace, de Marthe et de Marie et fit un effort pour ne pas éclater de rire. Matthieu, son voisin, lui donna un coup de coude.

« Tu es mage, reprit Sybaris. Dis-moi donc ce que je dois penser de cet autre mage venu de Galilée, qui tenait des propos tellement séditieux que les Juifs l'ont mis sur la croix, mais dont on prétend qu'il serait sorti du tombeau ?

— Tu veux sans doute parler de Jésus.

— Lui-même.

— Pourquoi penses-tu que ses propos étaient séditieux ?

— Je ne l'ai pas entendu moi-même, mais on m'assure qu'il promettait le ciel aux pauvres et le refusait aux riches.

— Crois-tu, Sybaris, que tu retrouveras cette table somptueuse quand ton âme aura quitté cette terre et qu'elle aura laissé ici bas sa dépouille mortelle ?

— Non, certes.

— Tu as raison. Ton âme ne goûtera plus le vin de Samos et le canard exquis que je déguste. De quoi penses-tu qu'elle se nourrira ?

— De biens immatériels, à coup sûr, répondit Sybaris, qui prenait visiblement de plus en plus d'intérêt à son dialogue avec Emmanuel.

— Lesquels ?

— Je ne sais... la vertu éternelle.

— Quels sont, selon toi, les humains les plus connaisseurs de biens immatériels, puisqu'ils ont appris à se passer des biens matériels ?

— Les pauvres, convint Sybaris en souriant. Mais comment gouvernerais-je, moi qui ne suis pas juif, des gens persuadés qu'ils auront le pas sur moi au ciel ? Ils me nargueront, je n'aurai plus d'autorité et toute la ville ira à vau-l'eau !

— Crois-tu que tu gouvernerais moins aisément si les pauvres de ta ville t'aimaient davantage ? s'enquit Jésus sans se départir de son sourire. Crois-tu que ta charge serait plus commode si tu nourrissais leur cœur par la compassion et si tu veillais à ce qu'ils ne se couchent pas le ventre vide ? »

Les Zélotes ne perdaient pas une miette de l'échange.

« Et si je faisais comme tu dis, j'irais donc au ciel avec eux ?

— En doutes-tu encore ? »

Sybaris éclata d'un grand rire et demanda : « Dis-moi, Emmanuel, serais-tu un disciple de ce Jésus ?

— Si son raisonnement t'a convaincu, gouverneur, qui serais-je pour ne pas l'être à mon tour ? »

Sybaris déclara alors à Malthace :

« Princesse, ton mage mérite son salaire. Quand tu n'en voudras plus, envoie-le-moi, je lui assurerai une rente à vie. Dis-moi encore, Emmanuel, crois-tu que Jésus soit sorti du tombeau ?

— Je l'ignore, Sybaris, car je ne connais qu'un tombeau, qui est celui de l'oubli. Si l'on se souvient de cet homme, c'est qu'il sera vraiment sorti du tombeau. »

Zélotes compris, car ils étaient émerveillés de la modestie dont Jésus avait fait preuve en évitant de se révéler, tout le cortège ne parla que du dîner chez le gouverneur jusqu'à l'étape suivante, qui était Aenon

Salim. Ils en rappelaient les moments les plus piquants et riaient, et Jésus riait de les voir rire.

Mais, à cette étape, la douceur qui imprégnait son visage se teinta de gravité. C'était à Aenon Salim que jadis Jean l'Essénien, celui qu'on appelait aussi le Baptiste, l'avait plongé dans le Jourdain. Et Jésus avait accepté de se soumettre à ce rite d'initiation spécifiquement essénien. Il savait qu'ainsi il entrait dans la communauté des Justes, comme ils se nommaient eux-mêmes. Il les avait rejoints dans le désert. Il avait suivi leur enseignement. Il avait labouré avec eux et, comme il était charpentier, il l'avait été pour eux aussi. Il avait rencontré Dosithée. Ils s'étaient entretenus sans fin dans les fraîches soirées de Quoumrân...

Il se rendit d'abord seul au lieu où ce premier Jean lui avait administré le rite d'entrée dans sa communauté. Il l'avait lavé. C'était là que Jésus s'était séparé des prêtres. Et du respect des mots qu'ils professaient avec leur fanatique vigilance. Il reconnut le lieu précis de la berge, désormais déserté. Il contempla longuement l'herbe et l'eau qui coulait. Pour lui, c'était l'un des lieux miraculeux du monde. C'était là qu'il avait fait le premier pas sur le chemin difficile qui devait conduire à la Lumière. Il pria.

Il entendit un murmure et vit arriver Malthace, ainsi que Marthe, Marie et Joanna. Elle aussi, lui expliqua-t-elle, venait là en pèlerinage. Elle s'en souvenait comme d'hier ; intriguée par les rapports de ses servantes sur un homme qui parlait du Seigneur comme aucun rabbin n'en avait jamais parlé, elle les avait suivies pour écouter le Baptiste sur ces rives, quand il y prêchait, au grand scandale des Pharisiens. Elle se morfondait alors dans l'affliction de son mariage avec le tyran et les paroles du Baptiste avaient déchiré le voile devant ses yeux. Elles avaient apaisé la révulsion et la douleur, l'humiliation et le désespoir. Malthace lui avait donné sa dévotion. Elle se souvenait qu'il l'avait bénie en l'aspergeant de l'eau de ce même Jourdain. « Sois lavée, femme, de tous tes péchés. » Elle avait éprouvé un soulagement infini. Elle avait alors appris à prier.

Puis l'horreur avait de nouveau frappé. Et quand sa belle-fille Hérodiade avait assouvi sa vengeance sur le saint homme qui l'insultait, elle les avait maudits dans cette vie et dans l'autre, elle, son époux Hérode Antipas et sa propre petite-fille Salomé.

« Ici, déclara-t-elle d'une voix sombre, le ciel et l'enfer se sont affrontés. L'homme qui enseignait à se délivrer du fardeau de l'égoïsme a été saisi par les soldats de l'Enfer, et c'était un homme de mon sang qui les avait dépêchés. Malheur à la race des Hérodiens ! Malheur ! »

Marie fut effrayée par la véhémence des imprécations.

« C'est ton sang, Malthace, objecta-t-elle doucement.

— Justement ! Mes malédictions seront doubles ! répondit la vieille femme, levant les bras au ciel. Femme, si le ciel avait été plus clément avec moi, c'est toi qui serais de mon sang et je mourrais heureuse au lieu de me morfondre dans la honte et la colère ! Toi, une femme, tu es venue me chercher pour que nous arrachions aux ténèbres l'homme qui nous purifiera tous !

— Paix, Malthace, lui dit Jésus. Les mères ne porteront pas la faute des fils et les fils ne porteront pas celle de leurs pères. Ton cœur est généreux, ne le souille pas par la haine. Le Seigneur prendra soin de ceux qui ont péché contre l'Esprit. »

Elle pleura.

« Je n'ai vécu que pour t'entendre ! »

Les disciples aussi les rejoignirent et derrière eux, les Zélotes.

« Venez, leur dit Jésus. C'est ici qu'on m'a lavé.

— Du péché originel, dit Pierre.

— Maintenant, je vous ai, moi aussi, lavés, rétorqua Jésus. Songez que la boue la plus infâme ne vous salira plus si vous gardez dans vos cœurs la lumière du Seigneur. La faute n'est plus que si vous vous détournez de la lumière. »

Ils retournèrent vers leur auberge.

« Que nous diras-tu donc à Jérusalem ? demanda Thomas sur le chemin.

— Si je te le disais maintenant, ce serait comme si je te donnais à manger des fruits verts. Patience, l'été est proche et la Fête des Premières Offrandes aussi. »

Ils arrivèrent trois jours plus tard à Adam. Les pluies avaient grossi le Jourdain, comme toujours à la fin de l'été. Jésus leur montra le fleuve.

« C'est à partir d'ici que, lorsque Josué a voulu traverser le Jourdain, les eaux se sont arrêtées de couler, pour permettre aux Hébreux de passer. Nous avions fui l'esclavage du Pharaon et nous étions venus dans cette terre promise à nos ancêtres par le Seigneur. Vous allez devoir traverser un autre fleuve. Car les Juifs sont, comme au temps de Moïse, prisonniers d'un autre Pharaon, bien plus terrible que le premier. C'est celui qui est né en leur sein, et vous avez vu avec moi le sort qu'il réserve à ceux qui tentent de s'affranchir de son joug.

— Est-ce à Jérusalem que siège ce Pharaon-là ? » demanda Joachim.

Jésus hocha la tête.

« Il est accroché à son trône et il est plus cruel que Nabuchodonosor, parce qu'il a contraint les Juifs à s'exiler de l'intérieur d'eux-mêmes. »

Des clameurs d'approbation jaillirent des gorges des Zélotes :

« Jésus est notre roi ! Jésus est notre Messie ! Détrônons le Pharaon de Jérusalem ! »

Il se tourna vers eux.

« Paix. Je ne vous conduirai pas à verser le sang, comme je vous l'ai dit. Le sang entraîne le sang, le glaive appelle le glaive. Rappelez-vous ce qui est dit dans le Deutéronome. "Maudit soit celui qui conduit l'aveugle au précipice." Ceux d'entre vous qui verront la Grande Prostituée tomber n'auront pas assez de larmes pour exprimer leur chagrin. Ce jour-là, ils envieront les souffrances des Hébreux dans le désert. Non, je vous conduirai loin de cet Holocauste-là. Quel que soit le lieu où je serai, je prierai le Seigneur Notre Père de vous éviter à vous et à vos enfants le spectacle de la vengeance divine. Je sais ce que vous recherchez, mais je ne veux pas que vous pleuriez le jour de votre triomphe ! »

La nuit venue, Marie lui demanda :

« Où trouves-tu la force d'être aussi clair ? Aussi fort ? Où trouves-tu cette bonté pareille au fer ? Cette force d'être mon amant et le père de ces gens ?

— J'ai parfois défailli, dit-il. C'est votre force qui me porte. »

24.

« Le fer s'aiguise contre le fer »

Saül prit une mine terreuse.

L'air qu'il respirait lui semblait empoisonné, les aliments qu'il mangeait, frappés d'insipidité, et ses nuits servaient de cirque aux anxiétés qu'il réprimait durant le jour.

Sa femme n'en dormit plus. Pourquoi avait-elle épousé ce nabot ténébreux et stérile, secoué de fureurs incompréhensibles ?

Le mal qui l'affligeait depuis l'enfance s'exacerba. Un soir qu'il soupait avec ses séides, sa salive écuma aux commissures des lèvres. Ses yeux s'exorbitèrent, il émit des sons atroces, pareils à ceux d'un chien qu'on étrangle. Il tomba de son siège et son secrétaire, Pedanius, s'élança et, lui écartant les mâchoires avec sa dague, glissa un bâton entre ses dents, afin qu'il ne se coupât pas la langue. Les autres regardaient horrifiés leur maître se convulser par terre. On le maintint de force. Il râla. Plusieurs crurent que les démons avaient emporté sa vie. D'autres y virent au contraire la preuve de son autorité : le mal sacré n'était-il pas l'apanage des chefs ?

Il accrut sa consommation de drogues ; un marchand de thériaque corinthien lui confectionnait des préparations de chanvre et de pavot, pilules de pâtes, décoctions et produits dont il fallait inhaler la fumée. Comme d'habitude, ces remèdes lui valurent des accès torpides. Être sans passion est comme avoir perdu ses dents.

De temps à autre, il commandait encore des expéditions contre les gens qu'on accusait d'être les disciples du mage Jésus. Lui et ses hommes arrivaient à l'aube, réveillaient les suspects, les battaient, cassaient des pots et terrifiaient la maisonnée. Mais le cœur n'y était plus. Une ou deux fois, d'ailleurs, les voisins excédés par la brutalité autant que le vacarme s'insurgèrent et se mirent en demeure de rosser ces tortionnaires ; ils allèrent se plaindre à la Police du Temple qu'un certain Saül et sa bande de soudards causaient des troubles dans leur quartier.

Le chef de la Police le pria de mettre une sourdine à ces raids. On ne le payait pas pour faire des esclandres ; cela donnait aux gens l'impression que le Temple s'acharnait sur les disciples de Jésus parce qu'il en avait peur.

Il parvint à corrompre un Zélote de Bethphagé et à le persuader d'être son espion. Un berger nasillard aux bras gros comme des cuisses qui tripotait sa dague en parlant, se grattait la joue avec et la passait et repassait sur la paume de sa main, pour en tâter le tranchant. Il apprit ainsi que Jésus descendait la vallée du Jourdain escorté par une quarantaine de personnes.

« C'est votre ennemi, non ? Pourquoi ne l'arrêtez-vous pas ? questionna Saül.

— Parce que le chef a changé d'avis et décidé que ce Jésus effraie les gens du Temple et que finalement, il fait notre jeu. Puis ce Jésus est escorté par des compagnons de Galilée, qui le protègent, et ce n'est pas le moment de nous disputer entre nous. »

Une fois de plus, Saül fuma de frustration. Incroyable ! Personne ne voulait arrêter cet homme ! Le Temple, parce qu'il en avait désormais peur, Hérode Antipas parce qu'il voulait éviter à tout prix une insurrection dans sa province de Galilée, les Romains parce qu'ils s'en fichaient et les Zélotes parce qu'il servait leurs intérêts !

« Tu vas porter le poids du monde ? lui demanda un soir sa femme, excédée, parce qu'elle devinait bien le motif de son insatisfaction, d'après les bribes d'information qu'il lui en filait. Tu te prends pour un prophète ? Qu'il vienne donc, à la fin, ce Jésus ! On verra bien !

— Il déclenchera une insurrection générale, répliqua-t-il.

— Et alors ?

— S'il échoue, c'est la guerre ! S'il réussit, c'est quand même la guerre !

— Et alors ? C'est l'affaire des Romains, pas la tienne. Tu n'es pas le garant de l'ordre.

— Vous les femmes..., marmonna-t-il.

— Quoi, nous les femmes ? Es-tu né du ventre d'un homme ?

— C'est une femme qui l'a tiré du tombeau !

— Et ce sont des hommes qui voudraient l'y renvoyer, dit-elle amèrement.

— C'est sans doute une sorcière !

— La seule sorcellerie dans l'affaire, Saül, je crois que c'est l'amour. Et voilà une sorcellerie que tu ne sauras pas conjurer ! » conclut-elle.

Ces bisbilles n'amélioraient pas l'humeur de Saül. Il se résignait donc à l'inévitable naufrage en vue. La résignation lui inspira la curiosité : il essayait maintenant de s'expliquer la fascination qu'exerçait Jésus. Par quelle magie le peuple s'était-il enthousiasmé jusqu'à la folie pour cet homme et avait-il failli, quelques mois plus tôt, le couronner roi ? Qu'enseignait donc Jésus qu'il ignorât, lui, Saül ? La Loi n'avait-elle pas été fixée une fois pour toutes ? Et les Juifs ne s'en étaient-ils pas satisfaits depuis les temps de Moïse ?

Il connaissait au Temple un docteur de la Loi : Simon ben Lakich, qu'on surnommait Simon le Médiateur, un Pharisien disciple de Gamaliel ; l'illustre Gamaliel, le maître des maîtres dans l'interprétation de la Loi ; Simon passait pour un homme modéré et peut-être lui apprendrait-il plus que ce qu'il savait déjà, et fort mal, puisque Saül n'était juif que par sa mère et guère rompu aux arcanes de la foi. Il alla le consulter.

« Ce Jésus, *rabbi*, quel est l'objet de l'antagonisme entre lui et vous ? Et le motif de la fascination qu'il exerce sur les foules ? »

Simon le considéra un moment. Il n'ignorait rien des activités de Saül ; comme son maître Gamaliel, avec lequel il s'en était entretenu, il les réprouvait même ; mais, fidèle au principe selon lequel le bon grain peut parfois germer sur un sol aride, il répondit quand même :

« C'est apparemment une question qui tourmente bien des esprits. Je ne peux que te résumer quelques aspects que je crois comprendre. »

Simon regarda la lampe qui brûlait sur son écritoire, comme s'il en attendait l'inspiration.

« Une raison du conflit, mais non la seule, entre nous et Jésus est qu'il a été formé par les Esséniens, là-bas à Quoumrân, sur les rives de la Mer de Sel. Voilà plus de deux siècles que ces gens nous méprisent.

— Pourquoi ?

— Parce qu'ils nous accusent de nous être laissé helléniser, d'avoir, par exemple, pris des noms grecs et de tolérer des rites païens, sinon d'avoir même été influencés par eux. Pour eux, nous sommes des usurpateurs et même l'abomination de la désolation. Ils se considèrent comme les Justes et les Fils de Lumière et nous définissent comme les Fils des Ténèbres. »

Simon retint un sourire et reprit.

« Comme les Zélotes, qui sont bien moins instruits qu'eux, ils voudraient que nous prenions les armes contre les Romains et que nous restaurions la foi et le clergé tels qu'ils étaient au temps de Salomon. Par mépris pour nous, ils se sont retirés dans le désert. Là, ils recopient les Livres à leur façon et ils en écrivent même de nouveaux, prétendant qu'ils sont très anciens. »

Simon soupira.

« Tu le sais bien, si nous prenions les armes contre les Romains, notre peuple serait décimé. Non seulement nous ne parviendrions pas à les chasser, mais encore notre condition après cette vaine tentative serait encore pire qu'avant.

— Mais ce Jésus, il ne semble pas prêcher la guerre contre les Romains ?

— Non. Il a d'ailleurs quitté les Esséniens il y a longtemps. Cet homme est intelligent. Je ne le connais pas, je ne sais de lui que les propos qu'on m'en a rapportés et je ne lui dénierai pas l'acuité de l'esprit parce que nos voies divergent. Mais je ne pense pas qu'il ait étudié les Livres, qu'il cite volontiers. C'est ainsi qu'il se définit comme le Fils de l'Homme. Mais s'il avait seulement lu les Psaumes, dit Simon en levant les sourcils, il n'aurait pu manquer de relever le passage du Psaume cent quarante-six, qui dit ceci : "Ne mettez pas votre confiance dans les princes, ni dans le fils de l'homme, dans lesquels vous ne trouverez pas de secours." S'il avait lu les premiers versets de l'Hymne à la toute-puissance de Dieu dans le Livre de Job, poursuivit Simon d'une voix plaintive, comment ne se souviendrait-il pas de ces deux versets : "Combien moindre est l'homme, cette vermine, et le fils de l'homme, ce vermisseau ?" Aller se désigner comme le Fils de l'Homme après cela, c'est se désigner au mépris. Je sais que des gens simples l'appellent *rabbi*, mais nul maître ne se souvient de l'avoir jamais eu comme élève. On nous accuse, certes, nous, les docteurs, d'avoir l'esprit étroit, et peut-être, en effet, certains d'entre nous l'ont-ils. Mais qui est parfait ? En tout cas, nous ne pouvons pas prendre au sérieux un homme qui nous insulte et qui ne connaît même pas les Livres qu'il cite ? »

Saül médita sur les moyens d'utiliser ces informations. Puis il demanda :

« A-t-il quitté les Esséniens de son plein gré, ou bien l'ont-ils chassé ?

— Je l'ignore. Nous nous interrogeons, quand nous en avons le loisir, ce qui n'est pas toujours le cas, sur les raisons pour lesquelles il a reproduit le conseil des douze qui entourait le maître des Esséniens, jadis, celui qu'ils appellent toujours le Maître de Justice. Il s'entourait, en effet, avant sa condamnation, de douze disciples, qui n'étaient pas toujours douze, si nos informations sont correctes, mais quatorze et même quinze. S'il les a quittés de son plein gré, peut-être aura-t-il compris une contradiction des gens de Quoumrân. D'une part, ils se préparent à la lutte armée, car ils sont armés, et de l'autre, ils n'attendent plus rien du Ciel qu'un cataclysme universel, prélude de la fin des temps et de l'avènement du Messie. Jésus a donc, me semble-t-il, forgé sa propre doctrine à partir des enseignements esséniens. »

Simon leva les yeux au ciel. Par la fenêtre parvinrent le roulement d'une voiture à bras et la courte et monotone mélopée d'un marchands de salades qui vantait ses laitues, ses aulx juteux et ses concombres parfumés. Puis l'appel d'une femme qui le hélait et les éclats de rire d'une autre femme. Dans le désastre imminent, la vie continuait, avec sa douceur, ses odeurs, ses soucis innocents.

« L'une de ses déclarations les plus scandaleuses, et sans doute celle qui a trempé l'hostilité de notre clergé, assurait qu'il n'était pas venu abolir la Loi de Moïse, mais la compléter. C'est insensé. Aucun prophète n'a osé se présenter comme le législateur successeur de Moïse. Et je ne parle pas d'une autre assertion aberrante, selon laquelle l'homme n'est pas fait pour la Loi, mais la Loi pour l'homme. Comment un homme qui se prétend envoyé du Très-Haut peut-il contester les commandements dictés par Moïse ? Il nous a fallu conclure que cet homme est un hérétique. »

Le visage de Simon se durcit.

« Mais qu'est donc sa doctrine ? demanda Saül.

— Pour le comprendre, il faut que tu saches qu'il existe dans notre pensée deux tendances, l'une issue du Lévitique et des Nombres, et l'autre du Deutéronome. La première établit que les prêtres sont les intercesseurs entre sa créature et le Tout-Puissant et l'autre... » – là, Simon esquissa un sourire – « ... ne le dit pas aussi clairement ; elle confie, en effet, l'application de la Loi aux sages et non seulement aux prêtres. De plus, ces deux tendances sont parfois en conflit : selon le Lévitique, les pères sont responsables des péchés des fils et les fils, de ceux de leurs pères. Le Deutéronome dit exactement le contraire. Jésus me paraît à maints égards proche de notre tendance deutéronomique et, en tout cas, hostile au courant du Lévitique. Si tant est... » – et il leva les mains – « ... qu'il ait suivi un apprentissage dans ce domaine. »

Simon soupira, fixa son interlocuteur d'un œil rond et déclara :

« Je ne peux t'en dire beaucoup plus sur les finesses de la Loi, Saül, car je ne crois pas que tu en aies besoin.

— Parce que je suis romain. »

Simon hocha la tête.

« Je ne sais comment tu concilies ceci et son contraire, cela et son contraire. C'est à ta conscience d'en décider.

— Tu ne m'as toutefois pas expliqué pourquoi Jésus fascine les foules.

— Il fascine surtout celles de Galilée, qui est depuis des siècles hostile à la Judée. Pas tant que la Samarie, certes, mais quand même hostile. Fidèle en cela aux idées des Esséniens, il s'est laissé présenter comme le Messie, l'homme qui libérerait Israël de tous les jougs. C'est pour cela qu'ils ont aspiré, même en Judée, à le couronner roi. Nous en revenons à notre point de départ : s'il avait été couronné roi, un soulèvement s'en serait suivi. Mais je me demande qui donc lui aurait donné l'onction, seule capable de justifier son titre indu de Messie.

— Mais Nicodème ? s'écria Saül. Comment un docteur de la Loi aussi réputé que lui a-t-il pu être séduit par l'enseignement de Jésus ? »

Simon plissa les yeux ; il lui était déplaisant de parler d'un collègue. Et son visiteur posait décidément beaucoup de questions.

« C'est sans doute lui qu'il conviendrait d'interroger sur ce point. À ma connaissance, Nicodème appartient à ce courant parmi les docteurs selon lequel les desseins du Très-Haut ne peuvent être discernés par les mortels.

S'il connaît aussi bien que nous les failles et les contradictions de l'enseignement de Jésus, il refuse d'écarter la possibilité que la grâce divine, la Shekhinah, ait été consentie à cet homme. De plus, il refuse de s'intéresser aux conséquences politiques de cet enseignement et, en tout cas, il répugne aux sentences de mort, sauf dans des cas exceptionnels. Pour lui, Jésus est un saint homme et c'est ce qui compte. Ai-je répondu à tes questions ? »

Saül affirma qu'il avait, en effet, obtenu les réponses espérées et qu'il en remerciait le rabbin, mais il déplora à part lui de n'avoir su poser des questions plus profondes, faute de connaissances. Faute de judaïté aussi. D'ailleurs, Simon y eût-il répondu ?

« Est-on bien sûr qu'il soit vivant ? s'enquit le rabbin.

— Il semble bien. Il se dirige en ce moment vers la Judée et sans doute, Jérusalem.

— Nous en sommes informés. Je me suis demandé si ce ne serait pas un imposteur qui aurait pris sa place.

— Non, ce n'est pas un imposteur, répliqua lentement Saül. Aucun homme ne peut prétendre en être un autre auprès de la femme qui l'aime. »

Simon médita la réponse.

« Marie ben Ezra ?

— Oui.

— C'est elle qui a tout organisé, m'assure-t-on. »

Le ton du rabbin Simon devint rêveur.

« Une femme perverse ! s'écria Saül. Les femmes sont des êtres pervers !

— Je ne vois guère de perversion dans son cas, dit calmement Simon. Je suppose que Sarah, l'épouse d'Abraham, aurait fait de même. »

Saül lui adressa un regard scandalisé.

« Mais elle met en péril tout un pays !

— Sarah écarta Ismaël et ses descendants de la lignée d'Abraham en le chassant avec sa mère dans le désert. Le destin de toute une race fut ainsi mis en péril. » Et comme Saül semblait désemparé par cet argument, Simon ajouta d'une voix sereine, presque moqueuse : « L'amour, Saül.

— L'amour ? »

Les rabbins se mettaient-ils donc à parler comme les femmes ?

À l'expression obtuse de Saül, Simon comprit que la conversation dès lors serait filandreuse. Comme disent les Proverbes, le fer s'aiguise contre le fer et l'esprit de Saül lui paraissait de bois. D'un sourire amène, il signifia à son visiteur que l'entretien avait pris fin.

25.

Aser

En entrant à Phasaëlis, Jésus aperçut un enfant infirme qui se traîna sur les mains vers l'important cortège. Il alla vers lui, vit ses jambes squelettiques, se pencha et releva son visage. Lazare aussi était accouru, tenant une piécette en main. Les regards de l'enfant et de Jésus se croisèrent. L'enfant sourit. Jésus le souleva par les aisselles, de telle sorte que le petit infirme pût mettre les pieds par terre, et il le soutint tout en plongeant son regard dans ses yeux.

« Je ne peux pas..., murmura l'enfant.

— Demande au Seigneur qui t'a créé de te donner la force.

— Seigneur, cria l'enfant d'un ton éploré, donne-moi la force ! »

Son expression se figea, le regard fixe, comme s'il éprouvait une sensation indicible. Il ouvrit la bouche, poussa de petits cris, haleta et se raccrocha au bras de Jésus.

« Je crois... »

Jésus le soutint.

« Tes jambes sont maigres, elles ne te supporteront pas comme si tu t'en servais tous les jours. »

Il fit un pas et l'enfant mit un pied devant l'autre, toujours accroché au bras de Jésus.

« Tu vas marcher quelques jours avec un bâton, et puis tu marcheras ensuite tout seul. »

L'enfant médusé regarda Jésus.

« Tu es un ange, n'est-ce pas ? »

Le cortège s'était arrêté.

« Tu es un ange, dis-moi, comme ceux dont parle le rabbin ? »

Jésus ne répondit pas.

« Si tu le crois, alors oui, je suis un ange.

— Je le crois.

— Donnez-lui un bâton ! » cria Lazare aux gens derrière lui, disciples et Zélotes mélangés.

Mais ils ne trouvèrent pas de bâton à la taille de l'enfant. Ils entrèrent ainsi dans la ville, avec le garçonnet toujours agrippé à la manche de Jésus.

« Tiens-toi à moi, car tu te fatigueras vite, lui dit Jésus.

— Je ne me fatigue pas si je me tiens à toi. Reste avec moi. »

Plusieurs passants observèrent avec étonnement cet équipage en tête duquel marchaient un homme et un enfant qui s'accrochait à lui. Une vieille femme qui portait un panier d'abricots s'arrêta à une dizaine de pas de distance, puis elle vint vers l'enfant et se pencha.

« Tu es bien le fils de Nathan, le teinturier ?

— Oui.

— Mais tu étais infirme depuis le jour où je t'ai connu. Comment se fait-il que tu marches maintenant ?

— C'est cet ange », dit l'enfant en se tournant vers Jésus.

La vieille femme dévisagea Jésus, les sourcils froncés.

« C'est toi qui l'as guéri ?

— C'est le Seigneur qui lui a donné la force.

— Tu es un ange ? demanda-t-elle, regardant Jésus par en dessous.

— Puisqu'il le dit.

— Mais tu as l'air d'un homme », répliqua-t-elle en lui tâtant le bras.

Un petit attroupement s'était formé ; il s'approchait du cortège. La femme cria :

« Un ange ! Un ange a guéri le fils de Nathan ! »

Des passants vinrent constater les faits.

« Mais oui, c'est le petit mendiant qui se tenait à la porte de la ville !

— Qui est cet homme qui l'a guéri ? » demanda quelqu'un à Pierre.

Celui-ci interrogea Jésus du regard.

« Dites-le-leur.

— C'est Jésus, notre maître.

— Trouvez plutôt un bâton à cet enfant, qu'il apprenne à marcher avec pendant quelques jours », fit Jésus.

Des gens s'élancèrent. Une agitation folle s'empara de Phasaëlis. Les portes et les fenêtres des maisons s'ouvrirent, les habitants déboulèrent dans les rues, courant dans un sens, puis à l'opposé, ne sachant d'abord pas où se trouvait l'objet de l'attroupement, il était ici, non, il était là, les chiens aboyèrent, les disciples et les Zélotes formèrent une haie autour de Jésus.

C'était un de ces attroupements de jadis, que les disciples connaissaient si bien.

Jésus s'étant donc dévoilé, tous ceux de son cortège craignirent dès lors l'affrontement. Nul ne savait sous quelle forme il adviendrait, mais Zélotes et disciples aussi bien étaient certains qu'il ne manquerait pas de se produire. Le Sanhédrin, assuraient la plupart, aurait fini par ébranler l'indifférence de Pilate et la Légion ferait sans tarder apparition à Phasaëlis.

Le nom de Jésus avait déjà couru de ville en village, il courut de bouche en bouche à la vitesse d'un incendie qui se propage sur des broussailles de plaine après des mois de sécheresse. La foule assiégea le cortège, Malthace, Marie, Marthe et Joanna faillirent être jetées à bas de leurs montures. Jésus dut prendre l'enfant dans les bras, afin qu'il ne fût pas renversé si tôt après avoir été guéri. Ce furent les Zélotes, plus rompus que les disciples à ces mouvements de foule, qui rétablirent un semblant d'ordre, afin que Jésus et son groupe pussent gagner une auberge en sécurité.

Mais ce n'étaient pas seulement des Juifs qui accouraient ; on comptait parmi les fervents et les curieux des Romains, des Grecs, des Syriens et bien des gens dont la religion ne connaissait ni anges ni messies, mais qui en oubliaient leurs rites sitôt que la promesse du surnaturel se profilait. L'aura du miracle confondait les frontières, ces gens ayant vécu ensemble assez longtemps pour partager leurs espérances et leurs superstitions, sachant bien qu'ils n'étaient au fond séparés que par des mots. Ils crièrent donc en araméen, en grec, en latin, voire dans les autres langues des communautés locales, et quand le cortège se fut enfin installé dans l'auberge, la foule campa dans la rue devant comme si elle y prenait ses quartiers pour la nuit.

« Que vas-tu faire ? demanda Marie, inquiète, quand Jésus se fut désaltéré et lavé les pieds. Ces gens attendent. Il y a même là des païens !

— Si les Juifs ne m'entendent pas et que les païens m'entendent, c'est la volonté du Seigneur », répondit-il pensivement.

L'enfant qu'il avait guéri, et qui s'appelait paradoxalement Aser, « Être heureux », était assis sur un tabouret bas et regardait Jésus avec adoration.

« Mes frères et mes sœurs sont dehors, » s'exclama-t-il gaiement.

On lui avait enfin trouvé un bâton à sa taille ; il clopina vers Jésus.

« Dans quelques jours tu marcheras sans bâton », lui dit Marthe.

Le gamin glissa sa tête sous le bras de Jésus.

« Il est comme ton fils, murmura Marthe.

— Ils sont tous mes fils », répliqua-t-il.

Sur quoi Malthace fondit en larmes dans les bras de Joanna.

« Je pourrais mourir maintenant, comblée, sanglota-t-elle.

— L'heure viendra assez tôt, lui objecta Joanna. Il faut maintenant vivre avec vigilance. »

Jésus décida de sortir, avec Aser à son côté.

« Le Seigneur, dit-il, a voulu que cet enfant soit guéri parce qu'il a prié le Seigneur.

— C'est toi qui l'as guéri, nous le savons, donc tu es l'intermédiaire du Seigneur ! cria une voix dans la foule.

— Il n'est pas un cheveu qui tombe de votre tête sans la volonté du Seigneur. Vous avez tous vu l'infirmité de cet enfant, je lui ai demandé de prier, il a prié et il a été guéri. D'autres infirmités sont moins visibles, et ce sont celles de l'âme. Il est parmi vous des infirmes qui marchent sur leurs jambes et voient de leurs yeux et qui pourtant sont infirmes du cœur et aveugles de l'esprit et ne le savent pas. Je prie le Seigneur de leur ouvrir les yeux et leur donne la force de le prier, et alors ils seront guéris eux aussi. Aser a le cœur pur et c'est pourquoi il lui a été donné d'attirer sur lui la compassion et la bénédiction du Très-Haut. Qu'il vous serve d'exemple. »

Deux garçons et une fille un peu plus âgés qu'Aser se tenaient au premier rang de la foule ; Aser leur tendit la main et son frère aîné le prit dans ses bras et le porta sur ses épaules. L'enfant contempla les gens et se tourna de nouveau vers Jésus.

« Je vous bénis tous aujourd'hui, dit Jésus.

— Où vas-tu ? demanda un homme. N'es-tu pas sur le chemin de Jérusalem ? Laisse-nous te suivre pour proclamer ta gloire.

— Non, je ne suis pas venu pour faire proclamer ma gloire. Je ne suis pas revenu réclamer de couronne. Je ne suis pas revenu accomplir une vengeance. Je suis venu annoncer aux Enfants des Ténèbres l'arrivée de l'Ange de colère. Qu'ils se repentent ! Parce que l'Ange de colère viendra irrévocablement.

— N'es-tu pas sorti vivant du tombeau ? N'es-tu donc revenu parmi nous que pour laisser les impies triompher ? cria un autre homme.

— Écoutez-moi, l'heure du Seigneur est inconnue des hommes. Nul ne sait où s'étend l'ombre de l'aiguille sous son soleil. Nul ne sait les limites de sa patience jusqu'au moment où il est trop tard. Les événements que vous verrez dans votre génération ne dépendent plus des hommes. Hier, le Seigneur avait laissé à ses ennemis la chance du repentir. Ils l'ont rejetée et clamé leur impiété en mettant le Fils de l'Homme sur la croix. Car il avait offensé leur superbe en les invitant au repentir. L'ombre de l'aiguille a tourné, l'heure est passée, tout est compté. Quand vous verrez les murailles de la mauvaise citadelle prendre feu et s'écrouler, fuyez ! Car le glaive de l'Ange de colère ne connaîtra ni la veuve, ni l'orphelin, ni le jeune ni le vieux. »

Un murmure d'effroi parcourut la foule.

« Mais les justes, il y a des justes parmi nous ? lança une femme.

— Que les justes fuient la Citadelle maudite ! Le vent du glaive n'épargnera personne. »

Deux hommes à l'arrière de la foule s'entretenaient à mi-voix.

« Je déplore maintenant qu'il ne soit pas des nôtres, nous l'avions mal jugé. »

C'était Simon de Josias, venu exprès de la Shéphéla parce qu'il avait été avisé de la descente de Jésus vers Jérusalem. Il voulait savoir quelle tournure prendrait ce voyage qui alarmait Jérusalem.

« Ne te l'avais-je pas dit ? Mais tu ne voulais pas me croire ! »

L'autre était évidemment Joachim.

« Ne peux-tu lui demander de rester avec nous ? demanda Simon.

— Tu l'as entendu : il n'aspire à rien, les dés sont jetés.

— C'est Jérusalem, la mauvaise citadelle, n'est-ce pas ?

— Oui.

— Mais s'il ne va pas s'en emparer, que va-t-il donc y faire ?

— J'ignore. Peut-être lui adresser un ultime avertissement.

— Je vais demander que nous le protégions. »

Joachim hocha la tête.

« Pourquoi ne m'as-tu pas cru, jadis ? Il aurait pu être notre roi. Maintenant, il est trop tard ! »

Jésus rentra dans l'auberge. La foule se dispersa, le cœur lourd. Aser voulut rester avec Jésus. Au souper, Jésus l'assit près de lui.

« Tu as effrayé ces gens, dit Thomas, brisant enfin le silence.

— Leur frayeur n'est qu'un frisson comparée à celle qu'ils éprouveront à l'heure de la colère, répondit Jésus.

— Pourquoi as-tu refusé que ces gens te suivent jusqu'à Jérusalem ?

— Thomas, ils croiront à Jérusalem que je soulève les foules contre eux. Ils alerteront alors les Romains et ceux-ci se croiront obligés d'intervenir. Les Zélotes n'attendent que cela. Avons-nous assez évoqué ce qui s'ensuivrait ? Je ne veux pas faire couler le sang. Je l'ai dit, l'ombre de l'aiguille a dépassé l'heure du repentir.

— Et après ? questionna Jean.

— Rien n'est plus dans mes mains, tout est dans celles du Seigneur et, plus tard, reposera dans les vôtres. »

Épuisé par ses émotions, les cris, la foule, et sans doute son premier vrai repas de longtemps, Aser s'était endormi appuyé à Jésus.

Dehors, une garde de Zélotes veillait sur l'auberge. La Légion n'était pas apparue.

« Je me demande si nous n'allons pas tous être massacrés, souffla Lazare, en vidant son verre.

— Si tu n'as pas de foi, n'as-tu donc pas de dague au moins ? » lui lança Marthe, irritée. Et elle lui tendit sa propre dague.

« Pardon, souffla-t-il. Parfois mon cœur défaille. »

Jésus était monté se coucher. Marie monta préparer sa nuit et disposer près de lui sa gargoulette d'eau fraîche et lui porter une couverture. Mais quand elle entra dans sa chambre, une lampe à la main, elle le trouva déjà allongé sur sa litière. À sa respiration régulière et profonde, elle comprit qu'il dormait. Aser était recroquevillé contre lui. La lumière de la lampe révéla les petites jambes misérables du gamin et un visage apaisé. Elle les contempla longtemps.

« Demain..., songea-t-elle, un jour... »

Elle déploya silencieusement la couverture et en recouvrit le père et le fils, car c'étaient le père et le fils, elle n'en doutait plus. D'autres avaient engendré le corps de l'enfant et lui, il avait engendré son âme. Puis elle sortit de la chambre et alla se coucher avec Marthe, Malthace et Joanna.

26.

N'a-t-il pas de mère ?
N'a-t-il pas de frères ?

La dernière étape avant Jérusalem fut Jéricho. Elle fut d'autant plus mouvementée qu'en dépit des exhortations de Jésus, plusieurs centaines d'habitants de Phasaëlis suivirent le cortège. À l'arrivée, Jéricho était depuis l'aube prévenue par des éclaireurs de bonne volonté : le Messie Jésus, sorti du tombeau était en route pour Jérusalem. Il avait guéri un enfant paralytique. La rumeur, d'ailleurs, enfla au gré des imaginations : certains assurèrent qu'il avait guéri tous les enfants paralytiques de la région. On attendait d'autres prodiges.

Jésus confia Aser à ses frères, qui l'avaient suivi depuis Phasaëlis et leur demanda de retourner sur leurs pas.

« Le Seigneur l'a guéri, leur dit-il. Je ne veux pas, moi, mettre sa vie en danger. Ce serait offenser le Très-Haut. »

Aser l'étreignit. Jésus le bénit et lui caressa la tête.

« Va et sois fort. Le Seigneur veille sur toi. »

Vers midi, le paysage rude, aride et montagneux autour de la Ville des Palmiers s'anima d'une procession longue d'un bon millier de coudées, se dirigeant vers les nouveaux remparts. Rien n'avait changé au fond depuis les siècles, n'était que la parole d'un homme de lumière succédait aux trompettes de Josué. Ce n'étaient plus cette fois des armées terrestres qui partaient à la conquête de la Terre Promise, mais des phalanges invisibles.

« Regarde là-bas, dit Jésus à Jean en indiquant un pic massif : c'est le mont de la Tentation. J'y suis monté jeune, quand j'étais par là-bas – et il indiqua l'au-delà des monts, où se trouvait la mer de Sel – le Tentateur m'y a offert le monde. Les Hyérosolimitains me l'ont offert maintes années plus tard, mais sans malignité. Ni jadis, ni hier, je n'ai voulu de couronne. Comprends-tu qu'aucun démon jamais ne me séduira ?

— Les démons sont des sots », observa Jean.

Jésus se mit à rire.

« Oui, tu as raison, je l'ai toujours pensé aussi. Rien n'est plus bête qu'un démon. C'est une race qui n'est pas instruite, parce qu'ils ne savent ni lire, ni écouter. La méchanceté est la pierre de touche de la sottise. »

Les habitants savaient les noms de tous les gens importants du cortège. Peu après l'entrée dans la ville, un émissaire accourut au pas de course pour annoncer à Malthace que son fils Hérode Antipas résidait dans le palais de son père.

« Homme, s'écria la vieille femme, cours du même pas lui annoncer que je maudis mon sang et que mes imprécations volent au-dessus de sa tête comme les vautours au-dessus d'un cadavre ! »

Le message fut sans doute transmis promptement, car passant devant le palais, en effet, chacun put voir que vingt des Galates de la garde privée du tétrarque se tenaient devant les portes, lance au poing et l'œil féroce, s'attendant probablement à être écharpés par la foule qui défilait. Des gamins dansaient devant eux en les narguant et agitaient les bras en criant :

« Hérode, voici les vautours ! »

À l'intérieur, Hérode Antipas regrettait sans doute amèrement d'avoir quitté Machéronte pour respirer le bon air de Jéricho.

Jésus vit tous les Zélotes qui entouraient le cortège et appela Joachim.

« Votre nombre a grossi.

— En effet, Simon de Josias et d'autres chefs ont voulu se joindre à nous.

— Les Zélotes du sud se sont joints à nous ?

— Oui, ils sont désormais tes défenseurs, comme ceux de Galilée. Ils estiment que toi et les disciples êtes en danger.

— Te rends-tu compte que leur seule présence va exacerber les alarmes des gens de Jérusalem ?

— Maître, leurs alarmes sont déjà exacerbées. Notre présence ne pourra que refroidir leurs mauvaises intentions. »

Il n'était plus lieu de discuter. Pierre, André et Thomas pressèrent le pas, arrivèrent à la hauteur de Jésus et le virent soucieux. Une fois de plus, la situation lui échappait.

« Je ne suis pas un général, leur dit-il, je ne suis pas venu pour des affaires terrestres. Je ne peux pas renvoyer ces gens. Ils n'ont compris ni mes intentions, ni votre mission. Je prie le Seigneur que la présence de ces gens reste symbolique. »

Ils se demandèrent encore ce qu'ils allaient faire à Jérusalem.

À l'aube du lendemain, la vie à Jérusalem sembla reprendre comme à l'accoutumée. Les négociants décrochèrent les volets de leurs boutiques à leurs heures habituelles. Les prêtres du Temple sortirent laver pieds nus les sols des parvis des Prêtres et des Hommes, et les domestiques lavèrent ceux du parvis des Femmes et des Gentils. Les changeurs et marchands de colombes et d'animaux sacrificiels s'installèrent comme à l'accoutumée le long du parvis des Gentils. La nouvelle garde prit la relève de l'ancienne sur la terrasse de la Tour Antonia. Les hommes se purifièrent de leurs humeurs nocturnes, se peignèrent la barbe et les cheveux et chaussèrent leurs sandales. Les femmes et leurs servantes éteignirent les lampes et ranimèrent les feux dans les foyers, battirent les litières encore tièdes, secouèrent les couvertures dans la rue ou par la fenêtre et balayèrent le sol. Les ruisseaux des rues hautes et basses se grossirent des sanies de soixante-dix mille habitants, du moins selon les recensements des Romains. Les marchands de fruits et légumes entrèrent par la Porte des Brebis au nord et la Porte des Esséniens au sud et installèrent leurs étals dans la Ville basse. Leurs paniers étaient particulièrement garnis ce jour-là, Souccoth, fête des premières offrandes. Ils étaient surtout chargés de gerbes symboliques de blé et d'orge, mais aussi de paniers de pommes, de poires et de raisin. On fit la queue pour aller chercher de l'eau aux puits, on commença à pétrir la pâte, à hacher de l'ail, à plumer des volailles. Des enfants naquirent et poussèrent leurs premières lamentations dans cette Vallée des Larmes. Des sages-femmes les lavèrent avec l'expression laborieuse de celles qui savent que l'expérience ne sert qu'à ceux qui l'ont. Au Gymnase, des adolescents se chauffaient les muscles. Des filles se fardèrent les yeux devant des miroirs d'argent poli.

Pilate but son verre matinal de lait de brebis coupé de jus de grenades et s'assit sur sa chaise ordinaire pour s'offrir aux soins du barbier.

Au palais de Caïphe, les activités domestiques reprirent cependant de manière feutrée.

Tout le monde savait. Tout le monde tremblait.

Le grand prêtre n'avait pas dormi de la nuit, et les domestiques le savaient aussi.

Jérusalem était assiégée. Ce n'étaient pas des armées rangées qui la menaçaient, mais les pires des assaillants : des légions immatérielles, celles qui suscitent l'angoisse sacrée.

À la dixième heure, une délégation de dix membres

du Sanhédrin arriva au palais de Caïphe. Guedaliah, le secrétaire, les conduisit auprès de son maître.

« Grand prêtre, la *shekinah* divine t'a-t-elle éclairé cette nuit ? » lui demanda leur chef.

Il secoua la tête.

« Dans Son infinie sagesse, le Très-Haut nous met donc à l'épreuve, répondit-il d'une voix cassée. La science des Livres ne m'a pas instruit de la résolution à prendre dans une situation aussi périlleuse. Jadis, Il faisait que le sol s'entr'ouvrait sous les pas de ceux qui Le défiaient. Mais le sol ne s'est pas encore entrouvert pour engloutir cet impie. »

Il avait évité, comme il convenait, de prononcer le nom de l'impie. Ils tirèrent de longues mines ; ils étaient venus reprendre du courage ; leur chef n'offrait que son incertitude.

« Est-il une forme nouvelle de démon sorti du Shéol pour nous mettre à l'épreuve ? » murmura-t-il.

Mais, dans l'angoisse où elle se trouvait, la délégation n'était guère d'humeur à évaluer des hypothèses théologiques.

« D'abord, interrogea l'un de ses représentants, est-on bien sûr que ce soit lui ? »

L'éternelle question !

« Saül a trouvé la réponse, dit Caïphe avec un mouvement impatient de la main, et elle est imparable. C'est bien lui, car c'est la même femme qui l'accompagne. Aucun imposteur ne peut prendre la place d'un homme qu'une femme a connu dans sa chair.

— Cette Marie de Magdala ? »

L'heure ne se prêtait pas non plus à évoquer les complicités grâce auxquelles cette femme était parvenue à tirer un crucifié du tombeau. Caïphe hocha la tête. Il reprit :

« C'est indéniablement le même homme que nous avons envoyé au bois. Nous en sommes revenus à la situation que je m'étais efforcé d'éviter avant la dernière Pâque et que le Très-Haut m'avait, en effet, permis de maîtriser dans l'intérêt général.

— As-tu alerté Pilate ? »

Il secoua la tête.

« Il estime que deux ou trois centaines de gens sans armes qui se rendent à Jérusalem ne méritent pas d'alerte militaire. Il m'a répondu hier : “Et que ferais-je alors au moment de votre Pâque, quand les pèlerins se comptent par dizaines de milliers ?” Il ne reconnaît aucune menace pour l'Empire des païens dans la présence de l'impie, il refuse de voir le danger. »

Ils demeurèrent un moment silencieux, comme les condamnés qui attendent d'être mis en croix.

« Mais enfin, s'écria l'un des hommes de la délégation, Omri, cet homme n'a-t-il pas de mère ? N'a-t-il pas de frères que nous puissions persuader d'aller le mettre en garde contre les conséquences de ses menées séditieuses ? »

Caïpha médita la suggestion.

« C'est une idée, admit-il. Une idée seulement. Mais enfin, creusons-la. »

Il se tourna vers son secrétaire, Guedaliah et demanda que l'on fît venir Saül. Et qu'en attendant on servît des boissons fraîches et un en-cas.

Un domestique apporta une carafe de jus de pomme, des verres, un plat de petits gâteaux. Les gens de la délégation s'assirent en attendant Saül.

« Et dire que c'est aujourd'hui Souccoth ! » murmura l'un d'eux.

La Fête des Premières Offrandes. Quels fruits violents le Très-Haut se préparait-il à leur faire manger ?

Elle arriva peu avant midi, suivie de ses belles-filles, Lydia et Lysia, et de Joseph, Simon et Judas, les demi-sœurs et demi-frères de Jésus, nés d'un précédent mariage de son père Joseph. Le quatrième frère, Jacques, était déjà auprès de Jésus, puisqu'il était l'un de ses disciples. Quelques domestiques les suivaient. Saül et deux de ses hommes les escortaient. Guedaliah ferma les portes de la salle.

Elle était vêtue de noir, la couleur universelle des

femmes qui ont passé le temps des illusions, et portait le visage affligé de celles qui savent la violence des hommes. Elle balaya ces dignitaires d'un regard las. Ils avaient jadis représenté la justice divine. Ils ne représentaient plus que la leur.

« N'ayez crainte, leur déclara Caïphe quand ils furent entrés. Je vous ai fait venir pour vous prier d'une mission. Je n'ai pour vous ni menaces, ni réprimandes. »

Il leur fit servir à boire ; ils ne burent pas. Puis il leur expliqua ce qu'il attendait d'eux : qu'ils aillent au-devant du cortège de celui qu'il ne nomma pas, mais désigna sous la circonlocution « L'homme qui est votre parent » ; qu'ils le persuadent de ne pas entrer dans la ville avec son équipage, parce qu'il déclencherait un soulèvement et ferait ainsi couler le sang de son peuple. En foi de quoi, Caïphe s'engageait à ne pas tenter de le faire arrêter de nouveau.

Au bout d'un silence, Marie, mère de Jésus, s'adressa à cette assemblée :

« Qu'est pour vous une mère ? Une femme qui donne naissance à d'autres femmes et, pour le bonheur des époux, à des hommes qui seront des alliés ou des ennemis, des soldats sous leurs ordres ou contre leurs ordres. Elle est une servante, ainsi que cela est écrit dans le premier de vos Livres. Ève a été créée afin qu'Adam ne fût pas seul...

— Femme ! s'écria Caïphe, le visage crispé, je t'ai convoquée pour te confier une mission et non pour écouter des insolences sur les Livres !

— C'est bien cela, Caïphe, rétorqua-t-elle calmement, tu m'as convoquée comme servante. Servante, quel pouvoir aurais-je donc auprès de mon fils ? Il a mené sa vie ainsi que le Seigneur le lui commandait. Le Seigneur lui a dicté d'autres mots que ceux de vos Livres. Vous croyant maîtres des destins, vous l'avez cloué sur le bois. Le Seigneur l'a sauvé de la mort. Ces événements sont si puissants qu'ils échappent au pouvoir que vous croyez me conférer pour votre convenance. Croyez-vous que, s'il est vivant comme vous le craignez, mon fils Jésus, oui, Jésus, ignore l'immanence des desseins divins ? Et s'il est vivant, ne voyez-vous pas la folie de ce que vous demandez ? S'il est vivant, il ne peut être sorti du tombeau que par la volonté céleste ! Quel signe plus éloquent de l'intervention du Seigneur dans cette affaire ? »

Elle haletait ; elle s'interrompit un moment et reprit :

« À l'évidence, ces événements échappent également à votre pouvoir. Ils sont désormais dans les mains du Seigneur et de lui seul. Vous devriez vous élancer au-devant de mon fils et vous prosterner à ses genoux et implorer, non son pardon, car il vous le donnera, lui, mais celui du Tout-Puissant !

— Femme ! » tonna Caïphe.

Elle ne l'écouta pas. Forte de sa faiblesse, elle poursuivit :

« Mais non, vous envoyez une vieille femme, sa mère, vous envoyez ses frères et ses sœurs en ambassade ! Vous voyez le peu de cas que vous faites vous-mêmes de votre puissance et de votre gloire ! Vous avez peur, vous êtes possédés par la peur, vous êtes cruels quand vous êtes puissants, vous clouez les justes sur la croix et, quand vous êtes désarmés, vous vous tournez vers les femmes ! Quel cas ferais-je alors de votre puissance et de votre gloire, moi, une pauvre vieille mère ! »

Elle les balaya derechef du regard :

« Que n'allez-vous vous-mêmes lui exposer vos raisons ? Auriez-vous peur d'affronter un homme sorti du tombeau où vous l'avez mis ? »

Caïphe s'agita sur son trône. La délégation observa un long silence. La mère de celui qu'ils tenaient pour leur ennemi, sinon l'Ennemi, avait résumé l'évidence. C'était vrai, personne ne pouvait plus rien. Et ils en avaient été réduits à faire appel à cette femme. Quelques-uns en eurent honte.

« J'irai cependant, conclut-elle, non dans l'espoir de changer les desseins du Seigneur, ni pour vous être agréable, mais pour revoir mon fils, car la dernière image que j'ai eue de lui était celle d'un homme cloué nu sur une croix d'infamie. »

Elle se tourna vers ses beaux-enfants. Joseph, l'aîné, qui avait la cinquantaine, prit la parole :

« Nous irons avec Marie, déclara-t-il. Mais ce ne sera pas en tant que vos émissaires. Nous ne pouvons pas être les alliés de ceux qui ont mis Jésus sur la croix. » Il se tourna vers Saül : « Ni de ceux qui persécutent ses disciples, dévastent leurs maisons et les lapident. Nous irons pour voir un saint homme qui se trouve être notre frère. »

Il tourna les talons sans une seule inclinaison, sans proférer une seule parole de respect. Ses frères le suivirent, puis ses sœurs. Ils sortirent en laissant derrière eux un silence de plomb.

27.

Une journée éprouvante

Au sommet de la Tour Antonia, le capitaine de la garnison arpentait nerveusement la terrasse. Des centurions postés aux quatre coins étaient chargés de lui signaler tout mouvement de population suspect et la moindre anicroche qui se produirait soit dans la rue, soit sur les parvis du Temple.

Mais allez savoir quel incident était anodin et quel autre suspect ! L'afflux de fidèles venus présenter leurs offrandes de gerbes et de fruits pour Souccoth était celui des grands jours, et fatalement, des gens se bousculaient et s'invectivaient çà et là.

Force était donc aux Romains de s'en remettre à la vigilance de la Police du Temple, dont une trentaine d'hommes montaient la garde à la porte et une centaine d'autres s'étaient répartis sur le portique entourant le Parvis des Gentils. Du haut de la tour, on reconnaissait leur commandant, avec sa tunique courte et ses bottes rouges, surveillant les fidèles.

Les prêtres, eux, recevaient les offrandes à la porte de la balustrade qui séparait le Parvis des Gentils du Parvis des Femmes et les confiaient à des domestiques qui les chargeaient sur leurs épaules dans des paniers et allaient les porter d'un pas lourd dans les réserves du Temple, puis revenaient.

Saül avait mobilisé ses six sbires et battait la semelle, se tenant à la disposition de la Police du Temple. Au cas où il se passerait quelque chose. Mais à l'évidence, si un incident advenait, ce serait déjà trop tard, il ne le savait que trop bien.

« Il a bien choisi son jour, ce ressuscité ! » s'écria le capitaine romain. Il se fit monter de la cantine un carafon de bière et le posa sur la rambarde de la terrasse, pour surveiller le chemin de Bethphagé. Il faisait lourd. La journée ne s'écoulerait certainement pas sans un bel orage.

À la Procure, assis à sa table, Pilate vaquait tranquillement à ses affaires, révisant les rôles des soldes et les comptes de la Procure.

Assis en face de lui, Cratyle recopiait les documents dont Pilate l'avait chargé d'établir un double. Il feignait, lui aussi, le détachement, mais n'en était pas moins sur le qui-vive. Des éclats de voix au rez-de-chaussée le firent sursauter ; il bondit vers la fenêtre, les nerfs à vif, et se pencha. Rien. Une dispute de domestiques. Ce fut à lui que, ce jour-là, les mouches transmirent leur énervement. Il se leva pour aller chercher un sac de copeaux de cèdre et des pétales de chrysanthème.

Pilate leva sur lui un œil ironique. Cratyle saisit le regard et réprima un sourire.

À midi, l'espion Alexandre le fit appeler : il avait distingué dans la colonne des fidèles le cortège de Malthace et ne doutait pas que Jésus s'y trouvât. Le cortège semblait se diriger vers la Porte des Brebis.

« À mon avis, il est gardé par une trentaine de Zélotes », dit-il.

Pilate, informé, n'émit aucune remarque.

« Je mangerais bien quelque chose, dit-il. Et je voudrais un carafon de bière. J'aurais bien voulu un demi-jambonneau, mais dans ce pays, autant demander un quartier de lune. »

Cratyle envoya un domestique quérir un demi-poulet et la bière, avec deux petits pains au sésame, que le Procurateur préférait.

À midi et demi, le centurion posté à l'angle nord de la Tour Antonia distingua malaisément, dans la poussière du chemin, un certain remous dans le flux des pèlerins sur la route. Mais aucun signe alarmant ne se dessinant, il n'en fit pas cas davantage. En fait, trois femmes et trois hommes empruntèrent le chemin de Bethphagé à contresens, comme s'ils avaient déjà fait leurs offrandes. Ils regardaient à droite et à gauche, paraissant chercher des amis. Ils s'arrêtèrent à un cortège et le grossirent quand celui-ci quitta la route pour gravir les pentes de Gethsémani. Dans la poussière de la route, les pèlerins n'y prêtèrent pas non plus attention.

La première personne que Marie reconnut dans le cortège qui se rendait à Jérusalem fut son homonyme, la compagne de son fils. Elle alla vers elle et Marie de Magdala aussi la reconnut et descendit de son âne. Elles s'étreignirent, ce qui ralentit l'allure de l'équipage. Elles pleurèrent et les autres femmes les virent et comprirent. Marthe et Joanna descendirent de leurs montures et entourèrent la mère de Jésus et même Malthace, que celle-ci ne connaissait pas, mit pied à terre, la serra dans ses bras et lui dit :

« Béni soit le fruit de tes entrailles ! »

Et la première personne que Joseph, le demi-frère aîné de Jésus, reconnut aussi dans le cortège fut son frère Jacques, qui allait à pied. Eux aussi s'étreignirent et ne purent retenir leurs larmes. Ensuite Simon et Judas, puis Lydia et Lysia reconnurent Jacques et l'entourèrent. Ils ne l'avaient pas revu depuis qu'il avait fui Jérusalem, le lendemain de la Pâque, cinq mois auparavant.

Deux petits groupes s'étaient ainsi coagulés, freinant le cours des gens sur la route.

Marie se dégagea des bras de Marie de Magdala et regarda autour d'elle.

« Est-il avec vous ? Où est-il ? Est-il vrai que...

— Il marche devant, entre Pierre et Jean. »

Les deux Marie se détachèrent de leur groupe, se

frayèrent un passage dans le cortège décomposé et les pèlerins, qui se plaignirent d'être bousculés.

Les Zélotes ne savaient plus où donner de la tête.

Marie la mère connaissait Pierre et tous les disciples, mais elle ne reconnut d'abord pas l'homme qui marchait au côté de Pierre. Ce fut lui qui la reconnut. Il s'arrêta devant elle et elle retrouva ce regard. Étincelant.

Elle tendit les mains, comme si elle était devenue aveugle. Il les prit et l'attira vers elle.

Elle défaillit. Il la soutint. Un Zélote offrit sa gourde et Jésus la fit boire.

Il était impossible de demeurer plus longtemps sur la route. Ils étaient au pied de Gethsémani.

« Quittons la route ! » s'écria Jésus.

Il gravit la pente du petit bois, piquée de genévriers et de tamariniers, soutenant sa mère et guidant son pas. Elle s'appuyait à son bras. Il se retourna. Les autres avaient compris, ils le suivaient.

Marie s'adossa à un arbre et ouvrit les yeux qu'elle avait jusqu'alors tenus mi-clos.

« Tu es vivant ! » souffla-t-elle.

Les larmes jaillirent de ses yeux.

« La volonté du Seigneur est insondable ! » s'exclama-t-elle, d'une voix cassée, qui s'égarait dans les aigus.

Les autres femmes les avaient rejoints.

Marie prit son fils dans les bras et appuya sa tête contre sa poitrine. Elle était plus petite que lui. Puis elle s'écarta et lui saisit les mains. Comme tous les autres, elle examina les cicatrices, dessus et dessous. Elle secoua la tête.

« Voici les pieds », dit-il.

Elle dut s'asseoir par terre, égarée. Elle but de nouveau. Lydia et Lysia l'encadraient.

Ils étaient tous rassemblés sur les pentes de Gethsémani. La chaleur se faisait encore plus pesante.

« Où étais-tu tout ce temps ? demanda-t-elle. J'entendais des rumeurs folles et je me refusais à y croire.

— J'étais en convalescence près de Damas, et je ne

voyais pas de raison de me livrer de nouveau à Caïphe et à ses gens.

— Caïphe ! répéta-t-elle. Ils nous a envoyés en délégation, tes frères et tes sœurs et moi-même.

— Que veut-il ?

— Lui et ses conseillers te supplient de ne pas entrer dans la ville, car tu y causerais un soulèvement et bien des morts.

— C'est la terreur qui les inspire.

— Marie le leur a dit, rappela Joseph.

— Mais j'entrerai quand même à Jérusalem », déclara Jésus.

Une rumeur parcourut tout le groupe. Les Zélotes tendirent le cou.

« Tu y vas ? Tu y vas ? demanda Simon de Josias.

— Votre heure n'a pas encore sonné, répondit Jésus. J'irai seul. »

Ils se récrièrent de nouveau.

« Seul ? » s'exclama Jacques, le frère de Jésus, effrayé.

Jésus hocha la tête.

« Attendez-moi ici. »

Il descendit les pentes de Gethsémani, le jardin où il avait tout vu et tout compris. Ils le virent rejoindre le flot des pèlerins et le suivirent des yeux, puis la poussière le déroba à leurs regards.

Là-haut, sous les arbres, les deux Marie s'étaient assises sur leurs manteaux, l'une près de l'autre, un peu à l'écart.

« Dis-moi, demanda l'aînée. Que s'est-il vraiment passé ? Je n'ai rien su, on ne m'a rien appris. Il était au tombeau, puis on me dit qu'il en était sorti, et moi je n'osais ni le croire ni en douter... »

L'autre Marie commença à lui raconter.

« La veille de la Pâque, quand le supplice avait été décidé, nous nous sommes révoltées... »

Il entra par la Porte des Brebis, dans le flot des pèlerins. Aucun regard indiscret ne s'attacha à lui. Il se dirigea vers la Piscine Probatique, aux cinq colonnades. Comme d'ordinaire, les lieux étaient jonchés d'êtres oubliés des riches et de la chance. Des mendiants, des infirmes, des indignes. On leur avait consenti quelques bribes des offrandes destinées aux prêtres. Des trognons de pomme et des noyaux d'abricots jonchaient le sol.

Il entra dans le seconde piscine, celle qui était réservée aux bains des humains, la plus grande, en dessous, étant pour laver les moutons, toutes deux alimentées par une adduction d'eau. Il se dévêtit et posa ses vêtements sur un banc de pierre. Son regard tomba sur un homme, à peine un homme, qui l'observait intensément dans la pénombre. Jésus regarda son visage et comprit. L'homme était atteint d'une maladie de peau ; s'il entrait dans la piscine, il la rendrait impure. On le battrait.

« Tu veux te baigner ? lui demanda-t-il.

— Je me laverai tout à l'heure sous la pluie qui menace. Je veux guérir, répondit l'autre d'une voix sourde, une voix d'enterré vivant. Je voudrais laver mon tourment.

— Seul le Seigneur peut laver ton tourment.

— Le peut-il ? questionna l'homme, la bouche amère.

— Prie-le. Là. Tout de suite.

— Je ne sais pas prier. Que lui dirais-je ?

— Seigneur, lave mon tourment. »

L'homme parut un moment indécis, peut-être irrité. Prier, vraiment ! Assis sur le rebord de la piscine, Jésus ne détachait pas son regard de lui.

« Qu'attends-tu ? s'enquit l'infortuné, d'un ton de défi.

— J'attends que tu pries, que ton corps et ton âme se purifient et que tu descendes avec moi dans la piscine. »

Cette fois, l'homme sembla interloqué. Son regard pesa sur Jésus un long moment.

« Seigneur ! cria-t-il enfin avec désespoir, levant les yeux. Seigneur, lave-moi de mon tourment ! »

Jésus descendit une marche, prit dans ses mains une potée d'eau de la piscine, remonta et la jeta au visage de l'homme. Celui-ci suffoqua. Il se passa les mains sur le visage. Des croûtes lui restèrent dans les doigts. Il regarda Jésus, ébahi. Il se passa de nouveau les doigts sur le visage, toujours incrédule.

« Prie ! ordonna Jésus. Remercie ton Seigneur ! »

L'autre se leva, écarta les bras et, devant tout le monde, pria à haute voix avec tant de ferveur qu'un baigneur lui lança.

« Va donc prier au Temple ! »

Jésus jeta au visage de l'homme une autre potée d'eau.

« Tes croûtes sont lavées, lui dit-il. Essuie-les et baigne-toi. »

Se passant encore les mains sur la face, l'autre le dévisagea.

« Il n'y avait qu'un homme qui accomplissait ces prodiges sacrés... »

Jésus ne l'écouta pas et descendit dans la piscine. En trois brasses, il fut loin. Quand il se fut rhabillé et peigné, l'homme était parti. Il le revit dehors, immobile, les yeux levés et les paumes tournées vers le ciel.

« Il faudrait que je fusse mille », songea-t-il.

Il erra dans Jérusalem, sachant qu'il ne la reverrait jamais plus, ainsi en avait-il décidé. La ville de David et de Salomon était morte ; elle avait été pleine de joie, et maintenant son opulence exhalait une odeur rance et triste. La foi trahie la cernait de rancœurs et l'occupation romaine lui faisait déjà comme une stèle. Une foule dense n'exprimait que l'ennui dolent et fétide. S'il était entré en compagnie des siens et des Zélotes et s'il s'était fait reconnaître, la ville serait déjà à feu et à sang. Par amour du Seigneur ? Non, par goût du miraculeux et mépris des hommes fades, surtout quand ils étaient prêtres.

On le lui avait déjà dit à Quoumrân : « Un prêtre

tiède est pire qu'un démon, et le respect des mots est la trahison de l'Esprit. Nous ne remettrons plus jamais les pieds à Jérusalem, elle est pleine de démons mous et de pain mal cuit. »

Le cœur lourd, il pria devant le Temple sans y pénétrer et s'apprêta à reprendre le chemin de la Porte des Brebis.

À l'heure même où il avait quitté Gethsémani, Procula, informée par ses servantes que Jésus était proche de Jérusalem, descendit appeler Cratyle. Elle ne lui posa aucune question et il suffit au Crétois de la regarder pour savoir ce qu'elle lui voulait.

« Aux nouvelles que j'ai eues il y a une heure, le cortège semblait se diriger vers la Porte des Brebis, dit-il. La sentinelle de la Tour Antonia a toutefois remarqué un mouvement singulier au pied de la colline de Gethsémani. »

Elle hocha la tête.

« Pas un mot à mon époux. Je serai de retour pour le souper. »

Elle ne connaissait pas Jérusalem. Elle prit une servante, la Syrienne, pour lui indiquer le chemin. Elle affronta la poussière, la cohue, la foule qui avançait en sens inverse et l'insupportable moiteur d'orage qui pesait sur la région. Elle arriva une heure plus tard au pied de la colline de Gethsémani.

Elle regarda autour d'elle, quasi hagarde et soudain consciente de l'étrangeté de son expédition. Elle, une Romaine et de surcroît l'épouse du Procurateur de Judée, partie à l'aventure par la campagne dans l'espoir d'apercevoir un mage juif condamné par les autorités ! Folie ! Mais elle le savait : ne l'eût-elle pas fait qu'elle se le serait reproché toute sa vie. Au fond de l'âme, une flamme folle est ce qu'il y a de plus précieux... Elle leva les yeux et vit des gens dans les bosquets. Elle n'y voyait plus clair, elle plissa les yeux et décida de s'approcher. Le manteau s'accrocha aux branches, elle était essoufflée, elle avait chaud... Une femme se leva descendit vers elle.

« Marie ! » Elles joignirent les mains.

Les hommes les observèrent. Cela faisait désormais bien des femmes. Malthace s'avança vers Procula. Elles s'étreignirent. Marie la mère observait la nouvelle venue. Une femme comme elle, vêtue de blanc au lieu de noir, mais portant quand même le noir dans le regard. Elle devina qui était l'étrangère.

« C'est sa mère. La mère de Jésus », dit Marie en indiquant une femme assise sous un chêne.

Procula, saisie par l'appréhension, avança vers Marie. Qu'allait-il se passer ? Elle était après tout l'épouse du Procurateur, celui qui avait accepté de livrer Jésus aux Juifs...

« Viens », dit Marie.

Procula approcha, d'un pas prudent.

« Nous savons ce que sont les hommes », dit Marie.

Elles se firent face. Elles déchiffrèrent réciproquement dans leurs yeux la douleur, la compassion et le don des larmes, dont les hommes sont infirmes. Un fil d'or unissait la mère de la victime et l'épouse du bourreau. À Rome l'Impérieuse comme en Israël, mères et épouses considèrent les pontifes et les guerriers du même regard qui signifie : c'est une femme qui t'a mis au monde et c'est une autre qui te pleurera.

« Je sais ce que tu as fait, dit Marie.

— Presque rien, mais je ne pouvais...

— C'est le cœur qui compte. Tu étais païenne, tu ne l'es plus, le sais-tu ? »

Procula sourit.

« Tu as reconnu le Dieu du Cœur et il n'y en a qu'un, dont mon fils est le messager. »

Procula l'interrogea du regard, ces yeux déjà brouillés par l'âge et les émotions ravalées.

« Où est-il ? demanda la Romaine.

— À Jérusalem », soupira Marie.

Procula poussa un cri. Marie ben Ezra accourut.

« Vous l'avez laissé aller à Jérusalem ? s'écria Procula. Mais... tout va recommencer !

— Sa volonté prime, répondit la plus jeune des deux Marie. Mais je doute qu'ils le reconnaissent.

— Quand reviendra-t-il ?

— Il a dit qu'il reviendrait. Nous l'attendons donc. Tu peux attendre avec nous. »

Elles guettèrent la route. Les Zélotes murmuraient ; ils avaient laissé passer une belle occasion. Pour Souccoth, ils auraient volontiers gaulé Jérusalem et fait tomber les fruits pourris. Simon de Josias rêva à haute voix qu'il fendait cette canaille de Caïphe pour l'épépiner. Ils rirent.

Philippe vaticinait ; il voulait faire tomber la pluie. Les autres disciples ne lui répondirent pas.

L'autre Jacques alla s'asseoir près de sa belle-mère. Malthace fit distribuer le pain, les gâteaux et l'eau de sa besace et pria Bartolomé d'aller en acheter en ville, pour le cas où l'attente se prolongerait.

Ils virent enfin arriver un homme, mais ce n'était pas celui qu'ils attendaient.

28.

L'Adieu à Babylone

À la fin, en effet, les nerfs de Saül avaient cédé.

À force de traîner çà et là dans le Temple, l'oreille aux aguets, il avait fini par recueillir du chef de la Police le rapport de l'une des sentinelles de la Tour Antonia ; presque rien : on avait repéré à Gethsémani un groupe de gens qui s'étaient retirés dans ce bois sans raison apparente. Ils n'étaient pas assez nombreux pour constituer une menace, et l'on doutait qu'ils eussent quelque rapport avec le groupe armé dont certains appréhendaient l'assaut. Par ailleurs, les gardes postés à la Porte des Brebis n'avaient vu passer aucun groupe suspect.

Pour Saül, un fait demeurait : le cortège signalé par ses espions n'était pas entré à Jérusalem ; il semblait s'être fondu dans la nature ; Gethsémani se trouvait sur leur chemin ; le groupe qui y campait ne pouvait donc être que celui-là. Ces gens-là attendaient probablement la nuit pour mener un assaut contre Jérusalem.

Dans sa fièvre, Saül tenta d'imaginer la forme que prendrait cet assaut. Peut-être essaieraient-ils d'incendier un édifice ou l'autre. Le Temple ! Oui, c'était cela, ils essaieraient d'incendier le Temple la nuit ! Ah, les canailles ! À la réflexion, un tel projet lui apparut cependant délirant. Mais alors, que faisaient donc là-bas tous ces gens ? Ils étaient évidemment liés à Jésus ; ils l'écoutaient donc, car cet homme parlait beaucoup. C'était l'occasion parfaite pour aller voir cet homme de près.

Il héla deux de ses sbires et se lança avec eux sur le chemin de Gethsémani. Tout cela fut décidé dans l'instant et la fièvre du chasseur qui traque une proie. En route, il s'avisa que son escorte ne servirait pas à grand-chose s'il devait affronter une milice de Zélotes ; peut-être devrait-il faire demi-tour pour ramener du renfort. Il changea de nouveau d'avis : où trouverait-il donc pareil renfort, puisque Pilate ne voulait entendre parler de rien et que la Police du Temple n'accepterait probablement pas de dégarnir ses effectifs. De plus, il risquait le ridicule si ces gens installés à Gethsémani n'étaient que des pèlerins fatigués ; il continua donc d'avancer. On verrait bien.

Il arriva haletant au pied de Gethsémani et leva les yeux ; oui, il y avait bien des gens, mais ils ne semblaient guère agressifs ; il ne sut que penser ; il distingua beaucoup d'hommes, mais aussi des femmes. Il grimpa sur ses jambes trop courtes.

La première femme qu'il reconnut était vêtue de blanc. Procula. Procula ici ! Il jubila. Ah, il tenait son furet ! Une autre femme le reconnut, elle : c'était Malthace. Elle se leva pour aller vers lui. Elle le toisa, sarcastique :

« Saül d'Antipater ! Le petit-fils de la deuxième femme d'Hérode le Grand ! Quel vent mauvais t'amène ? »

Interdit, Saül se figea. Pierre le fixa d'un regard sombre et Jacques, le frère de Jésus, alla vers lui :

« C'est toi, Saül ? C'est toi qui as fait lapider Étienne ? Que viens-tu faire ici ? »

Les Zélotes resserrèrent les rangs autour du petit groupe. L'inquiétude métamorphosa les mines des deux sbires de Saül. Beaucoup des hommes présents, ils le devinèrent, n'étaient pas des disciples, mais des Zélotes. Il regarda autour de lui, l'œil féroce et inquiet. Les regards convergèrent sur lui.

« Où est-il ? demanda-t-il avec l'autorité qu'il n'avait pas.

— Qui ? répliqua Simon de Josias.

— Jésus ! »

Des ricanements s'élevèrent. Marie ben Ezra avança vers lui :

« Tu ne le verras pas. Va-t'en.

— Qui es-tu, femme ? »

Mais il devina que c'était l'instigatrice du complot.

« Peu t'importe. Va-t'en.

— Au nom du grand prêtre Caïphe... »

À cette injonction, Simon ben Josias s'approcha si près de Saül que les deux hommes purent sentir leurs haleines réciproques.

« Caïphe, sais-tu ce que j'en fais, petit homme ? » dit-il en tirant sa dague et la dressant en l'air.

Saül voulut mettre la main à sa propre dague ; la poigne de Simon lui étreignit le bras.

« N'essaie pas, petit homme, ou bien je ferai de toi ce que je ferai de Caïphe ! »

Saül regarda autour de lui ; une fois de plus il était impuissant ; ils le laisseraient tous assassiner sans même ciller. Impuissant ! Il dégagea son bras et recula d'un pas.

« Vous ne voulez pas me dire où il est, mais je le trouverai ! cracha-t-il.

— Prie le démon qui est ton maître que tu ne le trouves pas, petit homme, rétorqua Simon, parce que ce serait alors le dernier homme que tu verrais sur la terre ! »

Saül blêmit. Joachim aussi avança, les mains en avant, comme prêtes à le broyer.

« Je ne sais ce qui me retient, Saül, de te dépêcher tout de suite aux enfers dont tu es sorti ! On te l'a dit et je te le redis et pour la dernière fois : va-t'en ! »

Le Zélote tendit le bras. Saül ravala sa salive et recula encore d'un pas. Il chercha ses sbires du regard ; deux renardeaux dans un chenil. La retraite s'imposait.

Et surtout l'incroyable évidence : Jésus était l'homme le plus puissant de toute la Palestine. Plus puissant que Pilate, qu'Hérode Antipas, que Caïphe. Il était vraiment le Roi des Juifs !

Il tourna les talons et entreprit la descente vers la route. Ses sbires dévalaient la pente en hâte. Des claquements de mains retentirent derrière lui ; il se retourna.

« Retourne aux enfers où nous mettrons aussi le feu, Saül ! »

Sur le chemin, il croisa Cratyle. Les deux hommes s'arrêtèrent, se considérèrent longuement, sans mot dire. Puis Saül reprit sa route, la tête basse.

« Maîtresse, dit Cratyle à Procula, l'heure avance et l'orage menace.

— Je suis venue voir cet homme et il est à Jérusalem.

— À Jérusalem ?

— Je veux le voir.

— Le Procurateur s'inquiète.

— Va, dit Marie à la Romaine. Je lui dirai que tu es venue. Il te bénira. »

Le visage baigné de larmes, la bouche déformée par le chagrin, Procula prit alors congé des femmes, puis elle descendit le chemin, les épaules secouées par les sanglots. Au bas du chemin, elle vit arriver un homme. Elle ne le reconnaissait pas, mais elle comprit que c'était lui. Elle tomba à ses pieds, laissant libre cours à son émotion.

« J'attendais de te voir, rien que te voir ! » articula-t-elle dans ses sanglots.

Parlait-il le grec ? Elle leva le visage vers lui.

« Lève-toi, Procula, ordonna Jésus en grec aussi, tes larmes t'ont lavée. »

Elle lui baisa les mains et se releva.

« Va, dit-il, sois sans crainte. Le Seigneur veille désormais sur toi. »

Cratyle dévisagea l'inconnu, saisi.

« Toi ? souffla-t-il.

— Tu étais le messager, n'est-ce pas ? C'est le rôle des anges », déclara Jésus en mettant la main sur son épaule.

Cratyle tressaillit au contact.

« Toi aussi, sois sans crainte. La mémoire du Seigneur est comme l'airain. »

Il gravit lentement la pente.

L'orage éclata enfin, mais seulement au-dessus de Jérusalem, comme s'il concentrait sa colère sur la ville. Du haut de Gethsémani, ils regardèrent la pluie traîner sur la ville, pareille à un voile de deuil.

« Ma mission est accomplie, dit-il. La vôtre commence. »

Ils se tournèrent vers lui.

« On voit parfois la foudre tomber sur un champ desséché et l'enflammer, reprit-il. Puis le vent survient et emporte au loin des graines qui germent et donnent naissance à de jeunes épis. Ainsi en a-t-il été, de par la volonté du Seigneur, des années où j'ai prêché sa parole selon son Esprit Saint. Jérusalem est comme ce champ desséché, et partout où s'étend son influence, les cœurs sont aussi desséchés. Les oreilles n'entendent pas, les yeux ne voient pas. C'est un champ de mort. Mais le vent s'est levé et c'est le vent du Seigneur, il ne s'essouffle pas. »

Il parcourut l'assemblée du regard.

« Vous êtes les graines. Répandez-vous dans les terres fertiles. Vous serez les semeurs du Seigneur. Ma parole est simple comme le tronc du palmier, elle est fine comme les palmes. Elle germera dans les cœurs purs, elle nourrira les affamés. Je vous donne les pouvoirs que le Seigneur m'a concédés : guérissez les corps souffrants pour libérer les esprits, soulagez les cœurs souffrants pour rendre leur force aux corps. Je vous le dis, l'esprit et le corps sont un dans la lumière du Seigneur. Il n'a pas créé le monde pour le mépriser. Il est la joie. Il veut que vous soyez la joie. Quand vous verrez le péché, souvenez-vous qu'il n'appelle pas la destruction, mais le pardon, pas le mépris de soi, mais le repentir. »

Le vent agita les branches au-dessus de leurs têtes.

« Vos mères, vos sœurs, vos femmes et vos filles

vous assisteront dans vos semailles et dans vos moissons. Le Seigneur leur a donné la moitié de votre soleil, la moitié de votre lune et la moitié des étoiles. Ne péchez pas par avarice, comme les hommes de Jérusalem, et ne leur disputez pas leur part de l'héritage divin. Sans elles, vous n'êtes que des arbres stériles. Ne cédez pas à l'orgueil qui ferait de vous des sépulcres hantés de désirs, et si elles vous inspirent le péché, songez que c'est d'abord vous qui avez conçu le péché dans votre esprit. Si vous les rendez responsables de vos péchés, vous vous réduisez à l'état d'épouvantails que le vent anime à son gré. »

Il entendait presque leur respiration et se demanda ce qui subsisterait de leur souffle quand il ne serait plus là pour l'attiser.

« Si vous portez réellement mon esprit, celui que je vous ai transmis parce que le Seigneur notre Père m'en avait chargé, vous accomplirez des prodiges. Méfiez-vous toutefois de l'effet des prodiges : il flatte la superstition des hommes. Il satisfait leur goût du spectacle, mais il ne procède pas de leur foi. Un homme qui ne croit au Seigneur que parce qu'il a vu un prodige n'est pas un vrai croyant. Il est aussi méprisable que les païens qui s'ébaubissent aux jeux du cirque ! Un prodige ne prouve rien ! Les démons aussi en suscitent et les esprits secondaires, ceux qui traînent dans les caniveaux du monde ! Écoutez-moi, ne flattez pas le goût des prodiges chez ceux qui vous écouteront, parce que vous serez alors contraints de multiplier ces prodiges le lendemain, et le lendemain du lendemain. Voudriez-vous donc être comme les magiciens de foire que chacun va regarder moyennant la pièce et puis oublie le lendemain ? »

Son regard se posa sur chacun d'entre eux. Pierre, celui qui l'avait renié, André, tenace et tourmenté, Jean et Jacques, les Ardents, trop ardents peut-être, Thomas, lent à croire mais prompt à aimer, son frère Jacques, taciturne et prudent, Matthieu, avare de ses mots, mais avide de ceux des autres, Nathanaël, Bartolomé, Simon le Zélote, Philippe, Thaddée, Judas de Jacques... Et

Lazare, qui l'aimait comme un fils, un frère, une femme. Si fragiles ! Son cœur s'emplit de l'inquiétude du père qui voit ses enfants quitter la maison.

« On tentera de vous entraîner dans des querelles, écartez-vous-en, le feu appelle le feu, faites pleuvoir votre patience. Défiez-vous du dérisoire, qui est la petite monnaie de Satan. Les mots sont la meilleure des choses quand ils portent l'esprit, et la pire quand ils ne portent que la vanité de ceux qui les prononcent. Écartez-vous des méchants et des sots, on ne jette pas de pain aux loups. »

Il se tourna brièvement vers Jérusalem.

« Écoutez-moi : pour le moment, les serpents ont entendu battre les ailes du Grand Serpentaire. Ils se tiennent cois dans leurs trous. Vous serez en paix pendant quelque temps, mais vous ne le serez pas toujours. Dès que le soleil brille, la vipère sort de son trou. Les hommes de Jérusalem vous feront payer tôt ou tard l'humiliation qu'ils ont subie en ce jour. Ils savaient tous que nous étions ici, que celui qu'ils avaient cloué sur le bois était vivant dans ce jardin, mais ils n'ont pas osé dépêcher un seul homme pour m'arrêter, parce qu'ils savaient qu'ils auraient signé de la sorte leur propre arrêt de mort. »

Indiquant les Zélotes du geste, il reprit :

« Vous aviez des gardiens, ces hommes que voici. Vous ne les aurez pas toujours. Aujourd'hui nos chemins se rencontrent, mais demain, ils reprendront leur combat. Ce sont les soldats de la révolte terrestre et vous, vous êtes les messagers de la révolte céleste. Leur combat est d'un temps, le vôtre est intemporel. Ils porteront le feu dans Babylone et, à ce moment-là, éloignez-vous de l'incendie, ce sera le plus immense depuis les feux de Sodome et de Gomorrhe. La colère du Seigneur sera effroyable. Il tolère les péchés des incroyants, mais non ceux des serviteurs qui se disent croyants. Éloignez-vous-en, parce que les graines que vous portez risquent d'y être consumées. »

Il se tut un long moment. Ils attendaient qu'il dît encore quelque chose ou leur donnât congé. Les nuages se déchirèrent et Jérusalem flamba dans les cuivres du couchant. À la regarder, on crut entendre les trompettes et voir flamber des brasiers.

« Quant à moi, conclut-il, ma mission est accomplie, je vous l'ai dit. Je ne pourrais que vous détourner de votre combat. Je ne pourrais pas éternellement me dérober à leur haine et, quand ils me reverront, leur vindicte se ranimera. Il vous faudra sans cesse me protéger, alors que vous devrez désormais vous protéger vous-mêmes. Dans leur aveuglement, les hommes de Jérusalem croient que je convoite leur pouvoir et que je suis votre général. En ce moment même, cette chouette malade de Caïphe croit que je suis venu lui dérober sa tiare et les prêtres mangent les abricots de Souccoth en jetant des regards furtifs à gauche et à droite, parce qu'ils s'imaginent que je vais leur dérober les tributs qu'ils arrachent au peuple. Ils croient que j'aspire à la couronne d'Israël. Vous savez que c'est faux. Quand je ne serai plus là, ils s'aviseront que leur véritable ennemi est le ciel. Ils ne pourront pas tirer de flèches contre lui, ni mettre les nuées en croix. Il sera alors trop tard. L'Ange exterminateur sera au-dessus de leurs têtes. »

Il murmura qu'il avait soif et un Zélote lui tendit sa gourde. Les groupes se défirent. On lui demanda où il allait, mais il ne le savait pas encore.

« Qui sera notre chef ? demanda Pierre.

— Celui qui vous sera du meilleur conseil est Jacques mon frère. »

Des larmes coulèrent et des accolades sans fin se multiplièrent.

« La nuit tombe, leur dit-il. Rentrez à Jérusalem. Saluez Joseph de Ramathaïm et Nicodème pour moi. »

Il emmena Marie, Marthe et Lazare et descendit le sentier. Lui et Lazare aidèrent les femmes à monter sur leurs ânes et ils prirent la route qui menait vers Béthanie.

29.

La colère du vent

Le soir trouva Pilate et Cratyle dans le bureau. Les deux torches dans leurs embrasses de fer grésillaient des nuées d'insectes qu'elles attiraient. En dépit de son apparente indifférence aux risques d'insurrection, le Procurateur avait prolongé sa présence au poste de commandement pour le cas où quelque incident alarmant serait advenu.

Comme il l'avait requis, le commandant de la garnison de la Tour Antonia se présenta au rapport avant la relève de nuit.

« Rien à signaler, Procurateur. Les alarmes de certains étaient vaines.

— Bien. Maintiens quand même des sentinelles sur la Tour et des gardes aux portes de la ville. Je te souhaite une bonne nuit. »

Le commandant s'inclina et s'en fut. Pilate se leva, l'air visiblement satisfait.

« Bains et souper ? » demanda-t-il à Cratyle d'un ton imperceptiblement moqueur.

Cratyle s'inclina, appela les domestiques pour fermer les fenêtres et coiffer les torches.

Quand ils furent aux bains, Pilate demanda, laconiquement :

« Elle l'a vu ? »

Cratyle hocha la tête.

« Notre religion ne lui suffit donc plus, observa Pilate.

— Nous n'avons pas, nous, de dieu de bonté.

— Que ferait l'Empire d'un dieu de bonté ! » soupira Pilate.

Cratyle s'abstint d'observer qu'il en ferait peut-être meilleur usage que d'un dieu du vin ou des voleurs.

« Je l'ai vu aussi », dit-il.

Pilate haussa les sourcils.

« Il était donc bien là-bas. Que s'est-il passé ? Il a eu peur de franchir le Rubicon ?

— Non, dit Cratyle en secouant la tête. Je crois que c'est un homme bon. S'il s'était présenté, un effroyable mouvement de foule se serait produit, avec tous ces gens venus à Jérusalem pour leur fête des offrandes. Ils auraient pu sans peine investir le Temple et sans doute mettre à mal les barbus. Notre garnison aurait eu fort à faire.

— Ç'aurait été un fameux problème, observa Pilate. Parce que, s'il y avait eu une échauffourée à l'intérieur du Temple, nous n'aurions pas, en principe, été autorisés à franchir la balustrade qui borne le Parvis des Gentils. Mais nous n'aurions évidemment pas pu laisser massacrer le haut clergé à l'intérieur de cette partie réservée qui s'appelle le Saint des Saints. Nous aurions donc dû profaner les parties du Temple qui nous sont interdites. Les Juifs se seraient plaints à Rome une fois de plus. Ce Iéschou nous a rendu, sans le savoir, un beau service.

— Et nous ne serions pas aux bains à cette heure-ci, ajouta Cratyle, parce que la révolte aurait probablement duré toute la nuit et que nous aurions attendu jusqu'au lendemain l'arrivée des légions de Césarée et de Jéricho. Comme tu le vois, les alarmes de Saül n'étaient pas vaines. »

Le Procurateur se gratta énergiquement la tête et fit une grimace quand la sueur coula de son front raviné dans ses yeux.

« Ouais, mais il aurait été le premier à se plaindre que nous avions refusé d'écouter ses avertissements.

— Il était lui aussi à Gethsémani. »

Pilate haussa les sourcils.

« Pour voir Iéschou ?

— Oui, mais il ne l'a pas vu.

— Pourquoi ?

— Iéschou est revenu plus tard.

— Revenu d'où ?

— De Jérusalem. »

Pilate se pencha brusquement vers Cratyle.

« Il était à Jérusalem ?

— Oui, seul. »

Pilate se radossa au mur, stupéfait.

« C'est un homme courageux. »

Il médita l'information.

« Saül était venu arrêter Iéschou ?

— Non. Il n'était accompagné que de deux hommes. Il devait être informé qu'il aurait affaire à forte partie. Les Zélotes n'auraient fait de lui qu'une bouchée. Saül, à mon avis, est fasciné par Iéschou. Il voulait simplement le voir. Iéschou est l'homme le plus puissant de Palestine. Il terrorise la plus haute autorité des Juifs, Caïphe, puisque celui-ci a fait appel à toi pour conjurer sa menace. Il terrorise Hérode Antipas. Et il nous aurait donné du fil à retordre, même à nous, s'il s'était fait reconnaître comme tel, nous l'avons admis. Il passe désormais pour un être surnaturel. »

Pilate avait écouté.

« Il était vraiment le roi des Juifs, murmura-t-il. Ce pays avait besoin d'un roi tel que lui. Dommage qu'il n'ait pas été plus conquérant ! »

Cratyle croisa et décroisa les jambes.

« Ce n'aurait pas été un roi ordinaire, Procurateur. Il a mis la main sur mon épaule. J'ai senti alors une décharge comme celle que donnent ces poissons, les gymnotes, quand on les touche vivants. »

Pilate se passa la main sur le visage, le regard soucieux.

« Bon, tout ça est fini, dit-il. Je ne suis pas consul

sur les rivages du Styx. Nos dieux me suffisent. Il me tarde de rentrer à Rome. Et j'ai faim. »

Cratyle se laissa aller à rire, pour se convaincre lui-même qu'il appréciait le bon sens de son maître. Pilate le regarda et rit aussi. Un peu plus tard, alors qu'ils se rendaient à l'auberge des Légionnaires, il déclara :

« L'attitude de Saül est singulière. Il s'est donc rendu à Gethsémani dans le seul espoir d'apercevoir Iéschou. Tu as raison. Il est donc fasciné par lui. À mon avis, il ne tardera pas à tourner casaque. »

Gedaliah versa du vin dans le verre de Caïphe et le lui tendit :

« L'alerte est passée, dit-il. Ils n'ont pas osé. »

Caïphe trempa ses lèvres dans le verre et fit la moue.

« Je n'ai pas aimé l'information que m'a donnée Saül ce matin. Ni le ton sur lequel il l'a donnée. »

Gedaliah avait été présent. Il avait, lui aussi, relevé la nuance de défi avec laquelle Saül avait annoncé que Jésus s'était rendu la veille dans la ville.

« Et rien ne dit que Jésus n'est pas encore dans la ville, ajouta Caïphe.

— Si c'est le cas, nous le saurons indirectement, par la présence de ses disciples.

— Ceux-là, en tout cas, nous ne leur ferons pas de quartier. Il faut extirper cette ivraie ! » grommela Caïphe.

Gedaliah ne commenta pas cette résolution. Comme bien des gens au service du pouvoir, il en savait souvent plus long que son maître sur bien des affaires dont celui-ci croyait décider, et il doutait qu'il fût aisé d'extirper l'ivraie en question. Mais enfin, il est maladroit de contrarier les princes. On y perd son poste et le conseil donné tombe le plus souvent dans l'oreille d'un sourd.

L'homme de confiance du grand-prêtre, en effet, connaissait la résolution et le nombre des Zélotes. Et il savait que l'une et l'autre allaient croissant. L'ivraie n'était pas les disciples de Jésus ; c'étaient les Zélotes.

Un vent fou se déchaîna cette nuit-là. Le vent de l'équinoxe habituelle, certes.

Mais le vent a ses façons de parler, pour ceux qui veulent l'entendre. Celui-là était tempétueux, il disait la colère et le déchirement. Il agita de palpitations menaçantes le grand voile du Temple, comme si les mânes des prophètes s'en étaient emparés avec l'intention de le déchirer, il malmena le linge que les femmes avaient mis à sécher sur les terrasses de Jérusalem et des environs, envoyant les caleçons des vierges et des barbons voler sur les remparts et même au-delà, sur les arbres du mont des Oliviers. Il échevela les arbres, secoua les portes et claqua avec colère les volets qui n'étaient pas loquetés, cassant à l'occasion les bobinettes. Il pourchassa les immondices terrorisés dans les caniveaux de la ville et chanta un thrène haletant et mugissant dans la vallée du Tyropoéïon, tellement pathétique que, sur le pont du Xystus, des gens prirent leurs jambes à leur cou croyant entendre hurler les morts mécontents.

Il tint la ville éveillée dans l'appréhension de l'indicible.

Le vacarme qu'il entraîna, tuiles arrachées, enseignes descellées, poteries fracassées sur les terrasses, tira Cratyle de son sommeil. Il se leva et se mit à la fenêtre.

Un tel souffle ne pouvait être qu'un présage.

« Ce n'est pas ma ville, ce ne sont pas mes gens et leur religion n'est pas la mienne, se dit-il. Mais comment ne pas penser que les dieux parfois mettent le pied sur la terre ! »

Saül aussi écouta le vent. Était-ce bien le vent ou bien le bruit de son âme ? Quand l'aube mit fin au défilé de somnolences lardées de cauchemars qu'avait été sa nuit, il se retrouva pâteux. Il ne quitta pas la maison, ne s'entretint avec personne. Le lendemain, il demeura également muet, retranché dans sa chambre.

Sa femme s'alarma. Il lui répondit seulement d'une voix rauque :

« Cet homme est irrésistible. »

Elle savait de qui il parlait. Elle eût dû se réjouir. Mais, comme tant de femmes, elle s'était lassée des émotions des hommes et en tout cas de celui-là. Orgueil, fracas, fulminations de ceux qui craignent de paraître trop petits aux yeux de leurs semblables.

Et Saül, en effet, était petit.

30.

L'Adieu

« Tu leur as causé une terreur effroyable, dit Joseph de Ramathaïm. Elle demeure. On me rapporte que Caïphe et Annas ne dorment plus et que l'insomnie leur a donné l'apparence de spectres. Je crains de leur part une réaction désespérée. Le loup n'est jamais plus dangereux que lorsqu'il est acculé au mur. »

Sage Joseph. Prudent Joseph. Dévoué Joseph. C'était la seconde fois ces derniers mois qu'il venait à Béthanie pour inviter Jésus à en partir. Voûté sur son siège, son fils, celui qui, monté sur l'âne derrière Jésus, l'avait soutenu de son bras durant le trajet nocturne du tombeau à Bethbassi, se nouait et se dénouait les mains. Ses yeux lançaient des implorations. Il tremblait. Nicodème, un petit homme chauve que Jésus revoyait pour la première fois, se tenait près de son collègue, l'air soucieux.

Jésus poussa un soupir de lassitude.

Marthe et Marie étaient plaquées au mur, dans la grande salle de leur maison de Béthanie, pareilles à des caryatides, les regards soudain couleur de nuit.

« Nicodème et moi conservons des amis au Sanhédrin, reprit Joseph. Ils nous font des confidences. Caïphe envisage de lancer de grandes recherches afin de remettre la main sur toi.

— Le coup de Judas, dit Lazare.

— Le coup de Judas, en effet, dit Nicodème.

— Il connaît la maison de Béthanie. Ce sera le premier lieu où il enverra ses chiens, dit Joseph. Tu dis que ta mission est achevée. Ne crois-tu pas que tu la compromettrais s'ils t'arrêtaient de nouveau ? »

Jésus hocha la tête. Il revécut dans sa mémoire les souvenirs affreux : les clous s'enfonçant dans les poignets à chaque coup de maillet, puis dans les deux pieds superposés, la torpeur induite par le vin de myrrhe, qui semblait préluder à la mort, le froid d'avril qui mordait le corps nu dans le vent, les sueurs glacées, la difficulté de respirer, le besoin d'uriner, le voile noir... puis la douleur lancinante des blessures, l'étouffement, l'égarement, l'angoisse du sépulcre et l'odeur inhumaine de la pierre humide, le grincement râpeux du dopheq qu'on roulait, la nausée, la souffrance encore à chaque moment...

« Il faudrait que tu te mettes en sécurité le plus tôt possible, intervint Marie.

— La Galilée ! » s'écria Lazare.

Ni Joseph ni Nicodème ne parurent convaincus par cette solution.

« Je crains que Caïphe et Annas soient résolus à tout pour se libérer du poids insupportable que tu fais peser sur eux, expliqua Joseph. La Galilée est soumise à l'autorité de ce renard d'Hérode Antipas, et je ne suis pas éloigné de croire que Caïphe serait prêt à traiter avec lui à n'importe quel prix pour monter une opération audacieuse. Non, la Galilée ne peut assurer ta sécurité.

— Mais les Zélotes ? demanda Lazare.

— Judas n'était-il pas un Zélote ? » rétorqua Nicodème.

Un silence tomba dans la salle. Des abeilles bourdonnaient sur le seuil.

« Où, alors ? » interrogea Marie.

Jésus écoutait ces gens débattre pour lui. D'une certaine manière, il était quand même mort. Il était désormais un autre. Il survola mentalement la Palestine, ses mers et ses collines, ses cités et ses déserts. Il avait voulu lui offrir les fruits du Seigneur ; les Gardiens des Livres l'avaient rejeté. Il éprouva un mélange paradoxal d'amertume et d'exhilaration : trahi, mais libre. Eh bien soit, ce monde était mort. Il mourrait bientôt d'une autre mort, bien plus violente, il le pressentait dans sa chair et ses os. Israël était atteinte d'une maladie incurable ; elle voulait être Israël avant d'être la nation du Seigneur. Il mit la main devant les yeux, aveuglé par le soleil qui inondait le porche, ou peut-être celle de l'incendie qu'il devinait, qu'il voyait presque...

« La Syrie, dit Joseph. Le pouvoir de Caïphe ne s'étend pas jusque là-bas.

— Kochba, de nouveau ? demanda Jésus.

— N'importe où en Syrie. Tu seras là-bas en sécurité. »

Ils avaient tous relevé le ton de la question de Jésus : « Kochba, de nouveau ? »

« N'importe où », redit Joseph.

Jésus réfléchit longuement.

« J'irai certainement rendre visite à Dosithée. Mais peut-être irai-je ensuite plus loin. En tout cas, nous partirons la semaine prochaine. »

Il leva les yeux ; ils ne paraissaient pas satisfaits de la réponse.

« Vous voulez que je parte demain ?

— Je crois comprendre, dit Marie d'une voix triste, qu'il serait préférable que tu partes seul. Et vite. Nous tremblons. »

Elle ajouta – et, en public, c'était presque une provocation :

« Je te rejoindrai. »

Joseph, son fils et Nicodème hochèrent la tête.

« Je propose que tu partes demain avec mon fils, dit Joseph. Il n'est pas connu dans la région. Mais je propose que tu te rendes en Syrie par la voie de mer, c'est-à-dire que tu ailles de Joppé à Tyr. Il serait trop risqué de traverser la Judée, la Samarie et une grande partie de la Galilée avec tous les espions qui infestent ces pays. En revanche, il sera beaucoup moins périlleux, une fois que vous aurez débarqué à Tyr, de traverser la Chalcidique jusqu'à Damas. »

Il hocha la tête ; le raisonnement était judicieux. Il leur devait sa vie ; outre qu'il voulait, lui aussi, échapper définitivement à ses persécuteurs, il comprenait qu'ils décidassent de sa sécurité.

Sur ces entrefaites, Thomas apparut. Penaud, désemparé, mécontent, râleur.

Jésus l'avait chargé de répandre l'espérance avec les autres et, apparemment, il ne s'était pas satisfait de sa mission. Les expressions qui l'accueillirent exprimaient toutes l'étonnement. Jésus ne put s'empêcher de sourire à l'embarras du disciple. Thomas s'adressa brusquement à lui :

« Tu ne m'attendais pas, je le sais. Je ne peux pas m'éloigner de toi. Peut-être suis-je faible, mais seul, je n'ai pas assez de lumière. J'aurais sans cesse peur de m'éteindre.

— Alors reste. Mais je vais loin.

— Avec toi, rien n'est loin. C'est sans toi que tout est loin.

— Bien », dit Jésus en l'invitant du geste à s'asseoir.

Marthe pria les visiteurs à souper.

Jésus parla peu. En dégustant les fèves à l'ail et à l'huile qui précédaient une friture de petits poissons à la menthe hachée, il dit :

« Malheur au pays où les prophètes doivent fuir comme des voleurs. »

Puis :

« Les oreilles sourdes incitent à la compassion, les cœurs sourds, la colère du Seigneur. »

Et enfin :

« Nul n'a jamais vu qu'une maison rongée de lèpre ne finisse pas par s'écrouler, nul n'a jamais vu que les moutons du mauvais berger ne fussent pas mangés par les fauves. »

Dans les murmures de la nuit, il déclara à Marie :

« Si je n'avais sauvé que toi, j'aurais gagné mon pain. »

Il lui dit aussi :

« Ni le temps ni l'espace ne peuvent nous séparer. Ce sont des illusions humaines et je sais que tu les as dominées. Je serai toujours avec toi.

— Je te rejoindrai, répéta-t-elle, où que tu sois. Je suis ta servante. »

Il ne dit pas ce qu'il pensait ensuite, parce que le sommeil le gagna de vitesse : la chair transfigure la chair et les contraires s'échangent et se fondent, c'était le Paradis avant le Serpent.

Le fils de Joseph s'appelait aussi Joseph. C'était un jeune homme qui laissait parler ses yeux et retenait ses lèvres.

Pour ne pas attirer l'attention d'éventuels espions sur les trois jours de trajet qui séparaient Béthanie de Joppé, ils ne prirent qu'un âne ; Jésus et Joseph le montaient à tour de rôle quand l'un d'eux était fatigué, Thomas se refusant à ce confort. Ils firent une étape à Emmaüs et l'autre à Lydda. Marie avait donné à Jésus une bourse généreuse et le jeune Joseph en avait reçu une pareille de son père, mais ils voyageaient frugalement, soupant le soir de peu, des œufs, du fromage, des olives, à l'occasion d'une friture de poisson, et se contentant du vin le moins cher. L'automne s'avançant, il pleuvait parfois ; ils se réfugiaient alors sous les arbres et partageaient du pain, des figues et encore du fromage avec Thomas, qui n'avait rien.

Ce fut à Joppé que Joseph s'épanouit enfin. Il avoua avoir tremblé tout le long du trajet.

« La nuit où je t'ai soutenu sur l'âne, jusqu'à Bethbassi, il me semblait que je portais d'un seul bras le destin du monde. Je souffrais de chacune de tes plaies et je priais le Seigneur de me donner la force d'arriver à destination. »

Le soir de leur arrivée, il offrit un festin à ses compagnons : laitance de poisson en saumure et à l'huile d'olive, cailles farcies, quartiers de canard rôtis au vinaigre d'échalote, galettes au miel et aux raisins secs. Et du vin de Grèce. Il rit et s'enivra. Jésus rit de le voir heureux.

« Comment apprend-on à être bon ? demanda le jeune homme.

— En songeant que le Seigneur est le seul juge. La justice des juges est celle des hommes et chaque homme veut dominer l'autre. Qui oserait condamner s'il pense que le Seigneur pourrait pardonner ?

— Mais n'es-tu pas un juge toi-même ? Tu domines tous ceux qui t'approchent et chacun craint que tu le désapprouves ?

— Si je domine des hommes, c'est parce que je leur apprends la bonté. Mais je n'ai pas dominé Caïphe. Le Seigneur s'en chargera.

— Mais tu es privilégié du Seigneur ?

— Tends l'oreille, entends le Seigneur dans ton cœur et tu le seras aussi.

— Mais tu te mets aussi en colère ?

— Ne suis-je pas humain ? Je m'emporte contre ceux qui veulent entretenir leur surdité, parce qu'ils offensent le Seigneur par leur orgueil.

— Mais tu as défié la Loi ?

— Pour qui était-elle donc faite, si ce n'est pour l'homme ? Ceux qui refusent le pardon au nom de la Loi commettent le crime impardonnable de s'arroger le rang du Seigneur.

— Mangerais-tu du porc ?

— David a mangé les Pains de Proposition parce que lui et ses compagnons avaient faim. Si je n'avais que du porc à manger, j'en mangerais.

— Mais l'adultère ?

— Si c'est un vol, c'est un crime. Mais nulle loi n'interdit de ramener à l'étable une brebis sans maître. »

Thomas scrutait le jeune homme d'un œil d'écureuil. Jésus fouilla du regard l'expression du jeune Joseph.

« Que ferais-tu si tu n'avais la notion de la faute ? Tu te comporterais comme une bête sauvage, et peut-être même celle-ci t'en remontrerait-elle par sa tempérance.

— Tu dis que la Loi est faite pour l'homme ?...

— Elle est faite pour brider sa nature bestiale.

— Et la chair ? » insista Joseph.

Des musiciens étaient venus jouer dans l'auberge. Jésus versa le vin. Comment ne pas être frappé par le fait que les vivants s'effraient tant de la vie ?

« Il n'est pas juste que les vieux la consentent parcimonieusement aux jeunes parce qu'ils s'en passent plus aisément, observa-t-il. Il faut manger la viande quand on a des dents. »

Joseph se retint d'abord, puis s'abandonna à rire franchement.

« Mais il n'est pas juste non plus que les jeunes en fassent une loi parce qu'ils éprouvent davantage le désir que les vieux. Est-il raisonnable de lui donner tant de prix ? N'est-ce pas en faire un péché avant qu'elle le soit ? Cela ne traduit-il pas l'absence du Seigneur dans le cœur ? Les hommes ont peur de leur semence et les femmes de leur sang parce qu'ils oublient que ce sont des volontés du Seigneur. Mais si l'on pense plus à la chair qu'à la chère, c'est que l'amour est absent. »

Ils firent honneur au repas. Puis, à l'insu de Joseph, le rapport entre Jésus et le jeune homme se métamorphosa. Chaque âge a son Livre. À quarante ans, le double de l'âge de son compagnon, Jésus en avait lu tant de fois plus ! Car, pour les élus, chaque jour est un an. L'homme jeune qui demeurait en lui eût voulu un frère, l'homme mûr trouva un fils. Il songea que ses disciples n'avaient sans doute été que des fils. Quoumrân avait été une école à vieillir : on y cristallisait l'esprit, c'était comme ces verreries de Syrie où l'on changeait en verre transparent comme l'air la silice opaque, et plus le feu était ardent, plus le verre devenait transparent.

Vers la fin du repas, Jésus sentit que l'esprit de son compagnon n'était pas rassasié ; il lui dit :

« Les prêtres du Temple n'ont pas compris que le Fils de l'Homme doit être restauré dans sa splendeur. Le temps où nous étions esclaves est révolu. La Loi ne peut pas être la loi du pharaon. La faute ne peut pas être éternelle. L'expiation ne doit pas être accomplie seulement par le feu des sacrifices, mais par le repentir. Je suis venu pour le Rachat, car le Tout-Puissant n'est pas que justice, il est aussi bonté. Il est l'espoir. »

Il tendit le cou vers Joseph.

« Comprends-tu ? »

Joseph hocha la tête. Il s'enflamma soudain :

« En se présentant comme les gardiens éternels de la Loi, ils ne font que défendre leurs privilèges ! Ils ne font que s'engraisser des tributs qu'on leur apporte ! Ils sont pareils à ces domestiques qui s'imaginent que la maison de leur maître est la leur ! La parole du Seigneur s'est desséchée dans leurs mains ! »

Le sommeil tira les trois hommes vers leur chambre commune. La nuit était claire et froide. Joseph rêva qu'il émergeait de la boue, nu et splendide et confiant, et que la pluie le lavait. Un bonheur profond le gagna.

Le lendemain, Joseph accompagna Jésus et Thomas au port et les adieux furent effusifs.

« J'aurais voulu te suivre », dit Joseph.

— C'est en esprit que tu peux me suivre désormais et ce n'est d'ailleurs pas moi qu'il faut suivre, mais la voie que j'ai indiquée. Va donc avec ceux qui m'ont entendu. Salue ton père pour moi. »

Joseph s'éloigna le pas lent et triste.

Jésus et Thomas cherchèrent le long des quais un navire qui les emmènerait à Joppé. Il en était beaucoup qui, en effet, faisaient du cabotage marchand le long de la côte et jusqu'à Antioche, s'arrêtant à Apollonia, Césarée, Dor et Ptolémaïs, puis Sidon, Byblos, Chypre et parfois au-delà selon la saison et les commissions. Ils en trouvèrent un qui appareillait deux heures plus tard ; c'était une galère marchande à voile et à rameurs, une *histikiopos triskalmos* appelée *Soteria Antiochos*, « Sécurité d'Antioche », dont la poupe s'ornait d'une grande tête d'oie peinturlurée. Sur les instances de Thomas, ils s'embarquèrent dès que le passage eut été convenu avec le capitaine et se calèrent derrière les hauts bords de la poupe.

« Quelle est cette hâte ? s'enquit Jésus.

— J'ai vu sur le quai des gens qui nous dévisageaient avec insistance. Ce n'est pas toi qu'ils auraient pu reconnaître, mais moi. »

Enfin, la corde d'amarrage fut dénouée, la *Soteria Antiochos* s'éloigna du quai à la force des rames, en se dandinant comme une femme saoule, puis la grande voile carrée se gonfla et claqua dans le vent ; après elle, la voile d'artimon crépita jusqu'à ce qu'elle fût tendue. Les marins et les cordages crièrent, les planches gémirent, les rames furent ramenées le long des bas-bords. Le temps fraîchit d'un coup et les embruns changèrent l'odeur du monde. Jésus s'accouda à la rambarde et regarda s'éloigner la côte de Judée. Et tout un pays.

Il se revit enfant avec Jacques, tirant un cerf-volant dans le vent. Il se revit encore suant dans les champs près de Quoumrân, pour draguer les drains des cultures de laitues. Il revit le visage intense et maigre du Baptiste. Il revit aussi la côte de la mer de Galilée à la même heure et la chaleur généreuse de la mer qui distribuait à l'infini ses pièces d'argent. « Es-tu celui-là que nous attendons, ou bien en viendra-t-il un autre ? » En viendrait-il un autre ?

À Rome, le jeune Isaac s'éveilla avec une douleur à l'épaule droite et le sourire aux lèvres.

La veille, il avait été battu par des gens qui l'avaient accusé d'être un chien au service de « l'hérétique Jésus ». Pour la première fois, il avait rendu les coups. Mais il en avait reçu un à l'épaule, assené avec une planche, qui le faisait encore souffrir.

La veille aussi, il avait été admis dans la communauté secrète de frères qui s'était constituée pour célébrer le Messie de l'Espoir, Jésus. Ils l'avaient solennellement baptisé au nom du Seigneur Jésus, pour le laver des souillures de sa vie antérieure. Puis il avait participé pour la première fois au rite des agapes : en effet, les disciples du Christ, comme ils s'appelaient, se réunissaient, chaque dimanche soir pour un repas, en souvenir du dernier repas de leur maître avant qu'il fût arrêté par les Méchants. Le rite avait été introduit à Rome par un négociant de pourpre, disciple du propre frère de Jésus, Jacques, qui le lui avait enseigné et l'avait chargé de le répandre. Isaac avait, au début des agapes de la veille, écouté le doyen de la confrérie déclarer : « Jésus, messager et Fils de Dieu, est l'Espoir. Il nous a rachetés de la Faute. Soyez désormais heureux dans le Seigneur. Mangez et buvez pour le célébrer. »

Isaac était heureux. Il se sentait désormais imprégné d'une force profonde. Mais cela restait difficile de trouver du travail auprès des Juifs ; paradoxalement, c'étaient les païens qui lui en offraient. Ils s'émerveillaient de l'allégresse du garçon. Ils lui en demandaient la raison. Et, quand il le leur expliquait, ils l'écoutaient, eux. Sans colère et même, avec intérêt.

« Plus nous serons nombreux, plus nous serons forts et mieux nous pourrons faire triompher la vérité nouvelle, avait déclaré le doyen. Répandez la bonne nouvelle et amenez-nous des disciples. »

31.

La Couronne et la Bonté

De Tyr à Kochba, le voyage à pied prit quatre jours, avec une halte d'une nuit à Césarée de Philippe. Jésus et Thomas ne firent étape à Kochba qu'un seul jour.

« Je suis venu te remercier, dit Jésus à Dosithée.

— Je remercie le Seigneur d'avoir été choisi pour accueillir son messager. »

Mais une lueur d'étonnement brillait dans le regard de l'ancien Essénien. Il jeta un coup d'œil à l'unique compagnon de Jésus. Était-ce donc la seule escorte de l'homme qui, les voyageurs de Judée l'en avaient informé, troublait le sommeil du grand prêtre Caïphe, du tétrarque Hérode Antipas et peut-être même du Procurateur Pilate ?

« Où vas-tu ? demanda-t-il enfin.

— Ma mission est achevée. »

Un silence suivit ces mots. Dosithée parut ébranlé.

« Mais tu comptes des milliers et des milliers de partisans, je le sais. Tu en aurais gagné d'autres. Les Zélotes...

— On ne peut répéter ce que le Seigneur a voulu une fois, interrompit Jésus. Il faudrait verser du sang. Si nous triomphions, l'on voudrait me donner une couronne. Régnerais-je sur des ruines ? Il faudrait à notre tour nous défendre contre nos ennemis. Persécuterais-je au nom du Seigneur de bonté ? Je l'ai dit, je n'entends pas régner sur ce monde. Et si nous perdions, je serais mis en croix de nouveau. À quoi cela servirait-il ? L'essentiel n'est-il pas dans l'esprit ? Les disciples répandront la parole que je leur ai confiée. Les efforts des aveugles ne peuvent empêcher que le blé ne lève. Aucun homme au monde ne peut faire que l'arbre ne reverdisse pas quand vient la saison. La saison du Seigneur est irrésistible.

— Tu t'en vas donc pour ne pas verser du sang. Tu t'en vas par bonté. »

Jésus hocha la tête. Thomas, saisi, demeura figé. Quel homme avait jamais renoncé à une couronne par bonté ? Mais celui-là n'était pas un homme comme les autres...

« Tu aimes les Juifs, dit Dosithée d'une voix rêveuse.

— N'en suis-je pas un ? Comment ne pas aimer mon peuple ?

— Et où iras-tu ? demanda de nouveau Dosithée.

— Là où le Fils de l'Homme n'est pas odieux. Loin. Auprès de mon peuple. Mais je ferai étape à Damas.

— Loin auprès de ton peuple ? répéta Dosithée. Je ne comprends pas.

— Là-bas, en Asie, il y a des Juifs qui ne sont pas revenus d'Exil. »

Des voyageurs revenus d'Asie par la Route de la Soie pour faire teindre de pourpre leurs précieux tissus à Tyr et à Sidon rapportaient régulièrement, en effet, que des Juifs vivaient dans les montagnes. Ils ignoraient les tourments d'Israël.

« Et Marie ?

— Elle me rejoindra quand je me serai arrêté. »

Dans le fond du jardin, là où se trouvait le potager du phalanstère, Thomas distingua trois formes féminines, toutes trois jeunes. Il songea à la conversation de Jésus avec le jeune Joseph. La chair l'avait rarement troublé ; sa volupté était maigre et ses rares expériences charnelles lui avaient paru être des enfantillages. Cultiver la chair menait à fonder une famille et sa famille, c'était le monde. Une de ces jeunes femmes se retourna et dévisagea les visiteurs. Thomas eut l'intuition soudaine, rien qu'au mouvement de hanches, que cette femme n'ignorait pas le commerce charnel. Avec qui l'entretenait-elle ? Dosithée ? Il avait sans doute remplacé sa compagne Hélène et ne voyait pas d'objet à l'abstinence. Avec les jeunes hommes du phalanstère ? Il évoqua des bribes de récits recueillis au cours de ses pérégrinations. Dosithée enseignait la sexualité mystique. Mais toute sexualité n'était-elle pas mystique ? Il songea au Dieu de Bonté. Il ne comprenait plus. Ces gens s'égaraient. Il soupira. Il eut envie d'être ailleurs.

Mais la nuit s'avançait et Jésus avait accepté l'hospitalité de Dosithée. Thomas et Jésus partagèrent donc le repas du soir avec la trentaine de disciples de l'ancien Essénien. Les jeunes femmes soupaient dans une salle attenante et d'ailleurs ouverte sur la première. Les bavardages des deux salles emplissaient l'air, chauffés par le vin. Thomas éprouva comme un vertige.

« Nous vivions jusqu'ici dans un monde familier et hostile, nous voici dans un monde étranger qui me paraît étrange, confia-t-il plus tard à Jésus. Je n'éprouve pas d'attirance pour ce lieu.

— Tu parles ainsi, parce que ce n'est pas ta lumière qui éclaire ce lieu, et que nul n'y éprouve le besoin de nos clartés. Demain nous porterons la lumière qui nous a été confiée dans des pays encore plus étrangers, mais que nous apprendrons à aimer parce qu'ils tendront les mains vers nos lampes. »

Sur le chemin de Damas, Thomas demanda :

« N'as-tu jamais prêché à Dosithée ?

— Le figuier ne pousse pas comme le grenadier, répondit Jésus en souriant, et ne l'ai-je pas assez dit, on ne coud pas de jeunes peaux sur de vieilles outres. Son enseignement sera un jour oublié, mais celui du Seigneur ne le sera jamais. »

À Damas, la renommée de Jésus avait atteint la cour de l'éparque nabatéen Omar[1]. Le palais et les faveurs du potentat furent ouverts au grand mage et prophète juif, dont les prodiges étaient concédés par la bonté du Dieu unique et tout-puissant des Juifs, mais qui avait été crucifié par l'ingratitude des hommes. Les païens étaient au fond des gens simples. Thomas trouva des chambres à louer au deuxième étage d'une maison privée dans une rue montante qui achevait son parcours le long des remparts et qu'on appelait la rue de l'Orfèvre Nimrod.

Jésus avait requis de l'éparque qu'on l'informât du prochain départ de l'une des caravanes qui allaient acquérir en Asie des soieries, des épices, des parfums, des objets rares pour les gens riches et les oisifs qui préféraient la compagnie d'un singe, d'une panthère ou d'un perroquet à celle de leurs semblables. Omar l'assura qu'il en prendrait soin et lui déléguerait son chambellan pour l'aviser. Cela ne saurait tarder plus de deux ou trois semaines.

Jésus se laissa repousser la barbe.

Quelques jours plus tard, il reçut une visite inattendue.

1. Cf. *Jésus de Srinagar*, de l'auteur, Robert Laffont, 1995.

32.

Une visite rue de l'Orfèvre Nimrod

Tout soupçon est un ver dans l'âme, et le pire est celui qu'un homme porte sur soi-même. Si les âmes détachées se passent de l'estime de leurs semblables, il en est peu qui consentent sans frais à douter de leur propre intelligence.

S'étant avisé qu'aucune puissance romaine, princière ou religieuse n'envisageait de s'emparer de Jésus, de peur de déclencher justement la catastrophe qu'elles appréhendaient, Saül avait dû conclure que Jésus était l'homme le plus puissant de Palestine. C'est-à-dire qu'il avait fait un mauvais calcul en poursuivant cet homme de sa vindicte et, en d'autres termes, qu'il était moins intelligent qu'il l'espérait.

Pareils constats paralysent l'esprit sur le fil d'une épée, comparable au pont que toute âme doit franchir après la mort, selon les Mésopotamiens. Les âmes des justes le parcourent sans crainte et celles des méchants en tombent. S'il changeait d'opinion sur Jésus, s'il acceptait de le considérer comme le réformateur de la religion juive, Saül craignait de s'en repentir dans le cas où le chef de la sédition, comme il l'appelait, viendrait en fin de compte à être arrêté et dépêché vers une mort cette fois certaine. Mais s'il s'obstinait, il risquait de s'enferrer dans une erreur qui aggraverait ses doutes sur lui-même.

Puis on ne savait jamais : juif à moitié comme il l'était, Saül n'en nourrissait pas moins une appréhension à l'égard du surnaturel. Et si Jésus était vraiment ressuscité d'entre les morts par la volonté divine ? Et si les rapports d'espions assurant qu'il avait été arraché in extremis à la mort certaine des crucifiés n'étaient qu'un piège tendu à ses ennemis ? Un stratagème pour dévoiler leur méchanceté ? Il serait alors, lui Saül, désigné au doigt vengeur des puissances surnaturelles. La foudre pourrait tomber d'un ciel bleu pour l'anéantir ! Ou bien le sol s'ouvrirait sous ses pieds ! Ou encore les fantômes de ses victimes sortiraient eux aussi du tombeau pour le poursuivre à travers Jérusalem !

Il se rassurait alors par le raisonnement cent fois tenu : si Jésus était surnaturel, il ne se serait pas coupé la barbe afin d'échapper à ses persécuteurs, il serait revenu se venger de ceux qui l'avaient mis en croix...

Il oscilla ainsi plusieurs jours d'un parti l'autre et, assoiffé d'informations, caressa de nouveau le projet de faire arrêter Marie de Magdala afin de l'interroger et d'en avoir le cœur net. Le cœur net, grand ciel ! Savoir, enfin savoir ! Selon ses espions, elle avait quitté Béthanie pour Magdala. Moyennant un peu de bonne volonté, Caïphe pourrait extorquer à Hérode Antipas l'arrestation de cette femme, de sa sœur et de son frère, un autre ressuscité, pour discerner le vrai du faux.

Mais cet espoir fut déçu derechef.

« Nous allons maintenant nous en prendre aux femmes ? rétorqua Caïphe. Ne sommes-nous pas assez exposés au ridicule sans cela ? »

Puis les rapports d'espions se multiplièrent : les principaux disciples de Jésus, ceux qu'on appelait désormais les Douze, avaient quitté la Judée pour se replier en Galilée, aux abords du lac de Génésareth. Mais on ne disposait d'aucun signalement de Jésus en leur compagnie, là-bas ou ailleurs ; car on avait fini par l'identifier : mis à part les Romains et les Grecs, il n'y avait pas tellement d'hommes glabres en Palestine.

Autre information : l'un des disciples, un nommé Thomas Didyme, reconnaissable à son visage émacié et à sa barbiche, avait été vu sur les quais de Joppé en compagnie d'un inconnu glabre, probablement Jésus, puis il avait disparu. Les deux hommes s'étaient donc embarqués sur un bateau, mais vers quelle destination, nul ne le savait.

Dernière information, sans doute la plus précieuse : un domestique de la maison de Joseph de Ramathaïm à Jérusalem, Ishyo Ben Amnon, ayant appris que Saül d'Antipater paierait cher tous renseignements sur Jésus le Nazaréen, s'était présenté pour en monnayer un : Jésus serait à Damas, sous la protection de l'éparque Omar ! Il donna même l'adresse : rue de l'Orfèvre Nimrod. Comment le savait-il ? Il tendait l'oreille aux portes. Il en avait escompté trente deniers, il en eut trois.

L'instinct du chasseur s'en trouva aiguillonné chez Saül. Dût-il affronter toutes les puissances du ciel et de l'enfer, il se rendrait à Damas. Mais ensuite ? Puisque personne ne voulait s'y risquer, il arrêterait, lui, l'instigateur de ce désordre infernal.

Mais un démon, peut-être un ange, réveilla le doute dans son esprit.

Il ne pouvait nier l'évidence : sous la façade de l'ordre romain, ce pays était vermoulu. Frottés depuis bientôt trois siècles aux religions étrangères, les Juifs s'étaient lassés de cette Loi rigoureuse qui les isolait du reste du monde, leur interdisait tout rapport autre que marchand avec les communautés païennes, y compris les mariages mixtes et bien des plaisirs ordinaires de l'existence dont les autres jouissaient avec une inconscience insolente. Ils aspiraient à une Loi plus douce. Et au lieu d'un Dieu terrible, exclusif et vengeur, à un Dieu indulgent et souriant.

Les paroles du rabbin Simon lui revinrent à l'esprit : Jésus avait certes blasphémé en déclarant qu'il n'était pas venu abolir la Loi, mais la compléter. Mais ne devait-elle pas, en effet, être complétée par l'indulgence et le pardon ? N'était-ce pas la cause profonde du succès de l'enseignement de Jésus, que Simon n'avait pas perçu ?

Il ne pouvait s'en entretenir avec personne. Son sommeil, déjà tourmenté, devint léger. Les aliments perdirent leur goût. Saül craignit que, dans son agitation, il n'éprouvât une autre de ces crises surtout s'il était seul, s'il n'y avait personne près de lui pour le maîtriser, lui glisser un bois entre les dents, l'empêcher de se couper la langue...

Il remplaça l'opium, qui le terrassait, par le chanvre, qui lui donna des songes angoissés.

Il lui fallait aller à Damas. À Damas !

Un matin, il s'arma de courage et alla chez Caïphe. Il le trouva en compagnie d'Annas, son beau-père et prédécesseur aux fonctions de grand-prêtre. Il les considéra une fraction d'instant : deux effigies spectrales dans des hypogées.

« Les disciples de Jésus et peut-être lui-même sont à Damas ! » annonça-t-il triomphalement.

Les deux Sadducéens lui renvoyèrent des regards clignotants, intrigués. Deux chouettes, cette fois, songea-t-il.

« Et alors ? finit par demander Caïphe.

— C'est de là-bas qu'ils diffusent leur sédition.

— Que veux-tu faire ?

— Les arrêter.

— En Coelé-Syrie ? C'est un païen, Omar, qui règne là-bas, sous le contrôle des Romains, une fois de plus, objecta Caïphe avec maussaderie. Et le consul Vitellius n'aime pas les Juifs !

— L'éparque Omar est un homme respectueux du pouvoir. Il ne s'opposera pas à un ordre du grand prêtre de Jérusalem. Et Jésus n'a pas de partisans à Damas. Il n'y aura donc pas d'incident lors de son arrestation. »

Caïphe consulta Annas du regard. Ce dernier restait impassible et muet.

« Que proposes-tu de faire ? questionna Caïphe.

— Arrêter ces gens et les ramener à Jérusalem.

— Tu veux arrêter Jésus à Damas et lui faire traverser je ne sais combien de stades jusqu'à Jérusalem ? Mais tu serais écharpé vingt fois sur le retour ! Ne fût-ce que par les Zélotes. »

Il le savait pertinemment bien : un pareil plan risquait de déclencher un pandémonium. Mais on ne pouvait prolonger la situation actuelle et se laisser paralyser par la peur. Le nombre de disciples de Jésus croissait régulièrement. Et Saül était décidé à aller à Damas avec une mission officielle.

« Je le ramènerai anonymement, répliqua Saül. J'en ai les moyens. Nul ne saura qui il est jusqu'au moment où il sera conduit, pieds et poings liés, à Jérusalem. »

Il le savait : la perspective d'avoir Jésus à leur merci et d'en finir une fois pour toutes avec les tourments qu'ils enduraient depuis plus d'un an exerçait sur les deux hommes une fascination irrésistible.

« Tu crois que ça peut marcher ? s'enquit Annas.

— Avec assez de détermination, j'en suis certain. »

L'ancien grand prêtre leva un bras et le laissa retomber sur l'accoudoir de son fauteuil.

« On peut toujours essayer », finit-il par dire.

Caïphe réfléchit un moment.

« De quoi as-tu besoin ? demanda-t-il à Saül.

— De lettres patentes. Les frais seront négligeables : une douzaine d'hommes me suffira. »

Caïphe se tourna vers Guedaliah.

« Bon. Fais appeler le scribe. »

Saül quitta le palais de Caïphe, le cœur battant, avec des lettres patentes paraphées et scellées, et une bourse.

Quelques jours après l'installation provisoire de Jésus rue de l'Orfèvre Nimrod, la rumeur se répandit dans le quartier que le nouvel habitant protégé par la faveur de l'éparque était le grand prophète et mage des Juifs, Jésus, qu'ils avaient crucifié dans leur ingratitude, mais qui, fort de sa puissance céleste, était ressorti vivant du tombeau. Il accomplissait des prodiges et guérissait les malades, assurait-on. Ils accoururent. Il guérit, comme autrefois. Pouvait-il s'y refuser ? Il était conscient qu'ils demandaient des prodiges et qu'il était venu sur terre, lui, prêcher la Nouvelle Parole. Mais la compassion l'emportait.

Le premier qu'il reprit au tombeau, à quelques souffles près, fut un enfantelet, un paquet verdâtre que sa mère vint lui présenter, serré sur son sein. Il rabattit le linge qui enveloppait la tête et son cœur frémit devant les yeux mi-clos et la peau presque translucide, tirée sur le crâne qui finirait bientôt dans une jarre funéraire. Il plongea la main dans les langes moites pour déceler un souffle de vie, rien qu'un et trouva enfin le cœur. Une miette de vie.

« Elle s'appelle Balkis », dit la mère d'une voix misérable.

Une fillette. Au contact de Jésus, elle tressaillit et déroula un tout petit bras terminé par une paume rose.

« Que le Seigneur te donne des forces », murmura-t-il.

La mère crut que c'était une consolation qu'il lui adressait parce que sa fille était morte et elle poussa un cri. Elle était si proche de Jésus que sa respiration lui agitait les cheveux. Mais le torse dérisoire de la créature se gonfla, la bouche s'entrouvrit, une vie plus intense scintilla dans les yeux. Un petit vagissement monta du paquet de linge. Puis un autre. La fillette tressauta.

« Elle revit ! s'écria la mère.

— Le Seigneur a voulu, en effet, qu'elle revive », confirma Jésus.

Les larmes jaillirent des yeux de la femme. Elle saisit de sa main libre celle de Jésus et l'embrassa passionnément.

« La puissance céleste est avec toi ! » s'écria-t-elle et elle se pencha pour regarder le visage de Balkis, qui avait légèrement rosi. Elle relâcha sa prise sur la main de Jésus, fouilla dans ses poches et en tira des pièces, sans prendre garde au geste de dénégation de Jésus. Mais elle était tellement émue et maladroite que les pièces roulèrent par terre.

Thomas arriva. Elle s'enfuit quasiment en criant encore : « La puissance céleste ! »

La porte se rouvrit quelques moments plus tard et ce fut un centurion qui apparut. Celui-là ne paraissait pas souffrant, il s'en fallait. Jésus et Thomas l'interrogèrent du regard.

« Je suis envoyé par l'éparque Omar, dit-il. Il m'a chargé de ta sécurité. Saül d'Antipater est à Damas. Il y est arrivé avec une douzaine d'hommes et nos espions les soupçonnent de mauvaises intentions à ton égard. Leur premier soin, en effet, a été de s'informer de la maison où tu habites. Puis Saül s'est rendu chez le rabbin qui est le chef de la communauté juive. »

Thomas poussa un gémissement.

« Il n'y a rien à craindre, poursuivit le centurion. Nous les tenons sous surveillance et l'éparque projette de les faire arrêter. Nous n'en attendons que le prétexte... »

Il n'avait pas fini sa phrase qu'un fracas se fit à la porte. Un petit homme au manteau sombre déboula dans la pièce. On distinguait des hommes derrière lui, sur le palier. Saül, car c'était lui, dévisagea les trois occupants et son regard s'arrêta sur Jésus.

« Le voilà ! cria-t-il à ses hommes qui n'avaient pas encore pénétré. Saisissez l'imposteur ! »

Il fit un pas vers Jésus, stupéfait. Les sbires de Saül franchirent le seuil.

« Un pas de plus, Saül d'Antipater, dit le centurion en dégainant son glaive, et je tranche le fil de tes jours ! »

Il tenait le glaive levé.

« Je suis citoyen romain ! s'exclama Saül.

— Tu es Saül d'Antipater, tu t'es introduit de force dans la maison de ces hommes, qui sont sous la protection du roi et de l'éparque. Ton escorte fait partie de la Police du Temple de Jérusalem, elle n'a aucun pouvoir ici et toi non plus. Un détachement attend en bas pour vous arrêter tous comme des brigands.

— J'ai des ordres de Jérusalem ! » cria Saül, tirant de son manteau les lettres patentes de Caïphe.

Le centurion les repoussa dédaigneusement de la pointe du glaive.

« Aucun intérêt. Renvoie tes hommes ! »

Il alla à la fenêtre et cria quelques mots. Quelques instants plus tard, la maison trembla sous les pas d'une escouade qui encadra les hommes de Saül.

« Je déclare, dit le centurion, que cet homme, Saül d'Antipater, est en état d'arrestation par ordre de l'éparque. Enchaînez-le et conduisez-le en prison.

— Tu oses arrêter un citoyen romain ? gronda Saül.

— Un brigand romain est un brigand. Tu en répondras au consul Vitellius. En attendant, dehors !

— Tu ne seras pas toujours aussi bien protégé ! lança Saül à Jésus.

— Quelle est la raison de ta haine ? lui dit Jésus. Pourquoi me persécutes-tu ? »

Les deux hommes se figèrent. Leurs regards se scellèrent l'un sur l'autre. Le silence régna sur le logement rue de l'Orfèvre Nimrod.

« Tu passeras, mais la parole du Seigneur de Lumière ne passera jamais », conclut Jésus.

Saül parut interdit. Il tendit vers Jésus une main hésitante, mais le centurion le poussa dehors. La porte se referma. L'escalier retentit des pas des deux escouades, de cris, de horions.

Jésus et Thomas se firent face.

« Toujours fuir ! murmura Thomas.

— Demain, dit Jésus, ce sont eux qui fuiront Jérusalem. »

Et un peu plus tard.

« J'ai eu l'impression que Saül voulait me parler. »

33.

« Au-delà des mots »

Arminius Flavius Alva, lieutenant de la IVe Légion stationnée à Sirmium, en Pannonie, rentrait à Rome pour sa permission bisannuelle. Il s'attendait à trouver son foyer en fête comme chaque fois. Guirlandes, lampes supplémentaires et un repas spécial, avec son plat favori, de la volaille farcie aux champignons. Mais la maison était presque obscure. Seule une lampe brûlait dans l'atrium. Le silence régnait. Il appela. Sa femme apparut au seuil de la pièce prolongeant l'atrium, suivie par sa vieille servante. Il craignit un deuil.

« Que se passe-t-il ? » demanda Arminius en posant son paquetage.

Elle alla vers lui et ils s'étreignirent en silence.

« Ton fils... », commença-t-il.

Il n'était pas mort, sans quoi elle eût dit : « Notre fils. »

Arminius écarta sa femme pour examiner son visage.

« Il a quitté la maison », dit-elle.

Valerius avait à peine quatorze ans. C'était leur cadet. Marcus, l'aîné, avait fondé famille ; il était greffier au Sénat.

« Où est-il ?

— Chez les Juifs.

— Les Juifs ?

— Une secte de Juifs.

— Mais où ?

— Je ne sais pas. Il vit avec eux, quelque part dans leur quartier. »

Ils allèrent s'asseoir. La servante lui apporta de l'eau colorée de vin qu'il but avidement.

« Quelle est cette affaire ? demanda-t-il.

— Il a rencontré une jeune femme. Je ne l'ai jamais vue. Une Juive. Il a commencé à me répéter ses propos. Ils tournaient autour du règne du dieu unique des Juifs, annoncé par un messager, prophète, je ne sais plus. Ce messager avait été sacrifié par les Juifs méchants et les bons Juifs allaient instaurer sur le monde la justice et la bonté. »

Arminius secoua la tête.

« Il parlait de tout cela avec une ardeur que je ne lui connaissais pas. Je n'y ai d'abord pas prêté beaucoup d'attention. Les jeunes s'enthousiasment pour tant de choses qu'ils oublient ensuite. Mais il ne parlait plus que de cela. Il voulait entrer dans la secte de ces Juifs. Je me suis alarmée. J'ai craint qu'il ne se soit épris de la jeune femme et qu'il ne songe à l'épouser. J'ai appelé Marcus à l'aide. Il est accouru. Il s'est longuement entretenu avec Valerius. J'ai entendu des éclats de voix. Marcus est sorti consterné de l'entretien. Il m'a dit que cette femme avait dû ensorceler son frère avec ses fables. Ces gens se servent souvent de sorts, comme tu sais. Dans les jours suivants, Valerius est devenu muet. Il refusait de me répondre quand je lui posais des questions, alléguant que je ne pouvais pas comprendre parce que la grâce divine ne m'avait pas touchée. Un jour, il n'est pas rentré du lycée. Alexia, faisant son lit, avait trouvé un message très bref : “Je vais rejoindre Jésus.” J'ai de nouveau alerté Marcus. Il a entrepris des recherches et en a fait faire. Aucun de ses compagnons n'avait plus de nouvelles de lui. Personne ne savait où il était. En vain. C'était il y a trois mois. Depuis, je n'ai plus eu signe de vie de lui. Voilà.

— Ces Juifs ! tonna Arminius.

— Attends. Les Juifs ont aidé Marcus dans ses recherches. Ils disaient que cette secte leur valait des ennuis et avait arraché plusieurs d'entre eux à la communauté. Ils souhaitaient en finir avec elle. Ce ne sont pas les Juifs qu'il faut blâmer, mais cette secte-là. »

Elle se tut, accablée.

« Peut-être ai-je eu tort, murmura-t-elle. J'aurais dû mieux l'écouter quand il me parlait. Un mot revenait souvent sur ses lèvres, celui de “bonté”. Ce n'est pas comme s'il était parti avec des brigands. Mais je l'ai perdu. Peut-être se trouve-t-il plus heureux... »

Sur quoi elle fondit en larmes. Arminius lui mit la main sur l'épaule. Mais il ne savait que dire. Vraiment pas. Cette situation était insensée.

À une lieue de là, Valerius était devenu porteur d'eau. Le métier était pénible, mais il gagnait quand même sa vie, à se coltiner des brocs dans les étages des maisons du voisinage. Il partageait sa chambre avec un jeune homme appelé Isaac. Il s'était laissé pousser les cheveux et les nouait à l'arrière avec une lanière de cuir. Cela lui changeait considérablement la physionomie. Il se faisait désormais appeler Jacob. Il songeait parfois à sa famille, et surtout à sa mère, mais rejetait toute idée de retour.

« Un monde de pierre, confia-t-il à Sarah, la jeune fille qui l'avait attiré dans leur communauté. L'armée, l'État. Moi, je ne suis qu'un soldat de l'empereur. »

Elle était retournée à Magdala avec Marthe. Lazare s'était joint au groupe de Jean, Jacques et Bartolomé. Ce fut dans la grande maison de pierre noire au bord du lac que Joseph de Ramathaïm alla la voir pour lui donner des nouvelles du voyage et d'autres encore. Des émissaires voyageant entre Damas et Jérusalem le tenaient, en effet, informé des mouvements de Jésus.

Le vent du nord soufflait avec force ; ils s'entretinrent dans la grande pièce qui donnait sur la terrasse. Des braseros fumaient devant la fenêtre et des courants d'air en coulis dispersaient les fumées odorantes, pareilles à des âmes espiègles et vagabondes.

« Saül n'a pas renoncé, dit Joseph en soupirant. Il a tenté d'aller l'arrêter à Damas, muni de lettres patentes de Caïphe. Mais Jésus est là-bas sous la protection de l'éparque Omar, en attendant de suivre une caravane qui irait vers les siens, loin à l'Orient. Saül a été jeté en prison. Comptes-tu rester ici ? »

Elle perçut le sens de la question : elle était en danger.

« Leurs espions ont reconstitué notre complot, poursuivit-il. Ils pensent que c'est toi qui as fait renaître la sédition et que tu es une femme aussi dangereuse que lui. Je crois que tu serais plus en sécurité à Damas ou dans une autre ville de la Décapole. »

Elle réfléchit un moment et répondit :

« Si je devais me mettre en sécurité, ce ne serait que pour lui, en attendant de le rejoindre. Je ne veux pas lui causer le chagrin d'être maltraitée par ces gens. »

Maltraitée était un mot faible : ils la lapideraient ; ils le savaient tous deux.

« La mort ne m'effraie pas pour moi-même, conclut-elle. Je suis désormais au-delà de ce monde. Je suis au-delà des mots. C'est l'amour divin. Je le souhaite à toute femme qui a reçu la Lumière. »

Postface

Les pages qu'on vient de lire constituent le prolongement de la série *L'Homme qui devint Dieu*, entreprise voici plus de trente ans à la suite d'une relecture des Évangiles. Je me suis expliqué dans les volumes précédents des libertés que j'ai prises, non tant à l'égard des textes fondateurs que d'une tradition qui me semblait et me semble toujours en avoir pris de bien plus ambitieuses.

Elles sont inspirées par deux lacunes essentielles dans les derniers versets des Évangiles canoniques : les événements qui ont suivi la survie de Jésus et le rôle de Marie de Magdala, dite plus tard Marie-Madeleine, dans la vie de Jésus.

En ce qui touche à la première de ces lacunes, il n'est guère besoin de grande érudition pour être déconcerté par le caractère vague et formellement contradictoire des textes évangéliques canoniques. Qu'on me permette de citer ici ces textes *in extenso*, afin qu'on en juge.

Matthieu écrit ainsi (XXVIII, 16-20) :

> Les onze disciples se rendirent en Galilée, à la montagne où Jésus leur avait dit de le retrouver. Quand ils le virent, ils se prosternèrent devant lui, bien que certains d'entre eux fussent saisis de doutes. Jésus s'avança vers eux et leur parla. Il leur dit : « L'entière autorité dans le ciel et sur la terre m'a été conférée. Allez donc et faites de toutes les nations mes disciples ; baptisez des hommes partout au nom du Père, du Fils et du Saint Esprit, et enseignez-leur à observer tout ce que je vous

ai commandé. Et soyez assurés que je serai toujours avec vous, jusqu'à la fin des temps.

Marc écrit (XVI, 9-20) :

Quand il se fut levé de chez les morts tôt le dimanche matin, il apparut d'abord à Marie de Magdala, dont il avait précédemment chassé sept démons. Elle alla porter la nouvelle à ses disciples en deuil et désolés, mais quand elle leur dit qu'il était vivant et qu'elle l'avait vu, ils ne la crurent pas.

Plus tard, il apparut sous une apparence différente à deux d'entre eux qui marchaient dans la campagne. Ils allèrent aussi porter la nouvelle aux autres, mais de nouveau personne ne les crut.

Après, alors que les onze étaient à table, il leur apparut et leur fit reproche de leur incrédulité et de leur manque d'intelligence, parce qu'ils n'avaient pas cru ceux qui l'avaient vu après qu'il fut revenu de chez les morts. Puis il leur dit : « Allez et prêchez dans toutes les parties du monde et proclamez la Bonne Nouvelle à toute la création. Ceux qui le croiront et recevront le baptême seront sauvés ; ceux qui ne croiront pas seront condamnés. La foi entraînera ces miracles ; les croyants chasseront les démons en mon nom et parleront des langues étrangères ; s'ils manipulent des serpents ou boivent un poison mortel, il ne leur adviendra aucun mal ; et les malades sur lesquels ils imposeront les mains seront guéris. »

Ainsi, après avoir parlé avec eux, le Seigneur Jésus monta au ciel et prit sa place à la droite de Dieu ; mais ils sortirent et firent leur proclamation partout, et le Seigneur travailla avec eux et confirma leurs paroles par les miracles qui s'ensuivirent.

Quelque peu plus circonstancié, Luc écrit (XXIV, 13-53) que, le même dimanche matin, les femmes qui avaient suivi Jésus depuis la Galilée avaient vu deux anges à la porte du sépulcre et en avaient informé les apôtres, lesquels ne les avaient pas crues :

[...] Deux disciples marchaient près d'un village appelé Emmaüs, qui se trouve à quelque dix kilomètres de Jérusalem et ils s'entretenaient de ces événements. Tandis qu'ils en discutaient entre eux, Jésus apparut et fit route avec eux ; mais quelque chose les empêchait de le reconnaître. Il leur demanda : « De quoi parliez-vous en marchant ? » Ils s'arrêtèrent, les visages désolés, et l'un d'eux, appelé Cléophas, répondit : « Serais-tu le seul à Jérusalem à ignorer ce qui s'est passé dans cette ville ces derniers jours ? — Que voulez-vous dire ? » demanda-t-il. « Toute cette histoire sur Jésus de Nazareth, répliquèrent-ils, un prophète à l'action et au verbe puissants devant Dieu et le peuple ; la manière dont les chefs de nos prêtres et nos gouverneurs l'ont fait condamner à mort et l'ont fait crucifier. Nous avions espéré qu'il serait l'homme qui libérerait Israël. Qui plus est, c'est le troisième jour depuis que cela est advenu, et maintenant des femmes de notre connaissance nous ont surpris : elles sont allées tôt au sépulcre, mais elles n'ont pas trouvé son corps et sont revenues avec une histoire d'une vision qu'elles ont eue d'anges qui leur ont annoncé qu'il était en vie. Quelques-uns des nôtres sont donc allés au sépulcre et ont constaté ce que les femmes avaient dit ; mais ils ne l'ont pas vu. »

« Combien sots vous êtes ! répondit-il. Combien vous êtes lents à croire tout ce que les prophètes ont dit ! Le Messie ne devait-il pas souffrir de la sorte avant d'entrer dans sa gloire ? » Puis il commença à leur parler de Moïse et des prophètes et leur expliqua les passages qui se référaient à lui dans tous les passages des Livres.

Ils avaient alors atteint le village où ils se rendaient et il se disposait à poursuivre son chemin, mais ils le prièrent : « Reste avec nous, car le soir s'avance, le jour a presque pris fin. » Il les suivit donc, et quand il se fut assis avec eux à table, il prit le pain et le bénit ; puis il le rompit et le leur distribua. Alors leurs yeux se dessillèrent et ils le reconnurent, puis il disparut de leur vue. Ils se dirent : « N'avons-nous pas senti nos cœurs en feu alors qu'il nous parlait sur le chemin et qu'il nous expliquait les Écritures ? »

Sans plus attendre, ils se rendirent à Jérusalem. Là, ils s'avisèrent que les onze et les autres s'étaient réunis et qu'ils disaient : « C'est vrai, le Seigneur est ressuscité ; il est apparu à Simon. » Puis ils racontèrent les détails de leur voyage et la façon dont ils l'avaient reconnu à sa manière de rompre le pain.

Et tandis qu'ils parlaient de tout cela, il apparut parmi eux. Saisis et terrifiés, ils pensèrent qu'ils voyaient un fantôme. Mais il dit : « Pourquoi êtes-vous si troublés ? pourquoi vous posez-vous des questions ? Regardez mes mains et mes pieds. C'est moi. Touchez-moi et voyez ; aucun fantôme n'a de la chair et des os et vous pouvez voir que j'en ai. » Mais ils n'étaient pas convaincus et doutaient encore car cela semblait trop beau pour être vrai. Il leur demanda alors : « Avez-vous quelque chose à manger ? » Ils lui offrirent une part du poisson qu'ils avaient fait cuire, qu'il prit et mangea sous leurs yeux.

Et il leur dit : « Voilà ce que je voulais dire en vous disant, quand j'étais avec vous, que tout ce qui a été écrit sur moi dans la Loi de Moïse et dans les prophètes et les psaumes devait s'accomplir. » Il leur éclaira alors l'esprit à la compréhension des Écritures. « Ceci, dit-il, est ce qui est écrit : que le Messie souffrira la mort et ressuscitera des morts le troisième jour et qu'en son nom, le repentir apportant le pardon des péchés doit être proclamé à toutes les nations. Commencez à Jérusalem ; c'est vous qui êtes les témoins de tout cela. Et souvenez-vous de ceci : je vous adresserai le don de mon Père qui vous avait été promis. Restez donc dans cette ville jusqu'à ce que vous ayez été investis de la puissance d'en-haut. »

Puis il les emmena jusqu'à Béthanie et les bénit de ses mains levées ; et en les bénissant, il s'éloigna d'eux. Et ils retournèrent à Jérusalem dans une grande joie et passèrent tout leur temps dans le Temple à célébrer le Seigneur.

Jean est encore plus circonstancié (XX, 14-XXI, 25) : après que les deux anges eurent demandé à Marie de Magdala pourquoi elle pleurait et qu'elle leur eut répondu qu'elle ne savait pas où se trouvait le tombeau du Seigneur...

[...] elle se retourna et vit Jésus qui se tenait là, mais elle ne le reconnut pas. Jésus lui demanda : « Pourquoi pleures-tu ? Qui donc cherches-tu ? » Pensant que c'était le jardinier, elle répondit : « Si c'est toi, homme, qui l'as enlevé, dis-moi où tu l'as mis et j'irai l'enlever de là. » Jésus dit : « Marie ! » Elle se retourna et lui dit : « Rabbouni ! » [ce qui est le mot hébreu pour « Maître »]. Jésus dit : « Ne t'accroche pas à moi, car je ne suis pas encore monté chez le Père. Mais va voir mes frères et dis-leur que je vais maintenant monter vers mon Père et ton Père, mon Dieu et ton Dieu. » Marie de Magdala alla porter les nouvelles aux disciples. « J'ai vu le Seigneur », dit-elle, et elle leur transmit son message.

Tard le dimanche soir, alors que les disciples étaient réunis derrière des portes closes, par peur des Juifs, Jésus vint et se tint parmi eux. « La paix soit avec vous ! » leur dit-il, et il leur montra ses mains et son flanc. Quand les disciples virent le Seigneur, ils furent remplis de joie. Jésus répéta : « La paix soit avec vous ! » et il dit : « De même que le Père m'a délégué, je vous délègue. » Puis il souffla sur eux, disant : « Recevez l'Esprit Saint ! Si vous pardonnez les péchés d'un homme, ils seront pardonnés ; si vous ne les pardonnez pas, ils ne le seront pas. »

L'un des douze, Thomas, c'est-à-dire le Jumeau, n'était pas avec les autres quand Jésus vint. Les disciples lui dirent donc : « Nous avons vu le Seigneur. » Il dit : « À moins que je voie les traces des clous sur ses mains, à moins que je mette mon doigt là où étaient les clous et ma main sur son flanc, je ne le croirai pas. »

Une semaine plus tard ses disciples étaient de nouveau dans la pièce et Thomas était avec eux. Bien que les portes fussent closes, Jésus vint et se tint parmi eux, disant : « La paix soit avec vous ! » Puis il dit à Thomas : « Mets ton doigt ici ; vois mes mains. Mets ton doigt ici, vois mon flanc. Ne doute plus, mais crois. » Thomas dit : « Mon Seigneur et mon Dieu ! » Jésus dit : « Parce que tu m'as vu, tu as trouvé la foi. Heureux ceux qui ne m'ont jamais vu et qui ont pourtant trouvé la foi. »

Il y eut en fait bien d'autres signes que Jésus montra devant les disciples, qui ne sont pas recensés dans ce livre. Ceux qui ont été rapportés ici l'ont été afin que vous gardiez la foi que Jésus est le Christ, le Fils de Dieu, et que grâce à cette foi, vous possédiez la vie en son nom.

Quelque temps plus tard, Jésus se montra aux disciples une fois de plus, près de la Mer de Tibériade ; et ce fut dans ces circonstances : Simon-Pierre et Thomas le Jumeau étaient ensemble avec Nathanaël de Cana en Galilée. Les fils de Zébédée et deux autres disciples étaient également là. Simon-Pierre dit : « Je vais pêcher. — Nous irons avec toi », dirent les autres. Ils montèrent donc dans le bateau. Mais cette nuit-là, ils ne prirent aucun poisson.

Le matin vint et Jésus était sur la grève, mais les disciples ne savaient pas que c'était Jésus. Il leur cria : « Amis, avez-vous fait bonne pêche ? » Ils répondirent : « Non. » Il leur dit : « Jetez le filet à tribord et vous ferez une prise. » Ils firent ainsi et ils constatèrent qu'ils ne pouvaient pas hisser le filet à bord, tant il était plein de poisson. Puis le disciple que Jésus aimait dit à Pierre : « C'est le Seigneur ! » Quand Simon-Pierre l'entendit, il attacha son manteau autour de lui (car il s'était dévêtu) et plongea dans l'eau. Le reste d'entre eux vint en bateau, tirant le filet plein de poisson ; car ils n'étaient pas loin du rivage, rien qu'une centaine de mètres.

Quand ils mirent pied à terre, ils virent un feu de bois avec du poisson disposé dessus et du pain. Jésus dit : « Apportez quelques-uns de vos poissons. » Simon-Pierre monta sur le bateau et hala le filet jusqu'à la grève, plein de grands poissons, cent cinquante-trois d'entre eux. Jésus dit : « Venez prendre le petit déjeuner. » Aucun des disciples n'osa demander : « Qui es-tu ? » Ils savaient que c'était le Seigneur. Jésus vint à eux, rompit le pain, le leur distribua et distribua le poisson de la même façon.

C'est la troisième fois que Jésus apparut à ses disciples, après sa résurrection de chez les morts.

Après le petit déjeuner, Jésus dit à Simon-Pierre : « Simon fils de Jean, m'aimes-tu plus que tout ? – Oui, Seigneur, répondit-il, tu sais que je t'aime. – Alors pais mes agneaux », dit-il. Une deuxième fois il demanda : « Simon fils de Jean, m'aimes-tu ? – Oui, Seigneur, tu sais que je t'aime. – Alors pais mes agneaux. » Une troisième fois il demanda : « Simon fils de Jean, m'aimes-tu ? » Pierre fut blessé qu'il demandât pour la troisième fois : « M'aimes-tu ? — Seigneur, dit-il, tu sais tout ; tu sais que je t'aime », Jésus dit : « Pais mes agneaux. »

> « Et de plus, je vous dirai en vérité : quand vous étiez jeunes, vous attachiez votre ceinture et vous alliez où vous vouliez ; mais quand vous serez vieux, vous tendrez le bras, un étranger vous liera les mains et vous conduira là où vous ne voulez pas aller. » Il dit cela pour indiquer la mort par laquelle Pierre glorifierait Dieu. Puis il ajouta : « Suivez-moi. »
>
> Pierre regarda autour de lui et vit le disciple que Jésus aimait, celui qui, au souper, s'était penché vers lui pour lui demander : « Seigneur, quel est celui qui te trahira ? », suivant Jésus. Pierre demanda quand il le vit : « Seigneur, que va-t-il lui advenir ? » Jésus répondit : « S'il est de ma volonté qu'il attende jusqu'à ce que je revienne, en quoi cela t'intéresse-t-il ? Suis-moi. »
>
> Le dit de Jésus fut répété dans la communauté et l'on s'accorda à penser qu'il signifiait que le disciple ne mourrait pas. Mais en fait, Jésus n'avait pas dit qu'il ne mourrait pas ; il avait seulement dit : « S'il est de ma volonté qu'il attende jusqu'à ce que je revienne, en quoi cela t'intéresse-t-il ? »
>
> C'est le même disciple qui atteste ce qui est rapporté ici. C'est en fait lui qui l'a écrit, et nous savons que son témoignage est vrai.
>
> Il est bien d'autres choses que fit Jésus. S'il fallait tout rapporter en détail, je suppose que le monde entier ne suffirait pas à contenir tous les livres qui devraient être écrits.

À l'évidence, Matthieu et Jean, qui furent des disciples, n'ont pas vécu la même expérience et Marc et Luc ont recueilli des témoignages divergents de ces deux-là et entre eux. Ainsi, à propos des anges, Matthieu (XXVII, 2) n'en mentionne qu'un, Marc (XVI, 5) ne mentionne qu'un jeune homme lumineux, Luc (XXIV, 4) parle de deux hommes et c'est Jean (XX, 11-12) qui parle de deux anges. On ne sait pas non plus si la tombe était ouverte ou fermée quand Marie de Magdala arriva : Luc (XXIV, 2) dit qu'elle était ouverte, mais Matthieu (XXVII, 1-2) dit qu'elle était fermée.

Selon Matthieu, les onze ne revoient Jésus qu'en Galilée, sur la montagne, sans autres péripéties. Nulle mention du jour.

Selon Marc, il apparaît d'abord à Marie de Magdala au mont des Oliviers, puis aux onze dans la campagne proche de Jérusalem. Le jour est le dimanche, l'après-midi et le soir. Nulle mention de la Galilée.

Selon Luc, il apparaît d'abord à deux disciples sur la route d'Emmaüs, non loin de Jérusalem, donc en Judée, et ils ne le reconnaissent pas. Puis il se manifeste à eux deux et eux seulement au cours du souper à Emmaüs. Puis encore il apparaît aux onze à Jérusalem et il les emmène, sans aucune raison apparente ni suivi logique à Béthanie et les abandonne là. Nulle mention de la Galilée non plus. Incidemment, on voit apparaître un disciple inconnu, Cléophas – l'autre n'étant pas nommé – sur lequel les conjectures abondent.

Et, selon Jean, Jésus réapparaît en deux lieux et à trois moments séparés : une première fois le dimanche, à Jérusalem, à Marie de Magdala, puis aux disciples sans Thomas, puis une deuxième fois aux disciples avec Thomas ; enfin, une troisième fois à sept disciples seulement – Pierre, Thomas, Nathanaël, Jean et Jacques de Zébédée et « deux autres disciples ».

À ces contradictions sur le lieu, le moment et les circonstances s'en joignent d'autres, non moins déconcertantes. Ainsi, selon Matthieu et Marc, Jésus enjoint aux disciples d'aller prêcher dans toutes les parties du monde, alors que, selon Luc, il leur enjoint spécifiquement de rester à Jérusalem jusqu'à ce qu'ils aient été investis des pouvoirs célestes, dont la venue est absente de cet évangile.

Passons sur les autres contradictions, qui ne sont pas du cadre de ces pages ; ainsi, selon Luc, la venue est annoncée dans la Loi de Moïse, ce qui n'est pas le cas ; selon Jean, Jésus apparaissant à Marie de Magdala lui demande d'aller informer ses frères de sa résurrection, mais au lieu de cela, elle va informer les disciples, ce qui n'est pas la même chose. Et l'on voit Pierre haler tout seul un filet de poissons que sept hommes n'ont pu hisser à bord.

L'analyse des textes de Luc et de Jean, les plus circonstanciés, montre que ceux-ci ressortissent aux procédés littéraires du temps, mais au défi de la logique qu'on est en droit de prêter à Jésus. Chez Luc, par exemple, Jésus rompt le pain, le distribue et disparaît, ce qui ne fait guère de sens ; cet épisode spectaculaire et fantastique est d'ailleurs absent du texte de Jean. Chez celui-ci, l'utilisation symbolique du chiffre trois est évidente, mais plus évident encore est le dédoublement narratif dans le passage suivant : « C'est le même disciple qui atteste ce qui est rapporté ici. C'est en fait lui qui l'a écrit, et nous savons que son témoignage est vrai. » Le narrateur est à la fois « je » et « nous », le « nous » fictif se portant garant du « je ».

Il est évident que, par leur essence même, les textes évangéliques ne sauraient être considérés du même œil que des textes historiques ; néanmoins, on est en droit d'en attendre de la convergence et tout au moins une certaine logique. Ce n'est pas le cas, puisqu'ils ne concordent ni sur le lieu, ni sur les circonstances, ni sur la date de la réapparition de Jésus. Et cela incite à supposer qu'en fait, les apôtres n'ont été informés de la résurrection que de façon tardive, comme l'indique Matthieu, qui est avec Jean le seul auteur susceptible d'avoir recueilli les témoignages directs des apôtres éponymes, et qu'ils ont reconstitué cette dernière partie de la vie publique de Jésus d'après des témoignages épars.

Le contexte historique et psychologique

Autre trait déconcertant des quatre récits évangéliques : ils se situent dans un décor abstrait, sans rapport avec le contexte historique réel auquel l'histoire de Jésus est pourtant étroitement liée.

La Palestine de l'époque est partagée entre quatre pouvoirs dont deux au moins sont en conflit larvé : la Judée, province sénatoriale, est sous le contrôle du Procurateur Ponce Pilate, la Galilée et la Pérée sont sous celui du tétrarque Hérode Antipas, l'un des fils d'Hérode le Grand, et Jérusalem est soumise à l'autorité spirituelle du Temple, qui s'efforce d'imposer aussi bien son autorité spirituelle, au moins dans la Ville Sainte, contrairement à la volonté de Rome, ainsi que l'épisode de l'arrestation et de la condamnation de Jésus, entre autres, le démontrent clairement. Le quatrième pouvoir est en conflit avec tous les autres : c'est celui des Zélotes qui, depuis l'an 6, entretiennent une résistance armée contre les Romains, mais n'en sont pas moins résolument hostiles aux trois autres pouvoirs : les deux « brigands » entre lesquels Jésus est crucifié sont en fait des Zélotes, auxquels Jésus est ainsi assimilé.

Forte de son pouvoir militaire incontesté, Rome a donc créé une situation explosive dont elle ne semble guère se douter, certaine comme elle l'est de pouvoir réprimer par la force toute tentative d'insurrection. La situation explosera, en effet, moins de quarante ans plus tard, lors du siège de Jérusalem et de la destruction de la ville par les guerres intestines des trois bandes rivales de Zélotes. Flavius Josèphe en a donné le détail, d'une atrocité sans merci, dans *La Guerre des Juifs*.

La Palestine est donc truffée d'espions de ces quatre pouvoirs qui se surveillent mutuellement. Le plus célèbre d'entre eux, parce que le seul cité, est Judas l'Iscariote, c'est-à-dire le Sicaire, c'est-à-dire encore un Zélote, grâce auquel la Police du Temple parvient à mettre la main sur Jésus. Mais il est aussi le seul des apôtres qui ne soit pas originaire de Galilée, ce qui est révélateur : en effet, Simon le Zélote, lui, ne trahit pas, ce qui est également significatif ; cela indiquerait que les Zélotes de Galilée ne sont pas hostiles à Jésus, seuls ceux de Judée semblent l'être.

Jusqu'à sa crucifixion, Jésus était déjà soumis à la surveillance des espions du Temple, sans doute aussi de la Procure et d'Hérode Antipas, et ses disciples ne l'étaient pas moins. Après la disparition du corps de Jésus, que le Temple et les Pharisiens avaient pressentie, la surveillance des espions sur les disciples et les proches de Jésus redoubla à coup sûr. Rien n'était plus dangereux pour eux qu'une réapparition de l'homme qui menaçait directement leur pouvoir. Matthieu le rapporte clairement : « Le lendemain du vendredi, le matin, les prêtres en chef et les Pharisiens se rendirent en délégation chez Pilate : “Excellence, dirent-ils, nous nous rappelons ce que cet imposteur a dit quand il était vivant, ‘je serai ressuscité dans trois jours.’ Voulez-vous donc donner des ordres pour que le sépulcre soit gardé jusqu'au troisième jour ? Sinon ses disciples pourraient venir, voler le corps et aller ensuite raconter au peuple qu'il est ressuscité d'entre les morts ; et cette duperie finale pourrait être pire que la première. — Vous pouvez faire monter cette garde, dit Pilate. Allez et montez cette garde aussi sûrement que vous pourrez.” Ils allèrent donc faire garder le sépulcre, scellèrent la pierre et laissèrent une garde sur place. » (XXVII, 62-66).

Incidemment, c'était oublier que les gardes aussi pouvaient être achetés.

À l'époque également, la persécution sévissait contre les disciples et les proches de Jésus et l'un de ceux qui la menaient n'était autre que Saül, futur propagateur du christianisme en Occident sous le nom de Paul ; il sévissait furieusement avec une bande de sbires et le soutien évident du Temple et du Sanhédrin : « Il entrait dans chaque maison, arrêtait les hommes et les femmes et les envoyait en prison. » (Actes, VII, 3). Le pouvoir que je lui ai prêté dans la reconstitution de sa vie, *L'Incendiaire, Vie de Saül apôtre*, a scandalisé quelques-uns, que les évidences n'aveuglent pas : pour disposer d'un tel pouvoir à Jérusalem, ville soumise au double contrôle du Temple et du pouvoir romain, il fallait, en effet, disposer du soutien officiel du Temple et sans doute officieux de la Procure romaine. De plus, nous savons, toujours par les Actes, qu'il n'envoyait pas seulement en prison, mais également à la mort par lapidation.

Les Actes citent le chiffre de cinq mille disciples, appréciable pour une ville de quelque soixante-dix mille habitants – et sans doute autant, sinon plus pour la Judée et encore autant pour la Galilée. L'ampleur relative du mouvement créé par Jésus permet d'ailleurs de comprendre la véhémence des persécutions mentionnées par les Actes – mais non les Évangiles, à part une mention incidente de Jean en XX, 19 : le danger du schisme de Jésus commençait à donner du fil à retordre à l'autorité ecclésiastique. Le ministère public de Jésus avait, en effet, duré quelque trois ans avant la crucifixion, il avait largement eu le temps de porter ses fruits, et l'hostilité des autorités religieuses juives ne datait certes pas du lendemain de celle-ci. Or, les Évangiles canoniques ne font aucune mention de ce contexte, pourtant crucial pour la compréhension de l'histoire.

On peut, incidemment, s'interroger sur le succès de l'enseignement de Jésus. Comment, pourquoi, des milliers de Juifs – car les premiers convertis furent des Juifs – se détournèrent-ils de l'enseignement orthodoxe qu'ils perpétuaient soigneusement et pieusement depuis des siècles, pour adhérer à celui d'un homme qui contrevenait à toutes leurs traditions ? Les Évangiles canoniques eux-mêmes le rapportent : il négligeait de se laver les mains avant de toucher la nourriture, ne respectait pas le sabbat, insultait les prêtres, allait en compagnie de femmes libres – inconvenance insensée à l'époque – et appréciait la bonne chère au point qu'il se fit traiter de glouton ? Tant de provocations ne pouvaient qu'inciter à la méfiance ; elles lui gagnèrent pourtant des foules puisque, on l'a dit, celles-ci se préparèrent même à le couronner roi. Il y a là un paradoxe, bien rarement évoqué, et pourtant essentiel dans la naissance du christianisme.

Pour le comprendre, il faut se représenter l'immense changement survenu en Palestine au cours des trois siècles précédant l'avènement de Jésus, en fait depuis la conquête d'Alexandre le Grand. Ç'avait été un pays essentiellement agricole, comportant quelques places fortes et à l'exception de Jérusalem, les plus grandes villes, telle Jéricho, ne comptaient que trois ou quatre mille habitants tout au plus. Toutes les autres étaient des bourgades campagnardes fondées autour de points d'eau, essentiels au bétail et à la culture. Les populations de Judée, de Galilée, de Samarie et des autres provinces n'avaient que des contacts occasionnels avec les autres peuples, surtout les Cananéens, les Phéniciens, les Syriens et, au sud, les Nabatéens, et avec leurs religions. Les Juifs avaient donc préservé à peu près intact le mode de vie existant depuis la conquête de la Palestine par Josué, et cela, en dépit des deux déportations.

Soudain, à partir du IVe siècle, deux bouleversements majeurs survinrent : tout à la fois, Israël perdit son indépendance et s'urbanisa. Les Grecs, puis les Romains s'y installèrent et donc, modifièrent le pays culturellement et économiquement. Ils construisirent des villes ou rebâtirent celles qui existaient et – surtout les Romains – tracèrent des routes, pour permettre le passage de leurs troupes et accroître les échanges commerciaux. Ils multiplièrent les temples païens, les hippodromes, les bâtiments administratifs et les représentations de leurs religions : des dieux et des déesses. De surcroît, essentiellement tolérants à l'origine, car ils n'étaient pas plus hostiles au judaïsme qu'aux autres religions, les Romains autorisèrent les autres populations à bâtir aussi leurs lieux de culte.

Cette urbanisation imposa un brassage des populations. Les Juifs se trouvèrent de la sorte affrontés quotidiennement, et de façon beaucoup plus directe que jamais par le passé, et dans leur propre pays, aux religions, mœurs et cultures des populations voisines. Ils ne pouvaient pas les rejeter, d'abord pour des raisons politiques, puisqu'ils n'étaient plus maîtres de leurs territoires, et ensuite pour des raisons économiques. La richesse d'Israël, en effet, dépendait désormais du commerce entretenu avec les païens, céréales, huile, vin, produits d'élevage, laine, lin, poteries et autres produits manufacturés. S'ils purent s'opposer à ce qu'on surmontât le Temple d'aigles romaines – ce qui déclencha un mémorable conflit avec Ponce Pilate, et à l'érection d'une statue dorée de Caligula sur le Parvis des Gentils, ce qui leur valut l'exécration de l'empereur, ils durent supporter l'existence de gymnases où les jeunes hommes se montraient nus, de lupanars, de statues à leurs yeux indécentes, et d'auberges où l'on servait de la charcuterie. Car, abomination des abominations, on élevait des porcs en Israël, comme en témoigne d'ailleurs le passage des Évangiles qui se situe à Gérasa.

Or, le mode de vie des païens et leurs religions comportaient infiniment moins de contraintes que la religion juive, à commencer par l'observance du sabbat. Les autres populations pouvaient travailler et commercer librement alors que les Juifs, eux, étaient tenus à l'inactivité rituelle, avec l'interdiction de s'écarter de plus de cent pas de leur maison, problème qui surgira d'ailleurs avec une acuité particulière à Alexandrie, à l'époque même de Jésus. Du vêtement et de la nourriture aux rapports avec la sexualité, les païens avaient la vie bien plus facile et pourtant, ils ne semblaient guère en conflit avec leurs dieux. Si l'on consulte le Lévitique et les Nombres, on vérifiera la rigueur des prescriptions que le clergé de Jérusalem imposait au peuple.

Jésus affronta donc un clivage radical entre ceux des Juifs qui avaient décidé de s'helléniser et d'adapter subtilement l'observance de la Loi aux conditions politiques, et ceux qui s'étaient violemment refusés à cette adultération de l'héritage biblique, tels que les Esséniens. La cause du conflit était la rigueur de la Loi : il introduisit la notion du pardon divin et prêcha d'exemple. Au Dieu vengeur et jaloux, il substitua le Dieu de Bonté et de Lumière. D'où le succès fulminant de son enseignement et la crainte dévastatrice que le clergé en conçut.

Et la surveillance farouche que ce clergé exerça sur Jésus et son entourage et que seul Jean évoque en trois mots (XX, 19). Persécution et surveillance s'étendirent non seulement aux disciples, mais également aux proches, tels que Marie de Magdala, sa sœur Marthe et son frère Lazare ; le coup d'éclat de Joseph de Ramathaïm et de Nicodème, qui étaient allés demander le corps de Jésus à Pilate, démarche insensée, pour l'enterrer dans un caveau privé, alors qu'autrement, il eût sans doute été jeté à la fosse commune, comme les condamnés de droit commun, avait également dû les signaler à l'attention de la Police officielle et des espions du Temple.

La déduction s'impose : il est inconcevable que la nouvelle de la réapparition de Jésus n'ait pas suscité un émoi considérable, non seulement parmi les apôtres, mais également dans la communauté des disciples, puis dans les cercles du pouvoir directement concernés, le Temple, la Procure et la tétrarchie d'Hérode Antipas, ce dont les Évangiles ne font pas davantage mention. Mais il faut rappeler que, rédigés, dans la version qui nous est parvenue, vers le début du IIe siècle, les Évangiles canoniques – de même que la plupart des apocryphes, à l'exception de celui de Thomas, qui date de l'an 70 – n'étaient pas informés de la réalité historique et donc psychologique de l'époque. C'est celle que j'ai tenté de restituer.

L'hypothèse du complot

Elle contrarie évidemment la tradition christologique, ainsi que les réactions aux quatre précédents tomes de cet ouvrage l'ont plus qu'abondamment démontré. Elle me paraît néanmoins, et après trente ans de réflexion, s'imposer. J'en résume les principaux éléments :

• La crucifixion était un supplice lent et cruel, qui entraînait la mort, non par les blessures infligées, mais par la suffocation. Un corps en extension forcée, pendu à des poignets transpercés de clous, ne se soutient plus que par les jambes. Il ne peut réduire la tension des muscles thoraciques et la douleur des poignets transpercés qu'en s'appuyant sur les jambes, ce qui attise la douleur des pieds, fixés l'un sur l'autre par un seul clou. S'il veut alléger la douleur des pieds et les crampes qui surviennent dans les muscles des jambes, il est obligé d'aviver la douleur des poignets transpercés. Dans l'un comme dans l'autre cas, toutefois, les variations de la cage thoracique sont de faible amplitude. Le crucifié ne peut ni inspirer, ni expirer à fond ; il est réduit à une respiration superficielle ; l'acidose s'ensuit inévitablement. La tétanisation des muscles et principalement des muscles thoraciques combinée à l'acidose, mène lentement à la suffocation.

Le processus est toutefois lent. Les témoignages sur le supplice rapportent qu'un crucifié pouvait survivre plusieurs jours. On mettait généralement fin à son agonie en lui brisant les tibias et le crâne.

Or, dans le cas de Jésus, le supplice fut remarquablement court. Selon Marc (XV, 25) il fut mis en croix à neuf heures du matin et serait mort à midi. Luc (XXIII, 46) et Matthieu (XXVII, 45-50) ne mentionnent pas l'heure de la mise en croix, mais rapportent qu'il serait mort à trois heures de l'après-midi. Il serait donc demeuré en croix entre trois et six heures. Jean ne donne pas d'heure, ni pour la mise en croix, ni pour la descente de croix. Les quatre évangélistes s'accordent toutefois sur le fait que les tibias de Jésus ne furent pas brisés, à la différence des « brigands » à sa droite et à sa gauche. Leur mort, de ce fait, est certaine.

Détail révélateur rapporté par Marc (XV, 44-45) : quand Joseph de Ramathaïm alla demander à Pilate de disposer du corps de Jésus, « Pilate fut surpris d'apprendre que Jésus était déjà mort ; il envoya donc chercher le centurion et lui demanda si Jésus était mort depuis longtemps. Et quand il entendit son rapport, il autorisa Joseph à prendre possession du corps. » Ce fut sans doute à ce moment que le centurion piqua le crucifié du bout de sa *lancea*, lance à lame fine et plate dont les soldats romains étaient normalement équipés quand ils n'étaient pas en campagne, pour s'assurer qu'il ne réagissait pas. Ce n'était pas là le coup de grâce au cœur, comme la tradition le voudrait sans aucun fondement textuel, car il n'est dit nulle part que ce coup de lance – mentionné par Jean seul – fut donné au cœur. La Liturgie de Chrysostome et les Actes de Pilate précisent, d'ailleurs, qu'il fut donné du côté droit.

• Les circonstances de l'inhumation sont singulières et, une fois de plus, totalement contradictoires selon les évangélistes Matthieu, Luc et Jean. Selon Matthieu (XXVII, 59), Joseph de Ramathaïm enveloppa le corps dans un « linceul de lin neuf ». Selon Luc également, Joseph « descendit le corps de la croix, l'enveloppa dans un linceul de lin et le déposa dans un sépulcre creusé dans le roc, dans lequel personne n'avait été inhumé auparavant » (XXIII, 53-54). Nulle mention des aromates achetés par Nicodème ; d'ailleurs, « les femmes qui l'avaient suivi depuis la Galilée... allèrent chez elles et préparèrent des aromates et des parfums » (Lc., XXIII, 55-56). Le corps n'avait donc pas été lavé et, à l'évidence, le linceul n'avait pas été cousu, selon la coutume, puisque ces femmes se disposaient à aller le samedi matin au sépulcre pour procéder à la toilette funéraire.

Selon Jean, toutefois (XIX, 38-42), Nicodème était présent à l'inhumation ; il avait apporté une grande quantité d'un mélange de myrrhe et d'aloès qui fut mis dans le linceul. Mais, détail singulier, Jean ne mentionne jamais le linceul cité par les autres évangélistes, mais rapporte que les deux notables enveloppèrent le corps de Jésus dans des « bandelettes de tissu », *othonia* en grec, « selon les coutumes d'ensevelissement juives » (XIX, 40). Or, c'est là une invraisemblance majeure : les Juifs n'ont jamais serré leurs morts dans des bandelettes, à l'instar des Égyptiens, ce qui eût requis un embaumement, procédé requérant d'ailleurs plusieurs semaines et qu'il eût été impossible d'entamer la veille du sabbat (sans parler du fait qu'il impose l'éviscération, ce qui eût été odieux aux Juifs).

Jean d'une part, Matthieu et Luc de l'autre sont donc en contradiction formelle sur la question du linceul et du mode d'ensevelissement, de même que sur les responsables de l'ensevelissement. En effet, si Jésus avait été déjà couvert d'aromates, il n'y avait aucun besoin pour les femmes citées par Luc de revenir le dimanche pour les ajouter. Ou bien Matthieu et Luc d'une part, ou bien Jean de l'autre ont produit une fiction. Il semblerait en première analyse que ce soit Jean qui soit dans l'erreur, les Juifs n'ayant jamais pratiqué l'embaumement à l'égyptienne, seul justifiable des bandelettes ; mais le point est plus complexe, on le verra plus bas. Le texte de Jean apparaîtrait alors comme une reconstitution réalisée *ab abstracto* par quelqu'un qui ignorait les coutumes juives. La suite des textes invite néanmoins à d'autres déductions.

• La découverte du sépulcre vide est l'objet de contradictions non moins flagrantes, énumérées plus haut. Elles ne sont pas les seules.

Selon Matthieu (XXVIII, 1-7), Marie de Magdala et « l'autre Marie » – personnage énigmatique dont il sera plus loin question – allèrent au tombeau le Dimanche matin et y trouvèrent l'ange qui roula la porte du sépulcre, le *dopheq*, leur dit que Jésus était ressuscité et leur enjoignit d'aller en informer les disciples.

Marc (XVI, 9-11), ne mentionne aucun de ces épisodes, pourtant extraordinaires autant que mémorables ; il écrit, lui, que Jésus apparut immédiatement à Marie de Magdala et que celle-ci alla informer les disciples qui ne la crurent d'abord pas.

Selon Luc (XXIV 2-11), quand Marie de Magdala, Joanna – qui n'est citée ni par Matthieu ni par Marc – et Marie la mère de Jacques allèrent au sépulcre, le *dopheq* était déjà roulé ; et au lieu d'un ange, elles en virent deux, qui leur dirent que Jésus était ressuscité.

Enfin, selon Jean (XX, 1-9), ce fut Marie de Magdala qui alla seule au tombeau, le dimanche soir, ce qui est en contradiction avec Marc (XVI, 2), qui dit qu'elle y alla le dimanche à l'aube (le point a une grande importance, comme on le verra plus bas) ; elle vit alors que le *dopheq* était déjà roulé ; pas mention d'ange.

Aucun des évangélistes ne concorde donc avec l'autre sur l'événement crucial des Évangiles. Cela est compréhensible pour Luc et Marc, qui n'étaient pas des premiers apôtres, n'ont pas assisté à la découverte du sépulcre vide et ont rédigé leurs textes près d'un siècle plus tard, avec le secours de l'imagination. Restent Matthieu et Jean, qui sont néanmoins en contradiction flagrante sur quasiment tous les points. Ont-ils, eux aussi, reconstitué l'épisode de façon littéraire ?

• Toutefois, le récit de Jean s'écarte en plus d'un point des procédés littéraires classiques et comporte des détails originaux qui semblent véridiques ; il incite à penser qu'il est fondé sur des souvenirs recueillis par l'auteur même ou son éponyme. Ainsi, il rapporte que Marie de Magdala alla appeler les apôtres Jean et Pierre, qui arrivèrent « au pas de course ». Jean arriva le premier, mais n'entra pas dans le sépulcre ; ce fut Pierre qui y pénétra. Ce qu'il trouva est d'intérêt crucial : « Il vit les bandelettes par terre et le linge qui avait été mis sur le visage [de Jésus] non avec les bandelettes, mais roulé à part. » (XX, 6-7) Précisions extraordinaires et révélatrices : ce linge, dit *soudarion*, était celui qu'on mettait sur le visage du défunt, sous le linceul ou *sindon*, pour absorber les sueurs de mort. Pourquoi était-il « roulé à part » ? À l'évidence parce qu'il n'avait pas servi, ce qui est troublant. On n'imagine guère, en effet, que Jésus ressuscitant l'ait plié pour le mettre dans un coin. Ce sont donc Joseph et Nicodème qui ne l'ont pas posé sur le visage de Jésus.

Mais aucune mention du linceul.

Ma déduction est que Joseph et Nicodème n'ont pas déplié le *soudarion* sur le visage de Jésus pour ne pas gêner sa respiration, évidemment faible, car il était encore en vie.

Reste le point des bandelettes. Partagé entre le souci de véracité et sa thèse de résurrection surnaturelle, Jean a orienté son texte en prétendant que Joseph et Nicodème avaient apporté avec eux des bandelettes pour enserrer le corps de Jésus avant l'inhumation ; c'est pourquoi il omet entièrement de citer le linceul acheté par Joseph. Mais, sur ce point, il est en contradiction avec lui-même ; il sait très bien que les seules bandelettes utilisées dans les rites juifs servaient à attacher les mains, les pieds et le menton. Il le révèle dans son passage sur la « résurrection » de Lazare, qui apparut « les mains et les pieds entravés par des bandelettes et le *soudarion* sur le visage » (XI, 44).

La déduction en est que Jean a bien vu depuis la Porte d'Ephraïm, sur le Golgotha déserté, Joseph et Nicodème bander Jésus dans des *othonia* ; il n'a pas voulu préciser pourquoi, car ils bandaient ses blessures, aux poignets, aux pieds et au flanc, *parce que celles-ci saignaient encore*.

C'est-à-dire que Jésus était vivant. Les bandelettes que Pierre a vues par terre étaient des pansements qui avaient glissé lors de l'enlèvement du corps.

L'hypothèse de la survie de Jésus est renforcée par un autre point des récits évangéliques, peut-être le plus énigmatique en première lecture, c'est que personne des premiers disciples ni des femmes qui ont pourtant suivi Jésus pendant les trois années de son ministère public ne l'ont reconnu après sa résurrection. Pourquoi ? Il n'existe aucun argument théologique qui implique que Jésus ait dû changer d'apparence. Néanmoins, Marie de Magdala, elle, le reconnaît sur-le-champ à sa voix, quand il l'appelle par son nom ; c'est donc que sa voix est restée la même. Jusqu'alors, elle l'avait pris pour le jardinier (Jn., XX, 15).

La mention est apparemment anodine ; elle est plutôt riche d'informations : les jardiniers appartenaient aux professions qui, à Jérusalem, étaient tenues pour impures et qui interdisaient le port de la barbe, afin d'être distinguées des autres. Les jardiniers, en effet, maniaient du fumier, ce qui rendait impur selon le Lévitique. Si Marie de Magdala a pris Jésus pour le jardinier, c'est qu'il était glabre.

Voici donc un crucifié qui reste peu d'heures sur la croix, à qui l'on ne brise pas les tibias, qui a le privilège d'être inhumé dans un sépulcre neuf et qui survit. Autant d'éléments qui concordent à renforcer l'hypothèse d'un complot pour sauver le réformateur de la religion juive.

Qui en seraient les instigateurs ? À coup sûr, des gens assez riches pour détourner le cours de la justice romaine. On a reconnu Joseph de Ramathaïm et Nicodème, qui font partie du Sanhédrin, sorte de Sénat de Jérusalem. Mais aussi Marie de Magdala, sa sœur Marthe et son frère Lazare.

Marie de Magdala, la femme la plus citée des Évangiles [1]

Marie de Magdala, à laquelle je prête pour les besoins du roman un nom de famille imaginaire, ben Ezra, est la femme la plus citée des Évangiles : dix-sept fois, bien plus que Marie mère de Jésus. Elle est, de plus, selon les évangélistes unanimes, la première personne à laquelle Jésus se manifeste après être sorti du tombeau, distinction prodigieuse, qui donne à s'interroger dans des récits profondément symboliques. Ce double hommage est extraordinaire. Marie de Magdala n'a cependant suscité dans la littérature exégétique qu'un intérêt gêné, voire des démentis.

Une certaine tradition chrétienne s'obstine, depuis le VIe siècle, c'est-à-dire jusqu'à Grégoire le Grand, à distinguer entre Marie de Magdala, dite couramment Marie-Madeleine, la « pécheresse », et une autre Marie, Marie de Béthanie, sœur de Marthe et de Lazare, le « ressuscité ». Jusqu'alors, tel n'avait pas été le cas : pour l'Église latine, les deux Marie n'en faisaient qu'une.

Ainsi dans son *Dictionnaire de la Bible*, André-Marie Gérard écrit que cette identification était mal fondée, « si l'on s'en tient aux textes de l'Évangile ». Opposons-lui le même argument, afin de démontrer l'erreur de son assertion, selon laquelle « il n'est dit nulle part » que Marie de Magdala, dite la « pécheresse » et Marie de Béthanie fussent la même personne et que Marie de Magdala n'était pas la sœur de Marthe et de Lazare.

---

1. Mt., XXVI, 6-7 ; XXVII, 56, 64 ; XXVIII, 1-2. Mc. XIV, 3-9 ; XV, 40-41, 47 ; XVI, 1-9. Lc. VII, 37-50 ; VIII, 2-3 ; X, 38-39 ; XXIII, 55 ; XXIV 10. Jn., XI, 1-2, 28-31 ; XII, 3. XIX, 25 ; XX, 1-8.

Si : c'est dit par nul autre que l'évangéliste Jean :

> Il y avait un homme nommé Lazare qui était tombé malade. Sa maison était à Béthanie, le village de Marie et de sa sœur Marthe. Cette Marie, dont le frère Lazare était tombé malade, était la femme qui avait répandu un parfum sur le Seigneur et qui avait essuyé ses pieds de ses cheveux. (Jn. XI, 1-2).

La femme qui a répandu les parfums sur Jésus est bien Marie de Magdala, à moins que l'on ne veuille prétendre que, chaque fois que Jésus sortait dîner chez un nommé Simon, Pharisien ou Lépreux, une femme nommée Marie apparaissait pour jeter des parfums sur lui. « Marie de Béthanie » en tant que personnage distinct est une fiction commode : la femme appelée de ce nom par les exégètes chrétiens, parce qu'on la retrouve à Béthanie n'est jamais, dans les Évangiles, appelée « Marie de Béthanie », mais toujours Marie de Magdala. La différence des localités ne peut constituer d'objection, car les gens se déplaçaient à travers le pays, surtout pour suivre Jésus, et Marie de Magdala pouvait aussi posséder ou disposer d'une maison à Béthanie, localité dans laquelle Jésus se rendait d'ailleurs fréquemment. Grégoire le Grand avait vu juste.

Cela pourrait sembler n'être qu'un point de détail ; ce ne l'est pas. L'intimité de Jésus avec la famille de Marie-Madeleine, son frère et sa sœur contrariait, et contrarie sans doute encore, un certain consensus théologique selon lequel Jésus était d'une part un homme à part entière, mais de l'autre ne pouvait entretenir de liens terrestres aussi affirmés que ceux qui semblaient se dessiner si l'on faisait une même personne de Marie de Magdala et de la présumée « Marie de Béthanie » et encore moins ressentir de désirs sexuels. Marie de Magdala commençait donc à devenir, en langage familier, « encombrante ». Certains fidèles n'auraient pas manqué de se poser des questions sur ses liens avec Jésus. D'où l'intérêt de diluer les rapports de Jésus entre autant de Maries que possible.

C'était le même consensus qui avait commodément oblitéré un passage de l'évangile originel de Marc, décidément suspect, et qui portait sur les événements suivant la résurrection de Lazare :

> Jésus lui tendit la main et le releva. Mais le jeune homme, le regardant, l'aima et commença à le supplier de rester avec lui. Et ils sortirent de la tombe et entrèrent dans la maison du jeune homme, qui était riche. Après six jours, Jésus lui dit ce qu'il avait à faire et le soir, le jeune homme vint à lui, vêtu d'un vêtement de lin sur son corps nu. Et Jésus resta avec lui cette nuit, car il lui enseigna le mystère du royaume de Dieu.

Jean lui-même semble conscient de la nature privilégiée des relations entre Jésus et Marie de Magdala, car il prête à Jésus ces paroles singulières lors de sa première réapparition : « Ne me touche pas, car je ne suis pas encore monté chez le Père. » (XX, 17). Ces paroles sont, en effet, singulières pour trois raisons : d'abord, Jésus invite lui-même Thomas à le toucher, le même jour, alors qu'il n'est de toute évidence pas encore monté chez le Père (Jn., XX, 27) ; ensuite, cela laisserait entendre qu'il serait licite de le toucher quand il serait monté chez le Père, ce qui serait évidemment impossible ; enfin, Jésus n'a-t-il pas dit au Bon Larron, alors qu'il était sur la croix : « Ce soir tu seras avec moi au ciel ? » (Lc., XXIII, 43). Cela signifierait, à l'évidence, qu'il était déjà monté chez le Père ; donc son admonition à Marie le contredit lui-même.

Reste le fait que Lazare est riche, nous le savons par Marc. Ses sœurs le sont donc aussi. Magdala, également connue sous les noms de Dalmanoutha et de Gabara, était une ville riveraine du lac de Tibériade ou mer de Galilée, où l'on comptait quatre-vingts filatures de laine fine, et c'était l'une des trois villes de Galilée dont les contributions au Temple étaient si importantes qu'il fallait les y acheminer sur trois chariots. Magdala passait également pour une ville facile et corrompue, et l'on ignore si Marie passe aux yeux de Luc pour « immorale » (VII, 37-50) parce qu'elle est originaire de Magdala ou bien parce qu'elle est légère. Toujours est-il qu'elle a les moyens de verser une petite fortune en parfum sur les pieds de Jésus.

Les troubles de l'humeur et du comportement étant à l'époque qualifiés de « possession », Marie passait pour « possédée ». Jésus l'en guérit et elle lui voua dès lors une passion évidente. Jésus étant un homme au sens plein du mot, je lui prête des sentiments réciproques pour cette femme et une relation charnelle avec elle ; je ne suis certes pas le premier et l'on a vu plus haut que les textes évangéliques eux-mêmes confirment la place primordiale qu'elle tenait dans sa vie : ce ne fut pas à sa mère qu'il rendit d'abord visite, mais à Marie de Magdala.

On sait également par les textes évangéliques que Marie suivit Jésus partout dans ses déplacements au travers de la Judée et de la Galilée ; ce fut elle qui subvint aux besoins de Jésus et sans doute d'une partie des siens tout au long de son ministère public. Les Évangiles sont parfaitement discrets sur ce point, mais quelle que fût la modestie de leur mode de vie, Jésus et ses disciples n'étaient pas de purs esprits ; Jésus, en particulier, appréciait la bonne chère, il interpellait ainsi le riche Zachée pour s'inviter à souper chez lui et ne refusait pas les invitations de Simon le Pharisien ou le Lépreux, ce qui, d'ailleurs, lui valut d'être traité de glouton par les Pharisiens. Ces hommes devaient quand même se nourrir, se loger dans des auberges, éventuellement acheter un manteau et des sandales ; ils étaient mariés, autre point sur lequel les auteurs évangéliques glissent prudemment, subissant déjà la censure tacite du christianisme primitif sur la sexualité, et il leur fallait aussi envoyer de l'argent à la maison, en Galilée, pendant qu'ils couraient les chemins avec Jésus. Il fallait bien que quelqu'un y pourvût. Le soir du jugement, Marie de Magdala ne fut certes pas du nombre de ceux qui renièrent leur maître.

Bien au contraire : elle témoigna de la détermination nécessaire pour le projet, somme toute simple, de corrompre les gardes afin que Jésus fût mis en croix le plus tard possible et descendu le plus tôt possible et qu'ils ne lui brisassent pas les tibias. On avait déjà eu un aperçu de cette détermination quand, avec ce qu'on appellerait de nos jours du toupet, elle entra chez Simon le Lépreux, à Béthanie, pour verser les parfums sur la tête et les pieds de Jésus ; dans une société qu'on qualifierait de nos jours de machiste, où la femme n'était en fin de compte qu'une esclave de haut rang, il fallait pour cela du cran.

Elle avait des partisans puissants et tout désignés : Joseph de Ramathaïm et Nicodème, docteur de la Loi, tous deux membres du Sanhédrin et disposant d'appuis officiels et officieux dans la société juive, mais également Joanna, femme de Chouza. Outre Procula, la propre épouse de Ponce Pilate, Marie savait à coup sûr que Jésus comptait également des partisans dans l'administration d'Hérode Antipas : le gouverneur de Cana-en-Galilée, dont il avait guéri le fils, et le centurion de la maison même d'Hérode Antipas, dont il avait guéri le domestique. Nous savons par ailleurs par Luc (XXIII, 8) que le tétrarque souhaitait fortement rencontrer Jésus.

Cette dernière raison est celle pour laquelle j'ai inclus Malthace, mère d'Hérode Antipas, parmi les personnages sur le soutien desquels Marie de Magdala pouvait compter. Mais, pour aller corrompre des centurions, le plus souvent recrutés dans les peuples locaux et moins rigides que l'eussent été des Romains de souche, il fallait des hommes, et ce furent, le plus probablement, Joseph de Ramathaïm et Nicodème qui furent les chevilles ouvrières du complot, Marie en étant l'âme.

Qu'il y ait eu complot me semble donc certain. Que Marie de Magdala en ait été l'âme semble indiqué par son importance dans les textes et les développements logiques qui en découlent.

Que Jésus n'en ait pas été informé me semble plus que probable, en raison même de l'amour que lui portait Marie de Magdala. Il était aux arrêts quand elle apprit la sentence de mort, et il eût déjà été impossible de le prévenir ; puis, l'entreprise pouvait échouer et il eût été inhumain de laisser espérer à Jésus une délivrance alors qu'il pouvait réellement finir sa vie sur la croix. Ultime raison de ne pas l'informer : il était à craindre que Jésus ne refusât ; il se considérait déjà comme l'agneau sacrificiel.

Enfin, que Marie et sa famille, ainsi que Joseph et Nicodème aient choisi de ne pas informer les disciples du complot me paraît ressortir à la prudence la plus élémentaire ; ils étaient nombreux, ils avaient des familles, ils eussent pu laisser échapper une parole imprudente ou avoir un comportement révélateur.

Telle est, à mon avis, la raison pour laquelle les apôtres furent persuadés que Jésus était véritablement ressuscité, en dépit de ce qu'il leur disait lui-même, qu'un spectre ne laisse pas de traces de pas.

Le point le plus extraordinaire de l'histoire de Marie de Magdala est qu'en arrachant Jésus au tombeau, elle en fit aux yeux des apôtres un personnage surnaturel. Par conséquent, elle donna corps à l'image d'un Jésus d'essence divine. Elle se trouve donc être la vraie fondatrice du christianisme tel que nous le connaissons.

L'eût-elle laissé au tombeau qu'il ne serait qu'une victime de plus de l'impérialisme romain et de l'intolérance du clergé décadent de Jérusalem.

Le départ de Jésus

En plus de leur caractère étrangement abstrait et de leurs contradictions, les textes évangéliques canoniques sur la réapparition ou « résurrection » de Jésus et les événements qui s'en sont suivis dégagent une déconcertante impression de clandestinité.

On se fût attendu à ce que, revenu d'entre les morts et investi d'une divinité invulnérable, Jésus se fût manifesté dans sa gloire, ne fût-ce qu'une fois, au peuple de Jérusalem, de Judée ou de Galilée ; il n'en est rien ; il n'apparaît qu'à ses proches, avec une discrétion soutenue et les rumeurs qui courent jusqu'à Rome ne sont que cela, des rumeurs. Il eût pourtant couronné de la sorte sa mission terrestre de façon éclatante.

Il s'en est abstenu pour des raisons personnelles, on l'a vu plus haut. S'exposer une fois de plus à la vindicte de ses ennemis, les Pharisiens et les prêtres du Temple, lui eût offert cette fois peu d'espoir d'en réchapper ; il eût entraîné les massacres de ses partisans et mis en péril les fruits de ses trois années de ministère public.

Mais surtout, dans la situation politique de la Palestine, sur laquelle ses propos dans les Évangiles reflètent une remarquable prescience, il savait que sa réapparition provoquerait à brève, très brève échéance des troubles considérables. On peut tout imaginer à cet égard : par un soulèvement populaire à Jérusalem, en Judée, en Galilée, dont l'objet immédiat eût été de renverser le clergé qui avait mis à mort le prophète et dont l'objet lointain aurait été de chasser les Romains. Or, Jésus savait que les Romains réagiraient avec une poigne de fer et qu'un bain de sang serait inévitable. Il savait également que les Zélotes infestaient le pays du nord au sud, qu'ils auraient détourné le soulèvement à leurs fins et lui auraient conféré une férocité non pareille. Ce carnage risquait de détruire non seulement le judaïsme officiel, dont Jésus appelait pourtant la fin de tous ses vœux, mais également le judaïsme réformé qu'il prêchait. Il fallait laisser à celui-ci le temps de se développer, grâce à ses disciples.

Jésus a, en effet, été politique avisé quand il a déclaré (Lc., XXI, 20-24) : « ... Quand vous verrez Jérusalem encerclée par des armées, vous pourrez être sûrs que la destruction est proche. Ceux qui se trouvent en Judée devant partir pour les collines, ceux qui seront dans la ville même devront la quitter et ceux qui seront dans les campagnes s'interdiront d'y entrer ; parce que cela sera le temps de la punition... Hélas pour les femmes qui seront enceintes et celles qui allaiteront en ces jours-là ! Car il y aura une grande détresse dans le pays et une sentence terrible tombera sur ce peuple... et Jérusalem sera foulée aux pieds par des étrangers jusqu'à la tombée du jour. » C'est une description résumée de ce que fut la chute de Jérusalem en 70 : une horreur sans nom où le judaïsme faillit sombrer dans les décombres de la ville détruite par ses propres défenseurs, les Zélotes ; il ne survécut que parce qu'un rabbin obtint du général romain Titus l'autorisation d'emporter des rouleaux et d'aller ouvrir une école rabbinique sur la côte.

Fin 33, la mission de Jésus était donc terminée ; il avait diffusé son enseignement, ses disciples devaient le répandre dans le monde, y compris un disciple inattendu en la personne de Saül, qui se rebaptisa Paul, à la romaine, et qui transforma le judaïsme réformé de Jésus en une religion nouvelle, contre le gré du Conseil apostolique de Jérusalem, d'ailleurs, comme en témoignent amplement les Actes des Apôtres[1].

La vie même de Jésus était alors en danger. Il ne pouvait sans fin échapper aux sbires de Saül et aux espions du Temple, sans compter ceux d'Hérode Antipas. Une seconde crucifixion eût été pire que la première. Il n'avait plus rien à faire en Palestine et devait quitter le pays. Il le quitta.

J'ai exposé dans *Jésus de Srinagar*, le tome IV de la série *L'Homme qui devint Dieu*, les raisons historiques et documentaires de croire que Jésus se rendit, en effet, au Cachemire. Ce pays abondait en descendants des Juifs qui n'étaient pas revenus de l'Exil à Babylone, ce dont se targuent encore de nos jours bien des Cashmiris, et Jésus savait qu'il n'y serait pas étranger ; tout au plus y serait-il dépaysé. Il y partit avec Thomas. Marie de Magdala l'y rejoignit ; il existe encore là-bas, outre le tombeau de Jésus, le Rauzabal, à Srinagar, un Tombeau de Marie qui fait l'objet de la vénération populaire.

Le rôle de Marie de Magdala dans l'épopée de Jésus semble destiné à rester méconnu. Quelque deux mille ans de culture chrétienne ont enraciné une légende qui

1. Cf. *L'Incendiaire, Vie de Saül apôtre*, Robert Laffont, 1991.

ne lui laisse guère de place, parce qu'elle aurait été une femme dans la vie d'un homme inspiré. Ultime revanche d'une Histoire qui ne considère les femmes que comme les servantes des hommes, elle forgea l'image d'un Ressuscité et elle y perdit la sienne.

Je veux espérer que ces pages lui auront rendu auprès de quelques-uns la place qui lui revient quand même. Elles eussent dû prendre place entre les tomes III et IV de *L'Homme qui devint Dieu* ; le retard n'a qu'une seule cause : les convictions intimes sont parfois lentes à se former. Elles n'en sont alors que plus fortes.

Paris, 2001.

Table

Photocomposition Nord Compo
59650 Villeneuve-d'Ascq

Impression réalisée sur CAMERON
par BRODARD ET TAUPIN
La Flèche
en avril 2002

Imprimé en France
Dépôt légal : avril 2002
N° d'édition : 26550 – N° d'impression : 12740